創元ライブラリ

琥珀捕り

キアラン・カーソン
栩木伸明◆訳

東京創元社

FISHING FOR AMBER

by

Ciaran Carson

This book is published in Japan
by TOKYO SOGENSHA Co., Ltd.
Japanese translation rights arranged
with Ciaran Carson
c/o The Susijn Agency Ltd., London
through Tuttle-Mori Agency, Inc., Tokyo.

わが父リアム・マック・カローン
あるいはウィリアム・カーソン
（一九一六年四月十四日―一九九八年三月二十四日）
に捧げる

目次

琥珀捕り——ひとつの長い物語

A

Antipodes

対蹠地《アンチポーズ》

それはとおーいむかし、昔々の物語。そこにわたしがいたのなら、今ここにはいないだろう。わたしがここにいるのなら、あのときとはまさに今のこと、わたしは年老いた話じょうずで、語る話は時に磨かれているかもしれぬ——もっとも、話を思い出せれば、のハナシだがね。そもそも話には三つのよいところがあってな。ひとたび語られるやいなや聞かれたいと願い、聞かれれば真に受けられたいと願い、真に受けてもらったらまた語られたいと願うのが、話の本性。一方、話には三つの敵がある。とめどないお喋り、粉ひきのごっとんごっとん、鉄床《かなとこ》のカチンカチン——

アイルランド語の物語をこんな口上で語りはじめるのが好きだった父のように話を語り起こせたらどんなにいいだろう、といつもおもっていた。だが、こうやって訳してしまうと原語にあった謎めいた釣り合いの感じが台無しになってしまう。小さいころには、さまざまに活用変化することばのリズムに耳を傾けていると別世界がひらけて、おはなしの結末のエコーが静けさのなかに消えていくのを待たずに眠りへとすべりこんでいったのに。それからまた、「むかしむかしあるところに……」というシンプルな出だしでわたしたちを物語にひきずりこんでおいて、しばらく聞いているといままで聞いたお話自体がじつは前口上で、かんじんの物語はまだ始まっていなかったことがわかってくるなんていう場合もあった。

あるいはまた、もっとおはなししてよと子供たちにせがまれて根負けしたようすの父が、こんなふうに話しはじめる。嵐の夜、ビスケー湾でのこと、船長と船乗りたちが火を囲んで座っていた。突然、ひとりの船乗りが、船長、お話をしてくださいよ、と言った。そこで船長がこんなふうに語りはじめた。嵐の夜、ビスケー湾でのこと、船長と船乗りたちが火を囲んで座っていた。突然、ひとりの船乗りが、船長、お話をしてくださいよ、と言った。そこで船長がこんなふうに語りはじめた。嵐の夜、ビスケー湾でのこと、船長と船乗りたちが火を囲んで座っていた。突然、ひとりの船乗りが、船長、お話をしてくださいよ、と言った——というぐあいに、もうやめて！　と子供たちが父に頼むまでこのはてしない入れ子物語の拷問がつづくのだった。しかし、どの段階でもうやめて！　と頼むかが判断のしどころだった。というのも、父は本物のおはなしを始める気になってくれるかもしれないし、もしかしたらはじめからそのつもりだったかもしれないからだ。その場合、七番目か八番目の船長がおはなしのなかへ乗り出していくと、わたしたちはようやく期待のあたたかな輝きのなかに腰を落ち着けることになる。外には本物の嵐が荒れ狂っていて、屋根のスレートを払い落とし、激しい雨が窓を叩いている。どっちみち、シナリオはわるくない。わたしは、船の上で火を囲んでいるなんてうさんくさい逆説《パラドックス》かも、と思いながら、やがて、火って言っても家の暖炉みたいなのじゃなくて、ミニチュアのボイラーの焚き口みたいなちっちゃな扉がついただるまストーブなんだろう、と想像して納得したりする。錆だらけの不定期貨物船のはらわたの底には、汗で体をてらてら光らせた上半身裸の男たちと、ひっきりなしに駆動するピストンとタペットの群れ。ボイラーはうなり、バルブからもれた蒸気がシューシュー音をたてていた。だけど、とわたしは考えた。まわりでは本当の冒険がくりひろげられているっていうのに、この船長と船乗りたちはつくりごとのおはなしなんかに夢中になったりして、いったいなにをやっているんだろう、と。たぶん、彼らは安全な陸《おか》にいて、ぬくぬくとした居酒屋でスペインの葡萄酒でも飲みながら、オリーブの種を暖炉の火めがけて吐きとばしているにちがいないんだ、と。

とにかく、父の船長もののほとんどは水と関係がある話だった。典型的なのが潜水艦王国シリーズで、わたしたちみたいな子供がネモ船長とか人魚とお近づきになる話。それから、大洪水とかダム決壊とかの擬似歴史シリーズがたんとあって、そのなかの小部門に、北アイルランドのモーン山地へ深くわけいって〈静かの谷《サイレントヴァレー》〉貯水池を建造するという長い冒険物語があった。これなどはじつにおもしろくてためになる話だった。ほかにお気に入りだったのは、オランダ人の少年が素手で堤防の決壊を止めた物語。父は決してまっすぐの道筋を行かず、物語のなかに地方色をくわえようとしていつも寄り道していたから、旅行者用パンフレットはたえず書き換えられていた。そういうわけで、たとえば、オランダではな、教会の地下埋葬堂から棺がぷかぷかと町の広場まで浮いて出てくることがよくあるんだぞ、とか、ベルファストの中央の地盤がゆるいところの建物はオランダにならって杭の上に建てられているんだよ、とかいう解説が挿入されるのだった。夏になると、オランダの少年たちはいっせいに木靴を脱いで、その靴に小さな紙の帆を張り、雲を映す浅い池に浮かべて、海戦ごっこをしたもんさ。彼らのチーズづくりはすごいぞ、なにしろ、オランダ人は自然条件といつも知恵比べをしてるもんで頭がいいからな、熱気球の漁船が大船団を組んで月まで遠征して月チーズの鉱脈を掘ったんだ。あそこじゃ空気がうすくて荷を満載した船も目方はゼロだから、船のアンカーははるばる地球のウインチにつないであったんだよ。

一方、例のオランダの少年はこうした脱線の連続にもめげず、堤防の穴にじいっと指をつっこんだままにしていた。水は少年の手首にかけられた手錠みたいになったことだろう。やがて肘まで穴に差し込む。そして肩まで。寒さで少年はもうほとんど石になってしまった。頭上を鰊《にしん》船の船団がすべってゆくが、助けて！　という少年の声は聞こえない。が、ついに、天秤棒の両端にバケツをさげた乳搾りの女が通りかかって少年を発見し、堤防番に通報した。物語を語るのにどれほど時間がかかろうとも、オランダの幼い少年は、堤防の穴をふさいだ姿勢のままでじいっと結末を待っていたのだ。まるで初期キリスト教時代の殉教者をおもわせる力強いイメージではないか。スパールダムの町にはこの少年の銅像があると聞いた。

父はオランダへ行ったことはなかったが、ずっと興味はもっていた。父にはオランダ人のペン・フレンド、フォールベルフのアリー・コイペルス氏――家ではみんなアリーおじさんと呼んでいた――がいて、先方が亡くなるまでふたりは長年エスペラントで文通していた。ふたりは写真館で撮った〈緑の星〉をつけた写真を交換していたが、このバッジはどこにいても共通の言語を求める同志のしるしだった。彼らは一度も対面する機会はなかった。けれども、わたしは今でもアリーおじさんの写真を目のまえに思い浮かべることができるし、おじさんから届いた絵葉書の数々も心の目に焼き付いている。「キンダーダイクの風車小屋」。「フォーレンダムの漁師」。「スヘーフェニンゲンの桟橋と海水浴場」。「キューケンホフ――花の楽園」。「マルケン――氷上のフォークダンス」。「アルクマールのチーズを運ぶ人びと」。「ヒートホールンの平底舟《パント》交通」。「オランダの娘」。「つねにひそむ海の危険」。定規で引いたような堤防の透視図法や、色とりどりのネクタイみたいなチューリップ畑の縞模様がとても気に入っていた。オランダは不思議な土地、お伽噺《ときばなし》の国だった。

こんどは石と水に思いをめぐらせてみる。モーンの石とモーンの水。水を仲立ちにしてオランダ低地へ運ばれ、鰊骨みたいな斜線模様や縄編み模様に組まれて、通りや広場に敷かれた、モーンの花崗岩の敷石。モーンの石切場の男たちが吹かしていたのはオランダ産のミアシャム・パイプ――ミアシャムとは海の浮きかす、あるいは石化した海の泡だと信じられていた。採石夫たちは石を泡に交換していたというわけだ。重力を拒絶するような青い堆積が突進し、聳《そび》え、折れ曲がって頂上にたどりつき、ぎざぎざの空が見えるアイルランドの山のかけらで、オランダの町々の通りが舗装されているとおもうと、不思議な気がする。モーンの空とは対照的に、オランダの空ははてしなく広がっている。フェルメールの《デルフト眺望》では、早朝の空がカンヴァスの大半を占めている。その下に、織物の町がきらきら光っているが、その織り目は、縒《よ》りをかけたうえに空に浮かぶ雲で漉《こ》したアメジストとトパーズの色合いをおびている。赤い煉瓦とタイルの壁に青いスレートの屋根が貴重な鉱物のように輝いている。突然の雨がちょうど大気を洗い終えたところで、家々の正面の微少なすきまやひびのあいだに残った雨粒がきらめいている。係留された幾艘かのボートからは光の鱗《うろこ》がしたたっている。鰊の色の水面が町と雲を映している。

土砂降りの後、〈静かの谷《サイレントヴァレー》〉をとりまく数々の急斜面は雨水できらきら輝いている。山肌の裂け目を水が駆け下り、雲の切れ端が吹き飛ばされてゆく。滝のような流れのなかで、岩くずに混じったくすんだ石英の小石が光る。石たちがおしゃべりを交わし、震えあい、遠くから大昔の採石夫たちが花崗岩を切り出すカチン、チリンという槌音が聞こえてくるのは、あれは空耳か。敷石にする花崗岩。墓石になる花崗岩、ドルメンになった花崗岩、花崗岩の台座に、花崗岩のミサ岩——祭壇代わりの自然石。どこにでもある「ブローン」の花崗岩。ブローンというのは大麦を挽いて粉にするための臼石だったと信じられているが、今ではいたるところで聖泉としてあがめられていて、岩窪にたまった水はさまざまな御利益、とくにイボ平癒の力がある。荒れ地や教会の境内の伸び放題の草に埋もれたブローンたちは、まるで自分が切り取られたもとの岩までふたたび根を伸ばして、地下水脈の導管へと変成したように見えた。

というわけで、子供のころ、水たまりに映った空の高み——そこには巨大な雲が船団を組んですすむ帆船の群れのように浮かんでいた——は、オーストラリアへの入り口だと信じていた。正しい魔法の手順さえ知っていれば、その空のなかへ飛び込んだわたしたちは、乾いた砂漠にゆらめく水の蜃気楼《しんきろう》になって出現できたはずだ。地球の反対側へ向かうこの夢の航海では、骸骨の船員が乗り組んだ〈さまよえるオランダ人《フライングダッチマン》〉号が転覆したまま、ゆっくり落ちてゆく君の体を追い越してゆく。そのまわりを何世紀分もの漂流物が回っている。折れた帆桁、無傷の火薬樽、ガラスの舟徳利《とつくり》、小枝編みの肘掛け椅子、天体観測器《アストロラーベ》、それから、裂けた船底からおどり出た葡萄酒の瓶の数々。イカロスのように沈没してゆくわたしは、手を伸ばせば、重くてずんぐりしていてぱちんとはめる陶器の栓がついた、オランダ・ラガーの瓶をつかめそうな気がした。スキポール空港で売っている、風車の風景がついた青いデルフト焼きのジンの土産瓶とおなじで、あの瓶を作るのは中味よりもきっと高くつくとおもう。傾いたマストや横静索《シュラウド》にからみついた風車の帆は、これらのガリオン船がかつては、歩行者の頭よりすこし高い土手がつくりだす地平線にそってすべるように、低湿地帯を行き来していた証拠だ。

　アムステルダム上空。ＫＬＭ機《フライングダッチマン》がエア・ポケットに入った衝撃ではっと目が覚めた。わたしは飛行機の窓の湿った三重ガラスに鼻を押しつけて、螺旋模様のついた平らな耕地の風景が傾いているのを眺める。きりっと寒い冬の日で、明るい大気がすべてを拡大して見せていた。凍った運河にはたくさんのスケーターたち、家族連れや仲間たち、密集しているひとびとに散らばっているひとびと、お互いに見わたせるほどの距離を保つひとびと。市民たち、医者たち、牧師たち。∞のかたちを描くスケーターがあちら、こちらに。難民かスパイみたいにうろうろ入ってきたり出ていったりするひとびと。力関係がつくりだす結び目やこぶ、揺れ動く密集隊形《ファランクス》と縦隊《コラム》、コンガダンスをよろよろ踊るひとびと、列はところどころでぐずぐずになり避けられぬ脱線により横滑り。錫《すず》のお盆に乗って後ろから押してもらっている子供たち、ホッケーをするひとびと、大股のジグザグ・ステップで氷を蹴ってゆくマラソン走者たち、スケートを履いて訓練中の兵士たちの連隊。バラッド売り、バグパイプ吹き、流れ者のフィドル弾き。くるくる回る弁護士たちのグループ。カサノヴァたち。捜索隊のひとびと。そして、これらの光景すべてを描きとろうと、イーゼルを立て、パレットを手にした画家たち。

目を見張り、上空の飛行機から見下ろす観察者は、遠くの底冷えを感じ、ツーリストのひとりになってそぞろ歩くのを心待ちにしている。街じゅういたるところにある奥深く、細長い、茶色のバーの一軒に陣取って葉巻をふかすわたし、あるいは「コーヒーハウス」の高価なインド大麻《カンナビス》のメニューを仔細に検討しているわたし。こういう店のメニューにはワインカラーの模造革表紙がついているものがあって、ワインリストか切手アルバムに似ている。そういえば、ちょっと一服したあとでアムステルダムの迷路をさまよっていると、ちいさな広場や、町中の支流の交通島でおこなわれている切手収集家たちの会合に出くわしたりして、楽しい。彼らはたいてい、緑色のラシャで覆われた折り畳み式のカードテーブルとイスを持参してきており、そこだけはプライベート・クラブの雰囲気をただよわせている。気のおけないこの聖域で彼らは、薄紙に載せ、解説をつけたお互いのお宝を丹念に調べ、討論を交わす。また、コインをねじ回しにしてペグを延長できる極上のレザークロスのバインダーに収めた、予備の切手を交換する。彼らはみな切手収集家の必需品を怠りなく準備している。先端がスペード形で裏にぎざぎざがついたニッケルメッキのピンセット、ぶあつい透明プラスチックに刻まれた目打ちゲージ、横ねじで調節して使う価格訂正印計測器、切手の解説と分類に有効な七十五色の公式色見本帳、透かしトレイと一緒に用いるベンジン用のスポイト、拡大鏡、時計職人用の単眼鏡、それからオランダ人が発明した携帯用小型顕微鏡。これら一式があれば、クラッチ版の欠陥や打ち型の微細な変種を指摘できるし、網目漉《す》きか簀《さい》の目漉きかなど、用紙のさまざまな等級も見極めることができる。切手愛好家たちは、これらの吟味に長時間をかけるのだ。

あるいは、見慣れない麻薬喫煙具を売る店のウィンドウを眺めて、あれやこれやの道具類がどんな名前でどんな用途に使われるのか想像するだけでも、幸せな時間つぶしができるだろう。なにしろ、ときたまタバコを吸ってみるくらいのひとには、簡単な水ギセルでも退廃のきわみに見えてしまうくらいだから。だがしかし、そっち方面の興味深い思索はいずれまたの機会としよう。パチョリ油とマリファナの芳香からいったん避難して、ひんやりした壁に囲まれたちいさなギャラリーのなかに、わたしたちはいる。画家がしごとに使うもろもろの道具を描き出す正確さに驚嘆して、ほとんどまたたくまにわたしたちは十七世紀の画室《アトリエ》内部に魅了される。関節で四肢が動く木製の人体模型。さまざまな制作段階で使われる画筆。画家の親指の跡が見えるパレット。顔料をすりつぶす若い徒弟。ネーデルラントの地図。眠る犬。望遠鏡やらコンパスやら。斑《まだら》入りのチューリップが咲き誇る花瓶。ボトルシップ。これらすべてがちいさな凸面鏡に映っていて、そのなかに画家の自画像がおぼろげに見てとれる。

この習作の下に淡い黄褐色のカードがあって、次のようなことばが英語で美しく印刷されている。

絵画の技芸とひとびとの絵画への愛こ、かけてほ、
この国ほ、いかなる国こ、もひけをとらずして
優れた画家たち多数輩出せろ、なかこ、
、リンブラントのごとき存命の者もあり
みなおしなべて家を飾らんとせり
とりわけ街路に面したろ、表の部屋こ、ほ、高価な絵を掛け
肉屋麵麭屋もひけをとらず店内ほ、
風雅美麗こ、しつらえて
鍛冶屋靴屋も炉辺あろ、いほ、仕事場こ、くさぐさの
絵を掛け、ろ者多くあり。

ピーター・マンディ、一六四〇年

こう見てくると、この静物画の画室内に並べられたものたちは一種の通貨のようにおもえてくる。ものとものあいだの距離を上手にさばき、それぞれのものをどのように表現し、各々にどんな価値を割り振ったらよいかを示す寓意なのだ。ものたちはたとえ話である。そして、オランダ人はことわざを好む。豚に薔薇を浴びせる。子牛が溺れてから井戸を埋める。鵞鳥は

なぜ裸足で歩くのか？　食器棚が犬をなかへと誘う。コウノトリに見とれてたたずむ。馬糞にあらずイチジクなり。太陽さえ見通すほど細かい蜘蛛の巣を編む。

　このテーマは、わたしたちがギャラリーで買う本にさらに詳しく書いてある。ブリンマー大学美術史教授ルーシー・ジュリアナ・ホランダー芸術学修士著、『ことばを絵に描く――オランダ黄金時代の絵画における照応関係について』。ちいさいけれど居心地のよいホテルへもどって、あてずっぽうにひらいたページから読みはじめる。

　これらは寓意的な物語につけられた言わず語らずの説明のいくつかである。視覚化された世界の背後にことばがある。ひらかれた聖書を光が照らした。光は張り出し窓や出窓や扉口からふりそそぎ、細い廊下と階段の吹き抜けへそそぎこんだ。その光は、ときに錫の柄杓《ひしゃく》に、あるいはクリスタルのデカンターに、または月面のようなへこみ模様をまとったピューターの水盤へと収斂《しゅうれん》する。だが絵のタイトルというのは、見せると同時に隠す効果も持っている。というのも、表題は、わたしたちが見ている画面の上のたくさんの作り事めいたものたちについて、またそれらのものたちと私生活の一こまを絵に描きとめられた人物たちとの関係について、十分に説明してくれることは決してないからである。《蠟燭の明かりに照らされた天文学者》。《糸を紡ぐ男と人参を洗う女》。《家鴨《あひる》の羽をむしる女》。《若い女にコインをさしだす兵士》。《暖炉の脇の兵士たち》。《錬金術師》。《粥《ポリッジ》を食べる女》。《口論するトランプ遊びのひとびと》。

　ピーテル・デ・ホーホの《ふたりの男と酒を飲む女と女中》は一六五八年ごろの作品で、実物と見まごうほど精細に描かれたチェス盤模様の床の上に、ひとりの女がわたしたちに背を向けて立っている。彼女は、気泡を入れてひねった脚のついたグラスを手に持っているが、そのグラスには、淡い琥珀色の液体がなみなみというほどではない程度に入っている。窓辺——蝶番《ちょうつがい》つきの揚げ戸がはね上げられて光がふりそそいでいる——のテーブルに向かって、ふたりの男たちが座り、彼女を見つめている。ひとりは軸のながいクレイパイプ二本を両手で持って、フィドルを弾くようなしぐさをしている。もうひとりは赤い羽根のついたシルクハットを膝に置いて、右手で拍子を叩くかリズムをとっているように見える。そして、女はどうやら歌っているようだ。背後の右手から女中が石炭の入った火鉢を持ってきたところ。視線はうつむいている。ネーデルラント十七州の地図が背後の壁に掛かっていて、これは今のところ一六五〇年から七五年ごろに活躍したホイック・アラルトの作だと考えられている。炉棚の上には《マリアの教育》の絵があって、こちらは一八〇四年のファン・ライデン売り立て目録でフェルディナント・ボルの作とされているもの。この絵画内絵画は、南バイエルンのエルリングにあるエステルハージ礼拝堂の作者不明の祭壇画をもとにして描かれた可能性がある。床の上には、こわれて吸い口と軸と火皿がばらばらになったパイプがころがっていて、近くには丸めた紙屑がひとつ。これらはみな、わたしたちが推測するしかない過去の行為に対応する品々である。赤外線写真で明らかになったところによると、人物たちはすべて空間描写が完成してから描きこまれたもので、長年を経て女中の左側に亡霊のようにあらわれてきた髭の男など、重ね塗りに埋もれた形象《ペンティメント》もたくさん確認されている。(「潜在する形象」としての「ペンティメント」はイタリア語の「ペンティーレ」=「悔い改める」から派生しているので、倫理的な含みがあるのがおもしろい。画家は重ね塗りすることで自分の罪を赦すことができるらしい)。この絵はロンドンのナショナル・ギャラリーで見ることができる。有名な、というか悪名高い贋作者のファン・メーヘレンは、この絵を見て贋作を描こうとおもいたった。オリジナルには、画面の左手前下に一部が見える低いテーブルに、まるで鑿《のみ》で刻みこまれたかのようにPDHのイニシャルが書きこまれている。

デ・ホーホの《兵士たちと酒を飲む女》にも画面左下にPDHの署名と一六五八年の記銘がある。この絵は多くの点で《ふたりの男と酒を飲む女と女中》の姉妹作といえる。頭上にはね上げられた揚げ戸がお揃いだし、注意深く組み立てられた遠近法と三次元空間もお互いよく似ている。人物たちの静止した姿勢としぐさが暗示する意味をどう読み取るかは、絵に対していわば第四の、徳義の壁を演じさせられるわたしたちしだいである。腰掛けた赤いドレスの女は、グラスを掲げて黒衣の無帽の男から酒を注いでもらおうとしている。もうひとりの、黒い帽子の男はテーブルに向かって座り、パイプをふかしている。胸に手をあてた年輩の女が、黒衣の男の後ろでうろうろしている。勘定を払ってくれるのを待っているのだろうか? 背景の壁にはふたつの絵、アムステルダム風景の版画と、「なんじらの中に罪なき者おらばまず石を投げよ」という聖句を描いた《キリストと姦通女》が掛かっている。(デ・ホーホの、兵士のひとりがスペードのエースを持っている《カード遊びをするひとびと》のなかにも、このおなじ絵が描かれている)。ちいさな犬が忠実の象徴として前景に眠っている。忠犬ファイドー。犬から床をずっと右へ見ていくと、一見しただけでは(とくにわたしの目のまえの複製では)ほとんど目につかない一枚のカードが落ちている。ハートの五。皺くちゃ、いや、そうでないか？背後の壁にひらいた扉から奥の部屋が入れ子のように見え、さらにその奥の壁にひらいた扉から三つめの部屋をのぞくことができて、その部屋に置かれた簞笥の上に水差しとマーキュリーの小像が立っている。この神は、ギリシア人にはヘルメスとして知られた神——ゼウスを父とし、世界をその肩に担ぐアトラスの娘、水の精マイアを母として生まれた——である。

ある朝アルカディアのキュレーネー山で産声をあげたヘルメスは、正午までには竪琴を発明していた。揺りかごから起きあがり、抜け出したヘルメスは亀を見つけた。亀を殺して肉を掻き出したあと、こんどは山羊を見つけて首をはねた。山羊の曲がった二本の角を亀の甲羅の前足の穴へはめこみ、山羊の腸で弦をこしらえた。この代物《しろもの》を、ヘルメスはただちにおどろくべき手際で奏でた。夕方にはピーエリアに行き、兄アポロから五十頭の牛を盗んだ。このエピソードはネタ本に応じて長くなったり短くなったりする。

同様に、これにひきつづいてアポロが弟の悪事をかぎつけ、父ゼウスに審判を仰ぐというあたりについてもさまざまな書物が異なる物語を語っているが、しまいに兄弟が和解した条件については、どの本もだいたい一致している。ヘルメスが竪琴で奏でる音楽にうっとりしたアポロは、牛はくれてやるから竪琴をよこせ、という交換条件を出したのである。交渉成立。かくしてアポロは音楽の守護神になった。アポロはヘルメスに、運命をつかさどる黄金の杖にそえてほどほどの予言能力もゆずってやった。

こんにちでも、時が止まったアルカディアの僻地《へきち》では、牧草をはぐくみ、家畜に繁殖をもたらす豊饒の神として、ヘルメスはあがめられている。つばの大きな平たい帽子をかぶったヘルメスは、パンやダプニスをはじめたくさんの子供を産ませたニンフたちとたわむれていないときには、牛飼いや羊飼いの質素なパンと渋い葡萄酒のお相伴にあずかり、古いうたを歌って過ごすのをこよなく愛する。あきんどの神、ぬすっとの神、株式売買の神、また、危険な企てに乗り出してゆく英雄たちにつきそって護衛するのも彼のしごと。アルファベットと数字と天文学の発明者であるにくわえて、睡眠と夢をつかさどる神でもある。さらに彼は、生きている人間にとって道中の神であるのと同様、死者の霊魂を冥界に導く案内者《サイコポンポス》でもある。四が彼の数字。鉱山の神であり、埋められた財宝の発掘をもつかさどる。彼は琥珀を捕るひとびとや水をウイスキーだといって売るひとびとから高く仰がれる。道とあらゆる交通の神。ぬすっとの王様、アウトリュコスの父である彼。十字路で、ヘルメスの信徒たちは敬意のしるしとして白い小石を落としてゆく。時がたち、うずたかいピラミッドになった何千もの白い小石は、ひとつひとつが希望と不安と旅の終わりを表す。そして、思わぬ発見によるできごと、しあわせな巡り合わせ、すてきな拾いものはすべて、ヘルメスの贈り物だといわれている。

B

Berenice

ベレニケ

ヘルメスにかんするこの説明を読み終えて、コインを見つける夢をくり返し見ていた時期があったのをふと思い出した。老王や若い女王のついた一シリング玉が溝のなかに落ちていて、雨の後の黒い泥のまんなかでちらちら光っている。視野の片隅にコインを見つけ、しゃがみこんで拾う。するとまたひとつあらわれる。次から次へとコインがざくざく、しまいには数え切れない一シリング玉がポケットでジャラジャラという夢。ときには、気がつくと暗い森にわたしはいて、ところどころの空き地の水たまりに月光が映えている。または、ヘンゼルとグレーテルのシナリオへと夢が変化して、家へ帰る道筋がわかるように男の子が落としていった白い小石が点々と、鋳造したての貨幣みたいに光っている。夢判断の事典によれば、お金を見つけるというのは、それが極端に多額でなければという条件つきで、幸運なことが起こる兆《きざ》し、ないしは、長引いた訴訟に勝利する前兆である。だが、一シリング玉といえば、酔っぱらいのアイルランド男が地元の聖人様の祭日に軍曹からもらう名ばかりの記念品《トークン》でもあって、受け取ったが最後、兵役の義務が生じるのであった。

これら不運な新兵たちは、故郷の教区の聖泉や小川で拾った小石をポケットに入れて出征した。小石はお守りや魔除けになり、ときには賭事の代用硬貨《トークン》にも化けた。オランダでの戦争時には、この国にはそもそも小石というものがないために、貨幣として用いられた。とくにありがたがられたのはモーン産石英の小石と、水死と焼死から身を守る御利益があるといわれたネイ湖畔の聖なる池から揚がる琥珀塊である。もっとちいさな小石は銃弾に使用される場合もあったが、これは兵士たちが軍服のボタンを使い尽くしてしまったときの非常用だった。往時の火打ち石式銃の銃口にボタンの直径がぴったりだったのである。そのため、ボタンも貨幣として流通した。戦場になった地域ではコインは包装紙にくるまれた金銀の円柱群となり、紙幣はネズミ除けの多脂革で保護され、うずたかく山と積まれて、岩塩の採掘坑や地下墓地やスイスの銀行の地下下水溝に何年間も封印され、戦争が終わるまで、あるいは、そのまま永遠に保管されつづけた。

アイルランドの小石は長い激動の時代をもちこたえた。アイルランド各地の聖泉がひきおこした奇跡の数々は、伝道師たちが驚嘆すべきできごとを念入りに練り上げたことばで語る物語を満載した装飾写本をたずさえて、この冬の国《ヒベルニア》を旅立った大昔から、ヨーロッパ大陸の津々浦に知れ渡っていた。これらの写本は世界の微視的な細部をことばに移し、その舌は、〈夜明けの祈り〉を終えたある春の朝明け時、井戸からつるべで水を汲み上げようとした、ひとりの修道士の剃髪した頭のまわりでさえずっていた小鳥たちのことまで、あまさず物語っている。このような井戸から揚がった小石は、聖泉の霊力をほかの土地の水にももたらすとされた。アイルランドの小石は浄化の力ももっていたのだ。戦争時には、フランスやドイツの聖泉は破壊活動家たちによって汚されたため、かつてその霊力によって癒されたペストや赤痢が蔓延したが、そうした泉にアイルランドの小石を投げ入れればたちどころに汚染は取り除かれた。

にもかかわらず、アイルランドの小石で浄められていない聖泉に通う巡礼者たちもいた。おのおの聖泉にふさわしい儀式を熱心におこなえば泉の効験が復活すると信じて、かつては泉のほとりにもうけられた十字架の道行きの留《りゅう》を一巡するのがつねであったところを、三度膝立ちで巡ることにしたのである。かつては擦りへった石に穴があけられた留《りゅう》ごとに聖ペテロ、アベマリア、グロリアの祈りを唱えていたが、今ではロザリオの祈りを捧げるようになった。また、かつては石にふれるだけだったのに、今では名残惜しそうに口づけするようになったので、涙の塩が石を浸食しはじめた。

この過剰な熱意は、ドーバー海峡に臨む低湿地帯パドカレでとりわけ顕著だった。そのパドカレ地方のサンモムランでは、船と帆布問屋の守護聖人である聖ベルタンの聖堂が数世紀にわたって町いちばんの自慢だった。一五九八年のこと、この土地でライ麦が麦角に寄生されたせいで収穫が壊滅した。荘厳な九日間の祈りが開始され、諸公、諸卿、伯爵殿がずらり居並び、農民、船乗り、遊び女、ハンセン病患者たちとともに祈りをささげ、薔薇油の芳香が包帯のにおいと混じりあった。九回の祈りが九夜ささげられた後、サントメール修道院長の手により銀の手桶が井戸に下ろされた。手桶が引き上げられると、ロザリオのビーズとおなじ数の琥珀の塊《かたまり》がなかに入っていた。これらは、聖ベルタンが死ぬまえに世界のために流した涙の数であった。修道院長がこれら奇跡の玉を手に取って数えるあいだに、聖水の奥深くを彗星の影がよぎるのが目撃された。こんにちにいたるまで、聖ベルタンの琥珀のロザリオは、毎年彼の祝日である九月五日に会衆の手から手へと次々に回される。ひとびとはこのロザリオにふれることで、このロザリオに口づけをした代々のひとびとの祝福を受けるのである。

往時、琥珀には重要なさまざまの用途があったが、なかでも自分たちが記録した真実を遠く後世まで伝えたいと願う地図製作者や画家たちは、琥珀を極上のワニスの原料として使用した。かくして、わたしたちは彼らの作品が時とともに縮れ、琥珀色に変色しているのを見るわけである。

ワニス——フランス語では「ヴェルニ」、ポルトガル語では「ヴェルニス」、スペイン語では「ベルニス」——は、キレネの女王にしてエジプト王プトレマイオス三世エウエルゲテスの姉であり妻でもあったベレニケの琥珀色の髪に由来する。彼女は夫のアジア遠征の成功を祈願して、凱旋なったあかつきには自慢の髪を奉納しようと神に誓った。念願かない、ベレニケは金の鋏《はさみ》で髪をばっさり切らせ、ゼピリウムのアルシノエ神殿の後室の壁にたかだかと掲げたが、その晩さっそく髪束は消え失せた。あるいは盗まれたか。天文学者サモスのコノンが王に言上していわく、お后様の髪は風が天へと運び上げ、獅子座の尾の近くの七つ星へと変容いたしました。その名も〈ベレニケの髪座《コーマ・ベレニケス》〉でございまする。これが由来で、画家の絵筆やワニス筆から抜けた毛も〈ベレニケ〉と呼ばれる。

ヘスペリデス、バルカ、キレネ、アッポロニア、テンキラを合わせて、キレナイカの五大都市。ヘスペリデスはプトレマイオスによってベレニケと改称され、こんにちではベンガジの名で知られている。アリスティッポスがキレネ学派をうち立てたのはこの地で、彼の哲学が明快なのは、海から吹き寄せる青い光と砂漠の白い光のたまものである。この土地には麝香《じゃこう》と竜涎《りゅうぜん》香《こう》がかぐわしく香り、水道橋と噴水盤からはベレニケの名をささやく水音が聞こえた。アリスティッポスは言った。人間が外界の事物の存在を知るのは、それらが彼を感動させるからであるが、彼には外界の事物の本質を知ることはできぬ。ふたりの人間がそれぞれの経験におなじ名前をつけたからといって、経験の中味がそっくりおなじであるとは言えないのじゃ。

「薔薇がどんな名前で呼ばれたって甘い香りに違いはないはずでしょ」という陳述はキレネ学派にとってはかりしれない難問をはらんでいたから、ここから派生した問題系がパーゴラの日陰ではてしなく論議されたのだった。じっさい、香りの個性にいちはやく気づいたアリスティッポスと彼の弟子たちは、一八九八年にジョージ・カーティスがはじめて提唱した近代的な分析を先取りしている。カーティスは匂いを十六のおおまかなカテゴリーに分類した。野薔薇《スイート・ブライア》の香り。モスローズ系統一般におけるがごとき苔薔薇の香り。オーストリア産イバラの香り。麝香薔薇の香り。エアーシア科におけるがごとき没薬香《もつやくこう》。コウシンバラ《チャイナ・ローズ》。ダマスク・ローズ。スコットランド産の薔薇。白モッコウバラにおけるがごときスミレ香。ダブル・プロヴァンスにおけるがごとき古くなりたるキャベツの匂い。薔薇油の芳香。混成四季咲き薔薇の紅茶香。甘きティーローズの香り。ラ・フランスにおけるがごとき混成ティーローズ香。果実香。ヴィクター・ヴェルディア混成種に代表さるるヴェルディア香。以上、十六種。さらに、「薔薇」

の名前がいかに不十分なものであるかは、近代品種につけられた過剰な名称を見ればわかる。品種の小区分リストから名前を抜き書きするだけで大夜会が始まってしまうのだ。当夜ご来駕の貴婦人がたは、アルバーティン、ダイアナ、ジェニー・レン、マリアン嬢、ズールー女王、ヴァイオレット・カーソン、オルレアンのアデレード、トラーリーの薔薇、ミネハハ、ファビオラ女王、蝶々夫人、フィリス・ゴールド、いとしのクイックリー、コンスタンス・スプライ、桃姫ドロシー、ドリー・ヴァーデン、オルティスのイザベル、カーゾン夫人、ベイビー・ベッツィー・マッコール、サム・マグレディの奥方、カルメン・タロン、ネフェルティティ女王、金髪娘《ゴルディロックス》、マ・パーキンス、ウェンディ、ステラ、メヒカリの薔薇、ラ・フォレット、タムベリーナ、ルーシー・クランプホーン、ポリー・フリンダース、ミス・フランス、ミス・リバティ、ミス・アイルランド、そしてヴィオリニスタ・コスタの皆様。紳士がたと申せば、マルセル・プルースト、クリスチャン・ディオール、ハイアワサ、シアトル首長、ウォルター伯父、燕尾服コオロギ《ジミニー・クリケット》、ラビー・バーンズ、ロビン・フッド、モンテズマ、ミスター・リンカーン、フレッド・クランプホーン、ペンザンス卿、ドン・ジュアン、キューピッド、ウィリアム三世、エル・カピタン、ジョン・クレア、ヘンリー・フォード、ウィリアム・シェイクスピア、サー・ウォルター・ローリー、マッカーサー元帥、日陰者ジュード、ピノキオ、ミダス王、オベロン、そして七人のこびとのお歴々。

こんなふうに仰々しい名前をつける風潮は、オランダの大チューリップ狂時代——画家フェルメールと顕微鏡製作者レーウェンフックとレンズ研磨者スピノザが生まれた一六三二年に始まり三六年まで続いた——にも顕著だった。チューリップという名はトルコ語で「ターバン」を意味する単語に由来するといわれるが、この花は十六世紀中頃西ヨーロッパにもたらされた。まもなく、ひとかどの財産家にしてチューリップのコレクションを持たざる者は、たしなみに欠けるとみなされるようになった。チューリップ熱はじきに中流階級にも蔓延しはじめ、稀少な品種を競い合うひとびとは途方もない金額を支払ったが、改良種のチューリップはどれもこれも極端にデリケートだった。ある証言によれば、「園芸の極致たるチューリップはこのうえなく美しき花を咲かす代わりに繊弱さをあわせもち、それゆえ、最も熟練細心の手入れをもってしても移植はおろか枯れさせせずに保つことすら至難」であった。

狂熱がエスカレートするにつれて値段もうなぎのぼりになり、農場の複数区画が二つ三つの球根と取引きされた。一六三五年にはグレーンより小さなペリットという目方の単位が売買の基準となった。四〇〇ペリットの〈リーフキン提督〉が四四〇〇フロリン。〈ファン・デル・アイク提督〉、重量四四六ペリット、一二六〇フロリン。一〇六ペリットの〈チルダー〉が一六一五フロリン。最も貴重な〈センペル・アウグストゥス〉の二〇〇ペリットの球根ひとつに五五〇〇フロリンの値がついたとき、これはたいへん安い買い物だとみなされた。〈ベレニケ〉、〈琥珀太夫〉、〈悪魔のパンタロン〉、〈雀蜂〉の異名でも知られた黒と琥珀の斑花咲き〈総督〉の取引き価値は、小麦二ラスト、ライ麦四ラスト、肥えた去勢雄牛四頭、肥えた豚八頭、肥えた羊四頭、葡萄酒大樽二つ、麦酒大桶四つ、バター大桶二つ、チーズ一〇〇〇ポンド、寝台一式、上装束一揃え、そして銀杯一つであった。

この時代の話。ある日のこと、とある誇り高いチューリップ狂いの豪商のもとに、東方の国《レヴァント》から超高額商品の託送小包が届いた。商品到着の知らせは、雑多な貨物や梱包品が山積みになった豪商の執務室に出頭したひとりの船乗りによってもたらされた。豪商は労をねぎらって、気前のいい上等な赤鰊《にしん》を昼食にふるまった。どうやらこの船乗りは玉葱が大好物だったようで、気前のいい豪商の帳場の台の上に玉葱によく似た球状のものを見つけると、おそらく、おやなんでまたこんな絹張りにビロード張りの部屋のまんなかに玉葱が？　とおもったにちがいない。こいつぁ鰊の薬味にちょうどいい！　と、悪いこととは知りながらついついポケットへ。よし、埠頭で昼飯にしよう。男はごほうびをふところに退出した。船乗りが帰った直後、豪商は到着したばかりの時価三〇〇〇フロリン、ということは約二八〇英ポンドの価値がある〈トロンプ提督〉の紛失に気づいた。そして、即座に館じゅうが大騒ぎになった。高価な球根の捜索がくまなくおこなわれたがついに発見されず、豪商はおおいに落胆、そこへ誰かが例の船乗りのことをおもいだした。

不運な豪商はとっさに外へ飛び出した。非常事態。一族・雇い人もろともあとに続いた。なんにも知らない船乗りは逃げ隠れなどしようはずもない。とぐろを巻いたロープの小山におとなしく腰掛けて「玉葱」の最後の一口を咀嚼《そしやく》しているところ。一隻の船の乗組員ぜんぶの給料十二ヶ月分、あるいはお宝をさらわれた豪商のことばを借りるなら「オレンジ公閣下ならびに総督殿の廷臣すべてをお迎えして豪華な昼食会を催すこともできた」ほどの金額を、ぺろりと平らげてしまったとは露ほどにもおもわなかった。クレオパトラの健康を祝う乾杯のさい、アントニーがいたおかげで葡萄酒に真珠が溶かしこまれた。エリザベス一世が王立取引所の開所式に訪れたさい、トーマス・グレシャム卿は女王の健康を祝ってダイヤモンドを溶かした葡萄酒を飲んだ。都合のいい薬味を見つけたくだんの船乗りの昼食も、あっぱれさではひけをとらない。いや、たんなる無駄遣いに終わった先輩ふたりにくらべれば、この男のほうが立派だったとさえいえる。宝石を入れたところで葡萄酒の風味が増しはしなかったが、チューリップの球根は赤鰊と相性がよく美味だったのだから。この一件で船乗りにとっていちばん不運だったのは、豪商が提訴した重罪のかどにより六ヶ月の懲役に服さなければならなかった点である。すなわち、タダめしほど高いものはないという話。

チューリップ熱が高じていくにつれて、貴族や市民や農場主、さらには職人に船乗りに従僕にレンズ磨きに煙突掃除人に廃品回収人も、こぞってチューリップに手を出すようになった。あらゆる階層のひとびとが資産をチューリップにつぎこんだ。取引きが幅広く込み入ったかたちでおこなわれるようになると、業者たちの営業を手引きする詳しい規約が必要になる。公証人や代行者や書記や代書人や通訳や保証人が任命される。それまでは小規模なりに手堅く生計を立てていた職業画家たちは、静物画や風景画や室内画ではもうだめだと悟る。が、よくしたもので、彼らの多くはチューリップ競売商の豪華なカタログの図版仕事を請け負って食いつなぐことができた。詩人たちは、さまざまな見本の花の形態や色彩の妙をほめたてる稼ぎ口を見つけた。事実、チューリップの品種改良家たちが虹色のスペクトルを熱心に開拓して、新色が毎日のように出現してくるおかげで、蠟燭の火の下、ことばの職人たちは各種の術語辞典や古い花卉《かき》論のたぐいと首っ引きで、色彩表現の新しい方法をあれこれ思案したのだった。

　オークション・ハウスはぜいたくなごちそうでもてなした。前菜は、スマトラ産鳥目米《バーズアイ・ライス》の花壇の上に鎮座してエキゾチックなオイルとスパイスの小糠雨《こぬかあめ》にぬれたチューリップの葉の煮込み《ブレーズ》。脚つきの壺で供されるチューリップ・スープは、ナスとクミンを詰めたトルコのターバン形のだんご入り。食卓やサイドボード上には稀少品種の満開を描いた絵が陳列された。さらに、オランダ共和国勃興の諸場面を表した精巧な氷の彫刻群にはチューリップが埋めこまれ、生きた魚やロブスターを放した巨大な水槽を下から支えていた。軽業師《サルティンバンコ》、旅芸人、綱渡り芸人、形態模写師、キレナイカの巫女舞踏家、パキスタンのロープ手品師にたいこもちの道化たち——彼らがみんな一緒になってアラベスク模様のような黙劇を演じた。

　チューリップ熱が避けがたい絶頂へとのぼりつめていくなかで、一財産つくった者もあれば財を失った者もあった。副次的な数々の投機にも莫大な資金が費やされ、実在しないバハマの金鉱やオルーノコ海域の珊瑚礁漁業やメイヨーの鉛鉱に特許状や許可状が与えられた。石炭から鉄を精錬し、湧き水から蒸留酒をつくり、「水銀を可鍛性のある金属に変成させる」たぐいのバブル・ベンチャー企業がいろいろ旗揚げした。かつて節約上手で鳴らした国民がかくも壮大な妄想に翻弄されたのはひとつの逆説である。彼らは、たゆみない警戒によって国土を「つねにひそむ海の危険」から守り、なにもなかったところに豊かな牧草地を出現させ、チューリップやじゃがいもの栽培技術をかつてない優秀さにまで引き上げた国民だった。家畜に冬季の飼料を与える方法にかけても彼らに並ぶものはなく、飼料となるクローバー、赤・白イガマメ、ムラサキウマゴヤシの栽培を始めたのも彼らが最初だった。さらにくわえて、オランダは近代的な国際法と自然科学の発祥地でもある。製図器械、光学機器、航海用機器の分野でも最高のものを調達できたのがこの国だった。ダイヤモンドの研磨とカット技術の発祥地であり、琥珀取引きの中心地でもあった。早い話、学問・技術においてオランダが卓越していない部門はひとつもなかったのである。

　チューリップ熱が起こったのは、延々と続いて財政に破滅的な打撃をもたらそうとする戦争のまっただなかであった。一六一八年五月二十三日、神聖ローマ帝国の王国代官二名と随行の書記官一名が、プラハはボヘミア王宮の、〈緑の間〉の南西に開いた窓から投げ落とされた。ここで奇跡が起きた。三人ともけがひとつなく逃げおおせたのである。ある報告によれば聖母マリアが神秘の衣でくるんで三人を助けたといい、別の報告ではこやしの山が落下の衝撃を吸収したのだという。事実はともあれ、このプラハの窓外放出事件が三十年戦争の火蓋を切っておとすことになった。投げ落とした側の当事者たちは、オランダの先例にならってボヘミアにも変革の気運が盛り上がるのを期待して事を起こしたのだった。この事件の直後、蠍《さそり》座の近くにひとつの彗星が観測された。当時、木星と水星と月は地球の裏にあったが火星と土星は表にあった。平穏な状態の火星はちょうど天の十一宮をあとにしたところで、獅子座の尾の正面四度、ベレニケの髪《コーマ・ベレニケス》座の近くに位置していた。ベレニケは紀元前二一六年、実の息子プトレマイオス四世フィロパトルの命令により死を賜ったと伝えられる。

　スタルガルドの科学者にしてポメラニア宮廷付き天文学者ダフィド・ヘルリッツィウスは、

ただちにこの奇妙な〈合《コンユンクテイオー》〉について論文を執筆した。そのなかで彼は、数々の敵意ある攻撃と殺人、偽りの同盟と裏切り、さらに、疫病、奇形、大雨に洪水、それにともなう魚の市場の暴騰が起こるだろうと書き、わけても、王たち同士の不満と憎悪、反乱、不和、そして戦争が起こるのは避けられないと予言した。そして、事実、戦争が起きた。

おそらく、アムステルダムの市民が整理のゆきとどいた部屋にひきこもり、はかない花のつかのまの美しさを愛《め》でたチューリップ現象は、これら破滅的な激変への反動だったのだろう。しかし、たとえそうだとしても、ときおり彼の家の縦長の窓を遠い戦闘のどよめきが揺らしたことだろう。鳴り響くトランペット、横笛に太鼓、マスケット銃が発砲する轟音、砲弾が着弾する衝撃音、ひびくラッパの一声、そして、軍帽の羽根飾りがいっせいに風になびくときの囁き。夜とともに静寂がやってくる。部屋の主は寝台へ。寝台で彼はよき妻とやすらかに眠る――チューリップの球根を胸に抱き、幾層もの奥に秘められた豪奢とその核にある極小の胚芽を夢見ながら。

C

Clepsydra

水時計《クレプシドラ》

新婚初夜の床入りの　寝台に二人で寝ていたら
船長がずかずかと　枕元へ来て仁王立ち
立て　起きろ　若者よ　わしについてこい
オランダの低地地方に出陣し　これから敵を撃破する

夫を行かせてなるもんか　あたしは首にしがみつく
ところが船長命令下し　あのひと無理やり連れてった
多くの　妻ある若者が　今夜　わしと旅に出る
オランダの低地地方に出陣し　これから敵を撃破する

オランダは不思議な土地よ　穀物の実りは豊か
本物の恋人ならば　住まうべき　うまし国だよ

サトウキビたわわに実り　木には木ごとにお茶が実る
それなのに　ああオランダよ　おまえがあのひと
　連れ去った……

民謡「オランダの低地地方」より

一九八二年十月十六日、アントリムの町の聖コーワル教会でわたしはデアドラ・シャノンと結婚し、披露のパーティはネイ湖畔のパブ、クランフィールド・インでおこなった。この湖については、高位聖職者ギラルドゥス・カンブレンシス——ウェールズのジェラルド——が一一八七年にオックスフォードで公刊して好評を博したアイルランド風聞録『アイルランド地誌』に記述がある。

——ギラルドゥスいわく、この湖は幅が長さの二倍ほど、マン島がちょうどすっぽり入るほどの広さなり。バン川という大河が湖の北から流れ出し、川面にはあらゆる種類の魚がはねておる。魚あまりに多きゆえ、この里の者みな、つねに漁網を修理せねばならぬ。大漁につぐ大漁で網が破裂するでな。里人の話によれば、去年の春、鮭のような大魚が揚がったが、あまりの大きさに男衆が二手に分かれてとりかかれども動かすことあたわず、しかたなく細切れにして、近在一円に売りさばいたと……。

——言い伝えにいわく、この奇異なる湖はとある椿事よりいできたるなり。その昔、きのうのことではない、おとといのことにもあらず、この湖ができるまえのこと、このあたりには邪悪きわまりない部族が住んでおった。アイルランドに部族数多くあるなかで、この者どもは獣との姦淫をこよなく好みたり。さてここに石で蓋をした井戸があった。古き伝えに、

蓋　開け放ちおくなかれ
水　押さえ切れぬゆえ――

――ある日、ひとりの女が井戸へ水を汲みにやってきた。なんと折悪しきこと、桶に水を満たしておる最中、向こうの木陰に置いた籠のなかで赤子がぐずりはじめたでな、女は桶を井戸縁に置いて赤子をなだめにいった。井戸蓋のことはすっぽり忘れておった。井戸にもどろうとしたところへ鉄砲水、赤子もろとも女は足をすくわれた。半刻のうちに、この邪悪な部族はその雌牛と羊と豚と山羊もろとも、地上からきれいさっぱり永遠におさらばでの、ああありがたや、水の下じゃ。おもうに、自然の書物をお書きになったお方のご判断では、自然に対するかくも忌まわしき所業を目にしたる土地は、金輪際人間の住めぬようはからうほかなし、ということにちがいあるまい。

この物語が真実からさほど遠くないということは、こんにちの漁師たちが語る話から明らかである。平穏な天気の日には、水面下に教会の塔がくっきり見えるというのだ。ここを訪れる者に漁師たちはしばしば水中の塔を指さしてみせるが、見せられた者はただ驚きあきれるばか

りである。

『灰褐色の雌牛の書』といえば、メールミーレ・マック・ケールハー（一一〇六年没）がもろもろの文献から筆写した書物で、現在はダブリンのロイヤル・アイリッシュ・アカデミーに所蔵されている。欠落が多いため、断簡の集積と呼んだほうがよさそうな一巻だが、ここにネイ湖の由来にかんする解説がもうひとつ載っているのでちょっと訳してみよう。


とおいとおい昔、わたしらの時代をさかのぼるずっと昔のこと、マンスターの王様がおった。ひと呼んでマリッド・マック・カリード。王にふたりの息子あり、エッカとリブ。エッカは不平家だった。性狷介《けんかい》、強情に王に歯向かうことを喜びとした。家を出て彼方《かなた》へ行きて、この国の遠いはずれにみずからの王国打ち立てんと、いつも画策しておった。リブは兄を止めた。止めて、止めたが、エッカは強情。

ある夜、継母エーブリュー、エッカを訪れ、エッカが王国をたてるもよかろうと語る。かくあって、エッカは父王に対し極悪の罪をはたらいた。エッカは追放、弟のリブと継母エーブリューもついて出た。千人の家来に女たちと子供たちもひきつれて。一行、北へ向かった。

旅の途上、ドルイドたちがエッカとリブに申すには、兄弟の未来は分かれてゆく、と。かくして、二峰峠にて、兄弟は袂《たもと》を分かちたり。

リブと家来は西へ向かい、やがてヒトツ家《や》ヶ原にたどりついた。ここにひとつの泉、突如地底から噴き出して平野を覆った。一族郎党みな呑みこまれ、大きな湖ができた。こんにちのリブ湖、これなり。

エッカはさらに北へ。ゆるゆると歩を進め、やがてボインの城砦にたどりついた。着くやいなや、長身の男、城よりいで来たる。その名、ボインの丘のアンガス・マック・インドック。ご一同、ご退去めされよ。ところが一同長旅で疲労困憊、城砦の下の平地に天幕を張った。アンガスは喜ばなかった。その夜、一行の馬が一頭のこらず殺された。

あけて翌日、アンガスがまた来て言うには、昨夜、ご一同の馬を皆殺しにしたのは拙者でござる。ご退去めされよ。さもなくば、次はご一同に死んでいただかねばならぬ。

エッカが尋ねて言う、いかにして行けと申すか？　馬がなくては旅ができぬ。

アンガスは城内へ戻ったかとおもうと、馬具一式つけたそびえたつばかりの巨馬を引き出してきた。一行はすべての荷物を馬に積んだ。別れ際にアンガスは言った——

この駒つねに歩ませよ　決して止めることなかれ
さもなくば　この駒転じて　災いとなるゆえに

ふたたび旅が始まり、一行は歩を進め、秋のふた月目の第二の日曜に、ヒトツ森ヶ原に到着、ここに住みたいと考えた。一同そびえたつ巨馬の荷下ろしにかかる。忙しさにまぎれて、馬の歩み止めてはならぬことすっぽり忘れておった。馬が歩みを止めたその刹那《せつな》、足元から泉が突如噴出。
　エッカは噴き出す水を見て、とっさにタブーを思い出し、困惑した。家来たちに命じて泉の周囲に家を建てさせ、いちばん安全な場所に自分の宮殿を建てた。ひとりの女に泉水の世話を命じ、エッカが告げたことば──

この井戸はわれらが水場
わが一族の水場なり──
井戸蓋はしっかり閉じよ
水もとを離れるときは

　さて、エッカにはふたりの娘あり。アリューにリーバン。アリューはお人好しクルナンの妻なり。クルナン、ひとびとに告げて言うには、いどがやがてあふれるよ──

ふねつくれ　いそいでつくれ
みずがあふれて　ふかくなる　ひろくなる
われらのかしらも　なみのそこ
アリューのことも　たすけられない──
だけど　リーバン　およぎがうまい

にしへ　ひがしへ　きしべへ　しまへ
みなそこの　ふかいあなへも　もぐっていける！

ひとに出会うたびにこのうたを歌って聞かせたが、お人好しクルナンの言うことなど誰もとりあってくれなかった。

ある日、井戸守の女、井戸蓋をすっぽり閉め忘れ、呪文の魔力が放たれた。泉水はまたたくまに井戸小屋をぶち破り、平野にあふれだし、大きな湖ができた。エッカと彼の一族はみな溺れ死に、娘のリーバンとコナングとお人好しクルナンだけが命拾い。コナングとクルナンはアリューを埋葬。コナングのことはこれよりほか知られていない。クルナンはアリューの死を悲しんで哭《な》き死に、亡骸《なきがら》は塚に葬られた。こんにちのクルナンヶ石塚、それなり。

これがヒトツ森ヶ原の湖の由来話。マリッド・マック・カリードが息子、エッカの名を記念せんがため、湖はロッホ・ネッカ——ネイ湖《ロッホ》——と呼ばれるようになった、と。

さて、リーバンの消息やいかに。みなと一緒に波にさらわれたが溺れなかった。一年のあいだ、波の下の自分の部屋で抱き犬と暮らした。神様が水から守ってくれた。だが一年が過ぎたころ、どうしてもひと恋しくなった。ひらひらと泳ぎまわる鮭を見たリーバンが神様に祈りていわく、おお神よ、わが身もし鮭ならば、みどりに澄んだ大海原を仲間とともに行かましものを！

この祈りは即、聞き届けられ、鮭の体を賜ったが、顔と胸のみ、人のすがたをとどめたり。

愛犬は川獺《かわうそ》へ転身、大海原、ご主人様の行くところどこへでも付き従った。リーバンが海から海へと泳ぎ回ること三百年、時はマリッド・マック・カリードが息子エッカの時代より、バンゴルの聖コーワルの時代へと流れて移り変わりたり。

リーバンがまた祈りていわく、聖コーワルひきいる修道士たちよ、ここへ来て漁網を仕掛け、どうかわれを漁《と》ってたもれ。この祈りかなうまでに数々の試練あった後、ついにある日、天使あらわれ、修道士たちにリーバンを捕らうべき場所を告げた。修道士たちはリーバンを黄金の戦車に乗せて聖コーワルのもとへ連れてゆく。聖者、女に問うていわく、洗礼受けて即座に死に、天国へまっすぐ向かうがよいか、それとも、大海を放浪したるとおなじ年月地上に暮らし、その後昇天するが望みか？　と。どうかすぐ死なせてたもれ、というリーバンの答えを聞きて、聖コーワルはその場でただちに洗礼を授けたり。一説に洗礼名はムールゲン――「わだつみ生まれ」――と言い、また別伝にはムールゲルト――「わだつみの人魚」と言う。

神が天国の席を約束したゆえ、リーバンは聖処女のうちに数えられ、ひとびとの崇敬あつく、リーバンの名のもとに起こりたる奇跡も多し。

これがネイ湖の物語一巻のしめくくり。さらに蛇足をくわえれば、ネイ湖はがんらいロッホ・ナッハ、馬ヶ湖なるぞと言い張る者たちべつにあり。湖中には水馬がひそみ、夜半に陸《おか》に上がりては羊、畜牛をむさぼり、食い散らした骨ぼねが湖中にくっきり見て取れると報告する漁師衆がおるゆえにこの名あり。

ネイ湖畔、クランフィールド・インでおこなわれた結婚披露パーティの席上、わたしの父は集まってくれたひとびとのために物語をひとつ語った。これからその話をわたしなりに語ってみようとおもうのだが、あのときアイルランド語を解さない招待客のために父が英訳して語った物語のアイルランド語原本に、わたしは最近たまたま出くわした。この物語は、学者にして民俗文化振興の活動家、さらにアイルランドの初代大統領にもなったダグラス・ハイドが収集したものである。ハイドにこの物語を語ったのは、当時――一八九六年のことだ――アスローンの救貧院に収容されていたフランク・オコーナーという人物である。オコーナーはこの物語をスライゴー州のオースティン・ケーシーから聞いた、とハイドに告げていた。その物語をわたしなりに語ってみるとこんなふうになる。

遠い昔のこと、アントリムの町の近くにひとりの女が住んでいた。いつから住んでいたのかは誰も知らない。女のようすは、二三《にさん》が六の六十年前にも今とすこしも変わらなかった。男たちは少年時代に女を見たおぼえがあって、腰が曲がり白髪になってからも彼女を見たのだが、女のようすが変わったと言う者は誰もいなかった。

その女は裕福だった。けれど、どこからお金がやってくるのかは誰も知らなかった。もうひとつ言っておきたいのは、彼女は家の外に大きな看板を掲げていて、そこには、毎晩おもしろいお話を語ってくださるかたにはベッドと食事さしあげます――ただし、お話は実話に限ります、と書いてあったこと。

さて、ここにひとりの若者がいた。ランダルスタウン生まれの冒険王ジャック。ジャックは大の人好きで、ひとに好かれもする男だった。毎晩、家々を訪ねては年寄りたちが語る物語に耳を傾け、一度聞いた話は決して忘れないのだった。ジャックはアントリムの町の近くに住む女の噂を聞いて、いつか訪ねてみたいものだとおもっていたが、まっさらの話を仕入れるまでは行くまいと決めていた。オレが知ってる話なんかどれも、あの女の人はきっと誰かから聞いてるだろうからなぁ。

ある夜更け、トランプ遊びと密造麦焼酎《ポチーン》を楽しんだ後、冒険王ジャックが家への帰り道、古い墓場の脇を通りかかると墓場から泣き叫ぶ声が聞こえてきた。歯を治しておくれよお、七年間も放ってあったんだあ！　勇敢で剛胆なジャックは石塀を乗り越えた。そして、墓場からもどってきたとき、ジャックは今まで誰も聞いたことのない物語をふところに仕入れていた。

明けてまたの日、お天道様が顔を出すやいなや、ジャックは、あの女の人に聞かせる掘り出し物のみみぐすりも手に入ったことだし……とつぶやいた。さっそくアントリムの町へ向けて出発、町に着いたら女の家はもう目と鼻の先だった。日は短く、夜はあっという間にやってきた。勇気を出して扉を叩くと、門番があらわれた。ご用の向きは、と尋ねられ、冒険王ジャックは、ベッドと食事を頼みます、と答えた。お話はお持ちでございますな。持っているとも、とジャック。

門番はジャックを招き入れ、大広間にひとりぼっちで座らせた。壁際の食器台にはスペイン産の葡萄酒が入った水差しと茹でたハム、パンとバター、大きな赤いチーズも載っていた。一時間が経った。門番があらわれて、お客人、ご主人様にご拝謁の時刻でございます。ジャックは門番について別室へゆく。その部屋はおびただしい蠟燭の明かりで真昼のように明るかった。ジャックがきょろきょろしていると女主人が入ってきた。背が高く、美しいひとで、若くも年寄りにも見えなかった。三十路ぐらいだろうか。金髪で、緑の絹のマントをまとっていた。

ジャックは女主人に結構な夕食の礼を述べ、お話を持ってきましたから一席やりましょうか？　と言うと、もちろんお聞きしたいですわ。ただし、条件がひとつ、と言って部屋の隅のテーブルを指さした。テーブルの上には砂時計がひとつ、だが、砂の代わりに水が入っていた。女主人が言うには、お話をうけたまわりますが、最後の一滴が下へ落ちたら時間切れ、それまでよ。なあるほど、とジャック。女主人は寝椅子に身を沈めた。ジャックは大きなオークの椅子に腰を下ろし、話を始めた。

やんごとなき奥様、オレは生まれも育ちもランダルスタウンでございます。ある晩、ちょうど盛大な縁日が立つ日だったもんで、年老いた両親の家からはるばる出かけたんですが、道々愉快なひとびとと出会いまして、たいへん楽しゅうございました。帰り道はだいぶ夜更けになりましたんで、古い墓場の脇を通る近道をしたんです。酔ってないときにはこんな近道しないんですけど。墓場にさしかかると闇のなかから叫んでいる声がする。歯を治しておくれよお、七年間も放ってあったんだあ！

誰かは知らんけど、虫歯ってのは痛いもんだからなんかかわいそうになってね、それにたらふく飲んでもいたもんで、ここが墓場だってことはすっかり忘れてたし、何者が話しかけてるのか考えもせず、オレはポケットに手をつっこんで、パイプにたばこ詰めたり火皿ほじったりするのにちょうどいいんで持ち歩いてた蹄鉄釘をとりだして、こう言ってやったんですよ。おまえさんが誰かは知らんが出てきてみろよ。歯を治してやろうじゃないか。すると相手は、出ていけねえんだ、そっちが来てくんねえか、明かりを持ってきてくれ、怖がることたあねえ、と。そうか、よしきた、とオレは答えて、墓場の石塀に手を掛けるやひょいと跳び越してなかへ入りました。待っていたのはなんとサンザシの木の下に赤いマントを着た大男。もっと近くへ来てくんねえ、おいらの口んなかへおまえの指をつっこんでみてくれ。親不知《おやしらず》の奥に骨のかけらが刺さってるんだ。そいつをとっちゃくれまいか。

さすがにちょいとびびりまして、汗が出てきました。逃げ出したかったけどそうもいかず、相手のほうへ寄っていく。と、あんぐり大きくあけた口、呑みこまれちまうかとおもいました。一本いっぽんの歯はすくなくとも六インチほどあって、剃刀《かみそり》みたいに鋭いときてるんだから、いっそ鮫の口のなかへ手を入れるほうがましだとおもいましたよ——。

女主人はそこで手をあげて合図した。おもしろいお話ですこと、月並みではないわ。わたくしのお友達がそろうまですこし待ってくださいな。こう言って、彼女はちいさな笛を唇にあてると一声吹いた。その瞬間、それまで大広間の壁だとばかりおもっていたところに扉が開いて、十二人の男たちが、ひとりひとり若い女を肩車しながら、こちらへ入ってきた。彼らはみな黄金の絹の衣装を身につけていた。男たちは剣を下げ、女たちは手に黒い短剣を持っていた。彼らは口をつぐんだままおのおのの座席に座り、冒険王ジャックのほうを見た。女主人が口をひらいた。さあお話をもう一度はじめからしてくださいな。ジャックはふたたび話を語り、さっき中断されたところまでたどりついた──

オレは勇気をふりしぼり、右手を相手の口につっこんで、親不知の奥に骨のかけらが刺さってるのを手探りで見つけました。ポケットから蹄鉄釘を引っ張り出して、釘の先を刺さってる骨の奥にあてがうやいなや、大男はどえらい悲鳴をあげました。おかげで死人たちがみんな、老若男女ぜーんぶ目を覚ましちまった。おもわず飛び退いてあたりを見回しましたよ。あんな光景見たことない。墓場は一面まっ昼間みたいに明るくなって、空を見たらお天道様とお月様がダンスしてました。輝く死装束を着た何百人もの死人たちを、オレは見ました。世界の終わりがやってきて、死人たちが最後の審判を受けようとして生き返ったんだとおもいましたよ。ところが、連中はみんな笑い出して、拍手しはじめたんです。そこへ〈歯を治してくれよお〉さんが指笛をヒュッと鳴らすと、まばたく間もなく死人たちは墓へ帰っていきました。お天道様とお月様は消えて、ふと気がつくとオレは〈歯を治してくれよお〉さんのまえにひとりで立っていました。

たすけてくれてありがとうよ。あの骨は七年も前に刺さったんだが、おまえが来てくれるまで、誰にも取ってくれと頼めなかったのよ。おまえには礼をするつもりだが、この世では受け取ってもらえねえんだ。おまえが死んだ後にかならずおいらの礼を受け取ってもらうぜ。ついさっき死人たちを見ただろ。罪人たちがどんなところに住んでるか見せてやるからついてくるがいい。

ホント言うと、オレはそういうところなんか見たくもなかったんだけど、こっちが口をひらくまえに大男が三回足を踏みならすと、地面がぱっくりひらいてオレたちを呑みこんじまった。やがてオレたちは大きな湖のほとりに着きました。水じゃなくて硫黄をたたえた湖でした。何千人もの人間が火のまっただなかに鎖でつながれて、苦しそうな叫び声をあげているのが見えました。胸がはりさけそうだったけど、黙ってました。

次に、大男はもうひとつの湖へ連れていってくれて、こう言いました。これが煉獄だ。見下ろすと、大勢の群衆が燃えあがる石炭の地盤につながれていました。ここのひとたちも苦しそうに泣き叫んでましたよ。その次に連れていかれたのは広い平原で、ここにも群衆が見えました。折れた翼をかかえてあっちこっち這いずりまわりながら、ひどくすすり泣いているんです。大男が言うには、こいつらは神と口論したかどで天国から放り出された天使たちだよ。それから連れていかれたのが、狭くて曲がりくねった道。大男が言うには、これが天国への道だがね、死んでない者はなんぴとたりとも通ることはできん。火の剣を持った天使が守ってるのさ。

さあて、と大男は言いました。おまえに言っとくが、酒はきっぱりやめろ。悪いダチ公どもとは縁を切れ。さもないと地獄の門が口を開けておまえを待ってるぜ。もう帰りな。おいらはこれ以上おまえに喋っちゃいけねえきまりになってるんだ。今から七年後にまた会おう。その日の晩、蹄鉄釘を持ってくるんだぞ。そしたらおいらが出てくるからな。

霧がまいてきてオレの目はふっと見えなくなって、眠ってしまいました。気がつくと古い墓場の石塀のところにいました。夜明け時の頃合い、空高くで雲雀《ひばり》が歌ってました。うちへ帰り着いたときには、お天道様はずいぶん高くなってました。親父がかんかんでね。こっぴどく叱られました。出ていけ、俺の目が黒いうちは二度とうちの敷居をまたぐんじゃねえ。オレは悲しくてうんざりして、なんだかがっくりきちまいました。オレは親父が仕事へ出ていくのを見届けるとベッドへもぐりこんで、翌朝まで寝ました。親父と顔を合わせるのが嫌だったから目が覚めると勝手口から出て、ここまで歩いてきました。

これでオレの話はおしまい。ですが、もしあしたの晩もお望みでしたら、またべつのお話を一席いたしますよ。

この間ずっと水時計はしたたりつづけ、ジャックが物語を語り終えると最後の雫《しずく》がしたたり落ちた。そして沈黙。やがて、十二人の男たちのひとりが言った。あすの晩もわれらみなここに集まるであろう。そう言い残して彼らは立ち上がり、来たときとおなじように若い女たちを肩にかついで壁の扉の向こうへ歩き去った。

彼らが消えるとただちに、女主人がジャックのために、羊肉、ハム、子牛肉、チーズ、パン、それに大きな水差しになみなみと入った葡萄酒の食卓を用意してくれた。ジャックは腹一杯食べたが、葡萄酒には手をつけなかった。しばらくすると例の門番があらわれてジャックをもうひとつべつの立派な部屋に案内した。そこには四隅に高い支柱のついた見事なベッドがあった。ジャックは横になるとバタンキューで、翌朝までぐっすり眠った。

目が覚めると門番が朝食を運んできた。ジャックはその日一日じゅう屋敷のなかを歩きまわって、美しい部屋をたくさん見物したが、女主人はおろか人っ子ひとり出会わなかった。夜になると彼は案内を受け、またもや豪勢な食卓が待っていた。彼はこころゆくまで飲んで食べた。そして、彼は女主人の部屋へ案内された。

お話の準備はよろしいかしら？　はい、いつでも。女主人がちいさな金のトランペットを唇にあてて吹くと壁がひらき、きのうの晩とおなじように盛装して肩に十二人の女を乗せた十二人の男たちがあらわれた。彼らが席に着くと、女主人がジャックに言った、さあ始めてくださいな。

だが、ジャックが口をひらくまえに女たちのひとりがなにか喋った。ジャックにはそのことばは聞き取れなかったが、女主人が鋭く言った。女たちをきちんと監督してください。さもないとお話をきちんと聞くことができないでしょ。これを聞いて男たちは魔法の杖で女たちを叩いて猟犬に変え、伏せ！　と命じた。猟犬たちは男たちの足元に伏せ、冒険王ジャックは話を始めた――

わたしの父は時計を覗きこんだ。おやおやこの話を続けていくと、わしらみんな今夜一晩じゅうここにいなけりゃならなくなりそうだ。いかがでしょう。話の続きを聞きたい方は来月のこの日にまたここへ集まってくださらんか。続きはその席でいたしましょう。それでは、とみな納得してバーのカウンターへ飲み物を買いに立った。その後は、水時計や日時計の話、それからデジタル時計がわたしたちの時間の観念をどのように変えたかなどという話題に、おおいに花が咲いた。

D

Delphinium

デルフィニューム

たった今語られた物語に登場した水時計はクレプシドラ――ギリシア語で水泥棒の意味――である。ある分量の水を入れ、その水が決まった時間内にちょうどしたたりきるような穴を穿《うが》った容器のことだ。最高の水時計を発明したのはプラトンだということになっている。プラトン式では、以下のどちらかの方法で時間が表示された。容器の上に文字盤がとりつけられていて、時計針が水面に浮いたコルクにワイヤーで繋げられているタイプか、または、もうひとつのタイプ。こちらのほうは、透明な容器の側面に縦線が何本かしるされており、おのおのの線は四季または十二ヶ月のうちの基準になる日付を示している。さらに、一本一本の線は実験結果にもとづいて十二に分割され、基準日の夜間または日中の十二時間のあいだに毎時ごと水が減ってゆく目盛りになっている。ここで思い出していただきたいのが、古代人は夜間と日中をおのおの十二等分していたから、一時間の長さは昼と夜の長さに応じてまちまちだったということ。したがって、時間の計測はその場しのぎにならざるをえなかった。冬至の日は、太陽が一日じゅう出ていたとしてもわれわれの現代的な尺度では日照時間は八時間五十四分に過ぎず、夜は十五時間六分と、長い。夏至の日にはこの長さが正確に逆転する。古代ローマでは、冬至の日には、彼らの一日の第一時《プリマ・ホーラ》はわれわれの午前七時三十三分に始まり、八時十七分まで続いた。第十二時《ホーラ・デュオデシマ》は午後三時四十二分から四時二十七分までで、その先は長い夜の時間が始まったのである。プラトン式の時間は伸縮自在であった。だが、現代の視点から見てクレプシドラが実用的に機能していたといえる場所がひとつあった。法廷である。対立する両陣営の法律家に平等な時間を割り当てるために使われたのだ。まさに時は水なり、であった。

〈キュロスのアンドロニコスの時計座〉という名でも知られる優美な〈風の塔〉は、時計台と風見台の役をはたした。この塔は今でもアテネに立っている。大理石製八角形の塔には北東と北西にポルチコが突き出していて、おのおのが二本の簡素なコリント式の柱で支えられている。南側には水時計用の水槽をおさめた小塔がある。八角の各面は八方から吹く風の方角に対応している。おのおのの方角の寓意像は小壁《フリーズ》にレリーフで表され、その下の大理石の壁には日時計の線が刻みこまれている。傾斜した屋根の頂上に置かれたコリント式柱頭の上にはその昔、風向きに応じて回転するトリトンのブロンズ像がそびえたち、そのとき吹いている風の方角の寓意像を杖の先で指し示すようになっていた。

トリトンはポセイドンの息子で、いくつかの役割をもっている。ポセイドンは海とあらゆる液体をつかさどるギリシアの神である。ホメロスによればゼウスの弟であり、ヘシオドスによれば兄である。世界を分配したとき、海および海のすべての神々と生き物の支配をポセイドンが受け持つことになり、空の支配はゼウスに、地下の支配はプルートーの担当となった。ポセイドンは黄金の海底宮殿に住む。ゼウスが稲妻を持っているように、ポセイドンは強力な三叉の鉾《ほこ》をふるって海を掻き回し、岩を割って、その裂け目から泉や馬を出現させる。泉水と井戸の神としてとりわけアルカディアとアルゴリスで仰がれ、馬、海豚《いるか》、そして松の木がつきものである。ポセイドンの巨像は、しばしば港や崖上に立つ。妻はアムピトリーテー、トリトンの母である。彼女の琥珀の髪は黄金の網で覆われ、髪飾りは蟹爪、トリトンが曲がりくねった法螺貝《ほらがい》を荒くまたやさしく吹き鳴らして大波をうねらせまた鎮める大海原を、アムピトリーテーが操る貝殻造りの戦車を牽《ひ》いて駆けてゆくのは、海豚たちの群れである。

海泡石《ミアシャム》がアムピトリーテーのものだとされるのは、琥珀とおなじように海岸に打ち上げられているのが見つかるからだ。また、この石はコウイカの骨に由来すると考えてセピオライトと呼ぶひとびともいるが、この呼び名は、用心深いこの生物がいよいよせっぱ詰まったときに行方をくらますために放出する、例のセピア色の墨汁を連想させる。

これが、名高いデルフト製喫煙パイプに使われるミアシャムである。タバコの煙はミアシャムで冷却され、琥珀製の吸い口を通して吸引される。デルフト——さざ波ひとつない運河に映る影が幾重にも重なる町。この町でひとが見るのは、磨き上げられた黒、ムール貝か光沢のあるタールのように青っぽくて深い色、そして、水藻の触毛に似た黄みがかった褐色の揺らめく色調、また、古いファヤンス焼きの彩色陶器を見るような、バターの黄色やほうれん草の緑やキャベツの青のさまざまな階調である。白は決して白ではなく、ブロンドめいたパン皮か象牙の色である。この町の色はあまりに豊かなので、最もとるに足らぬ物々でさえ、貴重な物質のイメージを呼び起こす。琥珀、黄金、珊瑚、そしてすべての緑色の宝石。デルフトの迷路のような水路では、ひとはヴェネツィアを心に描くだろう。あるいは、町の郊外の狭い水路に中国の面影を見るかもしれない。ここでは家々はおしなべて木でできていて、上から下まで着色され、金彩が施されている。家の正面には猿や兎や牡鹿のかたちに刈りこんだツゲの木を生やした庭があり、そうした小庭はしばしばさまざまな色に塗られた垣根で囲われ、色鮮やかなチューリップやサンシキヒルガオで飾りたてられている。わたしたちを乗せた小舟は、流れに浮かぶ秋の枯れ葉のように、やがて町のまんなかの港へともどってくる。

ちいさいけれど清潔なわたしたちのホテルの高い窓からは、中庭をへだてて、よその家の窓がいくつも見える。蝶番《ちょうつがい》で開閉するようになった窓ひとつひとつが額縁で、枠のなかには、通路に敷かれたタイルの隙間の黄色い土をつつく赤い雌鶏たちをぼんやり眺めている料理人や、ゆたかな髪を櫛で梳《す》いている少女がいる。ほかの額縁を覗いてみると、トランプ遊びをしているふたりの兵士、地球儀を見つめている年輩の男、なかには空っぽの部屋もいくつかあって、斜めに射しこむ光だけが見える。窓台に置かれた植木箱には背の高いデルフィニュームが植わっているのが多い。この花はヒエンソウの名でも知られているが、デルフィニュームという名前は蜜腺のかたちが海豚《ドルフイン》に似ているからで、デルフスとは元来ギリシア語で子宮の意味である。そして、神託が授けられるデルポイといえば、これは世界の臍である。花の色はピンクと青と白がぼんやりと見え隠れしているので、海豚が海から引き上げられたときに色を変えてゆくところを連想させる。バイロンの詩句に、夕暮れの死にゆくさまは、苦しみの／ひとつひとつが海豚をば新しき色に染めなすごとく、喘ぎあえぐ／その断末魔の美しきかな――とある。

　おりよくわたしたちは、デルフト水族館の屋根は緑、底には青いタイルを張ったプールで、海豚たちがはしゃぎまわっているのを見ることができた。ここは日中の暑さから逃れるのに格好の場所で、朝食用食堂の朝のようすを思い浮かべればちょうどぴったりくる。アイロンのかかった光沢のあるテーブルクロスと銀の食器、さまざまなチーズやハムのスライス、丸々としたソーセージ、ころころのロールパン、カールしたバター・スライス、それに、殻を割ってつるりとむけば白身がのぞく、ひんやりした六つの固茹で卵。これらすべてに背の高いオランダ窓から光がふりそそいでいる。コーヒーは部屋じゅうに高々とカフェインを浸透させている。

　窓から運河の向こう岸に目を凝らせば、デルフトには多いアトリエの一軒で琥珀職人が旋盤に向かって屈みこみ、貴重な材料を旋削し、穴を開け、やすりや彫刻刀で整形し、できあがったものを軽石と珪藻土《けいそうど》と鉄丹で研磨している姿を、運良く見つけられるかもしれない。ビーズ、ブレスレット、カメオ、アミュレット、あるいは、野生動物たちの小像、ヘアバンド、凝ったデザインの櫛、チェス駒、すべて琥珀細工の小物である。ギリシア人は琥珀をエレクトロンと呼んだ。こすると静電気を放電するからである。お香として燃やせば、琥珀はポセイドンの松をおもわせる樹脂香を放つ。何百万年もの古さをもつこのつやつやした物質には、昆虫が封じこめられていることがある。琥珀の多くはバルト海海底に位置する斑状火成岩《ブルーアース》の地層の境目から産する。琥珀捕りの男たちは、トリトンのホルンの音が次第に弱くなり強風が凪いでゆく月光の下、あるいは明け方などに、網と三叉棒で海中に探りを入れる。緑色の琥珀は、この世の始めからある沼沢地《しょうたくち》から揚がると信じられている。青や赤の琥珀がまれに揚がるが、その由来は誰にもわからない。竜涎香《アンバーグリス》というものがある。これはフランスで言う灰色琥珀で、マッコウ鯨がつくりだすものだ。海上に浮いているのが発見されるばあいもあるし、鯨の腹のなかから捕鯨船員が見つけ出すこともある。メルヴィルが書いているところによれば、この竜涎香《アンバーグリス》のなかに堅くて丸い骨の板状のものがいくつか見つかり、はじめは船乗りのズボンのボタンだと考えられたが、後になって、容易に変成しないコウイカの骨が自然の保存処置を受けたものだと判明したという。竜涎香《アンバーグリス》は、消化不良によって生成するらしい。マッコウ鯨の頭部から発見される物質は、凝結した精液に似ているため鯨蠟と呼ばれる。たぶん竜涎香《アンバーグリス》が体内移動して凝結したものだ。どちらも蠟燭や膏薬に用いられるが、竜涎香《アンバーグリス》は香水の定着剤ないしベースとして、とりわけ揮発性のオイル類を固定するために使われる。ローマ・カトリックが乳香をローマまで運んだように、竜涎香《アンバーグリス》はトルコ人がメッカへもたらした。

トーマス・ブラウン卿の文章「壺葬論」には、「教会の境内に十年ほど埋葬され置かれたる水症の遺体よりわれらが所見の結果発見せる大結石は、大地の硝石と遺体の塩分および滲出せる分泌液の凝固したる大塊にして、最も堅きカスチール石鹼に等しき密度もてり」という言及がある。この物質、すなわち死蠟ないし墓場の蠟《グレイブワックス》は、竜涎香と似たものにちがいない。そして、ファルネーゼ枢機卿によって保存された壺からは大量の宝石にくわえて「琥珀細工の象一体、水晶玉一顆《か》」が出た。象が記憶を表象し、水晶玉が予見を表象するなら、複数の権威ある文書が特記する稀少な琥珀玉にはもっと強い魔法の力があるはずである。というのも、琥珀には磁力があり、ものを損なわずに保存することができるからだ。未来を見、または過去の霊魂を見るために、千里眼の霊能者は、蠟燭一本の光が玉の表面で跳ねるほかは真っ暗にした部屋に座る。最初、玉はただのっぺりと透明に、あるいはそこにある光を反射しているだけに見えるかもしれないが、霊能者が玉をじっと覗きこむうちに、琥珀なり水晶なりの玉には靄がかかってぼんやりとしてくる。つづいて、輪郭が不可思議な色合いの光を放つもののかたちがあらわれる。これと同種の光は、ステンドグラス窓の脇の石壁が室内に向かって広がったあたりにゆらゆら滞留しているのを見ることができる。あるいは、これもまた暗い部屋で最もよく機能を発揮する道具である暗箱《カメラ・オブスクラ》を覗いたひとびとは、光のスペクトルがいかに変容し、誇張されて見えるかについて報告している――まるで、子供のころ春の遠足で見た露に濡れた花々をひさびさに記憶のなかからとりだしたみたいに、ちらちら輝いていた、と。

器具製作者ジョン・カフは、暗箱《カメラ・オブスクラ》の効用について書かれた作者不明の詩を出版した。

珍なる絡操《からくり》よ、語れ、絵を描く技を誰から教わった?
そして、その非凡な手際で自然を模倣する技を……
世界のものたちを絵巻に描きとるおまえの技は
眼が魂の画布に描く絵さながらに真実を写しとる……

ファン・レーウェンフックが顕微鏡を用いて非難されたのとおなじく、フェルメールもほかの画家同様、暗箱《カメラ・オブスクラ》を用い、その結果、魔法を使ったのではないかと非難された。

これと同様、ケルズの書やダロウの書のような作品に代表される初期アイルランドの写字生と画工のしごとも、全くの奇跡であるとみなされた。ギラルドゥス・カンブレンシスは、聖ブリギッドの加護のもとで制作されたそのような装飾写本を実際に見ている。彼が言うには、この書物には無数の挿し絵ありて、注意散漫なる読者の目には落書きにしか見えぬ。だが、分別知る目にて図柄の不思議を子細に見れば、目に入るもの繊細にして複雑を極め、結構整い巧緻に編み合わせられたるゆえ、なんぴとといえども見れば見るほど、これまさしく人間業ではなく天使たちのわざなりと宣言したくなるであろうぞ。

写字生がこの書物にとりかかる前の晩、天使があらわれて一枚の図像を見せてこう言った。これからとりかかる書物の最初の一葉にこれを写してみよ。汝できるや否や？　写字生、ありのままに答えていわく、否。かような技は不肖わたくしの知識のおよぶところではなく、その精妙がいかにして成りたるやはかり知ることあたわず、と。天使答えて、あす、ブリギッド殿のところへ行きおまえのために祈ってくれるよう頼むがよい。神様がおまえの肉の目と霊の目を清く澄ませてくださり、おまえの手を導いて首尾よく描かせてくださいますように、と祈ってもらうことだ、と。これすべてなされたり。以後、天使は夜毎あらわれてそのほかたくさんの図像を見せた。写字生は次から次へと図像をよく覚えこんだゆえ、目のまえの羊皮紙から荘厳な色彩と飾り文字が鮮やかに輝き、燃え立たんばかりじゃった。手本は目のまえに浮かんでおるのじゃから、あとはなぞりさえすればよい。かくして、天使は図像を描きとらせ、ブリギッドは祈り、写字生は模倣することにより、書物がかたちになったということ。

だが、霊感を受けるに先立ってまず労働が必要である。第一に調達すべき材料は上等皮紙《ヴェラム》。子羊か子山羊か子牛の皮である。ヴェラムは、古フランス語の「ヴェール」——子牛——に由来する。画家たちの守護聖人、福音書記者のルカは、装飾写本では翼の生えた子牛として表現される。さて、作業の手順は、子牛の皮を剝ぎ、その皮を水に浸し、次に石灰水を入れた桶に移して脂肪や水溶性蛋白質を洗い落とす。それから、余分な肉と脂肪をなまくらなナイフでこそげ落として、もういちど石灰水に浸す。そして水洗いの後、子牛の足の位置に紐を結び、ラックに張ってしゃんとさせる。次は裁断、乾燥、軽石で磨く。最後に鵞鳥の羽根でけばを払う。ここまでで、書きこみ、綴じて、書物に仕立てる準備完了。ときに、書物の背が子牛の背のように見えることがある。また、母牛に子牛がいるごとく原本には写しあり、ということもある。

さて、次は羽根ペン。鵞鳥などのような大型の鳥ならなんでもよいが、飛び羽の端から数えて五本のうちから一本を選ぶ。左翼から取った羽根のほうが右利きには使いやすい。まず羽根を柔らかくなるまで水に浸し、次に熱した砂のなかで硬くする。その先は以下の製造手順で——(一)羽根をほどよく刈り込んだのち、人差し指の関節に当たって具合の悪い羽枝をきれいに除去する。(二)羽軸の先を斜めに切り取る。(三)羽軸の先端中央にスリットを入れるため、てこの要領でナイフの刃を注意深く上向きにあてがい、割れ目ができたら即座に力をゆるめる。(四)ペンの裏側を削いで、直径の半分くらいの深さで中心がスリットと重なるような窪みをつくる。（五）スリットの片側のペン先を整形する。（六）両側がぴったりおなじかたちになるように、もう片側も整形する。（七）ペン先の裏側がくぼみすぎていたら、なるべく羽柄の肉を取らぬようなめらかに削いで、平らにもっていく。（八）ペンの先端を「尖らせる《ニブ》」ため、先端の裏側をなめらかで硬い表面にあて、ナイフの刃を浅い角度で表側に押しつけてペン先を薄く削いでゆき、最後はスリットに対して直角あるいは斜めになるよう垂直に切り落とす。細かい裂片が残って先端の裏側がぎざぎざになるのをふせぐため、羽根が非常に硬いばあいには最後のカットを数回くり返すのがこつである。

　それから、各種のインクと顔料を一揃え入手しなければならない。インド産のスイートピー科の〈インジゴフェラ〉の赤と紫の花からとれる藍《インディゴ》。イタリアの土を原料とする赤茶《ロー・シエンナ》。ギリシアの黄色い土からは黄土《オーカー》。孔雀石の緑《マラカイト・グリーン》は炭酸塩化した銅からつくられる。赤虫《レッドワーム・ヴァーミリ》朱《オン》は水銀と硫黄から。「洞窟の白粉」と呼ばれる鶏冠石は砒素の二硫化物で、アラビア産。カシウス紫は塩化金の溶液に塩化錫《すず》の溶液をくわえて得られる。法外な値段で取引きされる群青はペルシアの青金石《ラピスラズリ》から。ケルメスとして知られる鮮やかな紅色は、昔は赤い実だと考えられていた〈ケルメス〉属のカイガラムシの妊娠中の雌だけを乾燥させ、挽きつぶしてつくる。石《オー》黄《ピメント》は王の黄色という名称でも知られる琥珀がかった黄色の砒素で、揮発するときニンニク香を放つ。濃い黒は、油煙《ランプブラック》、あるいは、焼いた魚や羊の骨を突き砕いたもの。オーク・ゴール・ブラック——オークの、虫こぶの、焦げた漆黒。

　写字生や画工が技能を習得するためにおこなう辛抱強い訓練の話は端折って、完成した書物のページを見ていくことにしよう。そこには、トカゲに似た渦巻の数々で字句が装飾されている。さまざまな図案は、幾何学的図形の組み合わせでできているのもあれば、螺旋や編み合わせといった単一の構成要素から発した直線ないし曲線がさまざまな展開を見せるものもある。簡単な捻《ひね》りや組み紐にはじまり、複雑な捻りと多種多様な編み方でこしらえた節こぶが次々に四角の組み紐長方形の組み紐三角形の組み紐六角形の組み紐八角形の組み紐そのほかいろいろへと連なってゆく手の込んだ連鎖まで、よりどりみどりである。葉の形態を使った装飾には、一本のうねる茎が反曲する渦形を交互に生やしながら先が三つ葉になって終わるものや、名状しがたいもののあんぐりと開いた両顎のあいだから一本の茎が吐き出されているものがある。動物形態のモチーフは孔雀、馬、各種の魚、犬、野兎、雄鶏、川獺《かわうそ》、猫、野ネズミ、トカゲ、蛇、ドラゴンなど豊富である。みな本物にはわざと似せられていないが、それゆえかえって、ビューグルの捻り飾りをつけた命あることばの福音を高らかに告げる、紋章動物の地位を獲得している。なかには、恐ろしい姿形の怪物めいたものもいて、彼らの四肢は曲がりくねり結合しあい、しまいには装飾の迷路へと変成していく。その迷路では、彼らのからだは一部が変形してべつの動物のからだのなかに隠され、極小の平面にうごめく微小な生き物を繁殖させているので、そのような彼らのからだの秘められた部分を探し出したい衝動に逆らうのは、ほとんど不可能である。羊皮紙の表面を磨くひとが使う珪藻土の中に、極微動物の白亜質の骨が無数にひしめいていることを想像してみてほしい。あるいは、池の水の一滴。そのなかには、三つの胃袋が深緑の植物質でいっぱいになったルビーの目をした動物たちがいる。さもなくば、枯桔梗の花に似た生き物たち、シャンペン・フルートか長い茎の先でゆれるガラス製のチューリップのようなかたちをした彼らのことをおもうべし。極細の駱駝《らくだ》毛の筆よりも妖精の睫毛よりもさらに繊細な繊毛をもつ、これら浸滴虫をほめそやすべし。単細胞生物よりも一段とちいさいのはクルマムシである。彼女は瞼に似た付属肢で渦を起こし、おびきよせた単細胞生物を目に相当する位置にある口がエイヤッと丸呑みにする。彼女の両瞼は櫂《かい》の役目も兼ねていてすばしこく泳ぐことができ、さらにこの器官はエラの機能もはたしている。両瞼は丸い突出部のある頭についているが、尻尾のほうはというと先端が三つに分かれたピンセット状になっており、この部分をつかって好きなところにひっつくことができる。彼女たちは縦方向に自発的な自己分裂をおこすことによって増殖する。とまあ、ものの本にはこんなふうに書いてある。

装飾写本の余白にはジョーカーがときおりあらわれる。二人連れで出てくることもあって、そういうばあいはひとりが写字生の筆写の間違いを指さして、もうひとりが笑い転げている。腕から切り離された手がふっとあらわれて、問題を含む一節がこれから始まることを読者に警告してくれることもある。伝統的な主題について書かれた、俳句をおもわせるちいさな詩がページの端から落ちそうにひっかかっているのも、ときどき見つかる。くちばしが黄色のクロウタドリが、ハリエニシダの黄色い藪で、歌っちゃいるけど、私の鵞ペンは、筆写に疲れはてていて、それでも今日のお天道様が、余白の上にふりそそぐ、またたく光のなあんとほがらかなこと！　四人のジョーカーたちが一つの大文字を引っ張ってばらばらにしようとしている場面があったかとおもうと、べつの行では、umumのmの字が騎乗した修道士の剃髪した頭頂部を形づくっており、馬の足はすぐ下の行の最後の数語を踏みつけて、下の行で始まろうとしているAの字の華麗な軽業師の調音の妙の上を、闊歩してゆく。馬上の修道士は読者に読みつづけるよう合図しているのだ。不安定な顔料が褪色して今では見る影もないが、緑のマントが新しかったころのこの修道士は大判写本のページの上で、数メートル離れたところからでも目立ったことだろう。そして、この緑衣の修道士は、この書物に向かって立ち、一字一句指でたどりながら手書きの文字を読み上げている現実の修道士の存在を、聖書の朗読に耳を傾ける聴衆にあらためて認識させたことだろう。

聖書は世界の似姿である。装飾写本がさしあたって置かれている開拓地の小さな石造りの教会——その建物の向こうでは、野生の動物たちが森の茂みではしゃぎまわり、鳴き交わしている。上昇気流に乗った鷲たちは螺旋軌道を描いて林冠のはるか上空を飛ぶ。ときおり、名もない星々が天から落下し、地上に物語をもたらす。崩れ落ちた雲のかたちにかすかな前兆が目撃される。苔むした壁をしたたる雨粒の意味は解釈されねばならない。鬨《とき》をつくった後の雄鶏の足跡のかたちも無意味ではない。蠟燭の炎がまたたけば、それはよい兆しである。炎が一方に傾いたままなら、状況は変化するであろう。ハシバミの細枝は鍵占い《クライドマンシ》にちょうどよい。牡牛の腹から取り出した肝臓に締まりがないのは凶事の警告。

今年は穀物が不作だったので、多くのひとびとが奇妙な幻影を見た。水に力のある聖人様がたは、奇跡を起こし、聖泉をつくるのに大忙しである。奇跡の起こし方にもいろいろある。司教杖の石突きで地面を叩いたお方もあったが、インヴァル・ナイルのナイル様などは森に向かって杖をお投げになった。聖人様の血や涙が流されるのも効験がある。聖人様の馬が蹴ったり、排尿したりするのもまたよし。聖人様の鈴から流れ出した水は、枯れることなき甘露の井となる。多くの聖人様が水面を歩まれるお姿や、水面を馬で行かれるお姿が、目撃されている。コルマーン・マック・ルアハーン様は一昼夜のあいだブルスナ川に潜り、水中の獣たちは聖人様をもてなすために泳ぎ比べをした。キラーニーの白鳥たちはカニャハ様の呼び声に集まり、フォイル湖の白鳥たちはコーワル様のひと声で集まった。他方、火の聖人様がたは、天から火を持ち下ろしてくださったり、昼の時間をぐっと延長してくださったりした。白く輝くお姿のまわりでは雨や雪が蒸気となって消えてゆき、沐浴なさった川には湯気が立った。デヴェニッシュのモラシェ様は〈燃え立つ火炎〉、イニッシュマレーのモラシェ様は〈紅の翼もつ者〉と呼ばれた。モリン様は〈聖なる火〉。聖人様がたは、驚異を起こしておられないときには、蜜蜂の巣の円錐形に石を積み上げた小室におひきこもりになり、祈りの時を過ごされるのがつねである。パンと野生のニンニクでお身体を養い、時の流れは顧慮なさらぬ。ひたすら、肉体の復活と世界の救済の到来を待ち望んでおられるのである。

E

Ergot

麦角《エルゴット》

聖アントニウスは上エジプトのコメで西暦二五一年に生まれた。両親が死んで、かなりの地所と妹の世話をする責任を引き継いだ。アントニウスはまだ二十歳にもなっていなかった。その六ヶ月後、教会で説教者の口から、イエスが金持ちの青年に言ったことばを聞いた。行って持ち物を売り払い、貧しいひとびとに施しなさい。そうすれば、天に富を積むことになるのです。これを自分に言われたことばであると解釈したアントニウス青年は、自分と妹に必要な最低限の土地だけを残して、あとはひとびとに分け与えた。その直後、あすのことをおもいわずらうな、というイエスのことばを教会で聞いた彼は、残った土地もすべて貧しいひとびとに分け与え、妹を教会の未婚婦人寄宿舎に預け、自分自身は世を捨てた。パンと塩と水で身体を養い、藺草《いぐさ》のむしろの上に寝た。だが、悪魔は昼も夜も卑猥で汚《けが》らわしい幻想を青年にけしかけて責めさいなんだ。彼はより徹底した孤独をもとめて、荒れはてた墓地のなかに隠遁した。

アントニウスは、悪魔についてこう語っている。悪魔には二種類あり。女と天使から生じたる者ども、そして堕天使ども。これらのうち、なぜある者どもは地獄へ追いやられ暗闇のなかに鎖でつながれており、べつの者どもは地上を自由に漂浪することができるのか、その理由は定かならず。外道の悪魔どもは人間とまぐわい、みずからの同族を殖《ふ》やさんと欲する。墜ちた者どもは、自分らが追い出されたる天の高みまで、人間が神の恩寵を受けて到達できうる特権を、限りなく嫉妬しておるでな。それゆえ、われらを威嚇せんとして最も異常なる姿に化けて出現するのじゃ。

しばしばあらわれるのは甲虫の兜で武装せる兵士たちの密集行列、連中の鉤爪の先は蠍《さそり》の尻尾、牙のある馬たちはわが顔面に硫黄の息を吐きかけてくる。またべつの折々には昆虫の大群が逆巻き渦巻いてわが庵へ押し寄せるゆえ、藺草のむしろさえその群れに乗せられて床を這い出す始末。連中がわがまなこのなかにまで這入りこむことも度重なった。さらにべつの折に、連中がまばゆい光に包まれてやってきて口をひらき、おういアントニウスよ、わしらはおまえに永遠の光を持ってきてやったぞよ！　と呼ばわったこともあるが、わしはまなこ堅く閉ざして祈ったゆえ、地獄の喧噪はようやく消えていった。よいか、悪魔どもが天使に化けてやってくるのに備え、十字架を身につけ庵にも掛けて、油断なく構えることじゃ、そうすれば悪魔はかならず退散する。闇の天使どもも光の使い方は忘れておらず、まんまと光をまとってくることもあるゆえ、十字架で備える以外、悪魔どものしわざと天使たちの介入をにわかに区別すること至難の業なり。トゥーティヴィルス、アシュマダイ、アザゼルのごとき悪魔名も、神聖な名へと変形することができるでな。ときにより、連中は姿隠したるまま、壁の空洞からみだらなことばを囁き、若者やら山賊どもが一晩じゅう酔っぱらい、淫婦どもと戯れ合うざわめきを聞かせることもある。これ、邪悪な思案、絶望、徳義の堕落によりて魂が乱調せるゆえなるぞ。

アントニウスはこのような経験談をコプト語で口述し、その内容は複数の書簡のかたちで書きとめられたと信じられている。だが、それらのパピルスは崩れて埃になってしまったので、彼の思想の断片がこんにちまで残ったのはひとえにアタナシウスがまとめた伝記のおかげである。アントニウスはすべての隠者、隠修士の原型であり、先達である。二八五年ごろ、彼は、より人里離れた住まいをもとめて、それまで住んだ荒れた墳墓をあとに山深く入り、見捨てられた羊飼いの小屋を見つけ、以後二十年間そこに独居し、春分と秋分ごとに乾パンを運んでくる門人を除けば、めったにひとと会わなかった。アントニウスは門人にいつもこう尋ねた。きのう働いたゆえ今日は休むもよかろうとうそぶくこと、この世の誰に許されておるであろうか？　未来を無駄遣いするために過去の時間をはかるなど、言語道断ではないか？　キリストに忠実なしもべたる者、なによりもみずからの魂を気に掛けねばならぬ。一瞬たりとも油断すれば、あの不吉な星めぐりの夜、積んできた徳行の稔《みの》りを総ざらい棒に振ったユダの運命をくり返す懼《おそ》れがあるぞ、と。

この人生観は金持ちと貧乏人の心をひとしく動かし、ひとびとは彼に俗世に下りてきてほしいと懇願した。三〇五年ごろ、アントニウスは山を下り、最初の修道院をファイユームにつくった。彼は弟子たちとずっと同居したわけではなく、ワニが群がるアルシノエ水路を渡って弟子たちをときおり訪問した。三一一年、彼は、ローマ皇帝に処刑される殉教者たちを勇気づけるためアレクサンドリアにあらわれた。彼は公然と白羊皮のチュニカを着用していたが、支配者をむこうみずに挑発する者たちがいたのをよそに、終始沈黙を守った。山へ帰ると、小さな庭を耕した。この庭にひとりの天使が下りてきて、彼にむしろと籠の編み方を教えた。三五五年、彼はふたたびアレクサンドリアにあらわれて、アリウス派の異端者たちを論駁《ろんばく》した。異教徒たちも群がった。彼は多くを改宗させ、奇跡を起こした。彼の声を聞き姿を見ようとして、この都市で彼は盲目の教理教師ディデュモスに出会い、熱心にこう説いた。視力無きは昆虫にさえありふれたことゆえ嘆くにおよばず、むしろ、神のお姿を見ることかなう内なる光がひとしくわれらに与えられておることこそ、宝と心得るがよかろうぞ、と。また、高位に達した大勢の聖職者たちの行状に驚きをあらわにした弟子たちに向かって、聖アントニウスは目に涙を浮かべながらこう語ったと伝えられている。修道士たちが都市に住み、豪華な建物に住み、料理が満載された食卓を囲むことを好み、世俗のひとびとと異なるは服装のみ、という時代がやがてくるであろう。だがそれはそれ、そのような時にあっても、真実の完徳の達成に向かいて刻苦する修道士たちの尽きることは決してあるまいぞ！

彼は死の直前に弟子たちを訪ねた。キリスト教徒のあいだでも遺骸に防腐保存処理を施すことが流行していたのを知っていたアントニウスは、わしが死んだらそのような異教の風習に決して染まることなく、山の庵近くの地中に、誰にも見つけられぬようひっそりわが骸《むくろ》埋葬すべし、と説き聞かせた。かく頼むはほかでもない、復活の日にはキリストさまの御手より朽ちぬ身体を拝領するゆえ、と。彼は羊皮のチュニカの一着をアタナシウス司教に、もう一着をセラピム司教に与え、懺悔服は弟子たちがとるよう遺言した。三六五年、百十四歳で死亡。死の当日まで良好な健康状態を保ち、視力は完全、歯もやや摩耗していたものの一本も欠けていなかったと報告されている。

五六一年ごろ、彼の遺骸が発見され、アレクサンドリアへ遷され、さらにコンスタンチノープルへ、ついでフランスのヴィエンヌへと運ばれた。聖人伝集編者《ボランディスト》たちは、聖アントニウスのとりなしによって起こされた数々の奇跡にかんする報告書を公刊したが、とりわけ、アントニウスの遺骸がヴィエンヌに遷されたと伝えられる十一世紀、ヨーロッパで猛威をふるった流行病にまつわる記述が多い。この病気は、〈神の怒り〉、〈神聖火炎〉、〈地獄の火〉、〈聖アントニウスの火〉と呼ばれた。症状はさまざまなあらわれ方をした。一部の患者のばあいは、腹部の内臓が冒され、激しい痛みをともなって、死が迅速にやってきた。べつのケースでは、患者の意志とはおかまいなしに四肢がひきつるので踊っているように見えた。日に日に、新しい振付けがあらわれた。ふらふらの踊り手たちの鎖行列に、罹患したバグパイプ吹きが同伴し、患者たちはみな立ち止まって眠ることも食べることも飲むこともできなかったので、中世の町々の広場では、ねじれくねったサラバンドやタランテラが死ぬまで踊りつづけられた。彼らはすべてを舐め尽くす火の虜になっていたのだ。罹患者が増えるにつれて、踊るひとびとの集団は巨大な生物体となり、意志をもって動いているように見えた。この怪物の思考は、波と粒子により、また、複雑な二重螺旋の化学現象により、また、男女の染色体の互いに連結しあった鉤十字のかたちによって表現された。これら自発的な奴隷たちが生み出す音楽は、奇怪に積み上がる階層を螺旋状に死へと上りつめていきながら、かつて人間の耳が聞いたことのないピッチにまで到達した。ひとりまたひとりと脱落者が出ても、この長大なパヴァーヌをひきついで参加する踊り手にはこと欠かなかったから、この怪物には永遠の生命があるように見えた。

異なる症状の発現形態として、四肢が乾性壊疽《えそ》になるばあいもあった。まず両手両足に氷のような冷たさがあらわれた後、熱したアイロンで責めたてられるような感覚に変わる。あたかも体内で消耗したかのように四肢が黒く変色し、萎《しな》びて、身体から脱落する。死にいたることもあったが、多くは快復し、四肢のうち残った三本、あるいは二本、あるいは一本で、余生を生きた。頭部と胴だけになって生きたひとびともいた。

これらすべての症状に先だって、さまざまな幻覚や妄想があらわれた。自分の衣服の皺が色鮮やかに起伏する牧草地に見えるので、その眺めに夢中になって何時間もじっと座りつづけるひとびとがいた。一本一本の糸がみずからの氏素性や運命を語りだすので、織り目のあいだにこみいった物語の数々が見えてくるのだった。店番をするひとびとは店内の在庫の壮麗さに酔っぱらった。天使がたくさんのひとびとにあらわれたが、とりわけ木々の枝のあいだに出現した。木々は木々で、ちょっとした西風に吹かれても天界の囁きで応えた。酒場の主や金貸しが近場の野原にうつぶせになっているのが目撃されたが、彼らは昆虫世界の広漠たる領分を精査していたのである。そして、新しい救世主が日毎に生まれた。

聖アントニウス病院修道会が一〇九六年にクレルモンに設立されたのは、〈神聖火炎〉の罹患者を救護するためである。つい近年までここでは、患者たちの遺骸の一部である萎びて黒く変色した手足などが陳列されていた。また、聖アントニウスの画像や聖画も多く所蔵されている。大別して二種類の図像があって、一方はアントニウスが悪魔たちに責めたてられている場面、もう片方はT字形の十字架と鈴と書物を持ち、豚が随伴した図像である。どちらのタイプにも火炎が表現されているばあいがある。T字形の十字架は元来、聖人が悪魔を追い払うのに使ったことを表していたとおもわれるが、後には〈聖アントニウスの火〉の患者が用いた松葉杖と思い合わせられるようになった。おなじように、豚は本来悪魔の偽装を表していたが、病院修道会の慈善事業を通して新しい意味合いを獲得した。すなわち、彼らの活動が地域共同体の感謝を受けたので、彼らの飼い豚に近隣の森の団栗やブナの実を食べさせてよいという特権が与えられたことを示すようになったのだ。一頭一頭の豚には鈴がつけられて、訴追免除の標章になっていた。書物はもちろん自然の書を指しており、アントニウスがその他の書物を読まなかったこととの埋め合わせになっている。彼は、家畜、肉屋、刷毛《はけ》職人、籠編み職人、癲癇《てんかん》患者の守護聖人である。

〈聖アントニウスの火〉は、麦角《エルゴット》——ライ麦の生長中の穀粒内に寄生する子嚢菌《しのうきん》〈クラヴィセプス・プルプレア〉の黒い菌核——がひきおこす麦角病に冒されたパンを食べることによって感染するというのが、昔からの定説である。麦角には無数のアルカロイドが含まれており、その多くは有毒である。リセルグ酸ジエチルアミド（LSD）がはじめて合成されたのは、麦角からだった。また、麦角の派生物であるエルゴタミンは偏頭痛や高血圧の治療に、あるいは、出産時の子宮収縮促進剤として用いられる。麦角の産科的利用価値に最初に注目したのはローニアが一五八二年に出版したローディオンの『クロテルブーフ』で、麦角の菌としての特性を確認したのは一七六四年に出たオットー・フォン・ミュンハウゼン男爵の『農業経済』が最初であった。

麦角《エルゴット》の語源は雄鶏の蹴爪を意味する古フランス語の「アルゴ」で、これは菌糸体のかたちが似ているゆえである。盗賊が使う隠語も「アルゴ」と呼ばれるが、たぶん隠語は言語の本流から流れ出す支流を形成するという意味合いから、おなじように派生したのだろう。旅籠《はたご》が建ち並ぶ街道筋にひとびとが群がっているのを思い描いてみてほしい。鋳掛け屋、歯抜き屋、行商、馬丁、荷馬車屋、担ぎ屋、馬の去勢師に馬医、間抜け者、売春周旋屋、清掃人、女郎屋の女将、短刀使いの剣士、使いっぱしりの少年、占い師に豚の去勢師、ごろつき、ネズミ取り、逃亡者、それから、避病院の舎監、いかさま師、娼婦、スリ、密偵、馬曳き男に夜鷹女、沖中仕、蛇使いの子供、大道画家、靴なおし、壁貼り屋に伊達男、おまけに吸い殻みたいな役立たずども。この連中のちんぷんかんぷんな無駄話のがやがやとかんかんがくがくが目印つけた甲板みたいなテーブルをかすめてすっとんでったと見る間にポケットめがけてとんぼ返りして迷路みたいなここんちのいたるところにあるサボり部屋の隅やら裂け目やらへ消えたんだがそいつらは外国語のちっとやチャットを借用してお仲間につれてってマブダチのバガーのやつがげろげろしたバトコにスキして売人の唾ぺっとかけたげんこつやらいかさま賭博師やら金ヅル持ちの汚職オヤジやらアダム派やら下水道水先案内人やらおねえちゃん就職希望にもみんなスキしてあれなにやってんの廃品ていねいにつや出ししてぴかぴかのコインに見せようってか、この。

シェイクスピアの『冬物語』に出てくるオートリカスはこのたぐいのごろつきである。オートリカスの名はメルクリウスの息子アウトリュコスにちなんでつけられた名前で、アウトリュコスといえば魔法の杖と盗品を隠す蝦蟇《がま》口を携え、隠れ蓑になるマントを羽織った泥棒王子。彼こそは、かなてこと略奪品を抱えて縞シャツに覆面といういでたちで登場するマンガの盗賊の、いわばご先祖様である。『冬物語』のオートリカスは、二束三文の小物類に飛びつく男で、盗品のリンネルなんぞを不正に取引きする商人でもある――インクル、カディス、キャンブリックにローン――「上っ張りが美人の天使かとおもっちゃうくらいで、彼のうたにかかると袖口や胸飾りの刺繍なんかも賛美されちまうんですから」。羊の毛刈り祭の日などにどこからともなくやってきて、リボンにガラス玉に匂い玉、あるいはブローチ、ナイフ、テープに手袋、靴紐や腕輪など、安ぴか物をだまされやすいカモにつかませるのが、オートリカスである。彼はきんちゃく切りで、バラッド売りでもある。

風に吹かれた雪のような麻布、
カラスの濡れ羽色の喪服絹地、
ダマスク・ローズの匂いつき手袋、
お顔の仮面にお鼻の仮面、
黒い管玉細工の腕輪、琥珀のネックレスはいかが、
ご婦人部屋には香水も……

荷物をひらいて小物をならべると娘たちが集まってくる。印刷したバラッドが人気があるのは、歌われているのはみな実話だと信じられていたからだ。オートリカスの口上は、「こっちのうたは悲しい節に合わせて歌っとくれ、高利貸しのかみさんが金袋を二十ほど出産したてんまつ、そのかみさんがクサリヘビの頭とヒキガエルの炙《あぶ》り焼きを食べたがったというだよ」――「もちろん実話、たったひと月まえの話だからね」。ほかにはこんなうたもあって、「四月の八十日の水曜日、海抜は四万尋《ひろ》の海の高みからやってきて、海岸にあらわれた魚が語る身の上ばなし、つれない娘たちをいましめるうただよ。どうやらもともと人間の娘だったが、愛した男と枕を交わすのを断ったもんで、冷たい魚にされちまったらしいんだな。このバラッドはとっても泣ける実話だよお」。

オートリカスは付け髭をつけたりひっぺがしたりして、出会うひとすべてを甘言でだまくらかしながら、芝居の筋の内へ外へとひらひら軽やかに飛び回る。彼の機敏な役回りはこの芝居の仮面劇めいた眉唾くさい筋立てにとって不可欠だが、じつはこの筋書きはシェイクスピアにはよくあるように借り物で、元ネタはロバート・グリーンの『パンドスト――時の勝利』である。が、もちろんこれとてオリジナルではなく、元々ネタが存在する。グリーンはライン地方産葡萄酒と鰊《にしん》の酢漬けの暴飲暴食がもとで死んだと伝えられる。

さて、『冬物語』のストーリーはおおよそこんな話である。ボヘミア王ポリクシニーズが、幼なじみで今はシチリア王になっているリオンティーズを訪問しているところ。リオンティーズは旧友にもうしばらく滞在を延長してくれるよう懇願するが、ポリクシニーズは、あまり長い期間国元を留守にするのは心配ゆえ名残は尽きぬがもう帰らねば、と言い張る。リオンティーズは王妃に加勢を頼む。王妃はポリクシニーズに二人の王の少年時代のことを思い起こさせなどして、ついに彼をもうしばらくここに留まる気持ちにさせることに成功し、ポリクシニーズの手を握る。ところがこれを見たリオンティーズは、「熱すぎる、熱すぎるぞ。友情の交換も度を超すと肉欲の交換になってしまう」と、嫉妬に狂いはじめる。ボタンひとつの掛け違えが、危険な連鎖を呼び起こす。ポリクシニーズは廷臣のひとりカミローの助言で城から脱出するが、これを知ったリオンティーズはますます自分の思いこみにのめりこんでゆく。彼は、王妃ハーマイオニが出産した女の赤子さえ、妻とポリクシニーズとの不義の子ではないかと邪推する始末で、王宮は底知れぬ混沌に支配されることになる。さらに、王は、息子が重い病にかかったのも不義密通のせいにする。彼は女の赤子を追放するよう命令し、神託が授けられるデルポイに使者たちを遣わして、自分の考えが正しいことを証明しようとする。使者たちはこんな神託を持ち帰った――「ハーマイオニは貞淑なり、ポリクシニーズは潔白なり、カミローは忠臣なり。リオンティーズこそ嫉妬深い暴君なり。赤子はしんじつ王の子なり。その子失われてふたたび見いだされなければ、王には世継ぎあるまじ」。うそっぱちだ、とリオンティーズは言い放つ。召使いが登場して、息子がつい今しがた死んだと報ずる。リオンティーズは自分の間違いに気づく。ハーマイオニは死んだかのようにくずおれ、運び去られる。一方、女の赤子はボヘミアの海岸で羊飼いとその息子が発見していた。赤子は彼らの子として育てられるであろう。

　十六年の歳月が流れる。かいつまんで言えば、ボヘミア王子フロリゼルがこの美しい羊飼いの娘と恋に落ちる。ポリクシニーズは彼女と息子の仲を認めず、フロリゼルを勘当する。だがもちろん、彼女の正体を証明する証拠が見つかり、みなが和解しあう。リオンティーズに残る唯一の後悔は、妻ハーマイオニの死であった。第五幕第三場では、リオンティーズの宮廷の貴婦人のひとり、ポーリーナがつくらせた亡き王妃の彫像が、リオンティーズの叡覧に供される。彼は彫像があまりに亡き妻に生き写しなのにおどろくが、死んだときの妻には今日のまえに見るほど小皺はなかったはずだとおもう。観客にはこれが、ハーマイオニは本当は死んでなどいなかったということを示す明白なヒントとなる。このあと、シェイクスピアはじつに巧みなじらしの手練手管を披露する。最後にはリオンティーズとハーマイオニは抱擁し、リオンティーズがほつれた糸の何本かを結び終えて大団円、役者たちは退場となる。

　こんなふうに要約しても劇の大部分がこぼれ落ちてしまうことは、わたしもわかっている。言語そのものが体現する演劇性がすっぽり抜けてしまうからだ。老羊飼いの息子の道化でさえ、ことばを操る卓抜な力を持っていて、たとえば、内陸のボヘミアの、つまりは眉唾モノの荒涼とした海岸に、赤子のパーディタを乗せた船が打ち上げられるのを描くとき、その船はメインマストでお月様をつっついて穴をあけたとおもったらじきに、まるでビールの大樽に落っこちたコルクの栓がイーストと泡に呑みこまれるみたいになっちまった、となる。あるいは、聞きかじりの最新情報をはぎ合わせて噂話をしている紳士たちはこう語る、「神託のおことばが現実となったらしい……これほどの不思議がいっぺんに出現したとあってはさすがのバラッド詩人たちのうたも追いつかんだろうな——で、どうなりましたかな？——ふたりの王の会見はごらんになられたか？——見なかった——それは惜しいことをした、わが目で見るべき光景でしたぞ、とてもことばで説明し尽くせるものではない」。

わたしは、正体の変容が日常的に起きているあの神話の岸辺で琥珀を捕るひとびとのことを、簡単に思い浮かべることができる。そして、わたしはふと、ネイ湖の不思議な由来話のいくつかを連想した。この湖では、湖水が木を石へとたやすく変容させるのである。それゆえ、石化した木の破片が岸辺のあたりでよく見つかるし、周辺の家々の庭や、岩石庭園や、植え込みを飾っているのもよく見かける。アルスター博物館には、重さ数百ポンドはあろうかとおもわれる石化した木の幹があって、樹皮と繊維質が生木とおなじくらいはっきり見て取れる。湖水の石化作用をいちばん受けやすいのはヒイラギだと言われている。石化したヒイラギの枝は草刈り鎌や剃刀《かみそり》を研ぐのに用いられる。それで、行商人はこんなふうに呼び売りをする。「ネイ湖の砥石、ネイ湖の砥石！　湖水に浸《つ》けたはたしかに小枝、出してみたらば砥石なり！」ネイ湖の漁師たちの多くは底引き網漁などをして水のなかで長時間過ごすので、これはまあ俗説をもし信じればの話だが、上のほうは人間だが、下半身は石になっていて、剃刀を研ぐための砥石を買う必要がないという。ズボンをまくり上げて向こうずねで研げばいいというわけである。リチャード・バートン牧師はあるときおこなった講義のなかで、ひとつの実例にふれてこう語った。ここにお目にかける砥石はですな、湖のほとりで生まれ、現在もその地在住の薬剤師アンソニー・シェイン氏の説明によればですな、シェイン氏がみずから父上の家の近くの湖水に浸しておいたヒイラギの枝なのでして、その水に浸けた場所がちゃんとわかるようにしるしをつけてから、氏はスコットランドへ薬学の研究に赴かれ、七年の歳月の後にですな、帰宅されまして、引き上げてみたところ、ヒイラギはすっかり石化しておったというのですわ。変容はこの期間に成就された、ということです。シェイン氏はこの記録をご自分の筆跡で残しておられますでな。

さて、ここでひと月が経ち、わたしたちはネイ湖のほとりのクランフィールド・インに集まっている。暖炉には火があかあかと燃え、店主のはからいで上等のウイスキー・パンチが配られ、わたしの父が冒険王ジャックの第二話を語りはじめる。

Foxglove

キツネノテブクロ

むかしむかし、ほんとに大昔の話、アイルランドの北のほうにひとりの王様がおりました。王様は家来の豚飼いの娘と密かに結婚していました。彼女には息子がひとり、みなはその少年をピーターと呼んでいました。身分の低い者と結婚していることがばれては大恥だと考えた王様は、ピーターが成長するまで誰にも近寄らせないようにしていました。いや、これからオレがお話しする一件がなかったなら、もっと長いあいだ隠しつづけることになってたかもしれないんですよ。

さて、王様のお城の近所にひとりの騎士が住んでおりまして、ピーターとのあいだに親しい友情が芽生えました。ふたりはしばしば一緒に狩りや魚釣りにでかけました。騎士はピーターに剣術を教えたほか、金や銀で小さな秘密のプレゼントをつくってやったりもしました。ピーターは王様とおなじように、馬と猟犬たちと一羽の鷹も持っていたのです。もっとも、王様はそのことを知らなかったんですけどね。

ある日、王様は、部屋でひとりぼっちのときに、わしは独身であるわけだが……とつらつら考えはじめ、こうつぶやきました。とうの昔にどこぞの貴婦人と結婚しなかったわしはもしかして大馬鹿者だったのではないか。死後に王国を託す正当な世継ぎもおらぬとは。よし、今からでも遅くはない、マンスター王には別嬪の娘がおったはず、あの王女を嫁にもらうことにしよう。

翌朝、王様は早起きすると、わが戦車をもて！　家来どももじゃ！　と命令しまして、従者たちが集まると全速力で出発し、休憩もなしにマンスターまで突っ走り、マンスター王の城へ入り、王女をわが妃に、とせまります。が、マンスター王の言うことには、娘の意に反して嫁にやるのはわが本意ではあらぬが、もし本人がそれを望むのであればよろこんで娘をさしあげましょう、と。そこで、メーヴ――これが王女の名前でした――が呼びにやられ、本人が姿をあらわすと、父はこう言いました。娘よ、おまえを娶《めと》りたいと申されて、ここにはるばるアルスター王がお見えである。おまえはこのお方と夫婦《めおと》になりたいか？

――たとえこちらがアイルランド最後の殿方となろうとも、わたくしはこのお方と結婚したくはございません。あの、王子さまのほうとでしたら、考えてもようございますけれども。

このことばは北の王様の逆鱗にふれまして、この王女は嘘つきだ、わしには息子などおらぬのだから、と申しますと王女も黙ってはおりません。

――あなたこそ嘘つきでしょう、しかも恥知らずの。

――わしが嘘などついていないことを剣で証明してくれようぞ。

――それは無理ね。こっちこそマンスターの剣にかけて、豚飼いの娘のところへ帰り着くまえにあなたの嘘をいさぎよく白状させてやりましょう。

──わしは腰抜けではない。女とは戦わぬ。

──あなたが腰抜けだってことぐらい知ってるわ、と言うが早いか王女は壁に掛かっていた剣を取り、王様めがけて振り下ろしました。とっさに身を守ろうとして振りあげた王様の左手を、その剣が切り落としたのです。さあ、とっととあなたの豚飼い女のところへ帰りなさい。わたくしはこれで気がすんだわ。

──魔女と夫婦になるくらいなら片腕で暮らすほうがましじゃ！

帰り道、家来たちは王様に、どうして片腕をなくしたのか尋ねました。ライオンと戦ってのう、わしは相手を倒したんじゃ、というのが王様の答えでした。

城に帰り着くと、ライオンと戦って失われた片腕のことをひとびとは口々に、お気の毒なことで、と言いました。ところが、いくらもしないうちに真実が漏れはじめ、そうなるともう同情なんかどこへやら、みんなかげで笑うようになりまして、こんなうたが流行《はや》りました。

むかしむかしの王様にこんな噂がありました、
片腕斬られた真相はなあんだスカート追いかけたから。

王様はこれを聞いて怒りましたが、歌われているのが自分のことだとは決して認めませんでした。

ある日、王様と貴族たちが狩りにでかけました。鹿が森から狩り出されるとみないっせいにあとを追いかけましたが、王様は遅れをとりました。片腕を失うまえのように馬を乗りこなすことができなかったからです。先に行った馬たちの足跡をたどって森のはずれまで来ましたが、そこで足跡を見失ってしまい、あきらめて帰ろうかとおもったところへ、雪のように白い馬に乗ったひとりの美しい女を見かけました。王様が声をかけると、相手もあいさつを返して、こう言いました。この先は行っても無駄ですよ。鹿は死にました。

――誰がしとめたのかね、と王が尋ねますと、

――あなたの息子さんですよ。豚飼いの娘のところの。いいですか、あなたがこれからも生きたいのなら、息子さんのことを隠しておくのはもうお止めなさい。わたくしは金の島の王の娘です。わたくしは化幻山《フェイ》に住まいいたす者、もしあなたがわたくしを娶りたければ、わたくしはご一緒いたします。父のところへおいでくだされば、父はきっとふたりのことを許してくれるでしょう。

王様はこの貴婦人に一目惚れしていましたので、一緒に行って王から結婚の許可をもらおうと言いはしたものの、どこにお城があるのか知りませんでした。そこで貴婦人は、さあわたくしの馬の手綱をお取りくださいな。わたくしはあなたの馬の手綱を取りましょう、と言います。彼女が二言三言、王様には意味のわからないことばを言ったかとみるや、またたくまに王様は貴婦人と並んで空中を飛んでいました。

ある山裾までやってくると、ふたりは着地し、貴婦人はまたいくつかことばを唱えました。

すると、山が口を開け、彼女はそのなかへ入ってゆくので、王様もあとに続きました。いくらも歩かないうちにいろんな果物と花が咲き乱れるきれいな庭に着きました。その庭のいちばん奥にお城がありました。ふたりは庭を通ってお城に入りました。貴婦人が扉を叩くと扉がひらき、ふたりは大広間に入ります。そこには王座があって、銀の髭をはやした人物が座っています。この方がすなわち金の島の王です。貴婦人は口をひらいて、父上、こちらはアルスター王、わたくしを娶りたいと仰せでございます。

——その申し出、認めるわけにはゆかぬ。その男は名うての悪党である。即刻帰り、あの豚飼いの娘を認知して王妃とせぬとあらば、その男の両足を縛って山頂に置き、鳥どもに肉を食わせ放題にしてやるが、どうじゃ。さあとっととそのならず者を拾ったところへ戻してくるがよい。

ふたりは、そういうわけで山から出ていきました。二頭の馬たちはさっきのところにまだおりましたので、ふたりは馬に乗り、空を飛んで、はじめて出会った森のはずれに着きました。別れ際に貴婦人は言いました。父の言ったとおりになさいませ。さもないと父はことばどおりのことをするでしょうから。

——さて、やんごとなきわが貴婦人とお集まりのみなさま、とジャックは言った。じつは、王様に起こったことはぜーんぶ夢だったのです。本当のところは、王様は森を抜けて近道をしたつもりだったのですが、途中でうっかり一本の大木に正面から衝突したのでした。間抜けですね。で、その場で気を失っているあいだに幻を見た、とこういうわけです。狩りの一行が戻ってきたとき、王様は森のはずれにたたずんでいました。ついていらっしゃいませんでしたがどうされました、と尋ねられた王様は、わしの馬は目が見えなくなったらしい。立木につっこんだおかげでひどい一撃をくらった。ところで、鹿は誰がしとめたんじゃ？

――ピーターですよ、と一同は答えましたが、もちろん彼が王様の息子であるとは誰も知りませんでした。王様はお城へ戻り、医者たちが呼びにやられました。診断は、七日間ベッドで安静にしていれば完治するだろうというものでした。王様は、自分はあの美しい貴婦人と一緒に金の島へ行ったと信じていましたが、そのことは誰にも言いませんでした。身体が快復すると、王様は豚飼いの娘を呼びにやり、いままで認知せぬまま放っておいてたいへんすまなかった、と詫びました。彼は、彼女が自分の正式な妻であることをおおやけにし、ちゃんとした結婚式もすることにしました。王様は王国全域の領主たちや女領主たちに招待状を送り、大勢のひとびとがやってきました。全員が集まったところで、王様は息子のピーターを指してこう宣言しました。今まで隠し通してきたが、これがわしのひとり息子、ピーターである。

この時代には、結婚式には即興詩人や仮装者たちがつきもので、この日もたくさんの芸人が来ていました。なかにひとりの冗句屋がいましたが、この男が進み出てこんなうたを歌いました。

おいらが参列したいちばんの婚礼は、
一本腕の王様に豚飼いの小僧とくらぁ。

王様はかっと頭に血がのぼり、そやつを即刻捕まえてここへつれてこい。たたき斬ってやろうぞ、と叫びました。家来たちがその冗句屋をとらえて変装を剝《は》いでみると、誰あろう、ピーターの親友の騎士ではありませんか。

ピーターもこれには怒り心頭、騎士に向かってこう言いました。今日のような日にあなたともあろうお方が、ぼくやぼくの父母にこれほどの侮辱をなさろうとはおもいもよらなかった。わが父はあえて事を荒立てまいとするかもしれぬが、ぼくは黙っておられない。決闘だ。あすの朝、丘のふもとに来られたし。どちらが本物の男か試そうではないか。望むところよ、と騎士は応え、こんなうたを歌いました。

あすの朝だ、見逃すな、
すごい勝負が始まるからな、
世にかくれもなき剣豪の、この騎士様と
豚飼いの娘のせがれが一騎打ち！

王様は家来たちを呼び集め、王妃と王子と召使いたちを除いてほかの全員をお城から追い出し、城門をすべて閉じるように命じました。

王子はその晩ひとりで部屋に閉じこもり、翌朝には無二の親友と闘わなければならないことをおもいながら、悲しみにくれていました。父母がやってきて息子に思いとどまらせようとしましたが無駄でした。不名誉よりは死を選びます、というのがピーターの主張でした。

翌朝、彼は早起きし、武具で身を固めると丘のふもとへ向かいました。騎士はピーターを待っていました。ふたりは握手を交わしました。王子は、あなたと闘うことになろうとはおもってもみなかった、と言いました。

——わたしもそうだよ。しかし、言い出したのは君のほうだ。わたしは騎士を名乗る以上、たとえ相手が君であっても闘わぬわけにはいかんのだ。

両者は剣の鞘を払って向かいあい、決闘の火蓋が切って落とされました。大立ち回りの気合いのあまりのものすごさに、一天にわかにかき曇ったかとおもうまもなく陰鬱な雲に一閃の光射しこみ、そうかとおもえば荒天は平穏な空へと変わり、また青空は嵐へと変貌をとげ、決闘の重圧に耐えかねた荒岩からは清水が湧きだしました。両者の剣が発するいくつにも分岐した稲妻は、周囲何マイルもの大地を明るく照らしました。やがて翳りゆく日の光を見て、王子は言いました。この勝負、明朝までひとまずおあずけだ。

——よかろう。あす夜明けにこの場所でまた、と騎士は応えました。

翌朝、ふたりの勇士は暁を背に丘のふもとで向かいあいました。きのうの闘いが激しいものだったとしたら、今日の闘いはその七倍も激しいものでした。これほどの対戦は、クー・フリンとフェル・ディアズが闘った浅瀬の決闘以来、アイルランドでははじめてでした。この第二日の太陽がちょうど沈もうとするとき、騎士は王子に致命傷を与え、王子は倒れて息をひきとりました。

その直後、豚飼いの娘の王妃がお城の庭にひとりたたずんで息子の死を嘆いていると、突然ひとりの老婆が彼女のそばにあらわれました。

――悲しんでおられるようじゃが、そのわけを話してごらんなされ、とその老婆は尋ねました。

――わたしには立派な息子がおりましたが、騎士がその子を殺したのです、と王妃が答えます。

――あたしがその騎士とやらに仇をとってやれば、あんたの悲しみの種はなくなるってことだね。

――いいえ、わたしの悲しみは永遠に消えないでしょう。でも、誰もあの騎士に仇討ちをしないとあっては悲しみ百倍です。

――そうだろう。あたしが仇をとってやるから、あんたの悲しみをなだめてやるといいよ。この仇討ちはあんたのためでもあり、あたしのためでもあるんだ。あたしにはむかし娘がいたんだけど、あの騎士はうちの娘との結婚の約束を破ったのさ。あたしは魔法が使えるが、あいつがあんたの息子を殺すまであいつに近寄ることは許されなかった。けど、今はもう大丈夫、あいつはあたしの力の支配下にある。あすの朝、お日様が昇るまえに、あいつが二度と剣を抜けないようにしてやるさ。

老婆はどこかへ消え失せました。そして、夕闇が下りるころ、キツネノテブクロの――この花は妖精の指ぬきという異名ももっていますが——鈴のような花を七つとり、汁を絞って魔法の杖に塗りつけました。老婆は変装して騎士の家へ向かいます。さて、騎士は目下、ひとりの若い貴族の女と恋愛中、結婚を考えていました。老婆は騎士に、あんたの恋人はネイ湖の湖畔で待っていますよ。急いでね、なにか大事なことをお伝えしたいそうだから、とせかします。騎士は老婆と一緒にでかけましたが、湖畔に着くやいなや、老婆が騎士をヒイラギの杖でひと打ち、騎士は石に変えられてしまいました。

次の朝、王妃が庭を歩いていると老婆がまたあらわれました。

——王妃様、約束は果たしましたよ。騎士をもう二度と剣が抜けない身体にしてやった。あいつは今や湖のほとりの石くずの山。助けを求めることも決してできない。だって、あいつの恋する女がやってきてあいつの名前を呼ぶまでは石になっていなけりゃならないんだけど、あいつがあそこで石になってるなんて女は知るはずないんだから。未来永劫待ったって助ける人は来ないっていうことさ。

——あなたにどんなお礼をしたらいいでしょう、と王妃は言った。

——なにもしなくていいですよ。あたしのほうからなにか求めることもしない。だって、あたしは娘をだました男に仇討ちをしただけなんだから。それがあたしの本懐。もうごほうびはもらってるんだよ。

そう言い残して、老婆はあらわれたときとおなじように消え失せました。

騎士は今でもネイ湖のほとりに石くずの山になったまま立っています。騎士の恋人がやってきて自由にしてくれないかぎり、未来永劫、石のままたたずむことでしょう。

さて、栄えある聞き手のみなさまがた、この物語を語れる者はオレを除いてアイルランドにはおりません。この物語は誰かひとりから聞き覚えたのではないのでして、ふたりとか三人とかからでもないのですよ。オレはこの物語をそこいらじゅうから聞き集めたのでして、この話全部が本当の物語になるように、掛け値なし、本当のことだけをつなぎあわせて物語を組み立てたんですよ。もし、お許しさえいただければ、あすの晩もべつの物語を語りましょうか。と、この最後のことばがジャックの口から出た瞬間、水時計の最後の雫《しずく》がしたたりおちた。

まことにおもしろい物語であった、と聴衆のなかのひとりの男が、杖をとりだして足元の白いグレーハウンドをトンと叩きながら言った。猟犬はふたたび美しい貴婦人に変わった。ほかの男たちも猟犬たちにおなじことをすると、犬たちはみな貴婦人に変身した。壁の扉がひらき、男たちと貴婦人たちはこの屋敷の女主人にお辞儀をして、ゆっくりと、そして威厳あふれるようすで、このまえとおなじように女たちが男たちの肩に乗って退場していった。扉は彼らの後ろで音もなく閉じられた。さて、広間にはジャックとこの家の女主人だけが残されたが、ジャックは女主人のようすがいつもとすこし違うようだと感じた。女主人の目のなかに光がひとすじちらちらしたかとおもう間に消えた。彼女は三回口をひらいてなにかを話そうとし、三回とも思い直して止めた。結局、女主人は無言のまま立ち去った。

門番が入ってきて、結構な夕食が整えられ、ジャックが食事を終えると、門番は彼をベッドへと案内した。その晩、彼はよく眠った。
翌日もそのまえの日とおなじようにジャックは過ごした。屋敷内では、女主人はおろか立派な聴衆の誰ひとり見かけることはなかったし、門番はジャックの質問にことごとく口を閉ざして答えなかった。夜になると、ジャックは蠟燭があかあかと灯った広間に呼び出された。女主人はいつもの椅子に腰掛けてジャックを迎え、お話の準備はよろしいかしら、と尋ねた。ジャックは、はい、いつでも、と答えた。彼女はちいさな金のトランペットを口に当てて一声吹いた。すると壁の大扉が開いて、十二人の女たちを肩に乗せた十二人の男たちが入場してきた。昨夜とおなじように、みなが座席に着くと、女主人は言った。さあお話を。そこでジャックは口をひらいて……。

いやはや、と父は言った。どうも考えておったよりも話には時間がかかるものだな。どうでしょう、みなさん、話の続きはまた来月集まってということにしてはいかがかな?

わたしたちがみな一杯、二杯、あるいは数杯の酒でほろ酔い気分になったころ、誰かが外の空気を吸いに出ないかと言い出した。その日は美しくて寒い晩で、十一月にしては珍しいくらい空気が澄み切っていた。わたしたちはクランフィールド教会のイトスギの古木の下で星を見上げ、星座を見つけてはそれにまつわる物語を話したり、そうした物語に先立つもっと昔の伝説を思い出そうとしたりした。わたしはふと、樹木の茂った路地に星座のように群生していたキツネノテブクロをおもいながら、この草花がもついろんな名前を小声で唱えた。〈魔女の手袋〉、〈死人の鈴〉、〈妖精の手袋〉、〈血だらけの指〉、〈こびとの手袋〉、〈妖精の指ぬき〉、〈妖精のペチコート〉。キツネノテブクロは蜜蜂そのほかの昆虫たちのお気に入りで、彼らはそのうなだれた花のなかに雨宿りして寒さや雨水をやりすごすのだが、この植物を食べる動物は皆無である。なかにはこの植物が毒をもっていることを本能的に察知して、避けようとする動物さえいる。しかし、ほとんどの毒とおなじように、キツネノテブクロも周到に投与すれば貴重な治療薬になる。ジギタリス製剤として抽出されたものは頭痛や浮腫に薬効がある。カルペパーによれば、これは穏やかな浄化作用のある薬草で、葉を突き砕いて患部に包帯で巻きつければ外傷の初期治療に有効であり、また、絞り汁は慢性のただれを洗浄し、乾燥させ、治療するのに用いられ、とくに頭部にできたかさぶたには特効がある。ジギタリスが体内に多量に入ると、循環系に作用して、なんでも青く見えるとか、あるいは、浮遊する感じがしたり、風が木々や煙突の通風管によって語りかけているのが聞こえるとかいうたぐいの、さまざまな症状を脳にもたらす。必要な場合にはアトロピンがジギタリスの解毒薬になる。「毒よく毒を制す」とはこのことである。というのも、アトロピンが採れる植物は〈死の宵闇〉であり、〈アトロパの美女〉であり、〈悪魔の桜桃《さくらんぼ》〉であり、〈黒茶の巨人〉であり、〈悪人の桜桃〉であり、〈悪魔の薬草〉なのだ。ダンカン一世がスコットランド王だったとき、マクベスの兵士たちは休戦協定の乾杯に飲む酒に〈死の宵闇〉を溶かし、侵略してきたデーン人の全軍に毒を盛った。なにも疑わずに杯を飲み干したデーン人たちは昏睡状態に陥り、スコットランド軍によって殺戮された。アトロピンの語源はアトロポス——彼女はギリシアの三人の運命の女神のひとりで、生命の糸を鋏《はさみ》で切るのが役目である。

ベラドンナは瞳孔を膨張させる。ヴェネツィアの美女《ベラドンナ》たちが黙りこくった男たちに付き添われ、ゴンドラで暗い水路をすべっていくとき、水面に映るランプの火を見つめる目の美しさをよりきわだたせるために、彼女たちはベラドンナの汁を用いた。ギリシアの天文学者たちは目に見える星の輝きを強めるためにベラドンナを用い、そのおかげで彼らは詳細な星座見取り図を描くことができた。ベラドンナを常用した天文学者たちはこう考えた。万物は連鎖し、過去に起こった事柄は永遠なのであるから、わたしたちがこんにち知る物語の背後にはもうひとつべつの物語がある、と。であるからしてわたしたちも、ガニュメデスの運命を論じるまえに、オルペウスの運命をざっと述べておかねばならない。

G

Ganymede

ガニュメデス

オルペウスはエウリュディケの愛をかちとった。竪琴を鳴らして婚姻の神《ヒュメナイオス》を呼び寄せた。彼は、ライオンやトラさえ魅了した歌声で歌い、木々が恍惚と身を震わせてダンスに耽った旋律を奏でた。すると、はてしなく広がる大気のなかを、サフラン色のマントを着て婚礼の松明《たいまつ》を振りかざしたヒュメナイオスが飛んできて、ふうわりと舞い降りた。だが、その日は幸福の炎は燃えあがらなかった。ふだんなら祝いの場ではたのもしい松明だったが、今日はふくれっ面をして光の代わりに悪臭をなびかせるばかり。ヒュメナイオスは浮かぬ顔、客たちや先導役たちは煙にまかれてなにも見えず、目からは涙が出てくるしまつ。だがこんなのは序の口だった。エウリュディケはちょっとだけ新鮮な空気を吸おうとして、曲がりくねった小川の土手まで歩いていった。ヤナギの枝が水面にたなびき、紫の葉のあいだを細かく砕かれた星くずのように蛍たちが動いていた。さてそこへ深い淵からアリスタイオスがあらわれた。蜜蜂とオリーブ油と葡萄酒をつかさどり、情が深いこの神は、アポロがニンフのキレネに産ませた息子だ。濡れた肩が月光を浴びて輝いていた。彼はエウリュディケの美しさに一目惚れしてしまい、すぐその場でわがものにしたいと欲情した。

彼は素っ裸で暗闇から歩み出て、エウリュディケに微笑みかけた。彼女は胸を押さえてよろりと一歩後ずさりした。彼女はくるりと背を向け、月光を浴びた木立のあいだを抜け、夜露に濡れた草の上を走った。背中に男の息遣いを感じた。草のなかに一匹の蛇がひそんでいた。彼女はその上を踏みつけ、ずるりとすべった。その拍子に、蛇は光る毒牙で彼女のかかとに噛みついた。彼女はたおれた。オリーブ油と葡萄酒の神が彼女の生きた魂を味わうまえに、エウリュディケは死んだ。

オルペウスは冷たくなった新妻を見つけた。彼は竪琴をかきならして、地上の大気を呼吸するすべての神々と人間たちに、悲しみのうたを歌ってきかせた。彼はライオンたちに歌った。彼らの獰猛さで新妻が息を吹き返すかもしれなかったので。木々にも歌いかけた。芽吹き、葉を茂らせる力によって彼女を復活させてくれるかもしれないとおもったから。弦のわざの限りを尽くして悲痛なうたを歌った。だが、だめだった。あきらめきれないオルペウスは、タイナロスにある入り口から冥界《ステュクス》へ下った。幻影たちの群衆や、ずっと昔に埋葬されたありし日の人間の亡霊たちのあいだをぬって、彼は進んだ。耳元で祈りを囁く声がしたり、ひんやりと湿っぽい指が睫毛にふれたりした。ついに彼は、この荒涼とした死者の世界を守護するプルトンとペルセポネの玉座までたどりついた。オルペウスは竪琴をとってまたもや歌いはじめた。

——地下の世界を支配する神々よ、わたしたち生けるものはみなここへ戻ってくるのが定め、どうかわたしのうたを聞いてください。二重の意味などない、飾らない真実だけを語るうたですから。わたしは奈落の底なしの淵《タルタロス》やメドゥーサの子孫の怪物とやらを見物に来たわけではありません。はるばるここまで下りてきたのは妻のため。草原にいた毒蛇の毒で妻の身体は冒され、将来ある命がひったくられてしまったのです。これも運命とあきらめねばならないことは百も承知で、耐えようと努めもしました。けれど、愛の神がわたしをうち負かしました。ここではどうかよく知りませんが、地上の世界ではよく知られた神です。いやいや、ここでも名高い神のはず。だって、あの有名な略奪の物語が真実なら、あなたがたお二人も愛の神によって結ばれたのですから。この恐ろしい場所にかけて、このはてしなく広がる音のない混沌の世界にかけて、わたしは懇願いたします。どうか、新妻のもつれた運命の糸を解きほぐし、わたしの手からあまりに早く奪い取られたエウリュディケに今一度の命をお与えください。わたしたちは最期にはあなたがたのもとへゆくのですし、地上でどれだけの時間が与えられるのかもあなたがたのおもうがまま。しまいにはここへやってくるわたしたちにとって、あなたがたは究極の家。しかるべき年月を地上で生きた後に、妻はふたたびあなたがたのものになるのです。生と死を握るあなたがたにお願いいたします、妻の生きた身体を貸してくださいますように。もしこの願いが聞き入れられなければ、わたしは帰りません。そのときには、わたしたち二人の死にどうか祝福を！

もの悲しい伴奏にのせて彼がこう語るのを聞いて、冥界に囚われた霊たちはすすり泣いた。タンタロスは逃げつづける水を追うのを止め、イクシオンの永遠に回る車輪は動きを止め、巨人ティテュオスの肝臓をついばむ猛禽たちは嘴を休め、シシュポスは巨石を丘へ押し上げることを忘れた。冥界の支配者たちも心を動かされずにはいなかった。プルトンとペルセポネはエウリュディケを呼び出した。彼女はまだなりたての亡霊で、傷が痛む足をひきずってやってきた。オルペウスは、暗闇の世界から光の世界まで妻の先に立って歩き、決して後ろを振り向かないこと、という条件でエウリュディケを引き取った。ふたりは静まり返った階段や狭い廊下づたいに上り坂を登り、地獄の真っ黒な炎で先が見えないところを吹き荒れるハデスの突風に向かって歩くときには、オルペウスは後ろから来る妻の手を引いて先へ進んだ。そして、地上界の縁までやってきたところで、妻が最後の一段を踏み外さないか心配になったオルペウスは、はげまそうとしてうっかり後ろを振り返った。その瞬間、妻は足をすべらせ、底なしの淵へ墜落していった。オルペウスは手を伸ばしたが、つかんだのは妻ではなく虚空だった。こうして、二度目に死んでいこうとするエウリュディケは、なんの不平も言わなかった。これほどまでオルペウスに愛されたというほかに、不平などあるはずもなかったからだ。さようなら、とだけ彼女は言ったが、その声はもう遠くて、オルペウスの耳にはほとんど聞こえなかった。彼女はなりたての亡霊たちがいるところへ落ちていった。

　エウリュディケの二重の死にオルペウスは茫然とした。まるで自分が石に変えられてしまったように感じた。が、勇気を奮い起こして三途の川《ステュクス》をもう一度越えようとした。ところが冥界行きの船頭は櫂《かい》で彼を押しかえした。悲しみよりほかに支えはなく、自分の涙よりほかに飲むものもなく、着の身着のままのオルペウスは七日のあいだ、その薄暮の土手にうずくまったままでいた。やがて、冥界と地上界の中間の暗黒界《エレボス》の無慈悲な神々に恨みのうたを歌いながら、ロドペ山と吹きさらしのハイモス山へやってきた。太陽が三度、双魚宮を通過したが、オルペウスは異性との肉の愛を避けつづけた。たくさんの女たちが言い寄って、ひとり残らずはねつけられた。そして、若さの花が散るまえのいとけない少年を愛することをトラキア人にはじめて教えたのが、誰あろうオルペウスだった。

丘があり、その上には青々とした草原が広がっていて、新緑を照らすまぶしい日射しをさえぎる日陰はなかった。オルペウスはここに来て、竪琴を手に取り、日陰をつくる木々を呼び寄せることにした。大柄でぎいぎいきしるオークとほっそりしたタマリクス、池をあがめるロータスと槍の柄になるトネリコがやってきた。猫のしぐさが身についたヤナギ、気品のあるブナ、パエトンの死後ポプラに変えられたヘリアデスの姉妹たちも来た。トキワガシ、はるばるレバノンからやってきたシーダー、臆病なハシバミたちの姿も見える。プラタナスたちは葉を広げ、お祭り気分のパーティにちょうどいい木陰をつくってくつろいでいる。弦楽器の糸巻やフルートになるツゲの付き添いでやってきて、ダンスを踊っているギンバイカたちの、青みがかった黒い目。アザレアとシャクナゲの群れが気前の良さを見せつけ、ポプラはニシキギに会えた喜びを囁く。フジもいて、ツタをやさしく編んでいる。ブドウをたわわに実らせた蔓は、心慰める果汁に与えられる褒美をプラムの木と競いあう。香りのよいゲッケイジュの頭の上に、ポンデローサ・マツの竜涎香《りゅうぜんこう》が香っている。勝利の紋章であるシュロたちが、たとえようもなくしなやかな葉を揺らしながらふわりふわりとやってきて、腰掛けたオルペウスのまえでうなずき、ひとつお辞儀をした。

この集まりのなかに円錐形のイトスギがいた。今は木だが、かつては、弓と竪琴に弦を張る太陽神《ポイボス》に愛された少年だった。その昔、ニンフたちに捧げられたペットの牡鹿がいて、その雄大に広がる枝角はすてきな日陰をつくった。角にはずらりと金色の飾り鋲が輝き、両肩から琥珀のネックレスが下がり、額を飾るのは細紐に結んだ気泡のかたちの銀の玉、左右の耳たぶからは真珠のイヤリングがぶらさがっていた。このけだかい動物は人なつっこく、おそれることを知らなかった。なでてもらいたくて誰彼の家となく入ってきたり、知らないひとに鼻面をすりつけてきたりすることもよくあった。さて、この鹿のことをいちばんかわいがっていたのは、ケオスの美少年キュパッソスだった。おおキュパッソスよ、牡鹿をほとばしる泉や若草の野原へ連れていったのも、牡鹿の角を深紅の花冠で飾ってやったのもおまえだった。またべつのときには、鞍もつけずに背に乗って、口に喰ませた紫の手綱をぐいぐい引いて、あっちへこっちへと行かせたのもおまえだった。

あれはある夏の日の昼下がり、磯をあがめる巨蟹宮《きよかいきゆう》さえ日射しに茹だり、へたりこむ頃合いのこと。牡鹿もひんやりした森に逃げこんで動悸を静めているところ。キュパッソスは牡鹿がシダの茂みのなかにまぎれていたのに気がつかず、うっかり牡鹿につまずいた。その拍子に彼の抜き身の投げ槍が牡鹿を貫いたのだ。キュパッソスは牡鹿が死んでゆくのを見るにたえず、自分を死なせてくれるよう嘆願した。これに対して、白昼の太陽神ポイボスは思いとどまるよう命じたが、少年は聞く耳をもたなかった。彼はもういちずに死を思い詰めていて、永遠に喪に服することを望んだ。ほかの神々はこのあわれな願いを聞き届けることに決めた。すると、少年の血は葉緑素と化し、身体は緑に染まり、頭髪は星降る空を見上げるイトスギの釘だらけの冠に変容していった。全身がすっかり木に変身すると、彼はきしり、うめき、彼とおなじ悲嘆にくれるひとびとのために慟哭しはじめた。

まあざっとこんなところが、オルペウスが呼び集めた木々たちの内訳である。鳥や獣たちに囲まれて座っている彼のすがたは、とても立派だった。彼がふたたび竪琴を弾きはじめると、楽器が耳慣れない調子で響くのに気がついた。それまで奏でることのできなかった音楽が彼のもとへやってきたのだ。そこで彼はこう歌いはじめた。母なる詩神よ、力ある天の主神よ、あなたがたの力を讃えるうたをしばしば歌ってきたわたしです、今日もうたをお授けください。巨人族《ティタン》よ、雷電の一撃をくださるようしばしばお願いしてきたわたしですが、今日はやさしくわたしにふれてください。神々に愛された少年たちや、気まぐれな肉欲に二度までも欺かれた娘たちのことを歌ってみたいのです。そして、わたしのうたにまずご登場願うのは神々の王ゼウス、細身の少年ガニュメデスへの愛に焦がれている場面です。大神は恋しさのあまり、すがたを変え、翼を生やしました。ありふれた鳥ではなく堂々たる鷲です。大神の大鷲は空から急降下、トロイアの少年をさらっていきました。かくして天に囚われの身となったガニュメデスのしごとはゼウスの杯に葡萄酒を注ぐこと。大神は永遠にかわいがってくれるのですが、少年は今でも鬱々としているのです。

古典作家たちによれば、ガニュメデスは宝瓶宮《ほうへいきゅう》、すなわち星座の水瓶座になったという。わたしたちの天文学では、ガニュメデスは木星の四つの衛星のうちのひとつ（ほかの三つはイオ、エウロペ、カリスト）で、一六一〇年一月七日にガリレオが自分の望遠鏡ではじめて観測した。それ以前には彼は月を観測して、月がほかの学者たちが主張したような完璧な球体ではなく、でこぼこやへこみやあばただらけであって、地球の表面と同様さまざまな窪地と隆起がいたるところにあり、高山や深い谷を形成していることを発見した。実際、月面の凹凸はその規模において地球上のそれをしのいでいる。

ガリレオは、数年まえからヨーロッパをにぎわせていた「オランダ筒」ないし「ホラントめがね」という器具がどういうものかを伝え聞き、その風聞をもとにして自分の望遠鏡を製作したといわれる。ある伝説によれば、一六〇〇年ごろ、（セランドルあるいはゼーラントの州都ミッデルブルフのハンス・リッペルスハイという無名の眼鏡職人の店で遊んでいたふたりの子供が、たまたまレンズを二枚組み合わせて窓の外を覗いてみたところ、見えたものにおびえてレンズを取り落とした。子供たちがリッペルスハイのところへ駆けてきて言うには、窓のところに雄鶏の怪物がいたよ！　と。じつは、これは教会の尖塔のてっぺんの風見鶏のことだった。こうして、彼はレンズを二枚組み合わせて最初の望遠鏡をつくったという話である。あるいは、この伝説のべつのヴァージョンによると、子供たちはリッペルスハイ自身の子で、遊んでいたのは庭、見たのは遠くの尖り屋根の軒下にとまっていた数羽の鳥だったということになっている。これらの逸話は、ハーグで政府関係の古文書のなかに次のような記録を発見したジョン・ヘンリー・ファン・スウィンドンの研究と直接関連がありそうだ。その記録には、一六〇八年十月二日、離れたところにあるものを見る器具の発明者、ミッデルブルフのジョン・リッペルハイ（原文のまま）の申請について議会が審議した、と記されている。この案件について調査委員会がもうけられ、問題の器具はモーリス公の屋敷の塔において試験された。結果は事前の予想をはるかにしのぐものだった。遠くの軍艦の帆柱やロープ類に、海水のしぶきが宝石をちりばめたように掛かっているようすが、まるで至近距離から見た蜘蛛の巣さながらに見えた。船乗りたちの衣服の細部もボタンにいたるまでくっきりと識別できた。さらに、船長の口元のミアシャム・パイプからたゆたう煙が見えたので、彼が吸っているタバコがヴァージニア産かメリーランド産かをめぐってしばらくのあいだ、大激論となったほどである。リッペルハイは、水晶を用いて同様の器具を三点製作するよう指図を受け、その製作方法は秘匿するよう命じられた。一点につき九百フローリンが支払われた。十二月十五日、彼は調査委員会に両眼用の器具を提出し、さらに二点製作するよう注文を受けたが、この発明がすでに一般に知れ渡ってしまったため、製作権の独占は却下された。

ところがファン・スウィンドンは、ライデン図書館のホイヘンス手稿コレクションのなかに、おなじ一六〇八年の日付でオランダ全国会議に宛てられた別の申請書の原本を発見した。申請者はジェイムズ・メティウスの名でも知られるヤコブ・アドリアーンゾーン、アルクマール出身。内容は上記とそっくりの器具の独占販売権の申請であった。この器具は手前どもが偶然発明したものですが十分な改良を施しましたゆえ、先頃ミッデルブルフの眼鏡職人が売りに出した品に比べても決しておとるものではございません、と本人は主張している。彼はさらなる改良を命じられたが、その後どうなったかは記録がない。

フランス王の侍医、ピエール・ボレルはこれらの報告に対して、一六五五年に出版された『望遠鏡発明実記』のなかで異論を唱えている。彼が主として使ったのは、駐フランス王宮オランダ特命全権大使、ウィリアム・ボレールの証言である。ボレールは、望遠鏡の発明はハンス・ヤンセンの息子であるミッデルブルフのザハリアス・ヤンセンであると証言しており、この断定は、ハンス・ヤンセンの孫息子の「わたしの父は一六一一年か一六一〇年に望遠鏡を製作しました」という宣誓つき証言、および、おなじく孫娘の「一六一一一九年」という宣誓つき証言を根拠としている。P・ボレルは、リッペルスハイが発明者であると主張する人物も三人おり、発明の時期はそれぞれ一六〇五年、一六〇九年、一六一〇年と主張していると書いているが、P・ボレルの判断ではこの三人はいずれも「人柄に信頼がおけない」人物であった。一方、ボレールはいささかとりとめのない逸話によって自説を証拠立てている。以下、かなり縮約した翻訳をごらんにいれよう。

――一六一〇年ごろのことでしたか、素晴らしい発明品の噂がいろいろと聞こえてまいりまして、なんでもそれを用いればとなりの教区の教会の尖塔の怪物形水落とし口《ガーゴイル》が水を吐き出しているのが見え、お望みとあらば、運河の向かいの家の客間の壁に掛かったオランダ共和国連合州の地図の上の地名さえ言い当てることができ、日射しのふりそそぐ窓辺で娘が編んでいるレースの細部を見るなどはもちろん言うにおよばず、という話でありました。やはりおなじ年のことでしたか、ひとりの見知らぬ男がミッデルブルフへやってまいりまして、男の姿形が町のひとびとのお喋りの種になりました。あの時分特有のホランド地で仕立てたシャツを着ておりましたが、そのシャツはまずすっぽりかぶるとふくらはぎの下までありまして、裾をパンタロンのまわりにたくしあげて着るものですから、腰のあたりに六、七インチばかりだぶだぶと襞《ひだ》になっております。この上に、びっしり刺繡が施されて丈が膝まであるチョッキを着ておりまして、正面にはお揃いの布でくるんだボタンがずらり、さらにその上に重ね着した裾長の上着の、袖口にスリットを入れて長々と折り返したカフスにも、ずらりとボタンがついており、さてその裾はというと、尻より下がゆったり裾広がりになった左右の身頃に飾りポケットがついておりましたが、そのポケットがどうやら実用的でなかったのは、着ている本人にはポケットの位置が低すぎて使いにくかったのですが、はしっこいスリなら簡単にしごとができる位置だったからでございます。それから、ストッキングの丸めた端にリボンの靴下止めをつけ、バックルつきのハイヒールを履いておりました。シャツの首まわりには幅広のよだれかけのようなスカーフ。緋色の肩帯に緑のモロッコ革の剣帯。カールした長髪の鬘《かつら》の上に、孔雀の羽根を挿した山高帽をかぶり、幅広で堅いひさしの両サイドを上げ、前は下げておりましたから、このよそ者の目はちょうど陰になっておりました。とにかく肩からつま先まで、リボンがてんこ盛りになっておったという話でございます。

これは教区委員の細君が証言しているのですが、そのよそ者はミッデルブルフの本通りのまんなかで立ち止まり、マフから緑色の眼鏡をとりだしました。そのお方ならしゃれた手袋をしてたのではっきり覚えていますわ、と細君は語っております。ちょうどその前の週にアムステルダムへ行ったときに流行《はや》ってたのとおなじ手袋だったんですもの。そのお方は眼鏡を鼻にあてがうと、ぐるりとまわりを見渡して、さまざまな店や宿屋やなにやかやの看板を眺めました。そこへ、と細君は続けて、燭台職人のファン・トロンプさんとたしか琥珀商のファン・デル・ヴァールさんだったとおもうのですけれど、このふたりがその見知らぬお方に近づいていくと、そのお方はお帽子をちょっと持ち上げて一礼の後、オランダの獅子が彫りこまれたちいさな銀の嗅ぎタバコ入れをお出しになり、パチンと音をさせてお開けになって、このふたりの紳士にタバコをお勧めになりました。そして、三人の殿方が近くのリッペルスハイさんのお店へ入っていくのを、わたくし、しかと見たのでございます。

このあとボレールの物語はかんじんなところへ入っていく。よそから来たこの男は、眼鏡のブリッジが鼻柱にくいこんで具合が悪いのでどこかで直してもらおうとしていたのである。その当時、この町では、ウェッセルから引っ越してきた安物専門のハンス・リッペルスハイよりも、ヤンセンのほうがはるかに老舗ではるかに腕のいい光学器機職人であることは衆目の一致するところであった。にもかかわらず、このよそ者はふたりの町の名士の案内によって、間違ってリッペルスハイの店へ案内された、という事情が明らかにされる。ファン・トロンプが次にこう証言する。そのお方はご自分の鼻柱についた眼鏡の痕をリッペルスハイに見せて、直し代はいかほどでござるかなどと尋ね、マフから絹の財布をとりだしながら、なにげなく、ちかごろ評判のよい、彼方《かなた》の地平線を目のまえに引き寄せてくれるとかいう新発明のことを聞いてみた、とまあこういうことらしいですな。リッペルスハイは腕ではヤンセンにかなわなかったかもしれませんが、口がうまくて抜け目のない男でしたからね、そのお方にこう言ったんです。お客様、どんな装置をお考えになってられるのか、もすこし具体的にお聞かせくださいませんと。うちには各種モデルが取り揃えてございますので。もちろん、ちかごろこの種の器機はひっぱりだこでして、ご注文から納品まで六ヶ月ほどお時間を頂戴することにはなりますがね。お客様のご要望は船舶用基本モデルでしょうか、それなら一型ですな。それとも近距離諜報活動用の三－a型でしょうか、お客様、とね。もちろん、この時点ではリッペルスハイは望遠鏡と運河の堤防に開いた穴の区別もつかなかったんです。ところが、客のほうはちょうどいい職人に出会えてよかったと思いこんだんですね。そうさな、基本的なモデルでレンズがふたつ付いた、そのほら、凹レンズと凸レンズを、長い革の筒のなかに仕込んで持ち運びができるようにしたものが、それ、あるでござろう――そう言いながらリッペルスハイに嗅ぎタバコをひとつまみ勧めて――もちろんホラントへ帰ったら既製品を手に入れることはできるが、商用にて旅行中この地を通りかかり、おたくの評判を耳にしたものでな、ちょいと立ち寄ってみたのでござる、と。ボレールが言うには、ようするに、狡猾なリッペルスハイが望遠鏡製作に必要な情報をこのよそ者から引き出して、以後、自分が発明者であると名乗り、裏庭で子供たちが二枚のレンズで遊んでいて云々という眉唾くさい話をでっちあげたというのである。

さて、ここから先はしばらくボレールの話を端折ることにしたい。話の登場人物たちは近所の酒場へ移動して、そこから数ページはその店で飲めるさまざまな蒸留酒、ビール、タバコの描写、さらに当時流行していた複雑なラウンド制——飲んべえ同士がおごりっこをするさいのルール——の解説が延々と続くからである。さて、やがて話は本筋に戻り、ボレールは、例のよそ者はコルネリアス・ドレベルという名前であったと書いている。ドレベルはホラント（州名である）へ戻ってアドリアン・メティウス（前に登場したヤコブあるいはジェイムズ・アドリアーンゾーン、またの名をジェイムズ・メティウスと呼ばれた人物である）に会い、自分の間違いを悟り、メティウスに説得されてふたりでゼーラントを再訪し、ヤンセンの店まで行って自家製造の望遠鏡を数点購入したが、そのなかには琥珀貼りの美しい製品もふくまれていた。以上、これにて証明終わり。だがまだ付け足しがある。先ほど引用した文章のまえのほうで、ボレールは驚くべきことを言っている。ヤンセンは顕微鏡も発明したのである、と——

セランドルの州都ミッデルブルフはわが故郷、その美しい星形の要塞の影の下で遊んだ幸せな思い出があまたございます。要塞の上までよじ登ると、堂々たる町並みと、河岸に建ち並ぶ商家に荷物を運びこんだり運び出したりするための古いグラーフテ——すなわち水路——が屈曲しながら流れてゆく絵のような眺めが、眼下に広がりました。この町に数多い見どころのなかで、クロヴェニェル——ロング・マスケット銃——の浅浮き彫りがついたクロヴェニェルスドーレ、またの名を射撃手同業会館に感嘆するもよし、スタットハイス——市庁舎——の豪奢な正面玄関の伝説上の動物たちが載った天蓋の下に、ゼーラントとホラントの二十五伯爵と女伯爵の彫像がずらり並んでいるのを、ためつすがめつ眺めるのもいいものです。みな、幸運なことに、このまえの戦争でも破壊されませんでした。ミサ典文こそ最も尊厳な霊的表現と考えた聖ノルベルトゥスの白衣参事会員たち――プレモントレ会の修道士たち――によって建てられた、見事なオンゼ・リーヴェ・ヴロウエ・アブディー――聖母修道院――にもふれずばなりますまい。絵のように美しく、たくさんの塔をもつこの建築群に足を踏み入れ、ここにある数々の歩廊、参事会会議場、小礼拝堂、聖歌隊席、さらに付属的な機能をもつ厨房、調理室、食料庫、階段室、小部屋、研究室、書庫、印刷機、地下室、面会室、通廊、共同寝室、寝室、個室、収納室、火薬庫、物置、出窓、張り出し窓、聖所、手荷物置き場、踊り場、長いホール、柱廊ホール、作業室、植物標本室、診療室、収蔵庫、実験室、控えの間、売店、食堂、喫茶室、銃器室、休憩室、厩舎のことを考えるだけで、誰しもたちまち迷子になってしまうでしょう。ああ、迷路のような装飾庭園のなかをさまよい歩いて、ローズマリーと紫のバジルの芳しさがパセリとタイムの香りに、黄薔薇の強烈な芳香に、すがすがしい干し草の甘くただよう匂いに、混ざりあうのを嗅ぐよろこびといったら、たとえようもございませんでした！

ミッデルブルフ、わが生まれ故郷！　少年時代、わたくしは氷結したザイデルゼー、すなわち南海の氷上でおこなわれた伝統的な婚礼にときどき招かれました。そして、女たちが円舞を踊るのをなかばはじらいながら見つめたものでしたが、踊り手たちは紺色か刺繍つきのレイグリフという伝統的なボディスをつけておりまして、わざと一部分を見せるようにしていました。さて、自分もやがて結婚したらどんなに楽しい生活が待っているだろうかと、想像をめぐらせたものでございます。わたくしが心に思い描いたのは日当たりのよい一階の寝室で、きちんとプレスされたリネンのいい匂いがただよい、裏庭の乳製品小屋からは新鮮なバターミルクの香りがただよってまいります。その小屋は妻か、あるいは家の食糧全般をまかされているメイドが妻の指図を受けてしたものか、とにかくていねいなこすり洗いを終えたばかりで、その妻は毎朝、両腕にいっぱいパンの塊《かたまり》を抱えて、あるいは芥子《けし》粒の雀斑《そばかす》がついたまだあたたかいロールパンや、水晶のような白砂糖粒をつけた円錐形のパンをいくつも抱えて入ってきます。わたくしは、アイロンがシューシューいう音やフライパンがたてるジュージューという音、それから、暖炉の脇の棚で深鍋が知らないうちに煮えあがる音も聞くことができました。天井から吊り下がったゼーラント・ハム。ひんやりした食料品室で熟成しているアルクマール産の各種チーズ。ミッデルブルフ周辺の納屋やら池やら風車やらのある田園風景が、各部屋の真新しい壁に泥えのぐ《デトランプ》でずらりと美しく描かれていました。キッチンだけは白壁でしたが、四十八の引き出しがついたアルブッス材の香辛料キャビネットがでんと構えていて、ひとつひとつの引き出しにはカルダモン、黒コショウ、クミン、コリアンダー、ナツメグ、キツネノテブクロ、麦角、マンドレーク、キャラウェイ、オールスパイスといった名前を書いたラベルが貼ってあり、引き出しについた象牙のノブにはひとつひとつ神話上の動物の頭が彫ってありました。じっさい、このキャビネットはその巨大な寸法にもかかわらず大層整然とした収納家具でして、言うならば、ひとたび蓋を開けるや、切断し、縫合し、穴を開け、切りとり、刺し通し、はさみ切るさまざまな道具がツゲ材の迷宮のなかに行儀よくおさまって、鋼製の一団が整列待機している外科医の道具箱の親戚なのでありました。あるいは、べつのたとえをしてみれば、打ち出し装飾が施された銀のキーがついた琥珀製の美しいフルートが、四つに分解されて、青いベルベットで内張りした携帯用の箱におさまっているのを見るようなもの。歌口《アンブシュール》は金でライニングが施され、口を当てて息を吹きこめばベースの根音《こんおん》が歌口を震わせ、それまで感じたことのないうなり音が発せられるだろうことを、所有者たる自分だけは先刻承知しているのでございます。シュリンクスもこの抑揚は知らないでしょうし、アポロとて葦笛をこれほど上手に吹いたことはなかったでしょう。

さて、表の客間にはヴァージナルがありまして、スプーンとコーヒーカップがかすかな音をたててお客様全員にゆきわたるあいだ、何某家の女主人の指がたくみに曲を奏でます。ひらいた食器戸棚のなかでデルフト焼きの青がかすかに光っています。二階ではホランド・シャツ、シュミーズ、ブラウス、堅いペチコート、鯨骨製のステイやコルセットが、匂い袋を入れた衣装箪笥に眠っております。屋根裏部屋には義母ゆずりのドールハウスがあって、義母はそのまた義理の母から贈られたもので、代々の時間がぼんやりとそのあたりに澱んでおります。ドールハウスの正面壁を蝶番《ちょうつがい》からはずすと、そのハウスの全体の寸法がのみこめてくるのですが、なにしろ大きな作り物で、目の高さを合わせて覗きこみさえすればちっぽけな自分が映る玄関ホールの姿見にいたるまで、本物の家に必要なものはすべてそろっているのです。蠅ならこの家でうまくやっていけるでしょう。クローブがたくさん刺さったきのうの焼きハムの残りにかぶせられたガラスの釣鐘形の蓋をはじめとして、この家のすべてのものは蠅のスケールとぴったりなのですから。

このドールハウスには婦人用の閨房《けいぼう》があって、ちっぽけな貴婦人の人形が三面鏡を覗きこみ、自分の顔をじっと見て物思いに耽っております。アラビアから輸入された軟膏が入ったちいさな壺がいくつか、クルミ材でできた化粧台の上にあります。閨房の上の階には子供部屋があり、古めかしい揺りかごに赤ん坊が入っております。その赤ん坊が泣くのを想像すると、まるで自分が布にくるまれて泣き叫ぶ赤ん坊になったような気がするのでございます。

それにしても、はるかな昔、氷上の婚礼に参列して、満足げにパイプタバコをくゆらせながら氷に映った星座を見つめていた大人たちの姿は、この上なくまぶしいものにおもわれました！　あの時分以来、わたくしは、ゼーラントの星、海の星、海の魚族の収穫者、そしてまた科学の知の源泉であるこのミッデルブルフ市にふさわしい人間になろうと心に決めたのでございます。あのときのわたくしが今のわたくしを見たならばどんなに感動することでしょう！　駐フランス王宮オランダ特命全権大使として、陛下、あなたさまに報告を書いているのでございますから。

すでに申しましたとおり、ミッデルブルフはわが故郷であり、ハンス・ヤンセンは、わたくしの生まれた一五九一年にはわが家の近所に居住しており、わたくしは彼の息子のザハリアス（通称ハンス）を知っており、少年のころにはよく彼の店に行きました。この息子のほうのハンス――この名前はヨハンネスと呼んでもおなじですが――は、最初の顕微鏡の発明者でして、顕微鏡一台を、総督にしてベルギー軍司令官モーリス公に献上したのでございます。また、後に同様のモデル一台を、ベルギー王国の最高支配者オーストリア大公アルベルト殿下にも献上いたしました。一六一九年、わたくしが駐イングランドの特命全権大使在任中、自然のさまざまな秘密に通じており、ジェイムズ一世の数学家庭教師でもあったわたくしの知人、ホラントのコルネリアス・ドレベルが、オーストリア大公殿下から拝領したという器具、すなわちザハリアスその人が製作した顕微鏡を、わたくしに見せてくれました。近頃よく見るような短い筒の器具とは異なり、その顕微鏡の筒はほぼ一フィート半ほどあり、金メッキした真鍮製で、直径は二インチ、真鍮製の三匹の海豚《いるか》とポセイドンの像が支柱にあしらわれておりました。基部は黒檀の円盤形をなし、その上に最も微小な物体を置いて上から覗くと、ほとんど奇跡といっていいくらいに拡大されて見えたのでございます。

いやはやつい横道にそれまして、失礼いたしました。本題に戻らなければいけません。一六一〇年ごろのことでしたか、素晴らしい発明品の噂がいろいろと聞こえてまいりまして、なんでもそれを用いればとなりの教区の教会の尖塔の怪物形水落《ガーゴイル》とし口が水を吐き出しているのが見え――

この続きは本章の途中に引用したとおりである。

5

Helicon

ヘリコーン

ガリレオ・ガリレイといえば物事を逆さまにした人物だが、彼は望遠鏡を逆さまにして顕微鏡をつくった。一六一四年十一月十二日、彼は子羊ほどの大きさで毛むくじゃらの蝿を見たと報告した。蝿にはするどく尖った爪があり、その爪の先端を表面の微細な孔に差し込むことによって、ガラス面を逆さに歩くことさえ——ちょうど月面を歩行するように——可能なのである、と。

一六七四年九月十二日、ホラント州デルフトの服地商人、アントニー・ファン・レーウェンフックは、町から二マイルほど離れた沼で緑色に濁った水——田舎のひとびとはこの手の濁水を「糖液《ハネジュー》」と呼んだ——を汲んで、ガラス瓶に満たした。服地を検査するためみずから製作した顕微鏡でこの水を覗いた彼は、水中に「極微動物の大群」を発見した。次に彼は、刺激臭を放つ汚水を一滴採って顕微鏡の下に置いた。そこに見えたのは、「微細な鰻《うなぎ》、それとも蠕虫《ぜんちゅう》というべきか、とにかく多数のそれらがもみくちゃに折り重なって蠢《うごめ》いていたが、それはちょうど水を張った桶一杯に鰻の稚魚があふれんばかりにのたくりあっているのを肉眼で見るようなもので、それら雑多な極微動物のために水全体が命あるもののようにおもわれた」。彼が言うには、ちっぽけな一滴の水のなかに何千もの生き物が生息し、おのおの勝手気ままに動いていながら互いに共生してもいるこの光景は、かつて目にしたことがないくらい愉快な眺めだった。これは、ひとつの理想共和国の幻像《ヴィジョン》であった。

絹織工の息子、デルフトのフェルメールは、なにもあるはずのないところに微細な光の点々を見て取った。あらゆるものが流動的な光の斑点でできているといってもいいかもしれない。《天秤を持つ女》、または《金を量る女》とか《真珠を量る女》の名でも呼ばれる彼の絵を見てみよう。よく見ると天秤の皿にはなにも載っていない。あるいは、この天秤は光の粒の目方を量っている。《少女の頭部》とか《ターバンの少女》とかの名でも知られる《真珠の耳飾りの少女》の場合には、描かれた少女の透明でうるんだ目を拡大すると、明暗配合《キアロスクーロ》のにじみへと融解してしまう。また、耳飾りの真珠は、拡大すれば、ちいさな暗色の不明瞭な水滴のなかにいるオタマジャクシに似た白い斑紋である。

フェルメールが描く室内の壁をていねいに見ると、決して白くはないことがわかる。テンペラ画の痕跡のような青や金や黄土色が明滅し、黄色や青紫や橙色があちこちで輝いているのだ。光がフェルメールの壁に当たると、当たった光はスペクトルのなかでポジションを変えながら、揺れ動き、膨張し、壁面の隆起や傷を強調しつつ、それらをぼかし技法で描く雲景画に変え、乱反射する色彩の調和を保ったまま移動してゆく。壁面には絵の具の細流がデルタを形成し、色彩の象形文字があらわれる。壁面はエジプトとおなじくらい古く、見る者にみずからの来歴を語りはじめる。石が切り出され、時の作用で粉々にされ、石は砂へ、粒子へ、原子へ、素粒子へと挽きつぶされて今にいたる。それらは代々の塵でできた、どこにでもある存在である。そして、似たような性質のほかのあらゆるものと同様、永劫の時と空間を経てどれほど散乱していようとも、「永遠の相の下に」互いにみっしり寄りあっているのだ。

一六五四年十月十二日、午前十時三十分、オランダ独立戦争の名残の爆薬八万ポンドがひしめくデルフトの火薬庫から失火した。その結果起きた爆発の音はドイツでも聞こえた。街路は吹き飛ばされ、何百人もの死者が出た。塵の雲が数日間日光をさえぎったため、デルフトでは、オランダ黄金時代の栄えある秋の光も一時的に翳らずにはいなかった。倉庫跡には十五、六フィートの深さの水たまりだけが残った。犠牲者のなかにレンブラントの弟子のカーレル・ファブリツィウスがいたが、彼はフェルメールに影響を与えたとされる画家である。ファブリツィウスの《楽器売りの屋台のあるデルフト眺望》（一六五二年）は、暗箱《カメラ・オブスクラ》を補助的に利用して描かれたと一般に認められている。この絵に向かって画面左側の近景には、ひとりの男が顎を親指でささえて座り、その周囲を、壁にたてかけたリュート、寝かせたコントラバス、それに彼の屋台のガラスを嵌《は》めていないよろい板の列が取り囲んでいる。右半分は、遠くの新教会とそれをとりまく家々が占めている。画面左右の不均衡があまりにも著しいために、この絵の都市風景には夢のようなはかなさが与えられ、まるで物思いに耽る男の夢想が外にあらわれたかのように見える。

《歩哨》はファブリツィウスが爆発事故で死ぬ年に描いた作品で、この絵もまたうつろいゆくものごとについての瞑想、ないし戦争にかんする論評である。歩哨は、歩兵銃を膝にのせ、左右の目元がヘルメットで陰になり、両脚をだらしなくひらき、木製ベンチに前屈みに座って居眠りしている。そばには開いた門があり、見上げれば欠けた石柱がある。投げ出された右足のすぐ脇にちいさな黒犬がいて、非難するかのように歩哨を見つめている。門のアーチの上の壁を見ると、聖アントニウスと彼にはつきものの豚が浅浮き彫りで表現されている。アントニウスは肉屋、刷毛《はけ》屋、そして幻を見るひとびとの守護聖人である。

ファン・レーウェンフックは卓越した〈見る人〉であった。すぐれた視力にめぐまれていただけでなく、焦点を合わせるにはどうすればよいかを心得ていた。だが、一滴の水のなかに沸き返っている生命が彼には見えるという事実を、多くのひとはただ率直に信じることができなかった。彼は、最も厳しく品質を見極める眼力の持ち主さえ見逃すような生地の瑕疵《かし》を見つけてしまうので、服地商人たちのなかには彼を魔法使いではないかと考えたひともいた。著名な科学者や哲学者たちが招待されて彼の顕微鏡を覗いたが、彼らにはぼんやりとした粒状のものが動いているのが見えただけだった。皇帝たちも招かれ、本当はなんにも見えなかったのだが、彼らは無数の生き物を見たと豪語した。

デルフトの偉大なふたりの同時代人、顕微鏡研究家のファン・レーウェンフックと、光の観察者であり画家であるフェルメールとのあいだに親しい関係があったと主張する美術史家たちがいる。デルフト市執行史の書記として働いた実績によって、ファン・レーウェンフックはフェルメールの死後、破産管財人に指名された。「ふたりは親友であった」という仮説に基づくならば、ファン・レーウェンフックはフェルメールの破産を同情的に処理しつつ、債権者たちの請求をできるだけ満足させるよう努力したと見るべきである。いっぽうこれとは反対に、彼は冷酷で計算高く、官僚的に有能な人物だったのだという見方もある。

第一の陣営はこう主張するだろう。フェルメールの《地理学者》と《天文学者》という一対の作品を見たまえ、これらの絵に描かれた長髪の科学者が間違いなくファン・レーウェンフックのイメージなのだ、と。これに対して第二の陣営は、ファン・レーウェンフックの肖像として疑う余地のないべつの画像を示してこう言うだろう。いや、それは違うね。見たまえ、本物のファン・レーウェンフックはもっと品のない顔立ちで、細い横一文字の口髭を生やしていたのだ。それに、この冷笑的で実際家をおもわせる眼光は、地球儀だの天球儀だのを熱心に調べるような近眼の学者には似合わないよ、と。

フェルメールは《デルフト眺望》を描くさい、建築の細部にきらきら光るハイライトの効果をもたらすため、絵の具の一部に砂粒を混ぜた。石の微小な粒が光に変わり、砂はガラスと化した。ファン・レーウェンフックは研究の初期段階から尺度に砂粒を用いたが、一〈砂粒《サンドグレーン》〉

とはきっかり八十分の一インチの立方体の大きさであった。顕微鏡を覗きこんだ彼は、まるでピンの先に載った天使たちを数えるように、極微動物を数えたのである。

わたしたちの目には、ファン・レーウェンフックの顕微鏡は子供の玩具か拷問の道具にしか見えない。典型的なモデルでは、真鍮を無造作にタテヨコ四十ミリ×十八ミリほどに切ったレンズプレートに二つの蝶ナットがついており、これらを回して標本に焦点が合うように調節する。シンプルな単レンズはわずかに小型真珠ほどの大きさしかない。この器具を覗きこんでファン・レーウェンフックが見たものは、ブヨの目玉、象の歯の切断面、子羊の毛、赤血球、蜘蛛の出糸突起、火口箱の火打ち石、山羊の精液、茶葉、（赤色染料に使われた）臙脂虫《えんじ》の幼虫、輪癬の付着した毛髪、ナツメグの切断面、絹糸といったものだった。これらはすべて、彼が王立協会に遺贈したインド製の収納戸棚におさめられた十三の箱に入っていたものの一部である。彼は捕鯨船の船長からもらったブランデー漬けの鯨の眼球を解剖、研究した。彼の死後競売にかけられた標本には、鱈《たら》の筋肉、家鴨《あひる》の心臓、牡牛の水晶体と膀胱と舌、ビーバーと箆鹿《へらじか》と熊の毛皮、人間の鼻、蜘蛛の糸と口と目、赤い珊瑚、蝿の脳と視神経と足、パーチやローチなどの淡水魚の鱗と人間の皮膚がふくまれていた。そのほかには、ライ麦に発生した麦角、大理石のかけら、水晶、ダイヤモンド、金箔、銀鉱石、琥珀、さまざまな結晶、蛍の目、それから牡蠣の幼胚六点などもあった。

一五九八年二月三日、十五フィートのマッコウ鯨が、カトウェイクとスヘーフェニンゲンのあいだにある漁村ベルクヘイの浜の浅瀬に乗り上げた。太綱で浜へ引き上げられた鯨は、かすかに震えながら四日間生き延びた。ついに息を引きとったとき、鯨の内臓はすでに破裂していて、周囲の空気をひどく汚染したので、見物に来ていた多くのひとびとは悪臭のために病気になり、死者まで出た。ホラント州の財務府は、この鯨の死んだのが管轄地域内であったため、ただちに法的所有権を主張し、死体は競売にかけられて一三六ギルダーで落札された。この鯨の出現がなにかの前兆ではないかということをめぐって、さまざまな議論が交わされた。これはオランダが敵をうち負かす前触れだと言う者たちがおり、大惨事の先触れだと主張する者たちもいた。このマッコウ鯨はさまざまな絵や版画に描かれ、ひとつのイコンになった。そのほとんどはヤコブ・マトハムの原画のヴァリエーションで、リリパット人たちに取り囲まれたガリバーのように鯨が描かれており、集まったなかには馬に乗ったきちんとした身なりの見物人がいるかとおもえば、登山家のように鯨によじ登ろうとしたり、死体を叩き切ろうとしているひとびともいる。作業服のひとびとは鯨油と脂肪層をバケツに採って持ち帰ろうとしている。死体の大づかみな調査はすでに終わっている。これから先は、ヒレやペニスなど各部分が計測され、歯の数が勘定されるであろう。

だが主は、海に向かって大風を放たれたので、海は大荒れになり、船は砕けそうになった。こうして船乗りたちはおそれおののき、それぞれ自分の神に助けを求めて叫び声をあげ、船を軽くするために積み荷を海へ投げこんだ。しかし、ヨナは船底に下りて横になりぐっすり眠っていた……

さて、みなは互いにこう言いあった。さあ籤《くじ》を引いて、この災厄をもたらしたのが誰のせいなのかはっきりさせようではないか。そしてみなが籤を引くと、ヨナに当たりが出た。

ヨナは、どこにでもいる怠け者やサボり屋の原型である。彼ならカーレル・ファブリツィウスの居眠り歩哨の代役も務まるだろう。また、ヤン・ステーンの《泥酔した男と女》などのように、散らかり放題の室内で人事不省のご主人様を犬やら猫やらが哀願のまなざしで見つめているといったたぐいのオランダ風俗画にも、彼ならぴったりはまるだろう。あるいは、床上に割れた卵の殻が散乱した売春宿の室内を描いた絵のなかで、タバコのパイプが手から落ちそうになったまま昏睡状態になっている彼が見つかることもあるだろう。オランダ共和国の居酒屋はどこもタバコの匂いが充満していた。当時、一六七〇年代から八〇年代にかけては、タバコには強烈な効き目があった。というのも、販売業者たちは刻みタバコの葉に、タイム、シトロン、アニスの果実、サフラン、メース、黒ヒヨス、ローズマリー、ヒメウイキョウ、ベラドンナ、さらに大麻までブレンドしていたからである。タバコは「飲む」もので、飲めば「タバコ酔い」になったのだ。

これらの狂気じみた室内画では、もろもろの家財道具がシュールな静物画のような存在感をおびていて、ボスやブリューゲルが描く麦角アルカロイド性の幻覚世界を思い起こさせる。不埒な老人が給仕係の少女たちにちょっかいを出しているとき、ムール貝の殻やこわれたパイプの軸が床にぶちまけられたかたわらで、長い柄のついた鍋がいくつか黒光りしている。ステッキ、帽子、たらい、蓋つきの大ジョッキ、燭台《しょくだい》、さらには寝室用便器までがところかまわず散乱している。目をまるくしたフクロウたちは竈《かまど》の開いた扉にとまり、オウムたちは高いところに吊ったブランコに逆さまにぶらさがっている。木製ベンチの上に放置されて、捻《ひね》りがゆるんだタバコの包み紙が光を浴びている。犬たちがテーブルの下で排尿している。

だがオランダ共和国は、ヨーロッパでいちばん清潔なところであった。各地からやってきた好みにやかましい訪問客たちも、みなその点に深く感銘を受けた。イギリスから来たある貴婦人はこんなふうに報告している。きのう、わたくし、お忍びでほとんど町じゅうすべてを歩きましたが、スリッパに泥汚れひとつつきませんでしたことよ。オランダの召使いたちは、うちの召使いがわたくしの寝室を掃除するときよりも念入りに、往来の敷石を磨くようですわ。ロンドンの町中では、見るだけで胸の悪くなるような人間をよく見かけますでしょう、ここはそれとは大違いで、泥んこはおろか物乞いの影もかたちもありませんでした、と。

丈の高いオランダ窓にはカーテンがついておらず、室内が誰にでも見えるようになっていた。それにくわえて、オランダの町へ来た訪問者の目にまずとまるのは、ほとんどどの家でも窓の正面にちいさな鏡が突き出していることだった。鏡は二枚が互いに四十五度の角度になるよう固定され、街路の左右両方向が映るしかけになっていた。この装置のおかげで、オランダの婦人たちはわざわざ窓辺へ出て物見高い視線を浴びる心配をせずに外を見ることができ、ガーゼのブラインドの陰に腰掛けたまま縫い物や編み物を続けることができたのである。

オランダ婦人の快適生活に欠かせない必需品のひとつに〈フュール・ストーフ〉があった。

これは四角い木箱で、泥炭の残り火を入れた陶製の火鉢をおさめるために片側が開いており、熱が伝わって足を暖めることができるよう上面には穴が開けてあった。この木箱はドレスの下にこっそり置かれて、足乗せ台として用いられた。オランダ市民の妻たちは屋内でも野外でも年じゅうほとんどこの器具を身辺から離さず、彼女たちの行く先々、教会へ、劇場へと、お供の召使いたちが運んだものだった。

《乳搾りの女》とか《牛乳を注ぐ女中》の名でも知られる、フェルメールの《牛乳を注ぐ女》という絵があるが、その画面右下に描かれている物体がこの木箱の火鉢である。この絵にさまざまな名がついているのは見る側の視点の反映であって、異なる名前同士には大きな差異がある。おなじように、この絵を解説した文章の要点もまちまちである。それゆえここで、今わたしたちが問題にしているのは、(おそらく乳搾りの女のものである)白い頭巾をつけ、黄色い胴着と赤いスカートを着て、青いエプロンをウエストバンドにたくしこんだ女性の絵であることを確認しておこう。彼女は、白い牛乳を赤い土器の水差しから茶色の釉薬《うわぐすり》を掛けたボウルへ注いでいるところで、テーブルにはパンの大きな塊《かたまり》が入った枝編み籠と蓋つきの水差しがあり、テーブルクロスの上にパンのかけらがいくつか載っている。窓の脇の壁の高いところには、柳細工のバスケットとぴかぴか光る金属製の手提げ容器が掛けてある。窓から射してくる間違えようのない朝の光はこぼれながら室内を横断し、パンのかけらとパンの塊の表面のちいさな粒《イト》、あるいは顆粒状の皮に神聖な変容を施して、角砂糖を砕いたような光の粒へと聖体変《トランスサブスタンシエ》化させる。光の砂糖粒は、舐めた指先で集められそうに見える。これらの輝く光の粒は暗《カメラ・オブ》箱《スクラ》を覗いたときに見えたり、ピンぼけ写真に写っていたりする「錯乱円」のせいであると説明する見方がある。しかし、そうした円ないし「円盤」状の現象は光を反射しない物体の表面には目撃されないので、むしろ、フェルメールは金属製の手提げ容器や窓ガラスの輝きをパンの表面に移してみたというべきかもしれないが、まあ本当のところはわからない。にもかかわらず、この絵を見ていると、薄暗い部屋のなかで真っ黒な隠れ蓑をまとったフェルメールが、水差しの口から注がれる牛乳の静止したように見える流れに目を凝らす女中を、じっと見ているのを想像することができる。あるいは、美女の夫の野獣のように押し殺した声で、彼は女中に、そのまま動かないで、とか、いつまでも見つめていたい、とか語りかけているかもしれない。ここに描かれているのは画家が思い出したある特定の瞬間かもしれないし、記憶のなかから掻き集めたいつのことかもわからない多くの瞬間を要約したものかもしれない。いや、そのどちらでもないかもしれない。この女性は彼の家に女中としてつとめていたタンネケ・エフェルプールのイメージかもしれないし、絵のなかの一個人としてだけ存在する人物かもしれないのだ。

さて、このあたりで異次元から闖入《ちんにゅう》してきたように見える〈フュール・ストーフ〉へ戻ることにしよう。絵のなかでこの物体は、壁裾の周囲をめぐる青と白のデルフトタイルに対して、また、女中の赤いスカートの裾に対して、中途半端な角度で置かれている。この足温器をネズミ取りと勘違いした批評家もかつてはいたが、デ・ホーホの室内画のいくつかでは、この器具が本来の用途で使われていて、たとえば年長の婦人がスリッパを脱いだ足を乗せて暖めている絵を見ると、わたしたちは彼女になりかわってぬくもりを感じる気がする。ところが、フェルメールの絵に〈フュール・ストーフ〉が登場するのはこの絵だけで、しかもここでは足温器は女主人から隔離されてしまっている。この足温器は孤高の「厳粛さ《グラヴァイタス》」と存在感をまとっており、あたかもわれわれの住む現象界への変容を拒絶するプラトンの六面体のようである。名づけることはできても経験によって知ることはできない存在。それはネズミ取りであってもおかしくない。アイルランドの田舎のひとびとのあいだでは、ネズミが暖かいところを好むことはよく知られていて、朝、暖炉の泥炭の灰を火箸でつつくと、なかからネズミがしばしば飛び出してくる。また、スイッチを入れると暖かいハム音を出すラジオつきレコードプレーヤーの、ワイヤ網で覆った大スピーカーのなかにネズミが住みつくことも知られている。蛇腹楽器をちょっと知っているひとなら、時代と国が違うし、側面にちいさな蝶ナット形のボタンこそついていないけれど、〈フュール・ストーフ〉を初期のホイートストン六角形アコーディオン《コンサーティーナ》だとおもってもおかしくない。あるいはまた、これは小型の室内用便器かもしれないし、大型の匂い玉入れ《ポマンダー》かもしれないのだ。

　まあしかし、とにかくこの物体が足を暖める小型ストーブであることは認めよう。だが、だとしたらいったいこいつはここでなにをしているのだろう。牛乳を注いでいる女性の持ち物で、彼女の背中に温熱を送っているのか。それとも身分の高い雇い主に奉仕するために、われわれには見えないところにある暖炉から燃料を補給してもらうのを待っているのか。トレイは一枚も見あたらないようだが、コーヒーはすでに二階へ運ばれたのだろう。とすると、この女中が

――もし彼女が女中だとすればだが――この足温器を抱えて女主人のお供をして、ファン・トロンプ提督の墓があるデルフトの旧教会へ朝のミサにでかけるのだろうか。

これらの疑問に答えることはできないし、だいいち問題の物体自体がわれわれの手の届く範囲外にある。とはいえ、ひんやりと湿気のある教会内部に祈りと説教の声が響きわたるのを想像し、トロンプ提督の墓碑を思い描いてみるのは楽しい。「大理石に刻まれし海戦場面に立ちのぼる煙さえ彫りこみたるは比類なき壮観なり」と日記に書いたサミュエル・ピープスは一六六〇年、「オランダ語のほか一語も解さぬ」デルフトの鍛冶屋の少年に案内されて、この墓碑を見た。このトロンプ提督は、イギリス艦隊を撃破した後、われこそはイギリス海峡を掃討せり、の意味をこめてマストに箒《ほうき》を揚げさせた人物である。彼はイギリスでも、オランダ版ネルソン提督として尊敬を集めている。だがこの勇敢な海の覇者は、ホレイショー・ネルソンが母の胎に宿る一世紀以上もまえに死んだ。死んで、レーウェンフックとフェルメールも眠る旧教会に埋葬された。彼らはみな、消滅した宇宙の仲間たちである。

ところで泥炭の煙は、ご婦人方のリネンのペチコートにまとわりつく。その下に隠れる子供になったらどんなだろう、と想像したくなる気持ちを抑えるのはむずかしい。たぶんその煙の黄ばんだ匂いは、オランダのすべての匂いが凝縮された匂いであっただろう――いやいやオランダというのは英語でそう呼んでいるだけであって、オランダ語では〈ネーデルラント〉という名である。このほうがはるかに奥行きのある名前だ。ネーデル・ラントとは〈下にある国土〉の意味なのだから。ファン・レーウェンフックはネーデルラントの細部を精査して、愛すべき這う虫の群れを千匹も繁殖させている絹地のほつれを見つけた。レンブラントは、この国の煙たい小部屋を覗きこんで、暗闇に輝く光線を発見した。悲運を背負ったファブリッツィウスは永遠の幻を見た。デ・ホーホは瘋癲病院で生涯を終えた。

葬式その他の礼拝のさい、男たちは信徒席に腰掛けて軸の長い教区委員形のクレイパイプでタバコを飲み、女たちは足乗せ台から伝わってくる心地よい陶酔で〈下《ネーデル》〉半身を暖めた。イギリスから訪れた旅行者たちは、ちゃんとした酒場でさえ、扉を開けたとたん鼻先にもうもうたる煙が押し寄せてくるので、仰天したものだった。乗合いボートも例外ではなく、野外で喫煙して煙を散らしてしまうよりも自分たちだけで煙を独占したいと考えたオランダ人たちは、乗船するとすぐに船室へ押し寄せてタバコに火を点けた。ひとびとは噛みタバコや嗅ぎタバコもたしなんだので、街角の物乞いでさえ施しを求めるまえに相手にタバコをひとつまみ勧めるのが習慣になった。しかも、その物乞いが手にしたタバコ入れは、東方からオランダに輸入された銘木に彫り物を施した品だったりしたのである。だから、イギリス人旅行者がしばしばこのような喫煙習慣に屈服して、密かにタバコ入れそのほかの喫煙具収集にあこがれたのも無理はない。たとえば、〈目騙し《トロンプルイユ》〉の得意な画家がタバコ関連の小物を描いた絵がよくある。こういう絵では、描かれたパイプがあまりにも本物そっくりなので、見る者がそのパイプを手にとって吹かすことができると錯覚するように仕組まれているのだ。

ジョン・キーツは、ニコチンには連想をうながす不思議な力があるのを知っていた。一八一七年九月五日、彼はオックスフォードからジェーンとメアリアン・レノルズに宛てて、こう書き送っている――

親愛なるわが友へ

ハンプトンは快適とのこと、なによりです。このまえの夜リトル・ブリテンで食べたビスケットが、もうじきそちらに届きますので、お楽しみに。そちらは砂と、石と、小石と、浜と、崖と、岩と、淵と、浅瀬と、海藻と、船と、（沖合の）小舟と、人参と、蕪《かぶ》と、太陽と、月と、星々と、そういうものみんなに囲まれているのでしょう――ぼくのまわりには大学と、学寮と、厩《うまや》と、ありがたいことにたくさんの樹木――うれしいことに水もたくさん――ミューズに感謝、書物もたくさん――嗅ぎタバコもふんだんにあって、これはサー・ウォルター・ローリーに感謝――葉巻もふんだん――右に同じ――そこらじゅう平地だらけなのは大地の女神《テルース》の延べ棒に感謝――ぼくはソファに腰を下ろし――ブオナパルトは嗅ぎタバコ箱の上に――でも君たちは海辺にいるんだよね――しかるがゆえに君たちは海水浴をする――歩いたりもする――「なんて美しいんでしょう」と言ったりもするね――波と駱駝《らくだ》の類似点を発見し――岩とダンス教師や――石炭掬《すく》いと望遠鏡や――それから海豚《いるか》とマドナもじつは似てるって――

こんな具合にタバコ・ファンタジーはとりとめもなく続いてゆく。あえて言うなら、キーツはサー・ジョン・ボーモントがタバコを賛美して書いた「タバコの変身物語」を知っていたのかもしれない。

インディアンの神官が野蛮なる詩によせて
予言を語るときの霊感の源、すなわちおんみなり。
わが脳を燻《いぶ》したまえ、わが魂に精妙な力を与えたまえ、
わが木戸のきしみ取り去り、軽快なリズムを与えたまえ。
おんみの炎にてわれに霊感を与えたまえ、
カスタリアの霊泉の清らな流れにもまさるその炎。
舞い上がるおんみの翼に乗りて、
天上で生まれたるおんみの霊妙なる煙霧によりて、
わが羽根ペンに加えられたるおんみの羽の助け借りて、
われ空を飛び、パルナッソスの山巓《さんてん》におんみの天幕を張らん——

メキシコの高地で、コルテスが吸いこんだタバコの煙！　ジョン・キーツも、チャップマン訳のホメロスをはじめて読んだとき、詩人の霊感の泉《ヘリコーン》から汲んだ至福の詩的霊感《ヒッポクレーネ》を飲むように、おなじ煙を「飲んだ」。そして、その煙がキーツに作用して、アルプス山脈以南の世界をおもわせる詩、「チャップマンのホメロスをはじめて読んで」のなかに聳《そび》える峰々のような固有名

詞を次々に唱えさせたのである——アポロ——ホメロス——チャップマン——コルテス——パシフィック——ダリエン。これらはまるで新たに発見された惑星の名前のようだ。もちろんキーツは、オウィディウスが『変身物語』のなかで語りなおした、イーオーをめぐる古い物語を知っていたのである。

Io イーオー

テッサリアに、緑濃い切り立った山々に八方を囲まれた渓谷がある。ひとびとはこの谷をテンペと呼ぶ。この土地を、ペネイオス川が力を寄せ集めるようにして流れ下っていく。泡立ち、ふつふつとあぶくを噴き、まだら馬の背の茶色をした川が、雲を吐くように水しぶきをあげ、木々の梢の枝々まで水蒸気を浴びせかけ、鼻を鳴らしながら駆け下っていくので、その轟音のために周囲何マイルものひとびとは夜も眠れない。これこそ偉大な川の神ペネイオスの住まいにして内密な聖所。ペネイオスは人間には想像もつかない岩屋に陣取って、家来の河水たちやそこに住む水の精《ニンフ》たちに指図している。この岩屋にこの国のほかのすべての川の神々が集まってきて、口々にペネイオスを讃えるうたを歌う。スペルケイオスが、ポプラの木のふさ飾りをつけたアイオリスが、そして、憩うことを知らぬエニペウスは川底を転がる小石が擦れ合う甲《かん》高《だか》い音をたてながら、歌う。流れのゆるい泥まみれのアピダノスが霧笛のように荘重なバッソプロフォンドで歌い、アイアスとアムプルュソスは牧場を漂う芳香のようなやさしい歌声で歌う。

気の毒なイナコスの川の神だけがここに来ていない。自分の岩屋のいちばん奥にひきこもって、川を自分の涙で増水させているのだ。うす暗闇のなか、イナコスは娘のイーオーが行方不明になってしまったのを嘆き悲しんで、不幸にうちひしがれている。娘はまだ生きているのか、それとも亡者のなかを歩いているのか、心配でたまらない。だがどこを探しても見つからぬ以上、どこにもいないのにちがいない、と父は考え、心中では最悪の事態を懸念している。

ところでじつは、イーオーが行方不明になるまえ、父イナコスの川から出かけていくのを見ていた者がいた。ユピテルである。大神はイーオーにこう語りかけた。そこのお嬢さん、そなたは神々の王の愛にふさわしい娘、男を幸せにするのがさだめとお見受けするが、そなたの美貌のためにこちらの涼しい森の木陰へお入り、ほらこっちへ——と、ユピテルは森陰を指さして言う——なにしろ今はポイボスが燃えさかる光線を投げてよこす時間帯だから。森にひそむ恐ろしいけだものが怖くても心配はいらない、わたしが守ってやるからね。こう言ってはなんだが、わたしは並の神ではない。稲妻をあやつり、望むところへ命中させるユピテルとはわたしのことだ。おっと、だからって、引いちゃあいけない。と、大神が言うがはやいかイーオーはレルナの牧場とリュルケイオンの木々の茂る平野を逃げ出していた。色情を催したユピテルは闇の力を総動員して雲のマントで大地を覆い、その下へ舞い下りて、イーオーに飛びかかり、彼女の純潔を奪った。

そのころ、地上を見下ろしていたユピテルの妻ユーノーの目に不自然な群雲《むらくも》がとまった。なんの雲だろう。川霧でもなく沼地から生じた靄でもない。夫がしでかしかねない所業についてユーノーはおよそ見当がついていたので、ユピテルがどこにいるか見回した。大急ぎで天界をくまなく捜したがユピテルは不在だった。あたしがどうかしてるんでなければ、夫があたしを侮辱してるんだわ、とユーノーはつぶやいた。彼女は、成層圏から滑空して地上に舞い下りると、雲たちに、消えなさい！　と命じた。しかし、ユーノーが下りてくるのをいちはやく察知したユピテルは、イーオーを純白の若い雌牛に変身させた。こんな姿になってもまだイーオーは美しかった。さて、ユーノーは家畜を見る目をもっていたので、ねたむような賞賛のまなざしでこの白い雌牛を見つめた。そして、事情をよくのみこめないふりを装って、あら、この雌牛はどなたの持ち物？　どこから来たの？　どの牛の群れから来たのかしら？　と尋ねた。ユピテルはこの厄介な問いかけをかわそうとして、ああ、この雌牛は地面から湧いて出たんだよ、と答えた。そうなの、それならこの白い雌牛、あたしにちょうだい、と言われれば一も二もない。引き渡すのがどれほど残酷かはわかっていても、断れば疑われる。一方では羞恥心が彼を説得し、もう片方では色欲が彼に思いとどまらせようとした。ここで肉欲が羞恥心に打ち勝っても当然不思議はなかったのだが、良き家柄と寝室をともにする妻にこんなちっぽけな贈り物を拒むならば、雌牛がじつは雌牛でないのが見え透いてしまう。

　結局、恋敵は妻の手に渡ったが、ユーノーの不安はまだ静まらなかった。彼女は、ユピテルなら雌牛をこっそり取り返そうとしかねないとにらんでいた。そこで彼女は、この雪のように白い雌牛を、アレストルの息子アルゴスの手にゆだねることにした。このアルゴスは頭のぐるりに百の目を持っていた。常時二つの目は眠り、ほかの九十八の目は見開いていた。だから彼がどっちを向いても、目だけはイーオーを監視していた。たとえ彼が背中を向けても、イーオーは彼の視線から逃れることができなかった。

彼は、昼のあいだイーオーが牧草を食べることを許したが、夜間はつなぎ縄で厳しく束縛した。彼女はツツジの葉と苦い薬草を食べて命をつなぎ、冷たい地面に寝て、泥水の川から水を飲んだ。あまりのことに彼女はアルゴスに両手を伸ばして嘆願したかったが、その両手が彼女にはない。苦情を言おうにも、モーと鳴くよりほかなにも言えなかった。自分が発する声にぎょっとしなければならないとは、さぞかし辛かっただろう！

それから彼女は、子供のころよく遊んだ父の川のほとりの土手へやってくるようになった。しかし、よだれを垂らした鼻面と二本の角が川面に映るのを見ると、自分自身の姿にすっかりうろたえて、身を避けた。姉妹の水の精《ナイアス》たちは彼女に気づかなかったし、父であるイナコスそのひとさえ、娘が来ているとは思いもよらなかった。だがそれでも雌牛は、従順な獣にふさわしく姉妹や父のあとをついてまわり、なでてもらったり、ほめてもらったりするのだった。老いたイナコスは草をむしって雌牛に食べさせた。雌牛は父の指を舐め、手のひらにキスしようとした。雌牛の目に涙がこみあげた。ああ、せめてこのあさましい姿に変えられてしまったことを嘆き、助けをもとめることさえできれば！　とおもっても、ことばはついに出てこず、しかたなしに蹄を使って地面に思いの丈を文字で書いた。

——おお、なんたること！　とイナコスは叫び、雌牛の角と雪のように純白な首筋にすがりついた。なんたる不幸せ！　アビシニアの平原もアフリカの岸辺もザンジバルの丘までもあれほど探しまわったのだ。本当におまえがわが娘なのか。こんなことなら、かえって見つからぬほうが悲しみは軽かっただろう。おまえは口がきけず、わが問いかけに答えることさえできないのだから。身の内の深みからうめき声をしぼりだすおまえは、人語を語らず、ただモーと鳴くばかり。おまえが行方不明になるまえに、わしはおまえのために新婚の新居と旅行の手筈をととのえておいた。婿殿や孫のことまで思い描いておった。だが、今となっては、おまえの婿がねは牛の群れからみつくろうほかない。孫は子牛か。わが悲しみ、たとえ死すともおさまるまい！　とはいえ、そもそも神たるこの身が困りもの。死の門がわしには永遠に閉ざされておる以上、わが悲しみは永劫に続くというわけだ。

泣き崩れる父と娘のあいだにアルゴスは割って入り、父の腕から娘を引きはがし、娘を追いやって、もっと見張りの目が届きやすい高台の牧草地へ行かせた。

だが、ついに神々の王は、雌牛イーオーにくわえられたこれらの虐待を見るに見かねて、プレイアスの血筋を母方にもつ息子のメルクリウスを呼び出し、あの百目の怪物を死なせるよう命じる。ただちにメルクリウスは翼のついたサンダルを履き、眠りを誘う杖を持ち、つばの広い魔法の帽子をかぶる。そして、このいでたちで天上からひとっとび。まもなく地上に舞い下りると、帽子と翼をとりはずしてふところに隠すが、杖だけは隠さない。彼は羊飼いになりすまし、雌山羊の一群れを追って田舎道を行き、その道々、葦笛を奏でて歩く。葦笛を耳にしたアルゴスはその音楽にいたく感じ入り、メルクリウスにこう話しかける。そこをゆくお人、あんたが誰かは知らないが、まあここに腰をおかけよ。ここらあたりは、あんたの山羊にちょうどいい牧草もたっぷり生えているし、ごらんのとおり、あんたが一息いれるのにぴったりの木陰もあるから。

　そこで、アトラスの孫息子は腰を下ろし、アルゴスに何時間も話をして退屈をまぎらわせ、葦笛の曲もたくさん聞かせてやったので、警戒おこたりない百目は愉しみをたんのうした。眠気を催したアルゴスはいくつかの目を閉じたが、あいかわらずほかの目はみな見開いていた。そのころは葦笛が考案された直後だったので、アルゴスは、その笛にはどんな由来があるのかと尋ねた。

　問いかけに答えて、メルクリウスは話しはじめる。舞台はアルカディアの寒い山奥、ノナクリスの山の精《ハマドリアス》たちに交じって、姉妹のニンフたちにあまねく知れ渡ったシュリンクスという名の水の精《ナイアス》が住んでおりました。そこいらの野原や林には、好色なサテュロスやら下級の精霊どもがうじゃうじゃおりまして、そういう連中が力ずくで手込めにしようとするのを、シュリンクスはたびたびすりぬけていました。というのも、彼女は生涯の生活信条を、とくに身ひとつの処女性をですね、デロス島の大女神に捧げておりましたから。ディアナ大女神とお揃いの装いに身をつつんだ彼女は、ちょっと見にはラトナの娘の大女神にそっくりで、ディアナが金の弓、シュリンクスは角の弓を持つという区別さえなかったなら、見分けがつかないほどでした。いや、弓の区別があってさえ、よく取り違えられたもので。

　ある日のこと、つんつん尖った松の葉の冠をかぶった牧神パンが、リュカイオス山から下りてくるシュリンクスを覗き見て、こんなふうに話しかけました――。

ここから、メルクリウスは、パンが語ったことばを口まねで語り、言い寄るパンをシュリンクスがいなして、青々とした木陰の苔むした小径をラドンの川神の岸辺の砂浜まで逃げた道行きを語り、ここまで来て水に行く手を阻まれた彼女が流れのなかに住む姉妹たちに向かって自分を変身させてくれるよう懇願したことを語り、さらに、しめしめついに捕まえたぞ、とシュリンクスに手を伸ばしたパンがつかんだのが一株の葦だったことを語り、ああだめだったか、と落胆したパンの耳には、風にそよぐ葦のささやきが魂の嘆く声に聞こえ、はっとおどろいたパンがそのそよぎの音のあまりの美しさに聞き惚れて、この結婚はいただきだ、すくなくともオレはおまえをもらったぞ！　とつぶやいたことを語り、これ以後、葦笛がシュリンクスの名で呼ばれるようになったという話の一部始終を語ろうとした。

ところがその矢先、キュレネーの神（というのはつまりメルクリウス）が物語のこの部分に入っていこうとしたまさにその瞬間、彼はアルゴスがいびきをかいているのに気がついた。ふと見ると、なんと百の目がひとつのこらず熟睡しているではないか。彼はただちに物語を中断し、まどろんでいる星座のような百の目を魔法の杖で次々に撫でた。間髪をいれず、鉤状に曲がった剣を抜き、こっくりこっくりしている怪物の首筋にずかっと振り下ろす。そして、ごつごつした崖から怪物を蹴落とすと、岩が一面血糊に染まる。

かくして、アルゴスよ、おまえの命運は尽きた。燃えさかる星空の火は吹き消され、たったひとつの暗闇がおまえの百目を満たすのだ。ユーノーは火の消えた百の目を拾い集めて、かわいがっている孔雀の羽に宝石のようにちりばめた。

おかげでイーオーはついに人間の身体をとりもどすことになるのだが、その話はまたの機会にしよう。

　現代人にとってイーオーといえば、ガリレオがはじめて観測した木星《ユピテル》の衛星のひとつの名である。さすがのガリレオも、一九七九年、ボイジャーが撮ったイーオーのクローズアップ映像がテレビで放映されるとは予想だにしなかった。イーオーは、大写しにしてみると半透明の琥珀玉のように輝き、硫黄をおもわせるオレンジ色と黄色が波打ち、真っ黒に煮えたぎる火山性窪地《カルデラ》があちこちにあんぐり口を開けている。イーオーはほかの二つの衛星、ガニュメデスとエウロペが引き起こす引力作用の影響を受けているため、奇妙な軌道を描いて木星《ユピテル》のまわりを回る。さらにこの引力は、イーオーにおける潮の干満や、地中に詰まったマグマの動きにも影響を与えている。イーオーは熔けたガラスを捏《こ》ねて延ばしたようなものである。イーオーの燃える炎の燃料は、地球上の河川くらいの大きさの稲妻をたえず投げつづける木星《ユピテル》が供給している。

　イーオーは永遠に沸騰し、泡立ち、煮えたぎり、逆巻き、変化することをやめない。彼女の存在そのものが変容しつづける小宇宙なのだ。火口群はおもいおもいに管弦楽の打楽器を乱打し、その光と音は黒曜石のように混ざりあう。地平線には大軍勢を思わせる騒音がかすかに聞こえる。液体は固体になろうとし、固体はもうすでに液体になっている。ガラスの神秘は百万回以上も開示されているが、瞬間は文字どおりまたたくまに過ぎ去ってゆくので、時を覗く窓は見る間を与えずに熔解し、神秘を目の当たりにする者は誰もいない。毎秒十億の素粒子が成層圏に向かって爆発し、木星《ユピテル》の巨大な磁場が、まるで竜巻を逆さにしたようにそれらの爆発を吸いこんでいる。鮮やかなオーロラに似た模様がイーオーから発して、ゆらめく陽炎《かげろう》さながらに振動しつつさまざまな色を木星《ユピテル》へ伝える。二つの星は虹色の対話を交わし、その交換は両者の中間に莫大なエネルギーを充電させ、しまいにはふくらみすぎたエネルギーがティタン神のように巨大な爆裂を起こし、何マイルもの幅をもったくさんの稲妻が木星《ユピテル》とイーオーのあいだで投げかわされ、二つの星は火によって繋がれる。

クライマックスの後、交渉の副産物がゆっくりとイーオーの表面へ吹き寄せられてゆく。無数の塵の微片が、三千年かかって一センチメートル堆積する。しかし、そのようにして蒸発した時間が何マイルも積もるころには、そうした堆積物もまた熔けてイーオーの一部となっている。イーオーの火は木星《ユピテル》の火が燃えているかぎりいつまでも燃えつづけるのである。

イーオーの表面の火山や火山性窪地《カルデラ》や神酒皿《パテラ》には、マルドゥク、ペレ、ロキ、プロメテウスはじめ、さまざまな火の神や災害の神の名がつけられている。そのなかでひとつの例外はイナコス・パテラである。川の神は火の湖へと変身させられ、今ではイーオーが父のイナコスを載せているのだ。

例の冒険王ジャックの第三夜の物語を語るためにクランフィールド・インへ向かう父を車で送る道々、たまたまわたしはイーオーの物語をかいつまんで話して聞かせた。そして、イーオーが雌牛に変えられた後、ユーノーがさしむけたアブに追われて、狂ったようにヨーロッパじゅうを逃げ回ったくだりを思い出したので、それも父に語った。遁走するイーオーが泳ぎ渡ったといわれている各地の海峡はどれも、雌牛海峡《ボスポラス》とか牛の浅瀬《オックス・フォード》と呼ばれている。「ボー」と言えばアイルランド語でも雌牛の意味だよな、とギリシア語とアイルランド語の共謀めいた響き合いについて語りあった後、父は二、三分のあいだ黙りこんだ。ふたたび口をひらいた父は、第三夜の話のネタはあるんだが、もともとあんまり気に入った話でもなかったんで、今夜はべつの話をやるぞ。牛飼いの少女が出てくるやつだ。雌牛が出るからってこじつけるんじゃない、変身が出てくるところが聞かせどころなんだ、と言った。もちろん話の種をさしかえるのは語り手の自由である。認められた枠組みからはみだしさえしなければ、物語の語り手は好き勝手にふるまうことが許されている。さて、聞きに来たひとびとが集まったところで、父は物語を語りはじめた。

むかしむかし、トバーナヴィーンの近くにひとりの娘が住んでおりました。十四歳か十五歳くらいの、まだ年端もゆかぬ娘です。ある日、家で飼っている一頭の雌牛を牧場まで追っていくしごとを言いつけられました。ところが途中で青いオダマキ《ブルーベル》が咲き乱れる森に迷いこんでしまったので、娘はとにかく空き地で一休みし、そのあいだに雌牛にはシダの茂る森の下草で腹ごしらえさせることにしたのでした。さてそこへ、池の水から一匹のカエルがあらわれ、娘の目のまえまでぴょんぴょんやってきて、顔を覗きこみます。それもそのはず、この娘はヒヤシンスか青い《ブルー》オダマキ《ベル》かと見まごうほど美しい青い目をしていたのです。カエルがとても大きなお腹をしているのを見て、娘はちょっとした気まぐれからこう言いました。あたしがあんたに付き添うまではおなかの子が産まれませんように！　すると、カエルはぴょんぴょん跳んで池へ戻っていきました。

娘も家へ帰りました。そして、森でのできごとをすっかり忘れてしまいました。ところが、ちょうど一ヶ月後の同じ日の夜更け、娘と両親が眠っていると、馬の蹄の音が近づいてくるのが聞こえました。家の扉を叩く音がして、誰かがこう叫びました。たのもーう！　娘の父は寝床から飛び起きて扉を開けました。入ってきたのは、見たこともないくらい立派な紳士。そのいでたちは、孔雀の羽根をつけた黒ラシャの山高帽に、オウムの緑色をした燕尾服、なかには緑のキツツキ《ポッピンジェイ》のチョッキ、パンタロンはカナリアの黄色で、烏《からす》の濡れ羽色の乗馬靴を履いていました。

——旦那様はどちらさまで？　と父親が尋ねます。

——そなたが不審がるのも無理はない。じつは折り入って頼みたいことがあって、はじめてこの家を訪れたのでな、と紳士の答え。

——てまえどもは貧乏ですから、旦那様のようなお方のお役に立てるとも思えませんが、と父親。

——そなたの娘に用があるのだ。御当家の娘御を二十四時間ほど貸してもらえまいか。

父親はこの切り口上なものの言い方にカチンときましたし、娘本人も、あたし行きたくなんかないわ、おとうさん、と寝床から囁きました。

——一緒に来てもらわねばならぬ、と紳士は言いました。拙者がついておるから心配はご無用。二十四時間以内に、娘御を五体満足、安全にお返しいたすこと、ご本人と父御母御にもかたく約束もうしあげる。

——そうまでおっしゃるならお約束を信じましょう。娘はしばらくお預けいたします、と父親。

——かたじけない。

——さあ、起きなさい。旦那様と一緒に行くんだよ。

父親にこう言われ、起き上がりはしたものの、娘は気が進みませんでした。

——さあ、まいろう！　紳士はこう言うと、ダチョウ革の手袋をした手で娘の手をとって家を出ました。

そして紳士は馬にまたがり、娘の肩に手をかけて鞍の後ろに乗せ上げて、出発します。馬でゆく道中、紳士は娘にこんなことを話しました。

——怖がることはない。あすの夜には拙者がそなたを家まで無事に送り届けるゆえ、怖いことはない。これから行く先で食べ物を勧められたら、まず断るがよい。その食べ物は食べません、と言うことだ。だが二番目に勧められた食べ物は食べるがよい。三番目より後もおもう存分食べてよろしい。

やがて、とある丘までたどりつきました。ふたりが丘に開いた扉を通って、かつて空の下に存在したなかでもいちばん素晴らしい中庭へと入っていくと、たくさんのひとびとが楽しそうにそぞろ歩いたり、おしゃべりしたり、クリスタルの酒杯でお酒を飲んだりしていました。このひとたちはみな高麗鶯《こうらいうぐいす》か楽園に住む鳥の羽根飾りのように豪華な衣装をつけて、ひどくめかしこんでいました。紳士と娘は、ふたりのために道をあけてくれるひとびとのあいだを歩いて、中庭の奥まったところにある部屋までやってきました。そこにはひとりの女が寝台に横たわり、三人の女たちが付き添っていました。暖炉には巨大な火がパチパチ音をたててあかあかと燃えていました。ふたりがちょうどこの部屋に入ったその瞬間、女は赤ん坊を出産しました。するとただちに、付き添っていたふたりの女がその赤ん坊を母親から引き離し、三人目の女が燃えさかる暖炉のなかを火箸でつついてくぼみをつくりました。そうして、三人の女たちは赤ん坊を火のまっただなかのくぼみへ放りこみ、その上に真っ赤な炭を火箸で掻き集めました。母親は泣き叫びましたが、どうすることもできませんでした。

赤ん坊がまだ焼け切らないところへ、男と女がやってきました。女はひとりの赤ん坊を抱いていました。彼女はこの赤ん坊を、たった今焼かれている赤ん坊を出産したばかりの女に手渡しました。赤ん坊は女の乳首に吸いついて乳を飲みはじめました。この子は人間の世界から盗んできた赤ん坊なのでした。そうこうするうちに、暖炉にくべられた赤ん坊のほうは焼き尽くされて灰になってしまいました。部屋の出口の脇の壁際には大きな水盤がありましたが、赤ん坊の灰はその水盤に張られた水のなかへ捨てられて、しまいにはあふれんばかりに水かさが増しました。

紳士に連れてこられた娘は、この一部始終をあっけにとられて見ていました。さて、彼女のまえには上等な食物を並べた食卓が用意されました。卓上には、ヤマウズラのロースト、ホロホロチョウ、小夜啼鳥《ナイチンゲール》、串刺しのちっぽけな雲雀《ヒバリ》など、思い浮かぶ限りのさまざまな鳥肉が並びました。けれども娘は、このような食物には慣れておりませんので、と言って食べるのを拒みました。すると、こんどはおいしそうなキビの実のケーキ、ハシバミの実とクリの実のローストト、ナツメグをちりばめたケシの実つき丸パン、それから、ブラックベリーとリンボクの実と野イチゴが出てきました。娘はタンポポのワインを飲みながら、これらのごちそうをたらふく食べました。紳士はずっと部屋のなかにいて、娘のすることをじっと見ていました。

——よろしい！　と娘が二番目に出された食べ物に手をつけるのを見て、紳士はつぶやきました。

ちょうどそのとき、三人のバグパイプ奏者がダンスの音楽を演奏しはじめました。部屋のなかはひとびとでごったがえし、外にまで人混みがあふれました。みんな一晩じゅう踊り明かしましたが、娘に声をかける者は誰ひとりいませんでした。やがて、丈の高い窓から朝日が射しこんでくるとひとびとは帰り支度を始めました。ひとり、またひとりと部屋から出てゆくとき、みんな手の指先を水盤の水に浸し、その水を両目につけて帰っていくのを、娘は見ていました。紳士娘はその後、紳士が目を光らせているその家で、ほとんど日が暮れるまで過ごしました。紳士が娘に先立っていよいよ部屋を出ようとするとき、彼は水盤の水を両目につけて出ていきました。さて、彼のあとに続く娘はどうしたものか迷いましたが、水盤の水で片方の目だけこすっ

ておくことにしようと決めました。もしなにか悪いことがあってもこれなら片目は助かるもの、と考えたからです。そこへ、

——あなたはお呼びしたときご親切にお出でくださいましたから、お帰りになるまえにおみやげをさしあげなくては、と赤ん坊を抱いた女が寝台から声をかけました。

そして女は背を向けて枕の下を探し、首に巻く絹のショールと金銀のコインが詰まったストッキングを引っ張り出して、娘に手渡しました。ちょうど娘が品物を受け取ったところへ紳士が戻ってきました。

——さあ、時間がきた。拙者はそなたを父御と母御のもとへ安全に届けねばならぬ。

紳士のあとについてこんどこそ部屋を出ていくとき、娘は水盤に指先を浸し、水を片目にだけつけました。こうして彼女は部屋を出ました。紳士は馬にまたがり、娘の肩をつかんで持ち上げて鞍の後ろに乗せました。さて、出発。道中、紳士は娘にいろいろ話をして聞かせましたが、やがて、丘からかなり離れた森までたどりつき、馬をその森へ乗り入れていきます。

——拙者の女主人様はそなたに贈り物をなさったか？　と紳士が尋ねました。

——はい。とても感謝しています、と娘は答えました。

——そうか、と紳士。

森のなかの巨大なオークの木にさしかかったところで、紳士は馬から跳び降りて娘を両腕で抱え下ろしました。

——さあよいか、娘。絹のショールをそこの木に巻いてくるのだ。

娘は言われたとおりにしました。すると木は、ただちにまんなかからまっぷたつに裂けてしまいました。

——もうショールに手を触れてはいけない！　と紳士は言いました。

娘はその場をはなれ、ふたりは馬に乗って先を急ぎました。

——拙者の女主人様から、まだほかにもなにか贈り物をもらってはおらぬか？

——はい。金銀の詰まったストッキングを頂戴しました。

——さようか。では家へ着きしだい、裕福な屋敷や商店をくまなくまわって、そなたがもらった金銀のコインを両替してもらうのだ。よいか、今から数えて六夜の後、拙者の女主人様の金銀を持つ家屋敷は朝までにすべて燃え尽きるであろう。だがそなたの金銀は無事だ。拙者のためではなく、そなた自身のために、両替をおこなうがよい。

まもなく二人は娘の両親が待つ家に着きました。両親が炉端で灰をつつきながら娘のことを話していると、馬の蹄の音が近づいてきて、扉のまえで止まりました。紳士は先に馬を降り、娘を馬からひょいと持ち上げて、とん！　と地面に下ろしました。そして彼は娘に付き添って、家に入りました。

——御当家の娘御を届けにまいった。礼を言うぞ。達者で暮らせよ！

言い終わると、紳士は出ていきました。翌朝、娘は起きるとさっそく大きな屋敷をまわって金銀の両替を頼みました。六日後には全部両替することができました。その夜、近隣の大きな屋敷は軒並み焼け落ちました。

娘は土地と家畜を買いはじめました。家畜市が立つと、豪農や馬の売買人とわたりあう娘のすがたがいつも見られました。ある日、娘は、家から遠いアイルランド西部でひらかれる大きな家畜市まで、はるばるでかけていきました。市の雑踏のなかを歩いていると、まもなく、緑《ポッ》のキツツキ《ピンジェイ》やオウムのように着飾ったひとびとの群れが目につきました。群れのなかにはダチョウの羽根を帽子につけたり、ダチョウ革の手袋をしたひともいます。彼らはみな、人混みをすりぬけてあちこちすいすいと飛び回り、楽しそうにぺちゃくちゃちゅんちゅん語りあっています。娘はそのなかに例の紳士の姿を見つけました。

――あのひとだわ。一言、あいさつしなくっちゃ、とつぶやいて、娘は彼女のために道を開けてくれるひとびとのあいだを歩いて、紳士のところへたどりつき、握手をもとめました。紳士も娘の手を握り返しました。

――お久しぶりです、と娘は言いました。

――拙者が誰かわかったとはよく利く目だ。両目で見たのか？

――いいえ。片方の目です。

――そうか。で、そなたの美しい青い目のどちらで、拙者を見ているのかお尋ねしてもよろしいかな？

――もちろんですとも。

――拙者を見ているほうの目をそなたの指でさしてごらん。

娘は言われたとおりにしました。すると、紳士はその目にいきなり指をつっこんで、娘の頭蓋骨から眼球をえぐり出しました。

——もう二度と拙者を見ることはない、と紳士は言いました。

そして、そのとおり、彼女が紳士を見ることは二度とありませんでした。ひとびとは、足元にヒヤシンスや青い《ブルー》オダマキ《ベル》が咲く薄暗い森を通るときなど、かつては少女だった青い一つ目の老婆のことを、今でも語りぐさにしています。

——おもしろい話だった。あすの晩もまたひとつ聞かせてくれるかな、と聞き手のひとりが言った。

——ああいいですよ。オレがあすもここにいればね、とジャックは言った。

男たちと女たちは、これまで毎晩そうしたように、壁の扉の向こうへ出ていった。だがもちろん、出口がどうなっているのか、ジャックにはわからない。彼はこれまでとおなじようにその夜を過ごし、また翌朝もこれまでの朝とおなじようにして過ごした、という話だ。

さて、その晩の夜更け、ヴォクスホール・アストラに父を乗せて家まで送る道中、ヘッドライトのまえで分岐する道が暗い森へ入っていくトンネルみたいに見えたとき、青い《ブルー》オダマキ《ベル》が咲き乱れる森の空き地がふと心に思い浮かんだ。

J

Jacinth

ジャシンス

ヒヤシンス石《ジャシンス》はジルコン。ジャシンスはサファイア。ジャシンスはヒュアキントス、あの傷つき倒れた若者。女ならジャシンタ。ジャシンタは青いオダマキ《ブルーベル》、さもなくば揺れる海葱《カイソウ》。四月はじめから五月終わりまで——ちょうど白羊宮が双魚宮の後に続く季節になると——、来る年も来る年も森のなかで野生のヒヤシンスが咲く。ぶらさがった鈴はどれも青みがかった紫、六枚のちっぽけな花葉でできていて、かすかに糊の匂いがする。園芸種のヒヤシンスはオランダで広く栽培されている。なかにはデルフト・ブルーという名の品種もある。

ジルコンは無色か、黄みがかった色。サファイアは青か、空色。ジルコンは灰色か、褐色。サファイアは蜂鳥《ハミングバード》の一種の名前。ジルコンは結晶。サファイアは群青《ラピスラズリ》。ジャーゴンはかつてのセイロンで採れる、曇ったジルコン。

青いオダマキ《ブルーベル》の球根は生《なま》だと有毒だ。その球根からふんだんに採れるねばねばした液は、その昔糊として使われた。レンブラントが描いた堅い襞襟《ひだえり》はブルーベルの糊で固めたものだった。矢に矢羽を接着するにも、おなじ糊が使われた。青いオダマキ《ブルーベル》は哀悼の花、暗い森のなかでゆるやかに弔いの鐘を鳴らしている。

　ヒュアキントスはガニュメデス――水瓶座――とおなじように、星座になっても不思議はなかった。ところが、彼の死があまりにも突然だったので、ポイボス《アポロ》はヒュアキントスを空に据えつけるひまがなかった。とはいえ、毎年花を咲かせるのだから、彼もまた永遠なものにされたといえよう。

　アポロは美少年ヒュアキントスを愛した。また、風の神ゼピュロスもこの少年が好きだった。ある日のこと、竪琴と弓に飽きたアポロは犬たちを連れて、ヒュアキントスと山へ入った。正午には、ふたりは山上の台地に着いた。ここでふたりはブロンズの太陽のもと、着衣を脱ぎ捨て、ぴかぴか光る競技用の円盤をとりだした。お互いの身体にオリーブオイルを塗りあったので、しまいに彼らの身体はぎらぎら輝いた。いよいよふたりだけの円盤投げ大会が始まった。かわるがわる円盤を投げたが、試技を重ねるごとにふたりともぐんぐん飛距離を伸ばした。さて、何回目かのアポロの番になった。彼は万能のバネのごとくワインドアップして、円盤を全力でほうり投げた。だが、一部始終を見ていた透明人間のゼピュロスは、ふたりが仲良く競りあっているのがおもしろくない。頬をいっぱいに膨らませて、飛んでいる円盤に向かい風を送り、飛距離を伸ばさぬようにした。一方、ヒュアキントスは少年らしいせっかちなところを見せ、円盤を全速力で追いかけた。ああ、なんという悲劇！　縁が鋭く尖った円盤は、水切りをした石のように山上の岩がちな地面を跳ねながら飛んで、走る少年の額を直撃したのだ。

真っ青になった音楽の神《アポロ》は倒れてゆく少年に駆け寄り、両腕に抱きとめた。傷の血止めをしようとしたが無駄だった。花壇に咲くスミレやポピーを折り取ると、茎を失った花はまたたくまにうなだれて、上を向かせておくことはできない。ちょうどそのように、ヒュアキントスの顔はうなだれ、首と両肩からすべての力が抜けていった。

――おお、スパルタの若者よ、おまえは青春の花の盛りに逝ってしまった。わたしのせいだ。おまえを死なせたのはわたしだ、とアポロは叫ぶ。しかし、だからといって、そもそもおまえと遊び、おまえを愛したことをあやまちと呼ぶならいざ知らず、いったいわたしのどこが悪いというのだ。おまえがわたしになり、わたしがおまえの代わりにさえなれるなら、喜んでおまえの代わりに死んでやるものを！　だが、死ぬのはわたしではなくおまえだと運命のおきてが命じる以上、どうしようもない。わたしはおまえを永遠に生かしてやろう。おまえは永遠にわたしの音楽のなかで生きるのだ。これから先、わたしが奏でるすべての音はおまえに捧げられる。そして、おまえはひとからほめられる花になるのだ。

こうして、若者の血が染めた大地から、青い縞目のついた花が咲き出た。それでもまだ気がすまない音楽の神《アポロ》が悲しみを記す文字を花葉に書きこんだので、こんにちでも〈哀《アイ》し、哀《アイ》し〉の文字が読みとれる。

だが、イギリスのヒヤシンスの花にはこれらの文字があらわれないので、〈書かれずの花《ノンスクリプトゥス》〉という名で知られている。

当然ながら、ヒヤシンスは聖ヒアキントゥスの象徴《エンブレム》である。一六八六年九月二十四日、聖ヒアキントゥスは教皇インノケンティウス十一世によって正式にリトアニアの守護聖人と認められたが、この日はこんにちでは奴隷解放の聖母の祝日であり、聖ヒアキントゥスはまたアルゼンチン軍の守護聖人でもある。ついでに言うと、インノケンティウス十一世は、カトリック信徒のイングランド王ジェイムズ二世を退位させようと画策するオレンジ公ウィリアム三世を、ひそかに資金援助していたといわれ、したがって、ウィリアム軍がボイン川の戦い——アイルランド決戦——に勝利したのはローマ教皇の介入によるのだという説がある。しかし、そんなものは、オレンジ党主義——アイルランドの過激なプロテスタント運動——とカトリック主義の両方の信用を失墜させようとする無神論者の作り話だというひとびともいる。

ヒアキントゥスという名は、ジョンないしジェイムズに相当する——スペイン語ならイアーゴーだ——ポーランド語のヤチェク、ヤチュコ、ヤッコの擬似ラテン語形で、「ジャキントゥス」というかたちを経てポーランド語に入った。そのヒアキントゥス《ヤッコ》は一一八五年、貴族のオルダヴァシュ家の一員としてポーランドのカミンに生まれ、クラクフとプラハとボローニャで教育を受け、ボローニャ大学で法学と神学の博士号をとった。ポーランドへ戻ると、おじのイヴォの縁者びいきのおかげで、クラクフ大聖堂の管理部門に重要な地位を与えられた。この段階では、彼は完全に世俗の世界に生きていた。ところが一二一八年、クラクフの司教聖ヴィンツェンティ・カドゥウベクの辞任にともなって、イヴォが司教に就任し、教会の仕事のためにローマへ呼ばれたとき、ヒアキントゥス《ヤッコ》の人生もがらりと変わった。イヴォはヤッコにローマまで随行するよう求めたのである。この当時、ローマには聖ドミニクスがいて、彼が創始した説教者修道会が教皇ホノリウス三世から祝福を受けたばかりであった。ドミニクスの伝説は現代では「ドミニック」のうたに歌われている。このうたはフランスのドミニコ会の「歌う修道女」、「微笑むシスター《スール・スーリール》」の自作自演で、一九六三年十二月七日にポピュラー・ミュージックのヒットチャートの第七位まで上昇した栄光をもつ。この日はたまたま聖アンブロシウスの祝日だが、この聖人はヨハネ・パウロ二世によってフランス陸軍兵站部の守護聖人に認定されている。

なにはともあれ、一二一八年のローマでは聖ドミニクスは謹厳にして厳格な人物として知られていた。故郷カスティリャを席巻したアルビ派の異端を徹底的に弾圧したさいはじめて発揮された彼の官僚的な老練さには、ならぶものがなかった。また、彼の修道会は宗教的な監視役を自任する点で模範を示したので、ヴァティカンの指導者たちの注目を集めずにはいなかった。修道服に身を包んで聖都周辺をこれ見よがしに闊歩し、出会うひとすべてに広場《フォーラム》の歓楽街には近づかぬよう諭し、そうやって自分の存在を見せることで日々改心をうながすドミニクスの姿が、しばしば目撃された。ドミニクスがヤッコ・オルダヴァシュと出会ったのは——というよりヤッコのほうがドミニクスに邂逅したというべきかもしれないが——、ある日、彼がいつものように町を巡回しているときのことだった。ヤッコは教会関係の重要な取引きをすませて、サン・ピエトロ大聖堂にほど近い小食堂からちょうど出てきたところ。四月のよく晴れた日で、正確には十九日、緊急な事件や不本意なものごとや延期などの窮地を丸くおさめてくれる聖エクスペディトゥスの祝日だった。オルダヴァシュは葡萄酒のほてりとともに、聖エクスペディトゥスの援助を祈った案件が首尾よく解決したすがすがしさを、身の内に感じていた。というのも、親のまたいとこの子がそれほど重要でない高位聖職者の地位の正当性を申し立てていた案件が、律法第一主義による蛇がのたくるような手続きの迷路を何年もさまよっていたのだが、この訴訟が、ポーランドの砂糖大根生産課税を担当している枢機卿の手にゆだねられたのが今日突然わかったからで、しかもそのきっかけというのが、ヤッコがふと名前をもらした評判の悪い高級娼婦がこの枢機卿の妹とつきあいがあるという噂の人物だったから、というわけなのだった。やれやれ。交渉主任と腕を組み合って、ヤッコが小食堂の日除けの陰の街路に出てきたとき、広小路《ピアッツァ》には白い光があふれていて、その光のなかを、パラソルに守られた枢機卿たち、ベールをつけた修道女たち、立派な馬に乗った貴族たち、手帖に走り書きをする競馬の賭元たち、聖遺物を載せた盆を捧げ持つ流れ者の鋳掛け屋たち、放浪吟遊楽人たち、三枚の札でやる賭事師たち、おどけた軽業師《サルティンバンコ》たち、形態模写芸人たち、荷車引きたち、博徒たち、松葉杖にすがる一本脚の者たち、手押し車に乗った両脚のない者たち、アイスクリーム売りたち、小像売りたち、頭巾をかぶった修道士たち、そして、エティオピアの王たちが横切っていった。ヤッコがこの壮観な眺めで目をよろこばせているところへ、ぜいたくで手の込んだつくりの衣装を着たひとびととは正反対の、真っ黒な修道服に身を包んだいかついドミニクスが、まるでユピテルが群衆に投げこんだ稲妻のように姿をあらわした。しかもよりによってローマの下級貴族たちが騎馬行進をしている真正面に突然あらわれたために、先頭の馬がおどろいて飛び退き、騎手は鞍から振り落とされた。ダチョウの羽根がついた彼の帽子は、花崗岩の敷石にまっさかさまに転落した衝撃をすこしも和らげてくれなかったので、騎手は気がつくひまもないうちにもう死んでいた。だが落ちざまのほんの一瞬、彼の全人生が心をよぎり、とくに子供のころに水を飲んだときの愉快な気分がふとよみがえった。そのとき水を飲んだのは釉薬《うわぐすり》を掛けた陶器のカップで、縁の内側にはなにか文句が書いてあって、そのころは子供だったからまだ読めなかったけれど今はなにが書いてあるかはっきりわかるわけで、その文句は「このカップで水を飲む者は——」という意味だったのだが、文章を読んでいる途中で彼の意識はぷつりと切れた。ドミニクスはあわてる気配もなかった。彼はひざまずいて、修道服の襞のあいだのポケットから挽き割りオート麦をひとつかみとりだした。べつのポケットからは鋭いナイフをとりだして、自分の手首の血管を切り開いた。彼は、血と挽き割りオート麦を混ぜあわせ、それを死人の口へ押しこんだ。すると、死人の目はぱっちりと開き、落馬した騎手は身体機能万全な体育選手のように、死者の世界から立ちなおった。

まわりで見ていた群衆からドミニクスを讃える声が怒濤のように沸き上がりはじめたが、彼はひとびとをいらだったようなまなざしで一瞥して、どよめきを静めた。彼は肉体の復活について、また来《きた》るべき世の命について語り、彼のことばは眩しさに目もくらまんばかりの広小路に響きわたり、オルダヴァシュの内耳の迷路前座へも、永劫のなかで蒸留されたアヘンチンキの滴のようにしたたりこんでいった。ドミニクスの長広舌に陶酔したヤッコは、すっかり骨なしになったように感じて、卒倒した。その後意識を回復し、目をひらいたときには、自分が新たに生まれ変わったような気がしてうろたえた。そうしてそれまでやってきた自分の仕事を軽蔑した。

ヤッコはこうして、ドミニクスのもっとも熱心な弟子のひとりになり、純潔と従順の戒律に全身全霊で従うよう努めた。六ヶ月の修練期間の後、彼はポーランド伝道団の団長に指名された。当時、彼の国ポーランドではひとびとは古い異教の神々を信仰しており、貧しい家々には手足の動く木偶《でく》が飾られていた。ドミニコ会士の一団を率いてクラクフに到着すると、彼は熱烈な歓迎で迎えられ、改宗の奇跡について縷々《るる》説教をした。ヴィスワ川流域のサンドミエシュとプウォクスコには修道院を建てた。彼は忠告し、説教し、福音を伝道しながら足早にポーランドを踏破して、奥地のポメラニアやプロシアまで足を延ばした。また、最も船足の速い船を調達して、デンマーク、ゴートランド、スウェーデン、ラトヴィア、ノルウェーにも到達した。やがて電光石火の速さでリトアニアに入り、オーディンを信仰する者たちや、人魚女神ユラテの信奉者たちを大混乱に陥れた。次には手強いロシアへ行って東方教会と論戦し、しまいには大公を論駁《ろんばく》してローマ教会に改宗させることに成功した。足を踏み入れた土地には必ず修道院を建て、ふさわしい処女たちを修道女にさせた。レンブルク、メスタ川沿いのハウェチュシなどに修道院を建てた後、彼はキエフ・ロシアへ侵入した。リューリク二世の息子である第四代キエフ大公ウラジーミルは貴族らしい寛容さを見せて、ヤッコがキエフに修道院を建てることを許した。しかし彼には、父祖の信仰が抜き去りがたく染みこんでいたので、カトリック改宗への勧誘には耳を貸さなかった。残念ながら、キエフにおけるヤッコの伝道は目立った成果をあげることはなかった。

　ヤッコがキエフに滞在していたとき、モンゴルの恐ろしい侵略が始まった。ロシアの諸公は互いに張りあって内輪もめに精力を費やしていたため、力を結集して侵略に対抗することはできなかった。モンゴル人たちは彼らの目のまえに押し寄せて、侵犯し、略奪した。侵略者たちの群れは奇想に富んだ意匠で飾られた教会へも馬を乗りつけ、馬上から矢を射て豪華なガラス工芸品をこなごなに破壊し、何段にもなった聖画壁《イコノスタシス》からイコンを剥ぎ取って唾をかけ、自分たちには読めない書物が詰まった図書館には火を放った。そして一二二四年、野蛮な侵略者たちはハルハ川まで到達したところで、どういうわけか撤退していった。ところが一二三六年、ロシアの大平原《ステップ》を横切って遊牧民の大群が再びなだれこんできた。彼らは一二三七年には矛先をウクライナに向け、クレメンチューグ、ポルタヴァ、ゾロトノシャ、ペレヤスラブルを次々に略奪していった。こうしてモンゴル人はキエフを包囲した。さすがに彼らはこの古都の美しさ――緑や深紅や青の円屋根の数々、きらきら光る鎖を垂らしたたくさんの尖塔、あちこちから鐘のしらべを一日じゅう響かせる鐘楼の和音鐘《カリヨン》――に息を呑み、市の城門を開放するなら破壊せずにおいてやろうともちかけた。これに対してキエフの市民たちは、ロシア帝国の諸公が不在だったため下級貴族デメトリオスのもとに結集して、隷属の辱めを受けるよりは栄光ある終焉を選択することにした。塔も荘厳な教会も修道院もすべて要塞に転用され、血みどろの攻囲戦がおこなわれた結果、侵略者たちの猛攻撃にあってキエフ市の城壁は崩れ落ちた。壮麗なハギア・ソフィア大聖堂、十分の一税教会、聖ミハイル修道院、ペチェルスカヤ大修道院、これらがみな急襲され、略奪され、燃やされた。府主教ヨハンネスは教会に集まった会衆とともに虐殺されたと伝えられる。ヤッコは徒歩でドニエプル川を渡って逃げ延びた。『聖人伝集《アクタ・サンクトルム》』のなかでクラクフのセヴェリヌスが書くところによれば、キエフ落城の知らせを聞いたヤッコが市を脱出しようとしたまさにそのとき、聖母のアラバスター像が彼を呼び止めてこう言った。ヤッコよ、そなたはわたしを置き去りにして自分だけモンゴル人から逃れようとするのですか？　これに対して、でもあなたは重すぎます、とヤッコが答えると、彫像はこう言った。持ち上げてごらんなさい。言われたとおりにすると、聖母の像は軽々と持ち上げることができた。彼はそのままこの聖母像をクラクフまで運び、以後、この像はおおいに崇敬の的となった。

　次にヤッコはドナウ川流域のイアジュゲス人たちに宣教をおこない、数千人に洗礼を施した。それから彼はチベットへ赴き、この地では宣教の成果はあまりあがらなかったものの、空中浮揚と霊の体外遊離の術を身につけた。これらの術はロシアへ帰ってからたくさんの奇跡をおこなうのに役立った。たとえば、あるとき、彼がヴィスワ川の渡し船に乗っていると、船頭が、あたしはこの二週間ほど公現祭を祝う葡萄酒をくださいって聖母様にお祈りしてるんですがね、と語った。これに答えてヤッコが、あなたの祈りは聞き届けられていますよ、と言ったとたん、巨大な魚が船にころがりこんできた。船頭はこの幸運な獲物を売って、葡萄酒をたっぷり手に入れることができた。また、べつのときには、ヤッコの創立した修道院から蜜蜂の巣箱を三つ盗もうと決心したひとりのならず者がいた。この男は盗みのまえに景気をつけようと、まず近所の酒場でしたたか酔っぱらってから巣箱を家へ運ぶための小舟を盗んだ。というのも、養蜂場は川岸へ下る斜面の果樹園にあったからである。ところが翌朝、この男は川を二マイル下ったところを漂っている小舟の上で大の字になって死んでいるのが発見された。死体にはびっしり蜜蜂がたかっていたという。そのほかにこんな話もある。安息日の日曜に鍵をこしらえた錠前師がいた。翌朝、握った両手の指が硬直して動かせなくなり、しばらくすると指の爪が両手を貫いて伸びはじめた。いわば、扉を閉ざす器具をつくる職人が自分自身の両手に錠を掛けられてしまったのだった。四ヶ月のあいだ、爪は異邦人の侵略者のように手の肉を食い破って伸びつづけ、両手のひらはただれて膿《うみ》をもった。ある日、幸運なことにヤッコが通りかかり、この男に握手をもとめたとき、男の苦境は明るみに出た。さっそくヤッコは修道服から一本の鍵をとりだし、その鍵を男の握り拳に差し込んでぐるりと回すと、男は癒された。これに似た話はまだほかにもある。主の御復活の祝日にもかかわらず、むこうみずにも収穫した穀物を石臼で挽きつぶそうと取っ手に手をかけたとたん、取っ手から指が離れなくなってしまった男の話である。男の右手は三ヶ月のあいだ取っ手に貼りついたままで、もはや手を鋸《のこぎり》で切り取る以外に方法はあるまいと周囲のひとびとが囁いていた。そこへヤッコがあらわれ、ひとつまみのライ麦の粉を男に食べさせたところ、男はたちどころに呪縛から解き放たれ、自由になった右手で神を賛美した。この話と同様に、目の不自由なひとが視力を回復したり、声を失っていたひとが喋れるようになったり、耳が不自由なひとの聴力が回復したり、死者が墓から立ち上がったりする話にはこと欠かないが、別種の逸話には次のようなものもある。

ヤッコは一冊の本を持っていたが、これは奇跡的に火難をのがれたものであったという話。

内容を読んで自分の魂を救済し、生き方を矯正するようにと、彼はこの本をひとりの弟子に貸し与えた。さて、夜のとばりが下り、修道士は借りた本を枕にして古い藁を敷き詰めた寝台に横になった。眠りに落ちた彼の夢に、ひとりの男があらわれてこう言った。この藁の上で眠ってはいけない。この藁は血で汚されている！　これはつまり、かつてこの敷き藁の上でなにかおぞましい罪が犯されたので、この寝台は聖なる書物を安置するにはふさわしくない場所だという意味である。ところがかんじんの修道士は、寝返りをひとつうってこの警告を忘れてしまった。寝入った修道士の夢にさっきの男がふたたびあらわれて、この藁の上で眠ってはいけない。この藁は血で汚されているのだから！　と告げる。夢のなかで修道士は自分の身体が寝台から浮き上がっていることに気づき、見下ろしてみると、敷き藁に無数の蛆虫がうごめいて藁の表面が波打っている。ところが、彼はまたもやひとつ寝返りをうって今見たばかりのものを忘れてしまった。夢の男はとうとう三度まであらわれて、この藁の上で眠ってはいけない。この藁は血で汚されているのだぞ！　と言った。そして、男はとうてい口にできない姿に変身して修道士に見せつけた。修道士はびっくりして飛び起き、寝台の藁を取り去って焼却するよう従者の少年に言いつけたが、うっかり本のことを忘れていた。少年は本が紛れたままの藁に火を点けた。一時間後、失策に気がついた修道士が火のところまで駆けつけると、すべては灰になっていたが、本だけはなにごともなかったかのように無事だった。

この本はヤッコが魂の奥底をうち明けた手記であった。オークにできる虫こぶからとったインクをカラスの羽軸の細字ペンにつけて、ヤッコは神経質で繊細な筆跡で、流産した子牛の皮でつくった羊皮紙の上に文章を綴った。幸いなことに、この本のページの断片はリトアニア、ウクライナ、ボヘミア、かつてのユーゴスラヴィア、ラトヴィア、ポーランド、モスクワ、エストニアのさまざまな場所に散らばって、こんにちまで伝えられてきた。

——片足をもう片方の足より先に水面に下ろしたが、川を歩いて渡る方法を忘れていたので、流れを横切って渡したロープの上を綱渡りするひとのような歩き方になってしまい、わが足下をすいすい泳ぐ魚たちがいる奇跡のごとき浅瀬をおもった。わたしには、向こう岸にいる主の姿がはっきり見え、しかも主はわたしに向かって手招きをしていた。月はすでに昇り、背中には炎上する町の熱を感じ、見捨てられたひとびとが叫ぶ声が聞こえた——

——わたしはポーランドの公爵家のひとつ、オルダヴァシュの家に生まれた。十三のとき、わたしはおじの愛妾により童貞を失った。十五のときナイフの使い方を知った。それでいとこを突き刺したからである。十七のとき、ラテン語で流暢《りゅうちょう》に喋り、教会博士たちをおどろかせた。十九のとき——

——大気はつめたく道は遠い。雪の冠をつけた、たたなずく山々を見つめる。鷲や鷹が空に輪をえがき、わたしはカップから凍りそうな水を飲む——

――三十三のとき、死者たちのなかから生き返らされた男を見た。その男とはわたしである――

――カロマン公はわたしの懇請に耳を傾けてくれるとおもう。これまでのところ、わたしはチュートン人の騎士のような脅しをかけたわけでもないのだから。どのみち、彼は東方正教会の信仰を捨てるべきなのだ。教皇インノケンティウス様もそれを望んでおられる――

俗人時代の名で呼ぶならヤッコ・オルダヴァシュ――彼が死んだのは一二五七年、聖母被昇天の祝日のことであった。聖遺物のいくつかはクラクフの聖ヒアキントゥスに捧げられた小聖堂に安置されている。彼は死後も多くの奇跡を起こしたとされる。ひとつ例をあげよう。ひとりの男がいて、疱瘡に苦しんでいた。彼は何人かの男たちに、クラクフの尊いヤッコの聖堂へお参りしたことのあるひとはいませんか、と尋ねたが、たまたまそれをはたから聞いていた男のひとりが、オレは行ったことあるよ、と答えた。疱瘡の男が、なにかおみやげに持ち帰ったものはありませんか？　と尋ねると、相手は、いや、なにも、と一言。病気の男は、それじゃあそのお参りにはなにを着ておでかけになったんで？　と尋ねると、なあに、今着てるこの服だよ、と相手。これを聞いて、病気の男は隠し持っていたちいさな鋏《はさみ》で相手の服の一部をこっそり切り取った。そして、その服の切れ端を疱瘡に当てるやいなや、できものがはじけて、たちどころに快癒した。また、ものの本によれば、この治療法はたいへん効き目があったので、疱疹性のただれを治したい者はヤッコの聖堂へ駆けこみ、扉に掛かっているカーテンや、壁に掛けてある垂れ幕の一部をつかみさえすれば快癒した、とも言われている。

リトアニアのユルバルカスでは近年まで、聖ヒアキントゥスの聖泉――リトアニアでの通称によればユルコの聖泉――で伝統的な祭りがおこなわれていた。聖人の祝日の前夜、住人たちが聖泉のほとりに集まってダンスをし、地域独特のお神酒《みき》であるアクアヴィットをこころゆくまで楽しみ、八月の一晩を聖人と語りあって過ごしたのである。ひとびとは明け方になると長い柄のついた網を井戸に下ろして、琥珀のかけらを捕った。捕れた琥珀は火難や水難のお守りとして尊ばれた。この習俗はネイ湖のほとり、アントリム州のクランフィールドへと、わたしたちをふたたび連れ戻す。というのも、かつてこの地でもおなじような習俗がさかんにおこなわれていたし、おそらくは今でもおこなわれているだろうからである。

𝔎

Kipper

薫製ニシン《キッパー》

「クランフィールド」という名前の陰には、アイルランド語の名前の亡霊というか誤って伝えられたこだまが潜んでいる。「クランフィールド」は「クランベリー」とも「野原《フィールド》」とも無関係である。また、水揚げされたばかりの鰊《にしん》のかさを量る単位の「クラン（三十七ガロン半）」とも関係はない。「クラン」という単位はアイルランド語の「升《クラン》」からきているが、その原義の「樹木」とも、ましてや、派生的な意味である「ダンスのステップのひとつ」や「アイルランドのバグパイプを演奏するさいの装飾音」や「くじ引きに使う棒」とも、「クランフィールド」はいっさい関係がない。「クランフィールド」はアイルランド語で「野生ニンニクの森」を意味する「クラウホル」がもとで、英語のwに似た音になる鼻音化した「ウ」が「ン」に転訛し、喉音の「ホ」は「フ」に変化したのである。このような言語的変容はこの地名にはふさわしい。というのも、かつてネイ湖のほとりは自然林だったが今は農地となり、ひとびとが話したアイルランド語は英語あるいはスコットランド英語に取り替えられてしまったからである。クランフィールドに今でも野生ニンニクが生えているかどうか、わたしは知らない。

さて、ある日のこと。わたしの妻のデアドラ・シャノンが彼女の両親と、クランフィールド教会の聖池《ホーリー・プール》の近くを通りかかったときの話だが、そのあたりを二組の年輩のカップルがぞろ歩いていたという。デアドラによれば、そのお年寄りたちはゴルファーだったかもしれないけど、とにかくそこそこ立派に見えるひとたちだったわ。四人ともこぎれいな普段着にハッシュパピーのスエード靴を履いてたの。英語は標準語っぽかったけど、舌先を震わせるみたいなスコットランド訛りがかすかにあって。昔話をしていて。よくこの池へ来て釣りをしたとか、原っぱをぶらぶらして野花やリンボクの実やブラックベリーを摘んだとか、丈の高い草や生け垣のあたりでかくれんぼをしたとか、夏の空気は野薔薇やイバラやスイートブライアの香りがして眠気を誘われたとか、蜜蜂の羽音が聞こえたとかいう話よ。昔は聖池《ホーリー・プール》で琥珀を捕ったとも言ってたわね。生け垣から切ってきたまっすぐな枝にブリキ缶をくくりつけて、池の底をさらって琥珀の塊《かたまり》を捕ったんですって。琥珀は物々交換のときには高い値打ちがあったし、不思議な力がこもっているとも言われていたんだって。

正直なところ、わたしはデアドラの話は眉唾ではないかと疑っていた。それで、なにか裏付けをとらなければとおもっていたところ、一八三五年刊の『アイルランド実地調査報告』のなかにT・C・ハニントンが書いた次のような記事を見つけた。

クランフィールド教会の東九十四ヤードに聖泉がある。泉質は良好で琥珀塊を産す。五月《メイ》祭前夜《イブ》、土地のひとびとはこの泉に集い、地元の馬鈴薯で醸した焼酎《アクア・フォルティス》を痛飲し、バグパイプにあわせて踊る。明け方には泉を浚い、琥珀を捕る。土地人は、五月祭前夜《メイイブ》に限り琥珀が生ずると信じている。琥珀あるところ沈む船なし、船火事もなし、との口伝ゆえ、移民者は琥珀をアメリカへ持参する。その昔、聖泉に仕える一匹の飛び虫がおり、願掛けに来る者はこの虫のふるまいを熟視して神意を推しはかった。この守護虫は不死であった。ものを知らぬ目にはときおり死ぬように見えたが、真実のところ霊魂が新しい器に乗り移るのみ、本体は変化しなかったのである。不安をかかえた信者は静かなる畏敬をもって、こころあるこの守護虫の挙動を見守り、その愉快落胆を推しはかることにより、虫の知らせを受け取った。

この文章を読みなおしてみて、わたしはガガンボとかメクラグモと呼ばれる「鶴首の飛び虫《クレーンフライ》」を思い浮かべるのだが、この名前は古英語の「クラン」から来たものである。「クラン」の語源がつくりだす滲みのなかで、英語とアイルランド語が出会っているのだ。ネイ湖の湖畔は飛び虫が多いことで知られている。夏にはよく無数のちいさな羽虫が雲霞のような大群になって飛び、遠くから見るとそうした蚊柱がたき火の煙のように見える。虫の大群で太陽の光が翳らされることさえある。だから、ぜひこれは言っておきたいのだが、聖泉の守護虫は群れをつくらない虫であったにちがいない。一匹でいれば目立つし、長くて折れそうな脚でよろめきながら歩く姿は、ひとびとの哀れみと賞賛を受けやすいからである。

ところで、ネイ湖畔に無数にいる羽虫は、クランフォードからそれほど遠くないトゥーム郡のテンプルモイルと呼ばれる古い墓地の名の語源話のなかに、端役として登場する。T・C・ハニントンの解説をここでも引用してみよう。

　テンプルモイルと呼ばれる古い墓地はキルヴィリス——アイルランド語では〈キル・ウィリス（静けき教会）〉——の教区小字《タウンランド》に属し、ローレンス・マッキーオン所有の農場地内にある。言い伝えによれば、聖ブリギッドはこの地に教会を建てようとしたが、工人たちがみなヒースから醸したビールに酔い痴れてしまい、基壇より高く建物を建ててあげることができなかった。このビールにははじめ泡がなかったのだが、ブリギッドが工人たちに命じて、小さな羽虫の大群と鉢合わせして逃げまどう猪の口縁から泡を取らせ、それ以後ヒース・ビールには豊かな泡が立つようになった。さて、工人たちが酔い痴れるのを許したブリギッドのおこないを耳にした聖パトリックは、二羽の鳥が鹿の角に止まっているのを見つけるまで放浪せよ、と彼女に命じた。ブリギッドは放浪の末、今のドゥーネン・チャーチでそれを見つけ、その地に教会を建てんと欲した。この教会は今にいたるまで尖塔がなく「モイル」の教会と言われるが、「モイル」とはアイルランド語の「禿頭《ミール》」が語源である。「ドゥーネン」はアイルランド語では「ドゥーエン」あるいは「ダヘン」で、「鹿角に止まった二羽の鳥」という意味である。

　どこか誤伝めいたこの説明は、スライゴー州の「二羽の鳥の山《シュリーヴ・ダー・エーン》」や、モナハン州の「二羽の《バラッフ・》鳥の道《アン・ダー・エーン》」や、ドニゴール州の「二羽の鳥の城塞《ドウーン・ダー・エーン》」、あるいはまた、シャノン川のほとりの「泳ぐ二羽の鳥《シュナーヴ・ダー・エーン》」を、わたしたちに連想させる。

シャノン川に乗っておんみの広い胸へ――
わたしはシャノンとともに、くねった道を放浪した。
黄色く実った穀物と刈りたての干し草が見える平野、
両岸のはるか彼方《かなた》には青い丘また丘が起伏して、
引き潮のふちを飾る低くて暗い森また森があって、
シャノンの水が西のはずれへ近づくにつれて、
広さがまさりゆくその胸のまどろみのなかから
かすかなさざ波がふとざわめいては消えていった――
とおもう間に、そよ風に吹かれてさざ波が再び立って
育って、小波になって、正午の光のなかで踊って、
そして、小波は大海原の青色の大波にかわって、
やがて、入り江と岬は見えなくなって、
それから、ついに――ああ、ついにわたしは外海の
ながいうねりに乗っかって、気ままに浮かんでいたのだった。

ネイ湖にはときおり嵐の日などに、外海でうねるような大波が立つことがある。そうかとおもえば水面のかなりの部分が氷結することもある。一八七八年から七九年にかけての冬には、何週間にもわたって寒暖計が氷点下をかなり下回る気温を示しつづけたうえに、風が凪いだ時間も長かった。雪片の群れがものうく降って、美しく柔らかい毛羽のある死衣で万物の表面を覆ったので、かえって多くの植物が死から免れた。鳥たちは空腹のため鳴りをひそめ、霜焼けで足を引きずり、数千羽が緩慢な死をうけいれた。アントリムのあちこちの街路で雲雀《ひばり》の大群が見られた。

このように自然の外観は冬が極点まで行き着いた様相を呈していたのだが、そのすがたは、それを見た多くのひとびとの心に比類のない美しさを刻みつけた。木々や灌木が一面に広がった死衣を突き抜けて立つ風景は、まさに印象的な絵そのもの、あるいは芸術的な壮観にほかならなかった。雪片は次から次へと音もなく落ちてきて、太い大枝に、また、繊細な小枝の上に、妖精のようなしぐさで舞い下りた。雪片たちはどうやら暖かい国から寒い国へやってきたらしく、舞い下りた先に付着したが最後、決してそこを離れようとはしなかった。その結果、大枝という大枝、葉という葉、小枝という小枝はどこもかしこも、想像できるかぎり最も繊細な美しさを放つ氷の結晶で覆われた。自然は銀白色の鎧をまとい、その白銀の表面は、貴金属細工の職人たちが見せる技巧の粋を刻々と変化させていった。あらゆるものの上にダイヤモンドの飾り鋲が数限りなく配置され、朝の太陽の最初の光線が当たると、それらの宝石が放つまばゆい輝きは見る者を感嘆と喜びでいっぱいにした。

ネイ湖にはベルファストはじめほうぼうからスケート遊びをするひとが大挙して押し寄せ、スケートを履いたひとびとの多くは、アントリムの岸からおそらく二マイル半ほど沖合まで張り出した氷の上を、先端近くまで滑っていった。沖まで滑走していくときに見えたのはじつに目新しい眺めだった。霧に隠れて見えなかったスケーターや、歩いて滑るひとや、ピクニックするグループや、見物人たちの群れが次々に見えてきて、やがて、氷の先端まで半マイル以内ほどの距離まで近づくと、先端まで制覇したひとびとが水平線あたりに動いているのが、ナインピンズのピンくらいの大きさに見えた。こうした眺めは、最も驚くべきしかたで距離の感覚を拡大させ、その効果は独特だった。この視覚効果はひとびとを駆り立てて、スケーターの黄《エル》金郷《ドラド》——雪片がひとひらも載っていない鏡のように美しい氷上——へと到達させた。そこから見ると目のまえには、ごぼごぼ音をたてる湖水と霧と混沌しかなかった。スケーターのなかには背に帆を張ったひとたちがいて、まるで茶を積んだ快速帆船《ティー・クリッパー》のミニチュアみたいにすごいスピードであちらこちらへ滑走した。一方、「陰鬱な夢にうち克ち、頭を軽くし、記憶力を高める」お茶の葉を愛する通人たちは、氷上に据えたちいさな火鉢にポットを載せて、神酒《みき》ならぬ茶を淹れた。彼らのそばにたたずめば、湯気を立てた琥珀の神酒をすすりながら茶葉のブレンドについて語りあう声が聞こえただろう。

〈ロンドンデリー夫人〉を賞味するときのかぐわしさを、セイロン産オレンジ・ペコ、キームン、燻煙香茶《ラプサンスーチョン》、薔薇プーチョン、チャイナ・キャラバンといった単語をやりとりして語りあうのは、至福の時間だったにちがいない。凍りつくような空気をふっと吸いこむとさまざまな茶葉の芳香が鼻腔をくすぐる。花々の芳しさ、レモンの果実香、クローブの刺激香、松の樹脂あるいは琥珀の焦げる匂い、焦げたタールの匂い、魚や卵の腐敗香。「茶には千種万種あり」と賢人ロー・ユーは語る。数あるなかからいくつかとりあげて誉めてみようか。アイリッシュ・ブレックファスト・ティといえば、インド黒茶の一品種に黄金茶の葉芽の強い輝きを添えたもの。名高いガンパウダー・ティは、葉芽の多い若葉を丸めてピンの頭からエンドウの葉くらいの大きさの玉にしたもので、中国緑茶の最高峰。イングリッシュ・ブレックファスト・ティは上等なセイロン茶葉で、その味は極薄切りにしたキュウリのサンドイッチをおもわせる繊細さである。

雪の季節に新鮮なキュウリは手に入らなかったかもしれないが、女たちはおもいおもいのバスケットにオランダふうピクルスを入れた広口瓶をいくつも詰めこんで来ていた。氷上で飲み食いしている光景はなんといっても冬の遊びの数々を描いたオランダ絵画にそっくりである。男たちはステッキを逆さに持ちかえてスティックにし、ボールの代わりに紅茶缶の蓋を使って、ホッケーとかいう新しいゲームを始める。彼らは、試合後のごちそうを準備している女たちにかっこいいところを競ってみせているのだ。子供たちは、茶盆《ティートレイ》に載せた仲良しの背中を押して滑らせている。男の子も女の子も遊びに忙しくて大人の食べ物には目もくれないが、ごちそうの準備は着々と進んでいる。オランダふうのキュウリのピクルスをスライスして盛りつけた皿があり、その脇の火鉢の上のフライパンではランダルスタウン・ソーセージとカリーバッキー産のベーコンがじゅうじゅう音をたて、ネイ湖だけで獲れるコクチマスの一種ポランの薫製——これはなかなか有名なのだ——もちゃんと用意されている。ポランという名は、アイルランド語で「穴か湖で見つかったもの」を意味する「ポラーン」からきたものだ。この魚は珍しい淡水産のニシンで、食べたことのないひとにどんな味か説明するのは至難だが、キャビアとアイシングラスが採れる例の黒海産チョウザメを知るひとがこのポランを食べると、よく似た味だという感想をもつらしい。ポランの薫製はネイ湖でたくさん獲れる鰻《うなぎ》とともに輸出されて、オランダでは珍味とされている。ところで鰻だが、ここの鰻は大きく分けて二種類いて、鼻先の尖ったもの（地元ではヘビウナギと呼ばれている）と、鼻先が幅広になったもの（ツバウナギ）がいる。ヘビウナギのほうが数が多く、湖水がバン川となって流れ出す北西のトゥームあたりでよく獲れる。漁獲高——一晩で七万匹ほど水揚げされたこともある——が莫大なので、地元だけでは消費しきれず、余った分はポランといっしょに薫製に加工して、オランダへ輸出されるのである。こうしてアイルランド人とオランダ人のあいだには水をなかだちにした友好関係が生まれ、ミアシャム・パイプとタバコの相互交易も成立したわけなので、「芳しい香気を放つ魅惑の葉」を支持するひとびとにとってはたいへん満足なことだ。オランダのジンもあるていど輸入されている。ネイ湖の近くに住むヤン・ボス氏はオランダ人の代理業者で、このあたりでは人好きのする旦那として知られており、地元の漁師たちと魚にまつわる逸話を語りあうのをおおいに楽しむ人物である。ボス氏はとりわけ人魚や水魔関係の伝説を好む。これからお話しするのは彼が語ってくれた物語である。

一六三〇年、オランダは大嵐に見舞われましてな、いたるところで堤防が決壊して、海水が牧場へ流れこんだわけですわ。市場で働く女たちが何人かで小舟に乗って広大な水たまりを渡ろうとしていたときのことですが、水面から人間の頭が突き出してるのが見えたというんです。舟を漕ぎ寄せてみると、これが泥のなかでもがいている人魚。すこし暴れはしたものの、女たちがすばやく手なずけて、連れてかえりました。そしてみんなで相談して、この人魚に、女の服を着ることや、パンを食べてミルクを飲むこと、それから糸を紡ぐやり方まで教えてやった。ところがもっとおどろいたことには、この人魚は絵を描くことに非常な興味を示したというんです。時あたかもオランダが黄金時代へ入っていく時期で、絵描きたちが日常のありのままを正確に描くことにしのぎをけずっていた時代です。絵筆に絵の具にパレット、カンヴァスにイーゼル、そのほかこまごまとした道具の使い方を教わるやいなや、人魚はいそいそと作業を始めて、何日か後には男の人魚をいきいきと描きあげました。その絵を見たひとがみな、あの男人魚は息をしてる！　とうけあったほどの出来映え。人魚は水没した牧場で助けられてから後十七年間生きたんですがね、その間じゅうずっと海の暮らしを描いた見事な絵を次から次へと描いたんですわ。彼女は世話をしてくれる女のひとといっしょにハールレムの町なかの家《タウンハウス》に住んでおりましたが、彼女にことばを喋ることを教えこむのはどうしてもできなかったとのこと。ですが、彼女は、十字架のまえを通るときにはうやうやしくお辞儀をしたそうで、神様ということがすこしはわかっていたようだと伝えられています。じっさい、彼女が魚を描く描写には慈悲深い創造主のみわざが反映されていると説いた批評家も当時はいたそうですな。というのも、彼女が描く魚のなかには誰も見たことがない種類のものが交じっておったのですが、あとからたまたま鰊《にしん》の底引き網にはじめて掛かった魚を見て、実在が判明したという例がありました。こうやって証明されたおかげで、他愛のない空想の産物とかたづけられていたものが、真実の告示を得たわけですわ。

琥珀魚《アンバーフィッシュ》——琥珀鰤《アンバージャック》とか縞鰹《シーブリーム》とかシイラとも呼ばれます——は、一六三九年にはじめて大西洋の亜熱帯海域で発見されました。ところが、人魚が一六三四年に描いた絵には、ほとんど半透明な黄金の魚体にフェルメールの青をおもわせる奇妙な目をもち、鯉《こい》に似た口をもつこの魚がすでにあらわれておったのです。人魚の絵はこの発見を正確に予測していたんですわ。この魚をインド洋のシイラと混同してはいけません。人魚はあちら方面の海の魚は知らなかったはずですからな。ですが、ついでにちょっとわが同国人のふたりの航海者ピーテル・ディルクスゾーン・キーサーとフレデリック・デ・ホウトマンが、南の空のちいさな星座に〈シイラ〉の名を与えたことも言い添えておきましょう。この旗魚《かじき》（シイラ）座は、わたしどもの銀河にもほど近いちいさな星雲——大マゼラン星雲——の大部分を含んでいますのでね。このふたりが見つけた星座はほかにもありまして、孔雀座もそのひとつです。ゼウスの奥さんのヘラの聖鳥、あの孔雀です。で、なぜ孔雀の尻尾にはあんなにたくさんの目があるのかというお話を当然したくなるわけですが、それはまたの機会にいたしましょう。脱線は禁物、禁物。

かつて住み慣れた海の世界を描くのを喜びとした人魚の物語を続けます。彼女はカンヴァスに向かって、細部まで正確な独特の表現効果を得るために駱駝《らくだ》毛の極細筆をふるって、何時間でも幸せそうに仕事をしたものでした。あの色使いといったら！――粘板岩の灰青、珊瑚色、薄青のアムピトリーテー、ムール貝の濡れた玉石色、かよわい海の忘れな草色、アネモネの黄と洋紅、エメラルドとナイル川の鈍い緑！　顕微鏡のような彼女のまなざしは、どんなにちっぽけなものも見逃しませんでした。彼女はよく、水銀を流したような魚たちの瞳のなかに映りこんだ自分の姿を自画像として描くことがありましたが、あまりにちいさすぎて、画面の上の魚たちの目を覗きこむようにして探さなければ見つけられませんでした。また、彼女は、自分の面倒を見てくれる付き添いの女性のこともよく描きました。彼女はこの女のひとを深く愛しているようでした。たしかに、このハールレムの町なかの家《タウンハウス》の女性は、とても気だてのいい人物でした。人魚が制作中の絵の難所をうまくくぐり抜けたときなど、ぴりっとする新鮮な牡蠣とほんのりこげた蜂蜜の味がする琥珀色のビールで、ふたりがお祝いの食事を囲んでいるのがよく見られました。さっき、わたしは、人魚はオランダ語を話すことはついにできなかったと申しましたが、ふたりの心は深く通じあっておったので、この家の女性はあるていどまで人魚と意思を伝えあうことができ、やがて通訳のような役もするようになりました。尻尾をさまざまに動かしたり、睫毛をぱたぱた瞬かせたりして、人魚は女性に意思を伝え、絵にどんなタイトルをつけようかなどといった相談をしていたようですな。ふたりが語りあっているさまはおどろくべき光景でした。女性のほうが人魚を注意深く見つめながら、一語また一語と試して、相手の欲しい単語を探していきます。この女性は、人魚の卓抜な意図がくみとれるよう、人魚の目の奥の光を見極めようとするのです。意思が通じると、人魚は尻尾をうれしそうにばたばたさせて返事をします。彼女の名付け方は独特でしたよ。たとえば、こんなタイトルがありました。〈ウニたちと鱈のいる海底の岩屋〉、〈ヒトデに脳はないけれど〉、〈薫製がまだなかった時代〉、〈猫魚に言い逃れをする海ネズミ〉、〈パイプ魚や葉巻《シー・ガー》魚だっているのになぜハドックを薫製《スモーク》にするの?〉などなど。

タバコやビールや鰊で儲けた商人や、芸術の支援者たち、また、天文学者や顕微鏡研究家、自然哲学者に漁業経済の専門家といったひとびとがみな、彼女が住むハールレムの町なかの湿っぽい家に集まってきました。みんな彼女の絵を買いたかったのです。しかし人魚は断固として絵を売ることを拒み、どんなに高い値段をつけられても決して首を縦に振りませんでした。無理もありません。彼女はお金の使い方を知らなかったのでね。このことには付き添いの女性も賛成していて、むしろ年上の彼女が絵を売らせないようしむけていたふうでさえありました。そういうわけで、長年のあいだに人魚の岩屋――彼女の家はこう呼ばれるようになっていました――はだんだん装飾豊かになり、迷路じみてきて、しまいには光までどこか水中にいるような色合いをおびてきました。うっとりさせるような身のこなしで泳ぐ鰊の群れが永遠不変の模様をきらめかせました。ホウボウとソコホウボウがサファイアさながらの青を揺り動かしました。そして、ツノガレイの海中御殿をかすかに見ることができました。

言い忘れていましたが、先ほど紹介した絵のタイトルにもちらっとほのめかされていたように、人魚は喫煙《スモーク》を覚えました。彼女は、紛れもなく海から生まれたミアシャム・パイプを愛用しました。また、いたずら心を起こして、絵の片隅にさりげなくパイプを描いたこともありましたな。そのパイプの火皿は珍しい種類の魚の顔そっくりに描かれていて、煙の代わりに泡をぷかぷか吹いておりました。学者のなかには、これらの泡は生命のはかなさの象徴だと説く者や、永遠の歓喜の表現だと説く者がありました。

キリスト紀元一六四六年のある日のことですが、人魚のパートナーだった年上の女性が塞栓《そくせん》症《しょう》のために倒れて亡くなりました。そして、墓地で埋葬がおこなわれているとき、この町《タウンハ》なかの家《ウス》が火事になりました。まだ燻っている焼け跡をよく調べてみてわかったのは、葬儀のあいだ、ひとりぼっちで自室に居残っていた人魚が尻尾で蠟燭を倒してしまったために出火したということ。死者の魂が天国へ向かいつつあるのを示すために、部屋のなかには何本かの蠟燭がともしてあったのですな。また、調べた結果、次のこともわかってきました。炎は絵に使われた揮発性の油にすぐ引火し、さらに上の階のキッチンへと燃え広がり、ベーコン、砂糖、ラード、鱈の肝油、そのほかのたいへん燃えやすい食料品をなめつくし、さらに上の階の食堂にあった松ヤニ分の多い三つ葉松のテーブルをかっと燃え立たせ、その上の階の殿方用喫煙室、婦人用寝室を通って、ビロード張りの小寝室のいくつかを焼き、琥珀コレクションの展示室に至り、ついに最上階の火薬庫まで炎はたどりつき、爆発を起こしました。戦争中とあって火薬の備蓄量が減っていたために、爆発音はおもったほど大きくはなかったですがね。とはいえ、建物のなかにいたひとはみな焼け死にました——ほとんどのひとが葬式に出ていたので犠牲者の数は少なかったけれども。

人魚の亡骸《なきがら》は骨格がなんとか残っていただけで、それも手をふれたが最後、くずれて灰になってしまいました。そういうわけでこの不思議な生き物が存在した物的証拠はなにもありませんし、驚嘆すべき彼女の芸術をしのぶよすがとなる作品もひとつも残っておらぬのです。けれども、彼女の伝説は生きつづけております。オランダ人の行くところ、いたるところで彼女の物語が語られるでしょう。なにしろ、この話は真実で、美しく、そして、おたくの国の詩人ジョン・キーツが「ギリシア古壺に寄せる頌詩」のなかで言っているように、「美こそ真実であり、真実こそ美そのもの。人間が地上で知るのはこの一事であって、知らねばならぬことはまさにこれにつきる」というわけですから。

L

Leyden

ライデン

――さよう、わたしどもにものを教え、ものをくれるのが海ですが、その海がわたしどもにとって永遠の敵でもあるのですから、これは興味深い逆説というべきですな、とボス氏は続けた。ですが、ライデン攻囲戦のときのように、わたしどもを圧倒するように見えて助けてくれることもあります。その話はいずれ時を改めていたしましょう。さて、なにを隠そうわたしはこのライデンの出でありましてね、こうしてことばにするだけでも、わが心の目は輝き出すのです。ライデン。あの赤い屋根が続く町のうっとりさせるような眺めに、迷路のような〈水《グラフ》路《テン》〉、そして、自然史博物館の見事なことといったらありませんな。なにしろ、チーズにたかる極小のアシブトコナダニに始まって、天井の三葉松のたる木から吊るしたマッコウ鯨の骨格標本にいたるまで、生きとし生けるあらゆる動物の標本がですね、剥製に、ホルマリン浸けに、解剖標本まで、ひしめいているんですから。オランダ人にとって鯨が重要なほ乳類であるということは覚えておいていただきたい。とりわけ、鯨骨は、ボタンに、櫛に、髪留めに、コルセットの張り骨に、丸薬容器に、フルートの飾り環に、それから、その分解式フルートの接合部につける潤滑油を保存するチェッカーの駒型の容器に、とさまざまに加工されるのです。そういえば、おたくの国でオリバー・ゴールドスミスといえば尊敬されておる作家でしょう。そのゴールドスミスは、まずまずのフルート奏者だったそうですな。彼のフルートはステッキ兼用で、琥珀製のねじ蓋にバッカスの像がついていて、そのねじをひねるとクリスタルの焼酎《アクア・フォルティス》容器が出てくるしかけになっておりました。三つの用途がひとつになったこのおどろくべきワザものは、ライデンの音楽骨董博物館にこんにち展示されております。

たしか一七五五年のことだったとおもいますが、おたくのゴールドスミスがライデンへ医学の学位をとるためにやってきました。彼がオランダにどんな印象をもったかについては、幸いなことにあの名作「旅人《ザ・トラベラー》」の詩に書いてあるとおりですが、この「旅人」というタイトルはそういえばアイルランドの活発な舞曲《ジグ》のタイトルとおなじでしょう。それにしても、「旅人」とは、彼の精神と肉体の状態を完璧に言い当てたタイトルですな。だって、そうでしょう。名高い詩人キーツは、「わたしはしばしば黄金《ゴールド》の国を旅してきた」と言っているのですから、ゴールドスミスというのはおたくの詩人にいちばんふさわしい名前ですよ。彼の詩を読んだら、わたしはすっかり故郷が恋しくなってしまいます。

わが空想は、海原に抱きしめられたオランダの
異なれる心もつひとびとのもとへ、翔りゆく。
われは思う、はてしなき海原が大地おびやかすところ、

かの国の辛抱強き息子たちがわが目のまえに居並びて、
押し寄せる潮を食い止めんとこつこつ働きて、
高くそびゆる堤防を築き上げたる誇り高さよ。
わが心の目に見え来るは、さらに先へ、また着実に
隙間なく連ねられ、長く延びゆく防波堤が、
その長き両腕を、荒海のどよめきめがけ差しのべて、
大帝国を掬《すく》いあげ、海岸線を奪取するさま。
囲いこまれた海原が背伸びして、堤防越しに
見るものは、目の下に微笑む水陸両生の世界なり。
のどかなる運河に、黄色の花咲ける谷間、
ヤナギの木々の房飾りつけたる土手に、滑る白帆、
にぎわう市場に、耕された平地、これらはすべて、
海原の暴君の手を逃れたる新しき創造の成果なり。

ゴールドスミスがライデンへ行こうと思いたったのは、医学哲理の分野で最先端の論陣を張るアルビヌス大教授の講義を聴くためでしたが、この大教授の研究は、当時発明されたばかりだった実験器具――こんにちではライデン瓶として知られておりますが――を活用したものでして、この研究を進めてゆけば、生命の火の起源という永遠の謎を解明するのは時間の問題だ

とおもわれておったのです。思い出していただきたいのですが、ライデン瓶というのは、錫《すず》箔で内外両面を覆ったガラス瓶にコルク栓をつけて、その栓を貫いて真鍮棒が差し込んであるもので、その棒は瓶の内部の電機子とつながっており、棒のてっぺんには出っ張りがつけてあるもののことです。アルビヌス博士はこの器具を使って、イタリアのルイージ・ガルヴァーニが一七九二年におこなった、カエルの死体をいかにも生き返ったように見せる実験を先取りする実験を、数々おこないました。じっさいにはアルビヌスのほうが進んでいて、死んだ猫や犬や猿を、生前の習性そっくりに動かしてみせたとも伝えられておりますな。これらの実験成果の出版がなぜ差し止められたのかについて話しはじめると、今日お話ししようとおもっていた話から脱線してしまいますから、ここは深入りせず、またの機会にいたしましょう。

さて、オランダへ行こうと決心したゴールドスミスは、お決まりのルートでボルドー行きの船に乗りこみました。ところが、ニューキャッスル・アポン・タインの港でいったん上陸してぶらぶらしていたところ、スチュアート朝支持者《ジャコバイト》の嫌疑をかけられてしょっぴかれ、二週間投獄されてしまったのです。もちろん、船はとっくに出港してしまいました。けれども、本人とわたしどもにとってだけはかえって都合がよかったのですがね。だってこの船は、ガロンヌ川の河口で沈没してしまったのですから。あやうく命拾いしたのは愛用のフルートの琥珀の飾頭の御利益だ、とゴールドスミスはずうっと信じておりました。琥珀を身につけておれば火難と水難には強いお守りになる、というわけでね。それで、そこから先は回り道したのかどうかわかっておりませんけれども、とにかく彼はライデンにたどりつきました。ただ、彼がライデンからコンタリーン伯父に長い手紙を書いたことだけはわかっております。一七五五年のことです。ちょうど今、この上着の内ポケットにおたくの国のゴールドスミスの小型選集を持っておりましてな、その手紙の抜粋が収録されてまして、そのなかで、彼は、わたしどもの国をときには好意的に、べつのときには偏見の混じった目で観察しておるのです。ちょいと拾い読みしてごらんにいれましょうか。

オランダ婦人は、男がしつこく言い寄ってきても、その男にタバコの火を貸してやるだけで、決して心を燃やしたりなんぞはしないのです。伯父様はご存じでしょうか、こちらでは女性はみな石炭を入れたストーブを携行しており、腰を下ろすときには、ペチコートの下に潜ませるのが習いです。恋に悩むストレフォンはパイプをさしだして、この煙突から火を恵んでもらうというわけで……

冬になり、運河がみな凍りつくと、ひとびとはこぞって家々を飛び出して氷上で遊びます。馬にひかせるそりやスケート遊びがおおいに流行《はや》っています。ひとびとは氷上を滑らせるボートを持っています。風を受けて走るボートです。帆を広げると、一分で一マイル半ほども走りますが、あまりにも速く滑るので目が追いつかないくらいです……

ここでの自然科学研究は、エジンバラの水準にはまるでおよびません。そして、ライデン全市を探してもブリテンからの学生はたった四人しかいません。物価は高すぎるし、教授たちは（化学担当のひとりを除いて）みなだらけきっているので、わざわざこんなところまで学問をしに来るにはおよばないからでしょう……

けれども、この化学の教授に出会えたのは収穫です。講義は熱心で、知的な刺激にあふれ、ユーモアもある方で、寛大なことに、わたしを一度自宅に招いてくださったのです。これはたいへん名誉なことで、教授のお宅でわたしが見たものを見たら、アイルランド人ならきっと誰でも目を回したことでしょう。部屋じゅうが複雑な装置で埋まっていて、レトルトや試験管がみんな泡立ち、たくさんのガラス瓶のなかでは閃光が震えていました。その部屋の空気はオゾンで満たされ、さまざまなものの表面がすべて実験で起こされたエネルギーのために小刻みに振動していたのです。教授は、これらの実験について他言は無用に願いますよ、とおっしゃいましたがこれだけは伯父様にお伝えしておきます。教授は、存在の本性そのものについて、また、わたしたちがそれによって生きるところの変容の本態について、探究しておられるのです。というのも、変容なきところには生命もないのですから……

ここで、ボス氏は思慮深げに一息つくと、肥満した身体に重ね着しているため考古学の地層分布図みたいに折り重なった何枚ものチョッキの、あちこちについたポケットを手探りしはじめた。この作業は以前にも目撃したことがあるが、その経験から言えるのは、この捜索作業はボス氏がパイプそのほかの喫煙具を探し当てれば終了するということであった。また、タバコの点火にいたるまでにはこうした必要条件が前もって要求されることも、わたしは心得ていた。もろもろの喫煙具を探し当てる順序は時間ごとに、というかもっと正確に言えば、ボス氏が体内のニコチン量を補充したい衝動にかられるたびごとに、さまざまだった。そもそも喫煙とは、暗に時間というものの広がりを増大させる行為であって、喫煙が時間の流れを小休止させるという点において一種神聖な儀式でもある。愛煙家、とりわけパイプを吸う者が彼自身の存在を計量しつつただよう煙をじいっと眺めているときには、彼は彼自身の外側にたたずんでいると言っていい。そして、タバコを探すときに生じるこみいった小休止は、物語の語り手が操る表現手法のなかでも重要な技巧のひとつである。この間《ま》を使って、語り手はそれまで語ってきた物語のこの先の展開の可能性について考えることができるのだ。この間にたたずむ語り手は、真っ暗になりかけた夕刻に十字路にさしかかり、道しるべに書かれた地名を読みあぐねている旅人とよく似ている。矢印に添えられた地名がたとえ判読できても、このあたりにやってきたのは初めてだから行き先の見当はさっぱりつかないし、記された村のことはせいぜい風の便りに聞いたことがあるに過ぎないからである。

　そういうぐあいでボス氏は、片手は時計まわりに、もう片方は反対まわりに手探りの捜索を始める。片手の親指と人差し指と中指で、あるいは両手の三本の指を使って、時計隠しのポケットから、スリットポケットから、重ね着したチョッキのどこやら奥のあたりから、ボス氏はじつにさまざまなモノをつまみ出してくる。緑の粒起なめし革のチョッキに、風変わりな文様を刺繡した多色シルクのチョッキ——くすんだ色の捻れた糸がのぞいたり布の裂け目がひとつふたつあったりして、いかにもいわくありげなのだが、それらのどこかから釣り針が出てくる。が、そいつはもとへ戻す。こんどは丸薬容器。蓋に獅子の文様がついている。その蓋を開けて、ちょっと中を確かめてから、蓋を閉じてもとへ戻す。細かいタバコのくずがくっついた喉飴、チョークのかけら、ひもの切れ端、こわれた櫛、ちびた鉛筆、外国のコイン、ビーズがいくつか、渦巻の入ったビー玉、どこにも使えない鍵が一束、それから、折り畳んだ茶封筒が出てきて、広げてみると決してつくられることのない書棚の寸法がなぐり書きしてある。まだある。時計職人が使うようなねじ回しに、切手くらいの大きさの聖書の豆本。これらいっさいがっさいがとりだされ、ひとつひとつ調べられた後、もとに戻される。ちょっとことばに窮する光景である。

だが、ひとつのものがほかのものへと芋づる式につながっていくのが、オランダというところである。都市は運河で海と結ばれ、運河は町と町のあいだを走り、町から町へ、やがて村へと網目を広げ、運河は運河と結びあい、国じゅうに散らばった一軒一軒の家々がみな運河とつながっている。もっと細い水路は畑をめぐり、草地をめぐり、放牧地をめぐり、家庭菜園をめぐって、仕切り塀と生け垣と道路の三役をはたしているが、耳を澄ませば、水路から七つの海の物語が聞こえてくるのだ。水路にぷかぷか浮かんでいけばどこからどこへも自由に行ける。

さて、ついにいよいよ、ボス氏は必要なものをすべて見つけ出した。発見の順序は無視して列挙すれば、短いクレイパイプ、タバコひとつまみ、先端にタバコ詰め具のついたペンナイフ、それにマッチ一箱。慣れた手つきでこれらを操って、ボス氏はタバコに点火した。そして、ちょうどよくパイプに煙が通りはじめたところで、こんなふうに話しはじめた。

——さよう、おたくのゴールドスミスは楽しい男でしたな。彼がライデンへ行けたのもコンタリーン伯父のありがたい資金援助のおかげでした。さてやがて、帰国の時がきましたが、オリバーはまたもや文無しでした。そこで、帰る準備をするために、ライデン在住の同国人、エリス博士からまとまった金額を用立ててもらいました。ところが博士のお宅からの帰り道、ある花屋のまえを通りかかったところ、たまたま店先で目についたのはなんと、コンタリーン伯父が気に入っていつも欲しいなあと言うのを耳にしていたチューリップの球根ではありませんか。チューリップ狂い華やかなりし前世紀の狂乱相場に比べれば市場価格はかなり安定していたとはいえ、チューリップの各種球根の値段は相当なものでした。しかし、根っから太っ腹のゴールドスミスは店にとびこんでその品種の球根を一包み購入すると、即座にアイルランド宛に発送させる手配をしたのです。翌日、ライデンをあとにする彼のいでたちは着たきりスズメ、ポケットには一ギニー玉ひとつ、手にはステッキ兼用のフルートを握っておりました。これから先のお話は、彼が書いたさすらいの学者の物語を読んでいただくことにしましょうか。

　ゴールドスミスの気のいい性格は、わたしの郷土ライデン生まれのヤン・ステーンを連想させますな。ステーンはひょうきんな酒浸りのあわれな素寒貧《すかんぴん》で、年がら年じゅう財布は空だったと主張する研究家たちもおりますが、そんな彼らも、庶民的な諧謔味《かいぎゃくみ》のある絵を描かせたらステーンの右に出る者はないということは認めております。ある研究家によれば、一六二六年、醸造業者の息子として生まれたヤン・ステーンの人生設計は「醸造業を暮らしの心棒とし、画家業はほんのステッキ程度にするつもりであったが、彼は自分自身の愛想の良さと底抜けの酒好きとをどうすることもできなかった」といいます。あるいは、彼の人生をとりまく偶然の環境要因がもたらした不幸を指摘する研究家もおります。たとえば、一六五四年のこと、ステーンの父は息子をデルフトの蛇印醸造所の支配人に据えましたが、この年は折悪しく、例の兵器庫の爆発が起きて町全体をめちゃめちゃにした年でした。被害を受けなかった家は一軒もなかったと言われておりますから、ヤン・ステーンの事業もこの大事故と無縁であったとは考えられません。それと同時に、ヤン・ステーンの先を考えない性格をものがたる逸話もたくさん残っています。たとえばこんな話——

醸造業は骨が折れるうえに緻密な神経を要するしごとなので、ヤンは麦芽を買ってビールを醸造するよりも、てっとりばやく葡萄酒を買うのをつねとしておりました。そういうわけで、ある日、彼の愛妻が言うには、「ヤン、お客様が見えても売るものがないんだから、商売はあがったりよ。地下室にはビールが切れているし、麦芽のストックも一回分の醸造に足りないわ。どうしたらいいの。あなたにはうちの醸造所をいつもにぎやかにしておく責任があるでしょうに」。これに応えてヤンは、「よしきた。にぎやかにしよう」と言うと、使用人たちに命じていちばん大きな大桶に水を満たさせておき、自分は市場へひとっ走りして生きた家鴨《あひる》を何羽か買ってきました。そして、残っていた麦芽を水に入れ、家鴨たちをそのなかで泳がせました。ところが家鴨たちはこういうもてなしに慣れておりませんでしたから、醸造所のなかを狂ったように飛び回りまして、その騒ぎがあまりに喧《やかま》しかったので、ヤンの奥さんもなにごとが起こったかとようすを見に来ました。そこでヤンが言ったことば、「どうだい。うちの醸造所もにぎやかになっただろ」。奥さんはもうあきれはてていたのですが、ヤンのいたずら心に噴き出さずにはいられませんでした。

というわけで、こんにちでも、わたしどものオランダでは「醸造所をにぎやかにする」ということわざが使われておりまして、これがなかなか応用のきく重宝なことわざなのですわ。じっさい、お察しのとおり、わたしどもオランダ人はことわざが大好きです。船乗りも甲板で転ぶことあり。賢いとはいつでも賢い者のことなり。野兎を太鼓で狩るなかれ。医者と寺男が親友であることはめったにない。鰊《にしん》は小鰊を恐れず。琥珀を捕らんとする者は嵐を待つ。年寄りが歌うように若者はバグパイプを奏す。

ヤン・ステーンは、この最後のことわざの中味を何点かの絵に描いています。おもうに、なかでもいちばん出来映えがいいのは、ハーグのマウリッツハイス王立絵画収蔵室にある作品ですな。じかに見たときの印象を思い出してみると、いろんなものがふんだんに盛りこまれて、熱気に満ちた構図の絵で、内側からあふれ出すものが画家の暖かい色使いでいっそうきわだっておりました。家族が敷物を掛けた食卓を囲んでいるところを描いたものですが、牡蠣がいくつか載った白目《ピューター》の皿、巨大な剝きかけのレモン、それにブドウがいく房か、テーブルの上に見えます。向かって左には、ひとりの女性が肘掛け椅子にだらしなく腰掛けて、グラスを高く掲げて飲み物を注がせているところ。彼女の頭の上あたりに見える止まり木にはオウムが一羽。彼女の奥には、おたくもよくご存じのアイルランド詩人、マイケル・ロングリーさんに似た、優しそうな表情をたたえた好々爺が座っています。そのとなりには赤ん坊を抱いた女性。その後ろには召使いが立っていて、彼女の頭越しにたかだかと、最初の女性のグラスに葡萄酒を注いでいます。テーブルをはさんで彼女と向かいあっているのはひとりの老女——たぶんさっきの好々爺の奥さんでしょう——で、歌詞を書いた紙を広げています。その紙には例のことわざとおなじ趣旨の文句が書いてあります。おおざっぱに訳してみますと、「このうたの文句に合わせてバグパイプが鳴りはじめます。みなさん歌詞はご存じですね。老いも若きも諸共に、わたしといっしょに歌いましょう」となりましょうか。この老女の後ろには、ヤン・ステーン自身と彼の三人の子供たちがいます。父が唇にあてがってくれた長い軸のクレイパイプからタバコを吸う練習をしているコーネリスに、バグパイプを演奏しているターデウス、そして、絵のなかからわたしたちを見ているエーファ。それから、前景には一匹のコッカースパニエルが立っています。

マウリツハイス蔵の《年寄りが歌うように若者はバグパイプを奏す》の概略はざっとこんなところですが、画面をまとめるためにヤン・ステーンが使っている赤色の効果はたいへん印象的です。まず、オウムがほとんど真っ赤。この鳥は従順と学習能力の寓意であるはずなのですが、楽しそうにしているひとびとを困惑した諦めの表情で眺めているように見えますな。女性が掲げたグラスに注がれている葡萄酒も赤。この女性はステーンの最初の奥さんのマルグリート・ファン・ホイエンであることがわかっております。彼が画家ヤン・ファン・ホイエンの下で徒弟として修業している時期に、親方の娘のマルグリートを妊娠させてしまったので、一六四九年十月に結婚したわけです。絵のなかの女性の胴着についた赤いリボンはほどけています。彼女はくすんだ赤のスリッパを履いた足を足温器に乗せており、その足温器のなかには赤く熾《おこ》った炭火が見えます。わたしどもの国ではフュール・ストーフと呼んでいるこの女性用足温器は、とくにまくりあげたドレスの裾の下に描かれている場合には、「好色」の暗示であると説くひともおりますな。老女が着ているシャツの袖が赤。バグパイプ吹きの帽子も赤。バグパイプという楽器は、これはもう典型的に愚者と好色家のものとされています。絵のなかのひとびとの鼻もみな赤いですが、とくにあのマイケル・ロングリーさん似の老人の鼻はとても赤いですな。このひとは、ふつうなりたての父親がかぶる、クラームヘーレンミュッツという刺繍つき帽子をちょいと傾けて頭に載せています。

この絵のなかでは、あらゆるものがほんのすこしずつゆがんでおります。あらゆるしぐさ、あらゆるものが少なくともふたつ以上の意味をもっているので、この絵はさまざまに読み解くことができるのですわ。タイトルのことわざからして意味があいまいなのですから。わたしどもの国のカルヴァン派《プロテスタント》の詩人、ヤコブ・カッツが一六三二年に書いた文章を読むと、人間の性質は生まれつき決まっているのであとから変えることはできないという主張をするために、このことわざが引き合いに出されております。その一方で、こんどはオランダ人イエズス会士《カトリック》の護教論者、アドリアーエン・ポイテールスが一六四六年に書いた文章のなかに、人間の性質は育ちによって変わるのだから、親たちはとりわけ子供の目のまえでは自分たちが気ままに楽しんでいるすがたを見せるべきではない、という主張があります。絵のなかのオウムは人間の寓意です。家族はこぞって悪い手本を示しております。幸せな家族ですな。画家自身は、父であり、愚者でもあります。カトリックのヤン・ステーンとプロテスタントのヤン・ステーン。ヤン・ステーンは自分の絵のなかにくり返し登場します。あるときは、酒場で娘のスカートに手を伸ばしている助平です。またあるときは、意匠をこらした売春宿で葡萄酒を飲み、牡蠣をむさぼる裕福な田舎者。リュートを弾く道化役者にもなります。また、皺くちゃの老婆とにこやかな娘に自慢のフィドルを聞かせているあいだに、娘にまんまとポケットから財布をすられる男にもなります。一枚だけ、ステーンがなにも演じていない自画像というのがありまして、大まじめな白と黒の盛装でしかつめらしいふうにこっちを見ているのですがね。この絵に向かいあうと、ステーンは噴き出しそうになるのを必死でこらえているようにしか見えないのですわ。つねに愚者を演じる者は賢きかな、ということのようで。さて、もとの絵に戻って前景の犬に目をとめてみますと、この犬だけは潔白かもしれません。それから、つけくわえるのを忘れておりましたが、例の古式ゆかしい帽子を眉まで下げて斜めにかぶった博愛のロングリーさん、あのひとの頭の上の壁に鳥籠が掛かっていて、なかには二羽の鳥がいます。それはいいのですが、殻を開けた牡蠣に添えてある巨大なレモン、こいつはくせ者ですな。半分剝きかけでぶらさがった皮が、完璧な乳首のかたちをしているのですから。この乳首の蔕《へた》がある側は、果物では花尻《ブロッサム・エンド》というのでしょうか、それとも乳房《ブゾム・エンド》というべきでしょうか。

すべて手品に似た目くらましということですな。《トランプ遊びをするひとびと》の絵を見ればよくわかります。この絵も例によって、意匠をこらした売春宿らしき室内が舞台です。ふたりの人物がテーブルでトランプ遊びをしています。片方は兵士で、若き日のステーンかもしれません。相手をしているのは若い女です。彼女は右手にクラブのエースを持っていますが、左手に持ったハートのエースをわたしどものほうに向けて、こっそりと心得顔で見せています。スペードのエースは床に落ちています。若い兵士は見るからに負けが込んでいます。彼の高価な剣は若い女の椅子の背もたれに掛かっています。彼女の椅子の後ろには一匹のコッカースパニエルが眠っています。黒服の男が兵士に葡萄酒の入ったグラスを差し出しているところ。カードをしているテーブルの左には黒ずくめの服を着た女性が背を向けて座っていて、円い縁に波形の切れ込みが入った皿になにか赤い果物を載せたのをメイドが持ってきたところ。火が焚かれていない暖炉を背にして、パイプにタバコを詰めながらこれらすべてを見ているひとりの男がおりますが、この男少々、わたしに似ておりますな。右端のアーチになった通路の奥の扉が開いているので、わたしどもの目は奥の部屋へと入っていきます。その部屋のなかではひとりの男が女を誘って自分の膝の上に座らせようとしている真っ最中。女の表情からすると、どうやらそれほどむずかしくなさそうですな。手前の部屋、アーチの左脇の壁には長棹のシターンが掛かっています。堂々たる暖炉の上には黒ずんだ風景画がはめこんであって、騎馬の人物と、遠くの山と、軍隊の天幕が見えます。

《年寄りが歌うように若者はバグパイプを奏す》とおなじ時代の、これと一対になることわざとして、カルヴァン派《プロテスタント》のカッツとイエズス会士《カトリック》のポイテールスのふたりが揃って引用していることわざがあります。「猫の子はネズミを追うものなり」。一六七五年に描かれた傑作《猫の家族》で、ヤン・ステーンは楽しげに音楽を奏でる家族に囲まれた自分自身を登場させています。そして、家族のひとりは誇らしげに、一度に生まれた子猫の兄弟たちを見せているのですよ……

さて、ここでボス氏には退場を願わなければならない。というのも、彼が語ったヤン・ステーンの話を聞いて、わたしがみなさんにお話ししようとおもっていた物語を思い出したからだが、その物語とはほかでもない、わたしの父の続き話、冒険王ジャックが語る物語の第四夜なのである。覚えておられるかとおもうけれど、今夜も物語の開始に先立って女主人が笛を吹く。すると脇の壁の扉が開き、十二人の女――みな右手に黒い短刀を持っている――を肩に乗せた十二人の男たちが入場し、今回の話にもまた耳を傾けようと、一同しずかに腰を下ろした。

M

Marigold

マリゴールド

むかしむかし、犬でかの丘と犬ちびの丘のあいだに、ひとりの年老いた鬼婆が住んでおりました。その鬼婆は誰も思い出せないくらい昔から、そこに住んでいたのです。なんでも、神代のころかららしいよ、という話。それですから、鬼婆は寄る年波でしなびはてて、腰だって地面につきそうなくらい曲がっていました。そんな彼女を恐れて、家に近づこうとする者はありませんでした。あの鬼婆は魔女だよ、と言う者もおりました。ここ四十年間というもの、鬼婆の家の扉を出入りする者の姿は、ひとりも見られませんでした。けれども、鬼婆本人が猫の集団に取り囲まれて戸口に立っている姿は、毎日見られました。鬼婆の財産といったらこの猫たちだけで、どうやら彼女は猫たちのおかげで生計を立てているようでした。もちろん、誰もが、鬼婆と猫たちがいったいなにをなりわいにしているのか知りたくてうずうずしていたのですが、あえて尋ねる勇気は誰にもなかったのです。

ある日、若者たちがアイルランド式ホッケー《ハーリング》をしようと集まりました。そのなかのひとりに、パットの与太郎という若者がおりました。パットがいつもメイヨー州とゴールウェイ州を渡り歩いていることは誰もが知っていました。

――おっ、パットか、また来たな。なんか新しい話のタネはないかね？　と誰かが言います。

――タネはないねえ。あたいのほうがタネをもらいたいよう、とパット。

――じゃあひとつやろうか。犬でかの丘と犬ちびの丘のあいだに猫をいっぱい飼ってる魔女が暮らしてるんだがね、おめえ、その鬼婆のところへ行って、ごきげんいかが？　ってな、お喋りしてくることができるか？　それができりゃあ、おめえはアイルランド一の勇敢な男だぜ。

――ふーんそうかい、そんなこたあ造作もねえことで。あたいが帰ってきたとき、あんたがその手元に持ってるかっこいいハーリング用のスティックをくれるって言うなら、さっそくこれからひとっ走り、おばあさんとお喋りしてキスもしてもらってくるよ、とパットは言いました。

――よし、話はきまった、と相手の若者は答えました。

これを聞くがはやいか、パットは鉄砲玉のように飛び出していき、鬼婆の家まで一休みもしないでたどりつきました。扉のなかへずんずん入っていくと、片隅に鬼婆が座っておりまして、パットの姿を見るやいなやひょいと立ち上がり、なにか用かね？　と尋ねました。

――わたしのすてきなお嬢様の
キスをひとついただきにまいりました――

と、パットは口上を述べました。

——そこからどかないと、あんたの口が一生曲がっちまうようなキスをお見舞いするよ、と鬼婆。

——おばあさんとお喋りするまであたいは梃子《てこ》でも動かないんだから、とパットは言って、鬼婆に一歩近寄りました。

——こっちへ来るなって言ってるだろう。言うこと聞かないとひどい目にあうよ、と鬼婆。

——ねえ、おばあさん、大丈夫ですよ。なにしろ、おばあさんとお喋りしてキスしたら、あたいはかっこいいハーリングのスティックがもらえるんだ。パットの与太郎にキスしたがらない娘なんか、国じゅう探したってひとりもいませんよ。石を投げればパットに当たる。パットと名のつく与太郎に悪い者なし、ってね。あたいたちパットの与太郎は、誰ひとりとっても、どこへ出しても、いちばん上等な色男ときまってるんですから。そんなこともご存じないんで？

——この家へ来るようにっておまえさんに言ったのは誰だい？

——下でハーリングをやってる親切なお兄さんですよ。あたいにスティックをくれるって言ったのもそのお兄さんなんで。

——あんたがうすのろでなかったら、ここまでのこのこやってきたのはとんでもなく高くつくところだったよ、と鬼婆は言って、炉端に手を伸ばし、一個のボールをとりだしました。

——さあいいかい、スティックをくれるって約束したやつにこいつをわたすんだ。

――でも、あたいはおばあさんのキスをもらえないとスティックがもらえないんだけど。

――そんなら、あたしの足の親指にでもキスするがいい。とっとと帰んな。

――そんなひどいことを！　あたいがおばあさんの口にキスするとでもおもってたんですか？　こう言って、パットは立ち去りました。

さて、帰ってくるパットの姿が見えると、若者たちは走ってきて、ようすを知りたがりました。そして口々にこう言いました。それで、魔女には会えたのかい？

――うわあ、これから話すから静かにしておくれよ。あたいは魔女には会ったけど、猫は一匹もいなかった。まったくあのおばあさんは世界一へんてこな魔女だね。だって、ほらね、こんなボールをくれたんだ、と言って、彼はみんなにボールを見せました。すると、ひとりの若者がそのボールを手にとって、試しに両手で揉みはじめました。そうするやいなや、ボールが破裂して埃のようなものが立ちのぼり、パットを除く若者みんなの目が見えなくなってしまいました。

目をつぶされた連中が泣き叫び、どなりちらしたので、半時間も経たないうちに近所のひとたちがみな集まってきて、彼らに同情し、また、いったいどういうわけで突然こんなことになったのか知りたがりました。一部始終の話を聞き終わると、ひとびとは、よし、あの魔女と猫どもを焼き討ちにしてやろう、と誓いあいました。そうして、若者たちにつきそって家へ帰してやりました。それがすむと、村人たちは干し草用三叉と棒きれと干し草俵を持って、魔女の家へ向かいました。

やがて魔女の家に着いた村人たちは、おうい、そこの魔女やーい、出てこーい。出てこないと火を点けるぞ、と呼びかけました。魔女は二階のちっぽけな窓から顔を出して、なんの用だい、と言いました。

——あんたを殺しに来たんだよー、と村人一同が答えました。

——ははあん、若いものの目がつぶれたからかい？　自業自得だよ。連中はあたしを笑いものにするためにうすのろのまぬけを寄越したんだ。そうすりゃあ、自分たちは痛くもかゆくもないからね。卑怯じゃないか！　つべこべ言ってないで、いますぐ帰んな。さもないと、あんたたちも「盲人を導く盲人」になるよ。だがね、あたしの言うことにおとなしく従えば、連中の目を七日のうちにもとどおりにしてやろう。

村人たちはこの提案について話しあいましたが、彼らのなかの長老と賢人が口を揃えて、今これ以上魔女を怒らせるのは得になりそうもないから、ここはひとまず引き下がってあいつが約束を守るかどうか一週間待ってみるがよかろう、と言いました。ま、そうするのが穏当ですな、と一同納得して、村へ帰りました。

一週間が経ち、若者たちはみな目が見えるようになりましたので、もう、あの魔女と関わり合いになる必要もなくなりました。

さてある晩のこと、赤毛のラリーという名の男が、定期市からの帰り道、あんまり暗い夜だったので道に迷ってしまいました。そして、こともあろうに、気がついたら例の魔女の家に行き着いていたのです。家には誰もいなかったし、ここが誰のすまいかも知らなかったので、彼は寝室に入り込み、寝床に横になってぐうぐう寝てしまいました。何時間寝たのかはわかりませんが、ふと目をさますと、話し声が聞こえました。片肘を突いて起きあがり、耳に手を当てると、こんなことを言っているのが聞き取れました。

——さあ、みんなそろったね。今回の出張の首尾を順々に報告しておくれ。

ラリーは寝床から飛び起きました。そうして扉の隙間から覗いてみると、魔女とそのまわりに猫の群れが見えました。

一匹の猫が口火を切りました。あっしはコナハト王の城へ行きまして、豚の腰肉をたらふく食いました。そいで、上等の糸を一巻き盗んできましたんで、あなたさまのお部屋においておきましてござえやす、女王様。

二番目の猫はこう言いました。あっしはゴールウェイの町の貴族の屋敷に忍びこみまして、クリームを腹いっぱい飲みました。腹もいっぱいになったことだし、豚の心臓でも盗んでやろうかと思い立ちました。そいで、壁の穴からこっそり出ようとしたんですが、あいにく穴がちと小さすぎました。うっかり食卓の燭台《しょくだい》を倒しちまいまして、床の上で眠ってたふたりの男が目を覚ましまして、あっしはそのふたりにとっつかまって立木に吊されましたんで、自分でももうこれでお陀仏だなとおもったんですが——。ところがこときれる寸前に、連中があっしをどぶへ投げ捨ててくれましたんで、どうにか這い出してこれたというお粗末。あっしは今日は獲物なしでござえやす。

べつの猫はこう話しはじめました。見てくだせえ。あっしの尻尾は半分になっちまいました。

あっしはレンスター王の城へ行きまして、上等の鮭を首尾よく盗んだまではよかったんですが、逃げるところを王の娘に見とがめられました。娘が投げたナイフが命中して、尻尾を半分切られちまったという次第。けどちゃんと、仕返しをしてやりましたぜ。娘の寝室の暖炉のそばにミルク酒があったためてあったんですがね、こっそり忍びこんで、そいつにあっしの臭い息を吹きかけてやったんです。娘は今や、息もたえだえでふせってまさあ。丘の下に住んでる赤毛のラリーってやつがおるでしょう、あの男の家の庭の隅に生えてる薬草を飲まなけりゃあ病気が治る見込みはないんですが、まあ、あの娘がこの特効薬のことを知るこたあ決してないわけで――。

――赤毛のラリーってか！　とべつの猫が言いました。あっしはあいつの家に忍びこんだんでさ。あいつの帰りを待つかみさんが上等なチキンを料理してましたんでね、そいつを盗んであなたさまのお部屋においておきましてござえやす、女王様。

――そのラリーだがね、とべつの猫が言いました。あいつは、自分の家の裏の井戸脇に生えてる木の下に埋まってる黄金の壺のことを知ってりゃ、大金持ちになれるのにな。

――その壺のことさえ知ってりゃ大金持ちになれるってのに、とべつの猫が言いました。だってその壺は、ベリーボイズの大山猫が見張ってるのとは違う壺なんだ。さもなけりゃ手出しはできねえとこなのにな。

――でも、大山猫はきのう死んだぜ、とべつの猫が言いました。
またべつの猫がなにか言おうとしたちょうどそのとき、ちいさな鈴の音がちりんちりんと鳴って、魔女がこう言いました。さあ、みんなおねんねの時間だよ！　赤毛のラリーはすかさず寝室の窓から鉄砲玉みたいに飛び出しました。そして、家まで全速力で走って帰りました。

おかみさんはやきもきしながら炉端に座っていましたが、夫の姿を見ると大喜びして、いったい今までどこへ行っていたのよ、と尋ねました。

――いやあ、ゆうべは月がなくて暗い晩だったから、帰り道でうっかり迷っちまって、たしかありゃサンザシの藪だったとおもうが、その下で寝入っちまったってわけさ。

――あんたのためにチキンを絞めて待ってたんだよ。ちょうどいいぐあいにローストしてさ。ところがどっかの野良猫に盗まれちまったわよ。

――そうかい。たぶんオイラよりも腹を空かした猫だったんだろう。しかたねえやな。

その翌朝、まだ太陽が出るか出ないかのうちにラリーは起き出して、猫が言っていたとおりの場所で黄金の詰まった壺を見つけました。そうか、あの猫の言ったことばは全部本当だったんだ、と彼はおもいました。そして、さしあたって必要な分の金だけ壺から出して、残りはもとあったところへ戻しておきました。

さて、こんどはまわりを見回してみると、庭の片隅に大きな黄色い花が一輪咲いているのに気がつきました。きのうはあんな花はなかったぞ、ははあん、王の娘の病の特効薬はあれにちがいない、とラリーはつぶやきました。オイラがあのお方の病を治せれば、すげえご褒美がころがりこんでくるだろうな。

朝食をすませたところでラリーは町へでかけ、紳士にふさわしい服を一揃い買いました。そして、医者に見えるように身支度をととのえました。いってくるよ、の一言をおかみさんに残し、彼は黄色い花を携えてレンスター王の城へ向かいました。城に着いてみると、アイルランドじゅうからやってきた医者たちが集まっていたのですが、みんな、王様の娘の病状にはなすすべもありませんでした。医者たちの意見が一致していたのは、あと一日ももたないだろうということだけでした。王様は、娘の病気をみごと治療した者には金一袋をさずけよう、と布告しておりました。

赤毛のラリーは王様のところへ近づいて、こう言いました。もしお許しをいただけるなら、わたくしが王女様を一時間のうちに御治療もうしあげることができます。

——よろしい、やってみよ。だがもし、娘の病状がかえって篤くなるようなことになれば、ただではおかぬぞ、と王様は答えました。

ラリーは王女の部屋へ行き、もうすぐお楽になりますよ、と話しかけました。そして、例の黄色い花を彼女の口に含ませ、どうぞ三回嚙んでから飲み下してください、と言いました。彼女は言われたとおりにしました。すると、一時間とたたないあいだに彼女は立てるようになり、もとどおりの健康をとりもどしました。

王様は大喜びしました。そして、ラリーに金一袋をさずけ、二頭立ての華麗な御用馬車で家まで送ってくれました。近所のひとびとは、ラリーが見事な乗り物で帰ってきたのを見てすっかりたまげました。

——だからオイラがいつも言ってるだろう。野生の薬草には癒しの力があるんだ。あんたたちはオイラをばかにしてくれたが、こんどはそっちが後悔する番だぜ。なにしろ、アイルランドじゅうのお医者様が雁首そろえても手の施しようがなかったレンスター王の王女様を、オイラがお治しもうしあげたのさ。それも、家の庭に生えてた薬草を使ってだよ。そこにある二頭立ての御用馬車はな、王様ご自身がオイラに下さったもんだあね、とラリーはみんなに自慢しました。

彼は広い土地を買い、立派な家を建てて安楽に暮らしました。彼の余生はこのできごとから二十年しかありませんでした。けれども、赤毛のラリーは自分が死んだあとにもおかみさんや子供たちや親戚に豊かな遺産を残しました。死が迫ったある晩、彼は近所のひとびとに秘密の話をいっさいがっさい語りました。その話をそのひとびとから直接うちのじいさんが聞いて、じいさんがオレにその話をしてくれたわけです。今みなさんにお話ししたのは、うちのじいさんからオレが聞いたまんまの話です。赤毛のラリーが死んだ日、地面に大きな穴が開いて、魔女の家はその穴にすっぽり呑みこまれたんだそうです。どうやら、家といっしょに魔女と猫たちも地面に吸いこまれたようです。なぜってその日以来こんにちまで、その魔女と猫たちを見た者はおりませんから。猫魔女屋敷の大穴はこんにちでも、犬でかの丘と犬ちびの丘のあいだに行けば見ることができます。よろしかったらあすの晩もまたひとつお話をしましょうか、と冒険王ジャックは言った。

十二人の男たちが立ち上がり、おなじように十二人の女たちも立ち上がった。よい話だった、とみなが言った。脇の壁の扉がひらいて全員が歩き去った。女主人もおやすみなさいとあいさつして、姿を消した。代わりに門番が入ってきて、ジャックは食事をし、眠りについた。翌朝彼は目を覚まして、また一日をそれまでの日々とおなじように過ごし、やがて、大広間に呼び出された。女主人はすでにその部屋にいた。お話の準備はよろしいかしら、と尋ねられ、彼は、はい、いいですよ、と答えた。女主人が小さな金の笛を吹くと、壁の扉がひらいて、おなじひとびとが入場してきた。そして、一同が腰を下ろし、ジャックは物語を語りはじめた……

赤毛のラリーが庭の片隅で見つけた黄色い花はコモン（普通の）・マリゴールドだったかもしれない。摘みたての花を服用すると、徐々に発汗を促し、発疹を除去する効用があるからである。また、この花の砂糖漬けは心臓に起因する震えに効き目があり、雀蜂や蜜蜂に刺された腫れや痛みをおさえるためにはマリゴールドの花を患部に擦りこむとよい、とも言われている。この花からつくられた外用水薬は捻挫や創傷の治療に最も効果があり、花から蒸留した水は目の炎症やただれに効く。葉を噛んでみると、最初はねばねばした甘さを感じるが、じきにしみとおるような塩辛い味になる。葉を絞った汁はイボに効く。乾燥させた花に、テレピン油、ロージン、豚の油脂をくわえてつくった湿布を胸に貼れば、ペスト性そのほかの発熱をおさえるのに効能がある。内服すれば、マリゴールドは慢性の潰瘍、拡張蛇行静脈、偏頭痛に効く。

かつて、マリゴールドは月が処女宮に入っているときのみに服用するべきで、木星が上昇点にあるときには効能が失せるので服用してはならない、と考えられていた。また、マリゴールドを採集する者は大罪を犯していない者でなければならず、摘み取るさいには主の祈りとアベマリアの祈りを三回ずつ唱えなければならなかった。そして、マリゴールドを見るだけで、頭から悪い体液が消滅し、視力が増強された。さらに、マリゴールドを身につけると、過去にそのひとからものを盗んだ犯人を夢に見ることができた。この点で、マリゴールドは山藍（犬のメルクリウス）の同類である。というのも、メルクリウスは盗賊の守護神であり、マリゴールドと類似した効能をもつ山藍の使いみちを教えたのはほかならぬこのメルクリウスだったからである。山藍は、目のただれ、イボ、疥癬、皮疹、輪癬、白癬の治療薬となる。

マリゴールドは毎月一日に花ひらくといわれており、それゆえラテン名は「カレンドゥーラ・オフィシナリス」（ついたちに勤めをはたすもの）である。また、イタリアでの通称のひとつは「フィオーレ・ドンニ・メセ」（月ごとの花）で、同じ由来から命名されたことを物語っている。マリゴールドの金色がかったオレンジの花は日の出とともにひらき、日没とともに閉じるので、シェイクスピアは『冬物語』のなかで「太陽とともにベッドへゆき／すすり泣きながら太陽とともに起き出すマリゴールド」と述べている。それゆえ、この花は、「ソルセクイア」（太陽についてゆくもの）とか「ソリス・スポンサ」（太陽のフィアンセ）の名でも知られている。

その昔オランダでは、マリゴールドは冬場に食べるスープの具にするためひろく栽培され、食料品店やスパイス店の店頭には乾燥させた花でいっぱいの樽がいくつも見られた。マリゴールドは十七世紀オランダのシチューにはとくにかかせない食材だった。そのシチューはオーリーポトリーガと呼ばれたごった煮で、ほかに肥育鶏、子羊、雄羊の睾丸、子牛の頭、鶏冠、チコリー、髄入り骨、アーティチョーク、アスパラガス、さらに新興国オランダが手に入れた数数のエキゾチックな香辛料をくわえて煮込んだ料理である。また、マリゴールドの花を煮詰めてつくる鮮やかな橙色染料はとりわけオレンジ家との連想ゆえにもてはやされた。婦人たちは琥珀の髪をもつというキレネのベレニケを真似て、その染料で髪を洗った。マリゴールドはオランダの各種のチーズを染めるのに使われるため、チーズの表面にはオレンジ色の粉が生じる。さらに、マリゴールドは卵黄の色をよくするため、雌鶏の飼料に混入されもした。そして卵黄は、オーリーポトリーガをつくるさいの「つなぎ」になった。歴史上の一時期、アムステルダムのマリゴールド市場はオランダのあらゆる商業的・文化的事業の中心であった。学者たち、商人たち、魚売りの女たちに詩人たち、絵描きたち、法律家たち、花の栽培者たちに船乗りたち、娼婦たち、仕立屋たち、釘職人たち、タイル職人たち、屋根職人たち、皮を蠟で加工する職人たちに園芸家たち、それから深海潜りの潜水士たちに船長たち、汽船の機関士たち、レンズ磨きたち、建築技師たち、スリ、哲学者たち、神父たちに牧師たち、質屋たちに修道女たち、これらみんなが肩や脚を摺りあわせるようにしてごったがえす町の広場に集まっているところへ、その朝のマリゴールドの委託販売価格を釣り上げていく卸売業者の甲高《かんだか》くてせっかちな掛け声《マントラ》が響くのである。一方、買い手のほうは、マリゴールドが詰まった樽に手をつっこんで指の匂いを嗅いでみたり、葉っぱをひねって鼻へ持っていって吟味した後、噛んで味見したりする。マリゴールド一袋で娼婦が買えた。マリゴールドの刻みをタバコの葉に巻いて仲間で回し飲みしたりもした。木靴を履き、手の込んだかたちの被りものをつけた赤い頬の娘たちが、マリゴールドのワインをデルフト焼きのピッチャーからグラスに注ぎ分けた。紳士たちはマリゴールドの粉末を琥珀の箱からつまんで嗅いだものだが、これはおびただしい鼻水の分泌を誘発した。それゆえ、マリゴールドのもうひとつの別名は「鼻水草」であった。

　ところで、ラリーの家の庭の片隅に生えていた花は、じつはマーシュ（沼に生える）・マリゴールドだった可能性のほうが高い。「カルタ・パルストリス」、すなわち沼地の酒杯《ボッグ・ゴブレット》、またの名を金の火炎、金メッキの酒杯、牧場に光るもの、バターの塊、雄牛の目、ヒョウの足、牧場に集まる群れ、五月の泡、水泡、モリーのおっぱい、ふらふらよろよろ、ビリーのボタン、メアリーのつぼみ、あるいは、馬のふぐり。この花はコモン・マリゴールドと同様の性質を多く持っており、イボを治す薬効があるところから「ヴェルカリア」（イボ取り）とも呼ばれる。興奮症に悩む娘の寝室に「牧場に集まる群れ」を大量に置いたら、発作が出なくなったともいう。後の時代には、さまざまな種類の発作を治療する内服薬として子供にも大人にも効果的に処方されるようになった。満開の花をつけた草全体からつくったチンキは、十分薄めて服用すると貧血に効く。葉は生のままだと強い毒性があるが、二度ほど水をかえて茹でれば、ほうれん草のように食べることができる。若いつぼみはケーパーのように酢漬けにされるが、これはどうやらうっかりケーパーと間違えて摘まれるためらしい。しかし、酢に漬けこむと、生の状態では強すぎる酸味と毒性が消えるので都合がよい。

マーシュ・マリゴールドは、大酒飲み、むちゃくちゃな賭け金、兵士のボタンとも呼ばれる。水鉄菱の別名もあるが、これは、鉄菱にかたちが似ていると考えられるからである。鉄菱とは四つのトゲがついた鉄の小玉で、地面にたくさん蒔いておくと四つのトゲのどれかはかならず上を向くので、騎馬隊の進撃を妨害するのに役立つ。なお、この鉄菱《カルトラップ》という用語は、足をひっかけるための罠《トラップ》、しかけ、輪縄をさすのにも使われる。マーシュ・マリゴールドは非常に密集して群落をつくることがあるから、うっかりその茂みに踏みこめば足がとられるだろうことは容易に想像がつく。

コモン・マリゴールドとマーシュ・マリゴールドは太陽の進路を追いかける。これらは太陽神の花たちなのだ。

N

Nemesis

思い上がりを罰する女神《ネメシス》

輝く者と呼ばれるパエトンが、父である太陽に会いにゆく。父はまだ、彼を息子として認知していない。両開きの銀の大扉を通ってゆく。名匠ムルキベルが腕をふるった細工が見事だ。海と大地と空の浮き彫りに、浅黒い肌の海の神々が見える。トリトンにプロテウス。力自慢のたくさんの腕で二頭の鯨を摑まえているアイガイオン。泳いだり、岩の上に腰掛けて緑の髪を乾かしたり、魚にまたがったりしているドリスとその娘たち。たくさんの獣たち、そして都市の数々。空に目を移せば、十二宮のうちの六宮が右手の扉に、残りの六宮が左手の扉に広がっている。

パエトンは燦然と光を放つ父の面前に出た瞬間、あまりのまぶしさに目が眩《くら》む。太陽神ポイボスは紫の衣に身を包み、エメラルドをちりばめた王座に腰掛けている。左右には、日と月と年と世紀が立ち並び、時たちはみる間にもぞくぞくと増えつづけている。さて、燃え立つ王冠を持ち上げて太陽神が口をひらく。もっと近くへ来なさい。

――あなたがぼくのおとうさん？　とパエトンが尋ねる。

――さよう、とポイボスが答える。おまえはわが息子と呼ばれるにふさわしい者だ。そのことにおまえが疑いをさしはさまぬよう、欲しいものをなんでもおまえにやろう。言ってみよ。遠慮はいらぬ。このことばが口から出るが早いか、パエトンは、そんならそこにある翼のついた馬の馬車を運転させてよ、と言う。太陽神は、自分がした迂闊な約束を早くも悔やみながら、こう答える。

――おまえにそう言われて、わたしとしたことがおまえよりも軽率だったことに気がついた。この馬車だけはいかんのだ。ああ、なんとか前言を取り消せぬものか！　おまえはこの馬車がどんなに危険な代物《しろもの》か、なにも知らぬのだから。よいか、こういうことだ。おまえは人間として生まれた以上、むちゃをすれば死ぬ。この馬車はゼウスそのひとでさえ操縦できなかったのだぞ。天の上り坂は元気凜々の馬どもでさえ顎を出す、手強い難所なのだ。かく言うわたしでさえ、天の頂《いただき》にたどりついてはるかに大地を見下ろすときには、思わず震えがくる。その先はこんどは長い下り坂だ。手綱を引き締めていかねばならん。しかも大空は、四六時中ぐるぐる回転しつづけている。星たちだってびゅうびゅう音をたてて旋回しているから、眩暈《めまい》がしてくるぞ。どうする？　水銀の軸の上で旋回する両極に逆らって馬車を走らせなければならんのだ。道中、神殿や神々の都市が見物できるぐらいのことをおもっておるのだろう、おまえは。肉食の獣たちがおまえを待ちかまえているのを考えたことがあるか？　角をもたげた牡牛、鋭敏な射手、たけだけしい顎の獅子、湾曲した両腕を広げた蠍《さそり》、鋭い鋏《はさみ》をもつ蟹、こいつらがみな手ぐすね引いて待っているのだ。しかも、馬どもはああ見えて鼻から吐く息は炎なのだぞ。

気楽にわたりあえる連中ではない。おまえが心配だ。むちゃはせず、賢くなりなさい。
だが、息子はそんな忠告には耳を貸さない。馬車を見せてよ。おっ、ウルカヌスの製作だね。すげえじゃん。金の車軸に金のながえ、車輪も金。輻《スポーク》は銀線だぜ。くびきには貴《き》橄欖石《かんらんせき》と琥珀がはめこんである。車体全体がきらきら輝いてるよ。パエトンは車体に指を滑らしてみる。そのとき、あけぼのの女神アウロラが紫の門の閂《かんぬき》をはずす。星々はだんだんと消えてゆき、時たちが厩《うまや》から馬たちを引き出しにかかる。馬たちは、神饌《アンブロシア》をたらふく食べた腹の底から火の息を吐き出している。

ポイボスはもう一度言う。賢くなりなさい。だが息子のほうは、爆走がしてみたくてうずうずしている。操縦上の注意など聞こうともしないが、父はひととおり話して聞かせる。いいか、五つの天帯を一直線に通り抜けてはいかん。おまえが行く道は傾斜しているのだ。三つの天帯からはみ出さぬよう内輪に弧を描くようにして行きなさい。北天と南天は大回りして避けること。わたしがつけたわだちに沿って車を進めればいい。のたくる蛇座と天壇座には決して近寄るな。幸運を祈っているぞ。

パエトンが手綱をとるやいなや馬たちは猛スピードでかっとんでいく。今日は馬車がへんに軽いな。操縦士が乗ってないみたいに不安定じゃねえか。おっと、このままじゃわだちのついた進路からそれちまうよ、ヒヒーン。パエトンはパニクッて操縦ができない。進路も目に入らない。馬たちは思い切り血気にはやっている。これではまるで嵐にふきとばされて無敵艦隊からはぐれた小舟だ。操縦士は役に立たぬ舵を放棄。どうしようもない。眼下に空が見えるが、もっとおおきな空が正面から湧き出してくる。なんてでかい空なんだ。心臓はばくばくいっている。手綱が手から離れそうだ。手放しちゃいかん。馬たちの名前も知らないんだっけ。ピュロエイス。エオーオス。アイトン。プレゴン。四頭の馬たちは、名前をつけられるまえの野生にかえってしまった。ヒヒーン、ヒヒヒーン。巨大な獣たちの姿がいたるところに見える。このあたりは湾曲した両腕と尻尾を広げてばかでかい暗闇を抱きこんでいる、蠍座の領分だ。有毒な汗が悪臭を放つ。尻尾にはトゲ。怖い。手綱がついに、手から、離れる。

　馬たちは手綱がはらりと落ちた感触を背中に感じる。そうか、いいんだな。馬たちは自由を得て狂喜する。おれたちゃ本能のままだぜい。膝を星にぶつけるわ、星座を背骨でかすっていくわ、尻尾で宇宙をぴしぱし叩くわ、干し草みたいに星雲を食らうわの勢いで、大地《アース》めがけて突進していく。月はあっけにとられている。大地《アース》は暖炉の薪のように水を吐き、はじけて割れる。りんごの火あぶり。地球温暖化。牧場は灰の山。木々は松明《たいまつ》。都市は消滅。国は瓦礫。ヒースの野はかっと燃え立つ。氷河は溶ける。山々は焦げる。溶岩は流れる。アルプスに雪はなし。ヒマラヤも裸ん坊。港はあちこちで溺れてゆく。

　パエトンは煙にまかれて茫然自失。行くか帰るか。んなこと、もうわかんない。足裏には白熱した馬車を感じている。こうして、エチオピアとインドのひとびとは黒い肌になった。そうして、アビシニアの砂漠ができた。サハラ砂漠も。当然、ニンフたちは枯れ果てた井戸や泉を嘆いた。アルゴス。アミュモネ。ボイオティアはディルケの泉の消滅を嘆いた。コリントスはピエリアの泉を悲しんだ。川たちも痛手を受けた。ガンジス、パシス、ドナウ、ナイル、ヘブロス、ライン、ポー、ストリュモン、テベレ、ローヌ、ドン、イスメノス、セーヌ、クサントス、すべての川が干上がった。いたるところで巨大なひび割れが口を開けている。魚たちは水底に潜む。海豚《いるか》たちは水面から跳ね上がるのをやめた。死んだマナティーが腹を見せて浮かぶ。ドリスとその娘たちさえ暑さに耐え切れず、水中の洞穴にひきこもってしまった。ネプトゥーヌスも暑いといって深海にとどまっている。

いったいなんてこと？ このありさま、信じられる？ 大地《アース》は片手を額に当てた。そして、汗をぬぐった。寝椅子に沈み込んで、彼女はこう続ける。あなたに言ってんのよ、ゼウス、神の王者。あたしがなにをしたって言うの？ まともに息さえできないじゃないの。窒息しそうよ。この焼けた髪が見える？ 目に灰は飛びこんでくるし。これがご褒美だっていうつもりかしら？ 年々歳々、人間たちはあたしを開墾し、耕してきた。あたしは人間たちの鋤《すき》で責めたてられてきた。あたしの上に、羊は羊の糞をする。雌牛は雌牛の糞をする。馬糞はそれほど気にならないけれど。それから豚だって糞をする。あたしは穀物やブドウの木を実らせているのよ。あたしの上には、食べ物や飲み物がいつだってあるの。人間たちはあたしの上におしっこをする。ええ、もちろんそんなことかまわないわ。しごとだもの。誰かがしなくちゃ。それなのに、あなたは、そういうあたしと生き物たちをこんなやり方で終わりにしようってわけなのね。これ以上放っておいたらとりかえしがつかなくなるわよ。即刻、なんとかして！

大地《アース》の女王はここまで話して、口のなかがからからになってしまう。緑したたる大地の幻。そこへゼウスが登場。雷鳴を低くとどろかせる。右耳のあたりから稲妻をとりだす。馬車の上の人影めがけて投げる。火には火を。命中。人影は落下。パエトンは命を散らす。馬たちはおもいおもいに跳ね上がり、頸《くび》をひねってくびきをはずす。散乱。こちらには星々に交じって手綱。あちらにはながえからもぎ取られた心棒。向こうには裂けた車輪の輻《スポーク》。黄金の車輪の破片があちらこちらに。ウルカヌス製作の車体はこっぱみじんになった。まばゆいばかりの貴橄欖石と琥珀の破片が天の隅々にまでぶちまけられた。空には馬の亡霊たちが浮かんでいる。

パエトンの赤らんだ髪に火がつく。真っ赤に燃えたロケットがまっさかさまに飛ぶ。大気中に長い尾を引いて。まさか落ちるとおもっていなかった星が落ちる。永遠に落ちつつ、そして、落ちる。少年は、西の国へ落下する。ニンフたちが見つけ、埋葬する。少年の死体に刺さった三つ叉の稲妻はまだくすぶっている。墓標にはこう墓碑銘が刻まれる。

ここにパエトン眠る。ポイボスの馬車で空を翔け、
若気の至りで落命したが、その意気は天を衝いた。

悲しみにやつれて、あわれな父親は顔を隠した。太陽は丸一日姿を見せなかった。だが、燃えさかる世界は光を放ちつづけた。母親は息子の骨を探し、見知らぬ他国の川のほとりで見つけて、泣いた。太陽の娘たちへリアデスはあらわな胸を叩く。月が四回満ちる。それでも、ヘリアデスはみな悲しそうに泣きつづける。姉妹のひとりが墓に倒れかかって嘆いている。娘の足は冷たくこわばっている。もうひとりの姉妹が近くへ来ようとする。ところが、彼女の足は

根が生えたようになって、動かすことができない。三人目の娘は自分の髪をかきむしる。すると、葉がはらはらと散る。四人目の娘のくるぶしはすっぽり木質で覆われていく。五人目の娘の二本の腕は枝になってしまった。樹皮が下腹を覆う。腰まわり。そして、胸。両肩。右手、左手。それから、唇。母親がキスしようとして樹皮を剥がしにかかる。だが、傷口からは血が流れ出すばかり。

——おかあさま、わたしたちのことはあきらめてください。これでもうお別れ。ヘリアデスの最後のことばを樹皮が呑みこんでいった。娘たちはこうしてポプラに変身した。いまでも彼女たちは樹脂の涙を流しているが、その涙は太陽によって琥珀へと変えられるのだ。と、これが、琥珀の起源についてオウィディウスが語るきわめて貴重な物語である。他方、プリニウスは琥珀についてこんなことを言っている。

ギリシア人たちの誤りを暴露する機会をここに得たこと、自分としてはうれしくおもう。かく言うのも、ギリシア人の説く物語すべてかならずしも真実にあらず、またわれらの賞賛に値《あたい》するものにもあらず、ということをここらで周知しておかねばならぬからである。なかんずく、アイスキュロス、ピロクセノス、エウリピデス、ニカンドロス、サテュロスといった詩人たちは、稲妻に打たれたパエトンの物語にくわえてその姉妹たちの悲しみの物語を縷々《るる》語ってきた。姉妹たちの涙がいかにして琥珀になったかの顚末を語る彼らの話のなかでは、琥珀はギリシア語の「エレクトルム」として知られているが、それは、彼らが太陽を「エレクトル」、すなわち「輝く者」と呼んでいるからだ。また、彼らは、この琥珀がどうしてエリダヌス川――われわれはポー川と呼んでいる――に沈積するのかについても語っている。だが、いやしくもイタリア人ならこの話がたわごとであることはすぐにわかる。ポー川では琥珀など決して捕れないのだから。ほかのギリシア人たちによれば、アドリア海にエレクトリデス諸島なるものがあり、この島々までポー川の琥珀が流されるというのだが、そんな島々なんぞ存在しはしない。じっさい、ポー川の水に押し流されたものが流れつきそうな海域に、島などひとつもありはせぬのだ。

アイスキュロスは、ポー川はスペインにあると言い、この川はローヌ川とも呼ばれると言っている。エウリピデスとアポロニウスは、ローヌ川とポー川はアドリア海沿岸で合流すると述べている。地理にかんするこの連中の無知を斟酌するならば、琥珀について無知なのも許してやらずばなるまい。これらの著者ほど出鱈目ではないがおなじくらい誤解をまねきやすい書き手たちが、詩的細部に凝った文章で、アドリア海のどこかに上陸不可能な岩礁があると書いている。その岩礁には樹木が生えていて、天狼星《シリウス》が昇るとき、この木が粘着性の樹脂をぽたぽたこぼすのだという。テオフラストスによれば琥珀はリグリアの土中から発掘されるのであり、カレスの主張するところでは、パエトンはエチオピアの、ギリシア人がアンモン島と呼ぶところで死んだので、この島には彼の神殿と神託所があり、この地こそが琥珀を産するのだと言う。喜劇作家のデモンストラトスは琥珀を「リュンクリウム」と呼ぶが、これは、野生の大山猫《リュンクス》の尿が変成して琥珀になるという説を信じるがゆえである。雄は黄褐色の燃え立つような琥珀を成し、雌のはもっとレモン色に近いという。文法家のゼノテミスはこれらの猛獣を「ランデス」と呼び、ポー川流域に生息すると述べる。スディネスは、リグリア地方の琥珀を産する樹木が「リュンクス」と呼ばれるのだ、と主張する。ソタコスはじつに見事な文章の一節で、ブリタニアのエレクトリデスと呼ばれる岩壁から琥珀がしたたり落ちるさまを書いている。

さて、大洋にメトゥオニスと呼ばれる入り江があって、その岸辺にはゲルマニア族のひとつ、グイオネス人が住んでいるとピュテアスが語るとき、その中味は真実に近い。この地から航行一日で到達できるアヴァロンの島――〈リンゴの島〉――へ、春の海流によって固体化した塩水の排泄物が運ばれる。これすなわち琥珀である、と。ティマイオスもこの説を支持しているが、島の名はバシリアである、と言う。ニキアスは、琥珀は太陽光にふくまれる水分から生ずるのだと、考えを練り上げた主張を述べているが、ここでは詳細の紹介はさしひかえておく。医家のクセノクラテスによれば、琥珀はピレネー山脈の岬に打ち上げられる。テオメネスが語るのは、シドラ湾近くにヘスペリデスの園があり、エレクトルムという池があって、そのほとりに琥珀を生ずるポプラの木々がある、という話。琥珀塊はヘスペルスの娘たちによって拾い集められ、不可思議な方法で配布されるのだ、と。

これでもまだ半分にも満たない。世界は、琥珀の権威を自認するひとびとで満ちあふれている。自分が信じたいとおもうことを信じ、また、容易に嘘へとおびきよせられるのは、これ、人間の本性であるゆえ。だがしかし、これらすべての蘊蓄家の諸説も、かの偉大なるギリシア詩人ソポクレスの言い分に比べれば、どれも客観的所見の模範と言うべきである。ソポクレス作の悲劇はおしなべてきわめて思慮深い精神の所産であり、またそのひとの軍事上・政治上の功績はあまねく知られるところであるにもかかわらず、おなじ人物が以下のごときたわごとを述べるとは、仰天至極である。ソポクレスによれば、そもそも琥珀はインド諸国よりも彼方《かなた》の国で〈メレアグロスの娘《ホロホロドリ》たち〉あるいは〈ペネロペイアの鳥〉と呼ばれる鳥たちがメレアグロスのために流す涙によって生成されるのだという。こんなことが信じられるであろうか？　毎年、鳥たちが泣くとは？　そんなに大粒の涙をこぼすとは？　だいいち、鳥たちがメレアグロスの死を悼むために、彼が死んだギリシアからわざわざインドの彼方まで移動したとは？　どれもこれもありえないことではないか！　にもかかわらず、たくさんのひとびとがこの説を信じている。なぜか？　ほかならぬソポクレスがそう言ったからである。どこの市場でも簡単に入手できるこの琥珀という物質について、これほど荒唐無稽な起源説がまかりとおっているとは嘆かわしい。このたわごとは、知性に対する冒瀆であり、万人がもつ嘘をつく権利の我慢ならぬ濫用である、と言わねばならぬ。

　琥珀が北の大洋に浮かぶ島々の産であること、今や定説である。琥珀はゲルマニア人には「グラエスム」として知られている。それゆえ、カエサル・ゲルマニクスがこの海域で海上作戦をおこなったさい、これらの島々のうちで現地ではアウステラウィアと呼ばれていた島を、われわれのローマ軍が「琥珀島《グラエサリア》」と再命名したのである。ゲルマニクスは琥珀が収穫される状況を目のまえに見せるかのように描いている。かの地の激しい荒天と嵐、凍えんばかりの靄と霧、琥珀諸島の岸辺に打ち寄せては砕ける大波のあいだを縫って、勇敢な琥珀捕りたちが浅瀬に出てゆく。みな、手には網と三叉の槍、寒気を防ぐため獣脂を塗った革衣のいでたちである。岸には支柱が並び、ひとつひとつに鉄の釣り籠が下がり、大きな篝火《かがりび》が焚かれている。ぼろをまとった女たちや、歩くのもおぼつかぬいたいけな子供たちまでみな総出で、男たちがぶんなげてよこす海藻のよじれた残骸に、琥珀粒がからまっておりやせぬかと目をこらす。このあたり、ゲルマニクスの描写は哀れを誘い、背筋を寒からしめる。これら琥珀捕りたちが収穫をかすめ取らぬよう、監督官たちが見張っているのだから。

さて、話を戻さねばならぬ。琥珀とは、松の木の樹液ないし樹脂がもとになっている。この滲出液が霜あるいは熱、さもなくば海の作用により変成し、海へと流され、水揚げされるのである。琥珀を燃やすと松の匂いがするゆえ、この物質は松に起源をもつことが容易に知られる。かつて、剣闘士の公開演武会場を飾るため、是が非でも琥珀を調達するようにと皇帝ネロの命令を受け、ゲルマニアへ赴いたローマの騎士がひとりまだ存命している。この騎士殿が首尾よく大量の琥珀を持ち帰ったおかげで、猛獣どもの檻の数々は琥珀塊をちりばめて装飾され、剣闘士たちの衣装も無数の琥珀の小玉で飾られた。盾、あらゆる武器、さらに死者を運ぶ担架までもが琥珀で装飾された。それでも飽き足りぬ皇帝ネロは、宮殿の回廊と階段室に琥珀の砕片を敷き詰めさせた。

琥珀には幾種類かある。最も薄い黄色の琥珀が最高の芳香を放つが、価値は最も低い。黄褐色のものはより価値が高いが、とくに透明なものほどよく、炎の色をしすぎておらぬものが佳品である。琥珀においては炎色がごくかすかにあるものを良しとする。最良のものはファレルニア琥珀で、葡萄酒をおもわせる色をもち、柔らかく透明な輝きを放ち、煮詰めた蜂蜜の芳醇さを思わせる色合いを特徴とする。琥珀を指でこすると、ちょうど磁石が鉄を吸いつけるように麦藁や枯葉やシナノキの樹皮を引き寄せる。琥珀のかけらを油に浸すと、亜麻の芯よりも安定した明るい炎を出す。琥珀は非常に高価ゆえ、琥珀製の小像はごく小品でも健康な奴隷一団よりも高い値で取引きされる。だが、琥珀の値打ちは本当のところ、どこにあるのか？　コリントスのブロンズ像は、金銀を混ぜてつくっているゆえ見るに心地よい。その芸術性と創意工夫はまこと賞賛に値《あたい》するもので、みなが欲しがるのも頷ける。ほたる石や水晶の場合は、ほかにない特異な美が魅力である。真珠なら髪飾りにちょうどよいし、宝石ならば指輪にするのにふさわしい。だが、琥珀はどうだろう？　こいつを手に入れるため大枚をはたいたのだ、という自己満足を与えてくれるに過ぎぬのではないか。ドミティウス・ネロは妻ポッパエアの髪を「琥珀」の名で呼んだ。欠点も名付け方しだいで長所に変わるものである。以来、洒落好みのご婦人方は髪を琥珀色に染めたいと願うようになった。

　ところで、ご婦人方が琥珀に惹かれるのがそのためではないにせよ、琥珀には医薬としての効用がある。咽頭の諸症状に薬効があり、護符として赤子の身につけさせれば利益《りやく》がある。カリストラトスによれば、精神錯乱の発作と有痛排尿困難の症状を緩和するためには、患者の年齢を問わず、琥珀を内服してもよし、護符として身につけるもよしであるという。また、すりつぶした琥珀を蜂蜜と薔薇油に練りあわせて用いれば、耳の感染症に効く。また、琥珀は、さまざまな模造宝石、とりわけ紫水晶《アメシスト》を模造するための主材として用いられる。琥珀はどんな色にでも染められるのである。
琥珀をめぐる蘊蓄はざっとこんなところであろうか、とプリニウスは結ぶ。

古代中国では、どこやらに岩壁——寧長《ニンチヨウ》の岩壁とかいうらしい——があって、その岩襞に何千もの蜜蜂が巣をつくっていたという。しばしばこの岩壁は崩れたと伝えられるが、岩が崩れるときに蜂たちは大挙して飛んで逃げた。ひとびとはその蜂の群れを捕らえ、煮詰めて、琥珀をつくった。中国では蜜蜂は炒って食用にする。食通のひとは、チョコレート掛けにした蜂や、琥珀色の大麦糖につけた蜂を珍重する。蜂酢や蜂酒もある。また、琥珀の効用に似た蜂蜜の薬効と魔除けの力がいっそう高められた蜂のマーマレードと蜂入り蜂蜜には、熱心な愛好家たちがいる。古代ローマの剣闘士や競技者たちは蜂蜜をふんだんに摂り、便秘の解消には蜂の子を食べた。アッシリア人はイナゴマメをすりつぶして蜂蜜とナツメヤシに混ぜたものをパンに塗り、バターの代用にした。アレキサンダー大王の亡骸《なきがら》は、蜂蜜と蜜蠟の混合物で防腐保存処置がなされた。蜂蜜はあらゆる有機物の防腐剤として働くからである。内部に蜂が閉じこめられている琥珀は最も貴重とされる。巣穴を密閉するために蜂の身体から滲出するプロポリスという物質は、ワニスとして人間が利用する。ここで、「ワニス」という語が琥珀の髪をもつ女王ベレニケに由来することも、思い出していただけるだろうか。現代ギリシア語で琥珀は「ベロニケ」という。琥珀で彫ったちいさな猪は、例の聖アントニウス——そのエンブレムのひとつは豚である——の加護を頼れるので、格別の幸運を呼ぶと考えられている。

リトアニアといえば、その海岸で素晴らしいバルト海産琥珀が拾えることで知られているが、この地に伝えられる物語によれば、かつてバルト海の海底に人魚女王ユラテが住む琥珀の宮殿があった。ユラテは海の巻き貝のかたちからヒントを得て、たくさんの部屋が渦巻状に連なったこの宮殿をみずからの手でこしらえた。それゆえ、彼女はリトアニアおよびその奥地では大工の守護神である。彼女の影響は、泥炭《ピート》採掘を主な産業とするリトアニアの、ヴィリニュスをはじめとする町々の教会の尖塔のかたちに見て取れる。彼女は技芸家と画家の守護神をも派生的にひきうけており、このことから、ユラテは、キリスト教の終末論で似た役割をもつ聖ヴェロニカと、ときおり同一視されることがある。ここで、リトアニアの典型的な室内風俗画を想像してみよう。丸太小屋の天井と梁はピートの煙で燻《いぶ》されて琥珀色になっており、四番目の壁の代わりにわたしたち鑑賞者が見ている。火のそばに腰掛けた父親が考え深げにクレイパイプをくゆらせ、母親は鰊《にしん》をおろして切り身にしているところ。いっぽう、子供たちは樅《もみ》の木の枝を飾った下で遊んでいて、松かさのコマや暖炉の火ではじけたばかりのクリの実を、くすぶりながら燃えるピートの火がぼんやり照らしている。一匹のまどろむ犬は猫の夢を見つつあり、その猫はネズミの夢を見つつおり、そのネズミは穴がたくさんあいたリトアニアのチーズを夢に見ていて、そのチーズの残りは簡素な松のテーブルの上に載っている。美しく描かれた瓶には琥珀の酒が底のほうに一インチばかり意味ありげに入っており、豚の趾肉のハムは真珠のような光沢を放つ。これらすべてが、琥珀の煙で燻されたような、しぶい艶のある色使いで描きとめられている。

たくさんのおどろくべきイコンが、ユラテ・ヴェロニカを描いたものとされている。これらの作品は海外の美術愛好家たちにたいへん人気があるので、リトアニア当局は国外への不正流出を防ぐため、国境ポイント、とくに港には武装した収税吏を配置しなければならないのが現状である。現場の職員たちは、オークの根方のトリュフを探し当てるよう調教されたイタリアの豚とおなじように、イコンに塗られた琥珀のワニスの匂いを二十歩離れたところから嗅ぎ分けられるよう、特別に訓練された犬をたよりにしている。密輸者かもしれない人物の荷物に犬が反応した場合、犬が尻尾を二振りするのを合図に、収税吏は容疑者を取り押さえる。どんぴしゃり。お縄を頂戴した犯人は、「おれも年貢のおさめどきか」とつぶやき、犬のほうは大麦糖の塊《かたまり》をもらってはぐはぐと喜ぶ。ユラテ・ヴェロニカのイコンの典型的な図柄は、細長い海藻がまとわりついて要所を覆っている以外は全裸の彼女が、栄光に満たされて海底の王座に座しているというものである。頭部には琥珀の光輪があり、伸ばされた両手はさまざまな海の生き物たちを指さしている。ウミウシ。入れ子魚。シビレエイ。ガンギエイ。彼女は、微笑む海豚や歯を見せて笑う鯨にまたがっている場合もある。まれに、蛸の八本腕に抱かれる姿に表されることもある。

ある日――だったかもしれないし、暗い海に松明をかざして漁をすることもしばしばあったから「ある夜」だったかもしれないが――、ひとりの漁師がバルト海で魚を獲っているのを、この人魚女王ユラテが目撃した。彼女はバルト海に住み、いつも自由に泳ぎ回っていたので、この海は自分の領分だと考えていた。彼女はこの海で漁師を見たのははじめてだった。そして、自分の領海でこの男が勝手にふるまっているのを見て憤慨した。男がちっぽけな舟からこみ入ったかたちの網を投げているのが、影絵のように見えた。ロープと穴がごたごたにからまったような代物だった。いくらか魚が獲れたのも目撃した。彼女はこうつぶやいた。

あらまあ、この男――なのかこのものなのか――よく知らないけど、なにしろそこのあなた、あなたはいったいぜんたいなんでわたしのいとこたちをつかまえるの？　魚たちはあなたになんにもわるいことしてないじゃないの。群れでおよぐものたちはかんぺきな規律でうごいてるし、ひとりがすきなものたちだってわたしの海を回遊してるだけなのに。魚たちをつかまえることはわたしをつかまえるのとおなじってこと知らないのかしら？

彼女の声は波の音にかき消されて聞こえなかったので、男は彼女に返答しなかった。彼は帆を揚げて家へ帰り、魚を市場で売った。彼はその代金で家族をやしなった。明け方、あるいは夜ごとに、青い、あるいは灰色のバルト海に向けて男は舟を出し、ユラテはそのたびごとに、やめて、やめて、やめて、と叫んだのだった。

そうするうちに彼女は男を好きになった。男が夢中になって海へ屈みこんでいる姿、網を放り投げるときの結び瘤《こぶ》のある細縄のような両腕、首筋に浮き上がる血管を愛してしまったのだ。男が持っているやすと三叉の槍や、あるときは濡れてぎらぎら輝き、またあるときは乾いた塩粒が夜空の星々のように貼りついている革の外衣も、彼女は好きになった。男がいかに勇敢であるかも理解した。ついに彼女が愛を告白すると、漁師の男はそれに報いた。彼は家族を捨て、永遠の海を選んだ。

空の高みの宮殿から、雷神のペルクーンがこの一部始終を見ていた。憎しみで黄ばんだ目は、嵐の目であった。なにを隠そう、彼もまた琥珀の人魚女王ユラテを愛していたのだが、ついに言い出せずにいたからである。嫉妬に狂った雷神は琥珀宮めがけて稲妻を投げた。疲れはてて琥珀の部屋のなかで寝ていた漁師の男は、あえなく死んだ。海底の宮殿はこなごなに破壊された。ペルクーンは手下たちに命じて、ユラテを宮殿の廃墟に鎖でつながせた。

こんにちでも、囚われの身のユラテは琥珀の涙をこぼし、その涙が嵐の後バルト海沿岸に打ち上げられて、琥珀捕りのひとびとに拾われる。また、かつて彼女の宮殿の一部だった琥珀のかけらも、海揚がりの漂流物としてこんにちでも見つかることがある。これらの琥珀には、海藻の巻きひげや、顕微鏡でないと見えないくらいの魚や化石軟体動物が封じこめられているので、こうした海揚がりが琥珀市場に出ると、これらの封入物ゆえに高値で取引きされる。リトアニア人にとってはこれらの琥珀は高価なものだが、強い通貨を持ったわれわれのようなツーリストには、二倍の値段でも安いくらいである。

O

Opium　アヘン

——さよう、人魚の女神の物語はわたしどもオランダ人には格別に共鳴できるところがありますな、とボス氏は言った。また、琥珀にかんする御高説は、役に立つ内容もあり、聞いて楽しい話でもございました。

えんえんと二人で喋っているうちに日が暮れたので、わたしたちは石のように凍った湖上をあとにしてクランフィールド・インに入り、暖炉に近くて暖かくこぢんまりした半個室《スナッグ》に陣取ることにした。レモンとクローブとシナモンを入れて温めたポートワインで人心地がついたボス氏は、ゆうゆうとくつろいで、話をこう続けた。

——わたしどもの国を二、三度お訪ねになればお気づきになると思いますがね、湿気が多くて大気が不安定なもので、ときどき琥珀色の光が見えるんですよ。この光は、いわゆる黄金時代のオランダ絵画にはふんだんに溢れておりましてな、あの時代の画家たちはそうしたうつろいやすい色彩に敏感に反応したといわれておるのです。わたしが思い浮かべるのは、たとえば、ファン・ホイエンの風景画の金色がかった黄土《オーカー》の色合い、それから、さまざまに変わりゆく大気のトーンが地上の水を反映して、下界の風景を尻に敷いた広大無辺の空。あるいは、サングラスを掛けて世界を見たといわれているアルベルト・カイプ。彼独特の静けさとうららかさが描かれた《川岸の牧夫と五頭の雌牛》が、心の目のまえにあらわれてきます。河口域の光が上空の雲のあいだを漂っているのを背景に、漁師たちを乗せた船が奥行きを縮めて描いてあるのですが、わたしどもの目はその船を振り出しに何艘かの帆船に引っ張られて、はるか遠い水平線まで連れていかれるのですわ。雌牛たちは建築の骨組みみたいに寄り集まっていて、背中をたどると一直線になっております。そして、湿った大気からごく自然に空気遠近法が立ちのぼる——と、ここでふと思い出したのですがね、わたしどものオランダ語には「水平線・地平線」を表す単語が四つありまして、おのおのが独特の含みと深みをもっておるのです。

「ホーリゾン」。この単語は、おたくの英語の「ホライズン」という語から連想される「空と大地が出会っているように見える線」とか「考えがおよぶ範囲や限界」とかいう意味と重なるところが多いですな。わたしどももときどき巨大な天球を想像して、ある地点から見える地平線とは地球の中心を貫く平面と平行な平面のことである、などと考えたりしますが、昔のオランダ製地球儀についていた幅広の輪のことも「ホーリゾン」と呼んでおります。わたしどもはなににによらず「水平な《ホリゾンタル》」ものにはなじみ深い国民でして、早い話、「ホーリゾン」が詩のなかに出てくると「オランダが終わるところ」という意味になるのですわ。

さて、「キム」というシャープな響きをもつ単語がありましてな。船員たちが仲間内で使うことばです。おたくの英語でいえば「縁《リム》」とか「端《エッジ》」に当たりますな。この単語は白目《ピューター》の皿とかの器を表すのに使われますが、海の景色の描写に使うともっと持ち味が引き出せます。たとえば、さわやかな日々、船の帆がぱたぱたぴしゃぴしゃ音をたてて、寒い土地の港をあとにした船団が外洋に乗り出し、モルッカの香料諸島へ向かう――みたいなイメージは簡単に想像できましょう。おたくのイギリス画家ターナーはオランダ派の師匠に教わって素晴らしい成果を持ち帰ったひとですが、彼の《アントワープ――画題を探すファン・ホイエン》という劇的な作品は、「キム」のなんたるかを深く捉えた絵ですわ。この絵には、雲の冠をかぶったアントワープの御殿や尖塔の群れがはるか彼方《かなた》の海の端《エッジ》に見えますが、それが天気雨のためにぱっと明るくなっているところは、まるで新世界の幻のようです。そのほかのすべては――羽根飾りつきの帽子をかぶっているのでそれとわかるホイエンが乗ったヨットもふくめて――海風に翻弄されて激しく揺れております。ターナーはオランダ的なるものに多くの賛辞をおくっていますが、この絵はそのひとつですな。そういえば、ターナーは晩年になっても、チェルシーの家の自作のルーフ・テラスへたまさかのお客を迎えたときには、内陸を指さして「わがイギリスの眺望でござる」と言い、テムズの下流を指さして「わがオランダの眺望」と囁くのがつねであったとか。

この逸話から、わたしどもはすんなりと次の単語、「ヴュルスヒート」を連想するわけです。「ヴュルスヒート」は「眺望《プロスペクト》」という意味で、「眺望」にはつきものの未来に対する曖昧さなどさまざまな含意もともなっております。「ヴュルスヒート」は、建物のような物体が向かっている方向性のことであり、見通しのことであり、目のまえに供せられたもの、たとえば、〈楽しい眺望《プロスペクト》〉のようなものであります。あるいは、期待されたもの、あるものが成功するか失敗するかの見込み――この場合には〈あまり楽しくない眺望《プロスペクト》〉となりますか――も指します。また、調査する行為も指しますな。すなわち、採鉱有望地を探ることであり、金や琥珀のありかを探り求めることでもあります。「ヴュルスヒート」は、未来へ向かって軽やかに休むことなく舞い飛んでゆくものであり、先物買いを狙う客たちでごったがえす市場で見つかるものでもあるのですわ。なにしろ、この先見の明《ヴュルスヒート》なしには約束を交わすことは不可能、利益もおぼつかないのですから。黄金時代の絵画には「ヴュルスヒート」が強く匂っておりまして、室内画の場合でさえ、その支配は明らかであるようにおもいますな。一六九四年、顕微鏡・望遠鏡研究家のファン・レーウェンフックがトンボの目玉を解剖して、蠟燭の光をたよりに透して見たとき、彼はその「ヴュルスヒート」をはっきり目撃したのです。また、べつのとき、デルフトの新教会の大尖塔を見たときの話ですが、三百フィートの高さがあり、彼の家からは七百五十フィート離れているこの尖塔は、肉眼で見たらちっぽけな針の先くらいにしか見えないのに、彼はその塔の周囲の家々の扉や窓が開いているかどうかを言い当てることができたのです。

最後に、たいそう古風な「エインデル」という単語。目が届くかぎりの視野が終わるところ、という意味です。この単語には聖書的なニュアンスがあります――「終わりは近い。記録された時の最後の音節まで。終わりなき世界に」。ターナーは、《風にあおられたオランダ船団――魚を甲板に載せようとする漁師たち》という絵で、「キム」と「エインデル」をうまいこと両方いっぺんに描いています。黙示録の世界からまっすぐ吹きこんだ墨のように暗い突風――「エインデル」――が、向かって左側から絵の中央の漁船の群れを転覆させようとおびやかしている情景ですな。無分別なことにどの漁船もいっぱいに帆を張っている一方で、小型船の乗組員たちは漁獲を籠に入れるのに忙しくて、自分の船がほかの船との衝突進路に乗ってしまっていることに気づいていない。舵手が船首三角帆《ジブ》を転じて船を後退させるよりほかに衝突を避ける方法はないのですが、この操作に必要な風はほかの船たちのふくれあがった帆にとられてしまっているというありさま。右手には〈ビュールトシップ〉、オランダの郵便船ですが、これが一艘、強い南東の風に右舷開きの詰め開きで航行中、そのほかに二艘、やはり詰め開きで長い眺望の彼方へ消えていこうとしているのが見えます。この眺めは空と水とが出会う細長い黄色のゾーンへと続いていて、そこはまだ雲に呑みこまれていない――これが「キム」ですな――というわけで。

ここでボス氏は一息ついて、暖炉にニコチンの混じった唾を吐いた。自分の話題に夢中な彼は、さらにこう続ける。

――わたしどもの国の黄金時代の風俗画についてじつにたくさんのことを物語ってくれるの

がこれら四つの単語である、と言ってもあながち言いすぎにはならぬとおもうております。と申しますのも、絵の額縁は視野に限界を押しつけるものですし、絵の内側にも、もっとたくさんの額縁やら枠があるわけですから。鏡、ほかの絵、地図、外から海の光が射しこんでくる開け放たれた窓。それから、中庭に向かってひらかれた扉、その向こうの煉瓦の壁、その上には家々の屋根の連なり。タイル敷きの床がつくりだすもっと大胆な遠近法。壁裾にぐるりと貼られたタイルには一枚一枚、野外で仕事する手職人や物売りたち、または風車などが細密に描いてあります。こんなぐあいに、わたしどもの目はいつも新しい地平《ホライズン》へと導かれていくのでして、目が見るもの、あるいは見ることができないものから新しいものをつくりだすよう仕向けられておるのです。というわけで、ものごとの真実はそう簡単には見分けることができぬものですな。

エマヌエル・デ・ウィッテの《ヴァージナルを奏でる女性のいる室内》を見てください。奥へ続く扉口がどれも開け放たれておるために、部屋が次々と入れ子式にはまりこんでいくように見えます。まず最初の部屋では、ひとりの女がわたしどもに背中を向けて楽器を前に座っています。前の壁にはメッキ用金箔《オルモル》で飾り立てた鏡が掛かっていて、女の頭が映っていますが、室内婦人帽《モッブ》に隠れてほとんど顔が見えません。その奥の二番目の部屋には、地図が掛かっている壁の下に揚水器《ポンプ》とバケツが置いてあります。三番目の部屋になるとすべてがちっぽけにしか見えません。床を掃いているメイドがいますね。さらに彼女の背後には壁龕《アルコーブ》になった開き窓があって、ガラスの外には樹木の影がにじんでいる。この光景にうっとりさせられるあまり、最初に目をやったときには、第一番目の部屋の扉の脇にどっしり据えられた四柱式寝台をちゃんと見ていなかったことに気づくのですわ。で、こんどはこうやって、廊下のつきあたりの窓のにじみから手前へずうっと目を戻してくると、この寝台の四方の柱から垂れて半開きになった緞子《どんす》カーテンの皺が、石窓の朝顔口の左右に残る鏨痕《たがねあと》そっくりに見えることに気がつきますな。それからテーブルの上、白目《ピューター》製の蓋つき葡萄酒注ぎのとなりにだらりと置かれたタオルも、ああそうか、これは窓から入ってくる光の輝きを見せるためだな、とわかります。で、わたしどもの視線がまた寝台へと戻っていくそのときです、開いたカーテンのあいだの闇から男の顔がこちらをうかがっているのに気がつくのは。この男は寝台に横になっていて、はじめからずうっとそこにいたのですが、ただ、わたしどもは、こんなちゃんとした屋敷のなかに男が隠れているなんて夢にもおもっていませんから、彼のことを見ようとしなかっただけなのですわ。それもただの男ではありません。兵士です。どういうわけだかすっぽり見逃していたものが今ははっきり見えます――ボタンをはずしたズボンと軍服の上着が椅子にひっかけてあり、剣の柄頭がそのそばにあるじゃありませんか。こうなると、メッキ用金箔《オルモル》で飾った鏡の水銀裏打ちした暗闇が、なにやら別世界――ということはわたしどもの世界かもしれないでしょう――への窓みたいにおもわれて、なんだかおっかなくなってきます。それで、わたしどもの姿が映っていやしまいかと鏡を覗きこんでみますが、映っているはずなどないわけで。

ですが、ここまできてもわたしどもは、寝台から覗いている男にはどうもなじめませんな。揚水器《ポンプ》とバケツはもうこっちの仲間のような気がしますし、純粋な想像のなかにだけ響くヴァージナルの音楽とも折り合いはついております。耳には聞こえない、指使いのハーモニーを想像しつづけておるのですから。タイルを敷き詰めた床に光が当たっているところは、ちょうど黒鍵と白鍵のあいだに赤い鍵《キー》が配されているようで、床全体として見ると、白い百合と赤いキャベツと黒い土があらわになった区画が隣りあった広い干拓地《ポルダー》のようでもあります。それでも、鏡の向こうの世界はひとを寄せつけぬままで、寝台の兵士はどう見ても戦闘態勢ではありませんな。

そもそも黄金時代の絵画には戦争は描かれません。帆布を盛大に飾りたてた幟《のぼり》だの、鎧兜に身をかためた威風堂々たる面構えだのというものにはとんとお目に掛かりませんわ。まれに、海戦が描かれることはありましたが、それも戦《いくさ》を描くのが眼目ではなくて、船舶と「キム」を見せる絵だというところに主眼があります。兵士が登場するのはきまって居間や客間や寝室で、軍人としての威厳はいつも、その場に一緒にいる女性たちによってなしくずしにされるか、妥協させられるかしております。剣などだらしなく椅子や暖炉のそばに投げ出されているという具合でして。兵士たちは犬どものように寒い外からどやどやと部屋に入ってきます。グラスやピッチャーから酒を呑みます。そして、軸の長いパイプでタバコを吸っては、女たちに煙を吹きかけたりします。ときには壊れたパイプがタイルの上にころがっていたりして。戦争のことはまあいいじゃありませんか、という気分。わたしがおもうに、これはタバコがくれる解放感ですな、とくに、タバコにアヘンとか大麻をちょいと混ぜるとよく効きますから――

ここでボス氏はまた一息入れて、温めたポートワインをぐいっとあおり、パイプを一服。

——タバコですわ！　これこそオランダの国民薬にして自由の象徴です！　王たちはこれを禁じ、教皇たちはこれを破門し、東方のスルタンたちは喫煙者を残酷な死刑に処しました。彼ら、いかにしてタバコの万能薬たる諸効用を知り得べけんや？　そもそもタバコといえば、鎮静剤として、利尿剤として、去痰剤として、また、消散剤、唾液分泌促進剤として用いられ、内服すればほかの催吐薬の薬効なき場合にさえ吐剤として特効あり。タバコの煙を直腸に注入、あるいはタバコ葉を丸めて座薬として用いる処方は、嵌頓《かんとん》ヘルニア、また重度の便秘に古来より用いられたるところなり。また、尿閉、痙攣《けいれん》性尿道狭窄、ヒステリー発作、寄生虫病、鉛中毒に起因する痙攣、偽膜性咽頭炎、腹膜炎、さらには、宿便排泄を促進し、反応を和らげ、鼓室炎を快癒させ、破傷風による硬直痙攣にも薬効あるなり。タバコはそもそも特効ある弛緩薬なり。タバコ葉をベラドンナさもなくばシロバナチョウセンアサガオと混ぜあわせ、塗布薬に用いれば、根深き潰瘍と痛き震顫《しんせん》にも効き目これあり。濃縮した汁を痛みある神経に沿うように擦りこめば、顔面神経痛にも薬効あり。朝食後、パイプにて一服すれば、消化をたすける効果あり、とこれらすべてタバコの徳ですわ。

ごらんのとおりわたし自身もパイプ党でしてな、おかげで病気知らずの健康体です。ですから、一六五二年、ヨーハン・ファン・リーベックの指揮下オランダが喜望峰を占領した後、ただちにタバコ栽培を開始した、とお聞きになってもおたくはおどろかれぬでしょう。タバコはすみやかに通貨の地位を得ましてな、コイコイ人は丸めたタバコ葉と家畜を喜んで交換したものです。雌牛一頭の価格は、その牛の角から尻尾までとおなじ長さのタバコ葉の縒《よ》り綱でした。こうなると、タバコがアフリカ大陸の津々浦々までゆきわたるのは時間の問題でした。アフリカ各地でつくられたパイプにはたいへん精巧なものがありまして、象牙細工を真鍮線で美しく巻いて飾ったりしておりますな。あるいは、陶製の火皿に葦の軸というこしらえのパイプがありますが、この手はバンバラ族。ファン族の作例は、軸が一ヤードもあるバナナ葉の肋《ろく》でできています。軸が長いと煙が冷えますからタバコが美味《うま》いのですが、カメルーンではパイプの軸があんまり長いので、火皿に点火するときには召使いにやらせるほどです。コンゴ川流域、ボンゴ族の土地での見聞としてシュヴァインフルトが報告しているところでは、この地のひとびとは強烈な刺激をもつ〈いなかタバコ《ニコチアナ・ルスティカ》〉を愛飲しており、ときおりはライフルをパイプ代わりにして、火口《ほくち》を火皿に、銃口を吸い口にしてふかしておったとのこと。一方、南西部のクバ族はタバコの価値について興味をそそる哲学をもっておりまして、その中味はこんなふうです。

　兄弟とけんかしてこの野郎殺してやろうかとおもうこともあろう。じゃが、まあ座れ、パイプを一服。一服が煙となって消えるころには、兄弟のあの無礼に死をもって報復するはちょいやりすぎか、今回はむち打ちで勘弁してやろう、と気が変わるじゃろ。さて、もう一服パイプに火を点けてしばし煙を楽しむがよい。パイプの煙が渦巻いて立ちのぼるうちに、うむ、なによりも腹を割って話すがいちばん！　と思いなおすじゃろう。今一度、パイプに火を点けよ。そしてまたパイプの煙。火皿が空になるころには、そなたはもう、兄弟のところをみずから訪ねて相手を許す気になっておるじゃろうて。いやいやことによると、相手に許しを乞うのがいちばん、とさえおもうようになっておるかもしれぬよ。

——絵のなかの兵士たちが酒を呑むかタバコを吸うか以外、ほとんどなにもしておらぬのはこれが理由ですわ、とボス氏は続ける。なんといっても、わたしどもは平和を愛する国民ですから。わたしは長年愛煙生活をおくってきた今になって、おたくの国の愉快なエッセイスト、チャールズ・ラムが言ったことば——美徳をめざして苦難の道を歩むひとびとがいるようにわたしはタバコ道を精進したのだ——ということの真意がよくわかるようになりました。わたしはさまざまなひとびとと一緒に、ときには世界のはずれのようなところで、喫煙を楽しんできましたがね、心豊かに煙をふかしながらあれこれ語りあった経験のなかで、一座が意見の食い違いで不和になったことはいっぺんもありませんな。食後、タバコの火があちらこちらでまたたいているほかは闇がまさりゆく夕暮れに、そよとも音をたてない葉が茂り、花が咲き乱れるベランダに出たりして、ひとびとと話を披露しあうようなとき。暗闇のなかでときおりちっぽけな赤い火がだしぬけに動いたかとおもうと光がぱっと広がって、ものうげな手の指や、深い休息に耽る横顔が照らし出されたり、ほんの一瞬赤い光がなめらかそうな額の陰の憂いに沈んだ両目を明るみに出したりしますな。それで、誰かが話の口火を切ったとたん、くつろいで椅子に腰掛けたその話し手の身体はすうっと動かなくなってしまう——まるで彼の魂が身体から抜け出して時の流れをさかのぼり、過去という時が彼の唇を借りて語りはじめたかのように、ですわ。

ええ、旅先で土地のひとともタバコを楽しみましたよ。彼らが乾燥大麻雌花《カンナビス》をゴマの実と蜂蜜と一緒に突き混ぜて圧縮成形したやつを、お相伴しました。水ギセルのゴボゴボいう音楽も知っています。それから、艶やかな闇のなかにレモンとオリーブとパチョリ油の香りが混ざる宵ごとに、ひんやりした戸口に立って、雪をかぶったアトラス山脈の彼方で凍えている星々を眺めて、星座の物語に思いをはせたこともありました。知り合いになった相手がよくわたしに耳打ちして、なにをしても許されぬことのない神々の物語を語ってくれたものですわ。そんなある晩のことですが、アヘンをパイプでちと吸いすぎてしまったことがありまして——いやあ、あのときのことはいくら忘れようとしたって忘れやしません。寝椅子にもたれているうち、物思う気分になってきたのをはっきり思い出します。それで、ぼんやりしていたら、突然ガラスなしの窓に掛かっていた金絹のカーテンがゆっくり揺らぎはじめたとおもう間もなく、弱音器をかけたトランペットの音楽に合わせて横糸と縦糸がばらばらになって、金色はもうただの金色ではなくなって、それまで見たこともなかったような色合いの綴れ織りに変化したのですわ。トパーズ色、琥珀色、マリゴールド色、緑色、蜂鳥の斑色に蜜蜂の花粉色——蜂蜜がかったさまざまな色合いがちらりほらりと混ざっていました。わが身に起きていることを受けとめるにはしばらく時間がかかりました。わたしはカーテンの絹織物の深みにどっぷりはまりこんでいたのです。ふとわれにかえると、こんどはベネチア風の鉢からオレンジたちと赤褐色のザクロたちがみずみずしい果汁の声で話しかけてきました。そして、わたしが桃にかぶりつくと、舌の味蕾に桃の絨毛を感じて、まるで猫の毛皮かベルベットを逆撫でしたような感触が残りました。

わたしが静物になったのはその瞬間のことです。あれ以来、ウィレム・クラースゾーンやピーテル・クラースゾーン、ヤン・ダーヴィトゾーンやアブラム・ファン・ベイエレンの絵をていねいに見るようになりました。バルタサール・ファン・デル・アストとフローリス・ファン・デイクの作品もよく知っております。花を入念に描いて寓意的意味をこめた絵で、ときには昆虫なども描きこまれているのがありましょう。あるいは、リンゴやパンやチーズや鰊《にしん》や、ビールの入ったグラスなんかが載った朝食の食卓を描いた絵ですな。もっと奇怪《バロック》なとりあわせになりますと、ロブスター、蝶々、頭蓋骨に燭台《しょくだい》、グラス、白目の器《ピューター》、果物に花に野菜はもちろんのこと、ときには懐中時計が描いてあるのもあったりしますが、時計内部の複雑なからくりが描きこまれていることはあっても文字盤の側は決して見せないのが特徴ですわ。そうかとおもうと、ナイフで剝かれたレモンの皮が、顕微鏡で見るようなあばたやくぼみまで細心の注意をはらって描かれているものもあります。フィドル、牡蠣、銀製の薬味瓶、シャンペン・フルート、カットグラスのゴブレットなど、ぜいたく品の数々がテーブルの上にごちゃごちゃに集められ、そのテーブルの一部には東洋風の絨毯がたくしこむように載せられているのが定番でして、こうやって絨毯を使うのは画家が自分の描写力を見せびらかすための工夫ですな。さて、あの晩、アヘン宿の小部屋の片隅にそれと似た絨毯があったのですが、その模様が休みなくかたちを変えていくのに目の焦点を合わせようとするうちに、どうやらわたしはわれを失ってしまったにちがいありません。目をこらせばこらすほど、絨毯の織り糸の宇宙のなかへうっとりとひきずりこまれて――

絨毯のなかへ入ろうとしたちょうどその瞬間、寝椅子の上にだらしなく寝そべっている自分がふと目の端をよぎりました。わたしの身体がきらきら輝くように見えたのもつかのま、もう織物に変身していました。わたしは何百年もまえに織られた絨毯です。ときには駱駝《らくだ》の背に揺られたこともあり、わが存在を織り上げる糸一本一本でその背の感触を受けとめておりました。ばらばらに壊れた部分同士がふたたび組みあわされる代数の問題さながらに星々がきらめき、黒紫の天幕の屋根で霜が輝く夜に、駱駝の糞を焚く火のそばで、そもそもわたしは織り上げられたのでした。わたしの縦横の糸のあいだを無数の砂粒が通り抜けていきましたな。わたしはミント茶と羊肉の脂身とオリーブの香りでした。コーヒー、カルダモン、それにシナモン。鳩の臓物、オレンジの花の水、ニンニク。クミン、パセリ、粉砂糖、アーモンド、レンズ豆、干しブドウ、ショウガ、甘い赤唐辛子に辛い赤唐辛子、ヒヨコ豆、玉葱、ナスにクレソン。わたしはこれらすべての香りでした。近づいてくる雨のわくわくする匂いも覚えておりました。自分自身の味見をすることもできました。仲間同士ががやがや大騒ぎしているような味でした。甘くて酸っぱくて苦くてしょっぱくてぴりっと辛いわたし自身は、震える房ぶさにもつれた縦横の細い糸また糸でできていたのですわ。

わたしは数知れぬ長話と打ち明け話を耳にして、内緒事の秘密箱になりました。何世紀ものあいだ内緒話を聞きつづけたおかげで、どの話もみなおなじだとわかってしまいました。わたしの上を膝上まである長靴が踏みつけていったことがあります。絹の上靴が踏んでいったこともあります。三度ばかり、ずぶりと刺されたこともありました。さすがに激痛を感じましたな。男たちや女たちがわたしの上で血を流しました。わたしの上でまぐわった男女もいました。わたしは壁に掛けられて感嘆の的になったこともあります。それから、何遍も物々交換されました。最初は一袋の塩、次には一丁のナイフ、後には、魔法使いが頭に二頭の蛇を掲げている小像をかたどった象牙の嗅ぎタバコ入れ、また、ギリシア産の小型の聖ゲオルギウスの聖画像《イコン》、次に一振りの偃月刀《えんげつとう》、その次は世界じゅうのアルファベットが網羅されている書物、それから宝石で飾られた決闘用ピストル一対、さらにフィディアス作といわれる琥珀彫りの蜜蜂と交換されました。最後に交換されたのは、またもやナイフで、この取引きによってわたしは彼らの世界へやってきたのです。ここへ来て何世代かが経ちました。これからも今までより長い時を過ごすことでしょう。ものを所有したいとおもうのは彼らの欲望で、わたしの望むところではありません。彼らはたえず住まいの位置を変え、犬たちはいつまでも吠えつづけます。

　さて、自分がたしかに絨毯だとわかったところで、こんどは自分のために立派な付属品をいろいろつくってやろうと思いたちました。知らず知らずのうちにわたしはウィレム・カルフの絵を手本にしていました。絵がお好きな方なら、トルコ絨毯ものの静物画を描かせたらカルフの右に出る者はいないことをご存じかもしれませんが、彼の絵には、冴えないようでもありぎらぎらしたようにも見える色合いのトルコ絨毯の上に器物がたくみにとりあわせてあって、ときにはクリスタル・カップの凸面装飾に画家自身の姿が映っていたりします。独特の不透明さと光沢をたたえた絵全体が恐ろしく正確に描かれておるのですわ。わたしは思い切ってそういうあれこれで身のまわりを飾ってみようと決心しまして、手始めに、一粒のブドウの表面に出た白粉に命を吹きこみ、しかる後に内部を果肉と果汁で満たしました。手に触れられるものを首尾よく生み出せたので自信がついて、こんどは、スグリのような赤と緑ではちきれんばかりのブドウの一房を呼び出しました。それに続いて、腑を抜かれたサバが心に浮かび、次には、蝿の複眼のような切り子面が積み重なったパイナップルとおきまりの螺旋形にたれ下がったレモンの皮、さらに、背中の斑点の数が異なる何種類かのテントウムシ、染め分けのヒヤシンス、斑入りのチューリップ、巻き貝のような柄のウミウシ、ガニュメデスの小像、カエル一匹、蛾、蝶々が二羽、海綿、琥珀製のネプトゥーヌスの立像が脚になったゴブレット、それからひらいた牡蠣がいくつか——これらすべてのものに、わたしはなりました。

そうしてふと気がつくと、わたしは絨毯ではなくてウィレム・カルフの静物画になっておりました。こうなって見ると、目で見なくとも、二次元の平らな画面の内側を通して自分自身の絵柄を感知することができました。真っ赤な臙脂虫の朱、メロン黄、石黄、活きているロブスターの青、孔雀石の緑、澱粉白、橙、ビロードのように細かく砕粉した黒、模造真珠——わたしはこれら全部を、生シエナ土、赭土、オーク虫こぶの黒のような土っぽい顔料や、もっときつい松ヤニ香のあるテレピン油やリンシード油とともに、呼吸しておったのです。わたしは、自分に掛けられたワニスの琥珀がつくりだす極小の宇宙の神秘を看破しました。また、この自分をつくりあげている無数の筆あとがかたちづくる秩序も敏感に察知したのですわ。やがて、軽く叩いた筆あと、さっとふれた筆あと、細密に描いた筆あとなどのようすから判断を組み立てて、カルフの心の肖像を思い描くまでになりました。ときおり過敏で繊細なところが出るかとおもうと、ひとりよがりの冷酷で陰気な顔を見せることもある人物で、好みがやかましく、フィドルを数丁持っており、聡明、かならずしも能弁ではないが金言的なたとえ話をしたがる傾向があり、貝殻のコレクターで、画家の道に進まなければよい牧師になったかもしれない素質をもち、プライドが高く、ナイフも集めており、五つの言語をあやつり、オランダ語のあらゆる方言を話し、しばしば鬱《ふさ》ぎの虫にやられることがあって、せっせと信心に精を出し、いやに内気ぶるところがあるくせに美食家で、とりわけ魚を好み、読書家、両手にはいつも絵の具がついていて、愛煙家で、売春宿にはめったに足を運ばず、ステッキをたくさん持っており、画料をふっかけるくせがあり、風呂好き、帽子好き、手袋好き、日曜のミサのあとには散歩をし、顔料をすりつぶすのは人任せにせず、顕微鏡を所有し、近眼で、睡眠中に見た夢は忘れてしまうたちで、時と場合によってはリベラルになり、猫を好み、左目が斜視、しばしば外食し、石を身近に置き、外套を着るのを好み、カンヴァスは自分で張り、アトリエの暖炉の火はメイド任せで、コーヒー党、置き時計は三台所有、右の手首の内側にイチゴ状血管腫があり、押し花をつくり、ひんぱんに不眠であり、音楽にちょっと手を出していて、シターンで弾き語りのうたを歌う――

ここまできてふと目が覚めました。わたしは鏡に映った自分を見ておったのですわ。

p

Pegasus

ペガソス

ボス氏の物語はこれでおしまい。最後のセンテンスを語り終えたとたん、ボス氏はすやすや寝息をたてていた。彼が痛飲した南アフリカ産の温めたポートワインの総量を考えれば、これはしごく当然のなりゆきである。ボス氏の酒量が進んだのは、彼自身が記憶のなかから、飲みかけのワイングラスやフルートグラスやゴブレットがごたごた並ぶ静物画を次々にとりだしたせいかもしれない。あるいは逆に、ポートワインをぐいぐい飲《や》ったおかげで静物画が次から次へとあらわれたのかもしれない。そもそも記憶とは、ボス氏とおなじオランダ人のベネディクトゥス、またの名をバルフ・デ・スピノザが『エチカ』で述べているところによれば、身体の外にある事物の本性を包含する諸々の観念同士がつくりだすひと続きの連鎖に過ぎない。そしてこの連鎖は、身体が影響を受けたしかたの秩序に応じて、精神のなかに立ちあがるのである。この例において、「身体」を「精神」と読み替えることができる。ここから、精神はどうしてひとつのものからそれとは明確な関係をもたないべつのものへと飛躍できるのかがわかる。たとえば、ひとりの古代ローマ人が「ポームム」という単語のことを考えるとき、彼は即座にリンゴの木から採れる果実を思い浮かべるだろうが、この果実はその単語の音とはなんら類似性はないし、見た目にも似ているわけではない。ところが、人間の身体はこれら二つのものからしばしば影響を受けている。つまり、彼が大鉢に盛られたリンゴを眺めながら、うむ、昼飯まえに一個食べてやろうかなと思いをめぐらし、その可能性をむしゃむしゃ食らいながら顎を伝う果汁を想像し、ふと虫歯のことが頭をよぎり、今朝は下ろしたてのトーガを着てフォーラムへ出たほうがいいかなと考え、そうだ、食堂の壁に果物の絵を描かせるのもいいなと思いつき、高官が緊急に来訪する予定があったのを思い出して、わが妻の色気がその高官をうっとりさせるであろうようすを思い描いているようなとき——そういうときに、しばしば「ポームム」という単語を耳にするのである。というわけで、「ポームム」という単語は彼の口のなかでまあるくかろやかに響くようになる。このようなしかたで、ひとりひとりの人間はおのおの好みに応じて、ひとつの思考からべつの思考へと移ってゆく。というのも、人生のすべては各人の習慣性のものだからである。ひとりの兵士がいたとして、彼が砂浜に馬の足跡を見つけたとしよう。彼はそれらの足跡からただちに飛躍して馬をおもい、騎手に思いを馳せ、さらに戦争に思いをめぐらすことへと移ってゆくだろう。新調したての華麗な鎧に身を固めた騎手を思い描いて、気の毒におもうと同時にあっぱれと感心しもするだろう。あるいは、ずっと昔に自分自身が戦地へ赴いたときのことを思い出すかもしれない。これがもし、兵士でなく農夫なら、馬から犂《すき》へ、さらに、キャベツとじゃがいもとチューリップを順々に植えて輪作にしていくつもりの、コーデュロイのように好ましい土肌の干拓地《ポルダー》を思い描く夢想へと、みずからの精神が移っていくままにさせておくだろう。この場合、彼が馬糞を肥料として価値あるものと考えるのは当然であるし、あるいは、少年たちがこぞって道行く馬の尻を追いかけて馬糞をスコップですくい取り、まだ湯気が立っているそいつをバケツに入れて家へ持って帰っては母親に渡して、裏庭で育てている野菜や香草や花畑の肥料に使ってもらった子供時代を思い出したりもするだろう。馬商人なら、馬の思考から金の思考へ、そして、タバコとワインとサイコロとトランプとけんかとダンスと女たちとうたのまんなかでひらかれているチューリップ競売会場の思考へと連想をめぐらせるだろう。こうして、各人は自分自身の経験に応じて、この思考からあの思考へと飛躍してゆき、どこへたどりつくか知らぬまま、大冒険をしているつもりになっている。だが、じつはおのおのの終着点はあらかじめ決まっている。すべてのものは、それらのありのままの姿のうちに包含されているのである。

わたしのばあい、馬のことをおもうとしばしばショーン・オー・リールダーンの詩集『駒《エラ》鳥の尾《バル・スピドーグ》』につけられた有名な「序文《レーヴラ》」のことを思い出す。彼は「カドゥ・イス・フィリーアフト・アン?」という問いかけから書き起こしている。この文句は「詩とはなにか?」と訳すことができるが、こう言い換えてしまうとアイルランド語がもつ具体性が消えてしまう。本来の含みを生かそうとすれば、「詩はどこに住んでいるのか?」とか「詩はなにからできているのか?」とかいうふうにまわりくどい言い方をしなければならなくなる。オー・リールダーンはこう続けている。わたしの訳で読んでいただこう。

子供の精神とはどんなものでしょうか？　部屋のなかにふたり――子供とその父親――がいて、その部屋の外の往来を一頭の馬が通りすぎてゆくところを想像してみてください。父親は外を見て、「おや、メアリーの馬が通っていく」と言います。これは叙述です。どう見てもこの父親は馬の外側に居つづけているので、馬を見失っています。馬を病気にたとえてみましょうか。父親はこの病気には感染していない。馬は父親の生を豊かにしてはいないのです。でも、子供のほうはどうでしょう。子供は馬の音を受けとめています。子供は馬がたてる音を音そのものとして味わっています。そして、その音がだんだん遠ざかり――かすかになって――しまいには消えていくのに耳を傾けています。静寂も物音も子供にとってはすてきなものです。そして、子供は馬の後ろ脚をとらえてその神さびた威光にわれを忘れるのです。そして、馬の栄光と手綱の魔術で世界には花が咲きみだれるのです。これはつまり言ってみれば、新しい精神的な励ましを得たようなものです。そして、わたしがおもうに、これこそが詩なのです。子供は彼が見た馬の出現のなかに住まうのです。子供の精神は打ち抜き型のようだと想像してみましょう。その型から生まれ出るものはすべて刻印が押されていて……

――こんな具合にまだ何ページも続く。訳しながら、この一節はこれほど気味の悪いものだったかと気がついた。身体と心の病にとりつかれたオー・リールダーンのほかに誰が、馬から感染病を連想するだろうか。それに、「おや、メアリーの馬が通っていく」というセリフを語る薄気味悪い父親は、いったい何者だろうか。この描写からわたしが判断するに、馬には騎手は乗っていないようにおもわれる。でなければ、この父親の社会的判断力は、彼に帰せられた想像する能力と同様、発育阻害を受けていると見るほかなく、彼は、メアリーが自分の馬に乗っているのを心に銘記しそこなっているのだ。いったいどんな目的で、メアリーが馬ででかけたのかは、われわれには知るよしもないが、いろいろ推測してみるのは愉しいわけで、市場へでかけたのかもしれないし、馬は農産物を満載した編み枝細工の荷籠か魚籠《びく》をつけているかもしれない。が、たぶん籠には卵は入っていないだろう——割れやすいからなあ——とか想像したりするうちに、メアリーが赤いケープ——昔流行《はや》ったアイルランドものの通俗読み物に登場する娘たちが羽織っていたやつだ——をつけているのが見えたりする。なにはともあれ、わたしの翻訳はリールダーン氏病にいささか感染していたようで、オー・リールダーンが自分の名前で遊ぶのが好きだったのをふと思い出した。そもそも「ダーン」というのはアイルランド語で「詩」の属格とおなじ発音なので、詩歌《バルナッソス》の世界へ昇りたいという自分の大志はあらかじめ運命に織りこみ済みだと、彼は考えていた。また、彼の名前はスタンプか打ち抜き型のようなものであって、ちょうど蛹《さなぎ》からスワンメルダム蝶が出現するように、あるいは球根からチューリップが咲き出すように、彼は自分の名前という型から出現したのだと考えていた。わたしはそういうことを頭に置きながら翻訳したので、彼が意図したであろうことに敏感になれたとおもっていた。にもかかわらず、言語がもつ多義性をおもえば、わたしがひねり出した訳語はある場合には未熟で、さもなければくどすぎて、帯にも襷《たすき》にもならなかった。ひとつの言語をべつの言語の上に載せようとすることは、夜中に森を突っ切って歩こうとするようなもので、たくさんの分かれ道があるうえに、どの道を行ってもそれぞれに落とし穴が待ちかまえている。たとえば、「アガス・エーシュタン・レーシュ・アン・ヴァム・エグ・ドル・イ・ライド・アガス・イ・ライド・アガス・エグ・ティタム・シァル・エスタハ・サ・トスト」（そして／耳を傾ける／に／音／去っていこうとしている／小さくなっていこうとしている／そして／消えていこうとしている／沈黙のなかへと）という原文を「そして、その音がだんだん遠ざかり――かすかになって――しまいには消えていくのに耳を傾けています」と、わたしは訳したが、このやぼったくて押しつけがましい頭韻の羅列は、原文の「エグ・ドル・イ・ライド・アガス・イ・ライド」（去っていこうとしている／小さくなっていこうとしている）というシンプルなくり返しの味わいを伝えそこなっている。「しまいには消えていく」という表現も、オー・リールダーンの「沈黙《トスト》」という語の用法の奇妙さを伝えているとはいえない。というのも、この「沈黙《トスト》」は本来人間が黙っている状態を表現する単語だからで、原文では、「沈黙」がそれに付き物であるはずの「肉体」から離脱して、「沈黙《トスト》」それ自体がまるで真空のように、底なしの落とし穴のように、あるいは、音がいったん沈みこんだら二度と呼び戻せないタイムワープへの入り口のように、変容してしまっているからである。

　だから、「そして、音楽がディミヌエンドになり、しまいには無音状態にまで落ちこんでいくのを、彼はずっと聞いていた」とか、「そして、音がしだいしだいに弱くなり、ついにふっと沈黙するまで耳を傾けた」とか、「そして、音がだんだんかすかになっていって、無言にまで減衰してゆくのを理解した」とか訳すこともできただろう。これらはどれも許容できる解釈である。

こうして、オー・リールダーンの「序文《レーヴラ》」はわたしに翻訳という探検の機会を与えてくれた。わたしはその暗い庭園の迷路をしばし踏み迷った。原初の楽園の果実を金色に実らせたマルメロの木がどこかにあって、ときおりその香りがわたしのところまで漂ってくる。しかし、気を散らそうとする芳香もたくさん香っているので、マルメロがどの方向から香ってくるのかはっきりしない。それにくわえて、彼が詩について語ることは、それを信じさえすれば、すべてが翻訳にもあてはまるのである。もし、わたしがあの一節をもう一度翻訳するよう求められれば、違う訳文をつくるだろう。時によって判断は変わるからである。そして、その新しい訳文は、目的地へたどりつくためにその場で選択した小径を歩いたことから生じる不可避の結果となるのだ。

それゆえ、「序文《レーヴラ》」に賛辞を述べた以上、オー・リールダーンの詩「マラート」に連想が赴かなければならない。なによりも、これは翻訳についての詩なのだから。「マラート」という単語それ自体、「翻訳」という意味になりうるが、この語は、「変化」、「物々交換」、「取引き」、「売買」、「変容」、「破壊」をも意味する。また、宗教や衣服の「変化」を表現するにも使うことができるし、この単語と「決闘」したり、「反対」する側に立つことも可能である。新しい翻訳でこの詩をごらんにいれたいとおもう。

交換《マラート》

「こっちへ来て馬の目をじいっと覗きこんでごらん、悲しみが見えるから」と、牛男《ターンブル》が言った。

「おまえさんが邪魔くさい蹄をもってれば、おまえさんの両目にもきっと悲しみがあるだろうよ」

ぼくは彼が馬の目のなかの悲しみをそんなにも知り尽くしているのにびっくり仰天したが、彼はその悲しみにあまりに深く思いをめぐらせたので、馬の精神の内側へとっぷり浸りこんでいたのである。

悲しみがぼんやり浮かんでくるのが見えるかとおもいぼくは馬の目をじいっと覗きこんだ。すると、見えたのは牛男《ターンブル》の二つの目で、馬の頭から、その二つの目がぼくをじっと見つめていた。

こんどは牛男《ターンブル》のほうをもういっぺんよく見てみた。すると、彼の眉毛の下についていたのは、

悲しみのあまり沈黙に閉じこもった大きすぎる
　二つの目——二つの丸々とした馬の目だったのだ。

牛男《ターンブル》のことを考えると、わたしはギラルドゥス・カンブレンシスが語った半牛半人の男を思い出す。以下は、ラテン語で書かれた彼の著書、『アイルランド地誌』からの翻訳である。

　ウィックロウの近くでそう遠くない昔に見られたおどろくべき男——この者のことを男と呼ぶのが正しいとすればの話なれど——のことをひとびとは今でも語りぐさとしおるなり。この男、尻の先が牡牛の尻尾となりたるを除けば、どの部分もキリスト教徒らしい身体をしておった。ただ、手首から先と足首から先には牡牛の蹄が生え、頭は卵のように禿げておるところへ鴨の軟羽に似たるものがふうわりと生えておった。両の目は牡牛のごとく大きく、丸く、潤んでおり、顔は口のところまでずっと平らであった。鼻というほどのものはなく、鼻孔が二つ開いておるのみ。人語を話すことはできず、もーと鳴くばかりなりき。この者はその当時ウィックロウを統治しておったモーリス・フィッツジェラルドの屋敷の居着きの人気者で、正餐に毎日顔を出した。中央が切れこんだ蹄を手の代わりに器用に使い、出されたものはなんでもきれいに食べた。さて、折からノルマンの侵略者たちが嘲罵していわく、アイルランドの男どもはしばしば雌牛と契ってあのような者を生ませるのであるぞ、と。その嘲罵にたまりかねた者たちが、あるときこの半牛男を打ち殺したのであった。事実、牛どもと契るという悪徳にかけてはアイルランド人はよく知られており、ノルマン人が上陸する以前の年代記によれば、ウィックロウの丘に住まいたるひとりの女、子牛人を出産せりという。この者をどう呼ぶべきか、半牛半人か、半人半牛か、まれに見る難問であったそうな。さて、この者は一年ほどのあいだ、母牛のあとを追い、乳首にまとわりつこうとする子牛どもに交じって暮らしたが、獣よりは人間の本性が強かったと見えて、子供のいない夫婦にひきとられ、よく面倒を見てもらい、ものを書くことまでも教わった、と。これには理由がある。たいていの半牛人とおなじくこの者も話すことができなかったゆえ、文字を書ければおおいに役に立ったのじゃ。この者のその後、またその行く末については、語ることができぬ。物語のその部分は失われてしまったゆえ。

翻訳とは一種の怪物であって、怪物の主人といえばフランケンシュタイン博士ということに相場は決まっている。博士がつくりだした生き物は、池の水——それは同時にものを歪ませる言語そのものでもあった——にわが身を映しておのれを悟る。覗きこめば彼方《かなた》の深い水底に星々が光っているのも見える池のなかに、彼は自分の顔を目の当たりにして、さめざめと泣くのである。わたしたちは、はじめはこの怪物の身の上をただ哀れむだけだが、しだいに彼の魂がどうしようもなく高貴であることを理解する。そして、その高貴な魂を賞賛したい気持ちが起こってくると、自分たちの識見のなさを恥じ入るほかはない。怪物の姿は、ジョン・キーツが「ナイチンゲールに寄せる頌詩」のなかに吹かせた微風《アウラ》のなかを動いてゆく。「薄闇のなかでぼくは耳を澄ます。おもえば／ずいぶん何度も、安らかな「死」となかば恋に落ちたものだ」
――

ああ、暖かい南風があふれる広口のコップが欲しい、
赤らんだ頰の色の、ほんものの詩の霊泉水《ヒッポクレーネ》、
飲み口のまわりに泡が無数のビーズになって、
口をつければ唇が深紅に染まるあの一杯さえあれば、
ぐいっと飲み干し、人知れずこの世とおさらば、
おまえと二人でほの暗い森へ消えていけるのに――

さて、ヒッポクレーネとは「馬の泉」という意味である。翼ある天馬ペガソスがヘリコン山に舞い下りて、由緒正しき蹄を石がちな山肌に下ろしたとき、その地点から霊感の泉がほとばしり出たのである。多くの霊泉や魔法の井戸にはこのような馬たちの物語がともなっている。それゆえ、大志ある詩人たちはペガソスをエンブレムに選ぶ。彼らは、キーツのいう「目に見えぬ翼もつ詩想《ポエジー》」では満足できずに、目に見える翼を与えられた伝説の天馬に乗りたいと願う。しかし、天馬はやすやすと乗りこなせるものではない。なにしろペガソスといえば、こわもて揃いのゴルゴーン姉妹のなかでも最も恐ろしい容貌で知られたメドゥーサがほふられたとき、その身体から飛び出したのだから。ペルセウスがいよいよメドゥーサの住みかを突き止めたと

き、彼女に睨まれて石に変えられた男たちが道ばたにたくさん立っているのが見られた。だが、鏡を盾にして自分の魂を守ることができると聞いていたペルセウスは、磨き上げた盾に相手の姿を映すことで、自分の身体をメドゥーサの直接の視線に曝さずにすんだ。そして、鏡の原料である水銀の神メルクリウスの剣により、相手の頸《くび》をはねたのであった。頭がはね飛んだその頸の穴からペガソスが生まれた。「ペガソス」とは「泉」という意味である。

ペルセウスがブロンズの盾を授かったのは、ミネルウァ――ローマ人はこの女神をギリシアの女神パラス・アテナと同一視した――からだった。物語によれば、彼女の父ゼウスは、第一番目の妻で彼の子を身籠っていたメティスを丸ごと呑みこんだという。というのも、メティスはすべての神々と人間たちをあわせたよりも物知りだったため、ゼウスは、彼女が自分よりも強い息子を生んだらとんでもないことになると考えたからである。プロメテウス――ヘパイストスという説もある――がゼウスの頭を斧で割ると、ぱっくり開いた傷口から、血に染まった黄金の甲冑に身を包み、投げ槍を振りかざしたアテナが、恐ろしい鬨《とき》の声とともに飛び出したという。一方、彼女を形容する語句が数あるなかで「トリトゲニア」という語句は「トリトンから生まれた」という意味なので、彼女は水に縁があると主張する別伝もある。それゆえ、アテナ信仰とアテナ生誕の物語は多くの神聖な川、湖、泉と関わりがある。アテナはポセイドンと関連が深いが、ポセイドンといえば、手にした三叉の鉾《ほこ》で大海を掻きまわし、岩を割り、数数の泉を湧き出させ、泉から馬たちを飛び出させた神であり、アテナといえば、人間に馬をてなずけることを教え、牡牛をくびきで犂につなぐことを教えた神である。さらにまた、ローマ人の観念では、ほとんどの才芸と技芸・学芸はアテナの庇護のもとにあるとされた。彼女は、毛織物仕上げ工と医者とフィドラーと彫り物師と靴屋と画工と染物屋と詩人と俳優の守護神であった。とりわけ、女たちのしごとである糸紡ぎと機織《はたお》りをつかさどる女神として仰がれていた。こんな物語が伝えられている。

　アラクネは身分の低い家柄の出身である。父はコロポンのイドモンという名で、フォカエア紫の染物屋だった。アラクネが使う羊毛はこの父が染めたものだった。母は早くに死んだが、彼女とて名のある人ではなかった。ところが、地図にさえ載らないヒュパイパに住む娘アラクネの名は、彼女がたくみに紡ぎ車と機織り機をあつかう技術のおかげで、リュディアの町々に知れ渡るようになっていった。山に住むニンフたちがしょっちゅうブドウ畑を抜けて下りてきては、魔法のような彼女の手際に見とれた。また、水のニンフたちも水中の住居を離れて、彼女が機を織るのを眺めにやってきた。仕上がった作品を見るのも壮観だったが、糸をつむぐ作業を目で追ううちに、彼女の手先のおどろくべき器用さがだんだんわかってくるのだった。刈ったばかりの羊毛を新しい玉にまるめるところや、その玉をこすって指と指のあいだで糸に縒《よ》りあわせていくところ、あるいは、羊毛の房に手を伸ばしてふわふわの羊毛をひとつまみとるところ、または、そのつまみとった羊毛から長くて柔らかい糸を引っ張り出すところや、親指を慣れた手つきで美しいかたちの紡錘にあててすばやく回すところ、それから、むずかしい技法を使った針仕事をしているところなど、どれもこれもじっと見つめているだけで目のごちそうになった。そして誰もが、パラス・アテナがじきじきにこの娘に手仕事を教えたのだと言い張っていた。それが最高のほめことばだったのだ。ところがアラクネは、自分が女神から仕事を習ったと言われることに腹を立てて、みずから女神に機織り競争を挑んだ。白黒はっきりつけようじゃないの、というわけで。

アテナは老婆に化けて白髪の鬘《かつら》をかぶり、杖にすがってよろめきながらアラクネの家の戸口までやってくると、本人にきっぱりとこう言った。わたしは年を取っているかもしれないが愚かではない。年齢とともに経験がそなわってくるからね。老いた頭は老いた肩に、と言うだろう。いつかおまえにもその意味がすっかりわかる日がくる。わたしの忠告を聞くがよい。人間の顧客相手のときには好きなだけ自分の技を見せびらかしてよい。ちやほやしてくれる者たちにこと欠くことは決してないだろう。だが、よいか、調子に乗るのもほどほどにせよ。女神には頭を下げておくことだ。女神様と張りあおうとしたわたくしが愚かでございました、と許しを乞うがよい。そうすれば、女神様の寛大なお心を知ることにもなろうぞ。これを聞いたアラクネは歯をむき出して老婆を睨みつけ、針と糸を手から取り落とし、まるで老婆に変装した女神に平手打ちをくわせようとするかのように片手を引いて身構えたが、なぐる代わりにこんなことばを浴びせかけた。なに言ってんだよ、このババア、何様だと思ってんだ。ちょっと長生きしすぎちゃったんじゃねーの。このごろじゃあ、だあれもあんたの話を聞いてくれないと思ってんでしょ、きっと。説教したけりゃ家へ帰って、息子の嫁とか自分の娘とかに聞かせりゃいいじゃん。あ、もしかして家族いないのかもね。アタシは自分のことは自分で考えられるの。

で、あんたの女神様ってどこにいるんだよ？　アタシに会うのが怖いってわけなの？

そこで相手はこう叫んだ。女神はもうここに来ているよ！　そして、鬘と古びたショールを投げ捨てると、黄金の栄光に包まれたアテナがあらわれた。すると、見物に来ていたニンフたちやミュグドニアの女たちはいっせいにひれ伏し、女神を礼拝した。ところがアラクネだけは虚勢を保とうとしてかえって反り身になり、ほんのすこし顔を赤らめたものの、すぐにもとの落ち着きを取り戻した。それはちょうど、夜明けが訪れると大空は深紅に染まるが、いったん太陽が出てしまえばまた青になるのをおもわせた。娘は無謀な挑戦を取り下げようとはしなかった。口をきっと結んだミネルウァは軽蔑したように肩をすくめた。そうして競争がはじまった。両者は即座に機織り機の調整にかかり、縦糸をぴんと張って準備をととのえ、糸の先を巻き棒に結んだ。次に、葦の穴に縦糸を通したあと、杼《ひ》から横糸をするすると送り出して、縦糸のあいだを縫うようにくぐらせると、機織り機全体がこきざみに揺れ、電流が通ったようにカタカタ鳴った。いよいよ機織りの作業が始まったのだ。両者は腕まくりをし、仕事がしやすいように衣の裾をぐいとたくしあげた。が、ふたりともほとんど汗をかかなかった。それというのも、身体はめまぐるしく動いているように見えて、手慣れた作業をゆうゆうとこなす余裕があったからである。ふたりとも、名高いティルスの赤紫をはじめとして、皮に果粉を浮かせたプラムの深紫やすみれ色や紫青など、紫のさまざまな階調を織り交ぜていった。四月のにわか雨が降ったあと、虹がスペクトルの全色を使って大気に釉薬《うわぐすり》を掛けることがあって、そんなとき空を見上げると、人間の目にはひとつの色がとなりの色へと移り変わっていく境目がぼやけて見える。このふたりの達人がつくりつつある交ぜ織りの色彩の配列や混色は、そんな虹にそっくりだった。多彩な色どりを縫うようにして金糸が織りこまれ、なにやら古い物語にちなんだ絵柄になっていくようであった。

パラスはマルスの丘を描き、国土をどんな名で呼ぶべきかをめぐる古代の論争をとりあげた。彼女自身やユピテルをふくむ天上の十二神が巨大な高御座《たかみくら》に腰掛けてずらりと居並び、神々はそれぞれの持ち物を持っている。ポセイドンは例の三叉鉾で岩を打ち据える姿が描かれ、岩からは今まさに大海と馬たちが噴き出してきたところ。パラス・アテナ自身は盾と槍を持ち、羽根飾りのある兜をかぶった姿で描かれ、大地に突き刺された槍からは彼女が人間に与えた贈り物として、みずみずしい実をつけたオリーブの木が生え出しており、ほかの神々は彼女の気前よさを褒め称えているところ。一方、アラクネが織り上げつつある図柄を覗いてみると、向こうみずにも彼女は、織物の四隅に四つの競争の場面を描き、そのどれもが極小の細部まで正確に織られようとしていた。ロドペとハイモスといえば今では荒れ果てた山々だが、かつてこのふたりは神々の名を騙《かた》った者たちである。そして、ユーノーが鶴に変身させたピグミー族の女王。同様に、今はコウノトリに変えられたアンティゴネ。四つ目の図柄は、自分たちの美貌を鼻に掛けてユーノーに美人コンテストを挑んだキニュラスの娘たち。ユーノーはこの娘たちをちいさな神殿の階段に変身させ、彼女たちの父親はその階段に付随した石材に変身させたのだった。さて、パラス・アテナのほうへふたたび目を転じると、女神は、織物の周囲に自分自身の特別なエンブレムであるオリーブの花輪模様をあしらえ終えて、満足げにくつろいでいる。

アラクネのほうは、エウロペが牡牛に化けたゼウスに陵辱される場面を織り上げた。描かれた牡牛と波は誰の目にも本物と見まごうばかりだった。それから、鷲に陵辱されるアステリエの図。さらに、白鳥に陵辱されるレダの図。ばたばたはばたく大きな翼。ゼウスはこんどは半《サチ》人半獣《ユロス》に化けてアンティオペを陵辱にかかるところ。黄金の雨に化身したゼウスがダナエを身籠らせる場面。さらに、炎やまだらの蛇の姿を借りたゼウスがほかの女たちを身籠らせる場面もあり、まだほかにも神々の変身場面がたくさん織り上げられていた。しかも、そのどれもがそれぞれにふさわしい背景をともなっており、薄気味悪い細部まで執拗に描写されているので、じっと見ていると自分がその場面に立ち会っているような気分になった。さて、色情に駆られた者たちがうごめくこれらの図柄の中央に、アラクネは、真実の愛の女神アプロディーテが象徴的な黄金のリンゴを手にした姿を置いた。そして、これらの画像の余白を野草や螺旋状のキヅタで埋め尽くした。

完璧な作品だった。パラスは即座にそれを悟ったし、嫉妬の神さえそれを認めた。パラスは怒りに駆られてアラクネの織物をばらばらに引き裂き、ツゲの杼をひっつかんでアラクネの頭をしたたか叩いた。アラクネはこんな仕打ちに耐えられなかった。彼女はするすると首吊り縄をこしらえると自分の首にかけ、縄を引き絞った。首吊り縄にぶらさがった娘を見て、パラスは一種の哀れみを感じてこう言った。いたずらな娘よ、おまえは生きよ。ただ、これからはそうやってぶらさがったままだ。おまえの一族の者たちもみな永遠にぶらさがって生きるように！　女神はそう言いながら、娘にトリカブトの汁を振りかけた。このヘカテの毒草にやられて、アラクネの髪はすべて抜け落ちた。鼻と左右の耳も崩れて落ちた。顔は見るまにしぼみ、身体もちいさく縮んでいった。左右の胸のふくらみもしなびてしまった。ほっそりした手の指が胴体にしがみついていた。これがこれからは彼女の足なのだ。そのほかはふくれた腹があるばかり。アラクネは今でも機織りをしている。そして、いつ果てるともなく自分の糸を紡いでいる。

Q

Quince

マルメロ

ギリシアのアプロディーテ——ローマではおなじ女神をウェヌスと呼んだ——がパリスからもらった黄金のリンゴは、じつはマルメロであった。このことについては大方の権威が認めている。マルメロといえばヘスペリスの園の黄金のリンゴのことであって、アタランタの物語で重要な役割を演じるのはほかならぬこの果実である。

さて、アタランタは当代一の俊足。彼女を競走でうち負かすことのできる男は誰ひとりいなかった。夫運について神託を乞うたところ、神が答えていわく、そなたは夫とは縁がない。夫となるやもしれぬ男からは即刻逃げ去るべし。さりとて、逃げ場もあるまいなあ。そなたは生きながらにして自分自身を失うであろう。ケセラセラ、なるようになるわいな。というわけで、彼女は影深い森で独り身の暮らしを続け、求婚してくるあまたの男たちには次のような条件を出した。わたしを獲得したいなら競走でわたしをうち負かすこと。俊足の男は妻と婚礼の床によって報われるでしょうが、足ののろい男は死をもって報いなければなりませんよ、と。こんな条件を出されても、彼女の美貌に惹かれて勝負をかける男たちはあとをたたなかったが、競走すればかならず男のほうが負け、彼らはみなその代償を死によって支払った。

ここにヒッポメネス登場。こうした負け試合のひとつを観客席から見物していたのである。しかしなんだね、女が欲しくて命を賭けるなんて到底気が知れないな。ああいう連中はウマシカだよね、とまわりの席のひとびとにうそぶいている最中、競走着姿のアタランタが目に入って、自分こそウマシカみたいに大口を開けたまま息を吞むはめになった。いや、すまない、みんな、今言ったことは全部取り消すよ。なんだかあの女に目が吸いこまれちまったみたいだ。ヒッポメネスは女のあまりの美しさに幻惑されて嫉妬に狂い、競走者の誰もが負けるようにと願った。あげくのはてに、彼は自分もひとつ試してみようかという気にさえなった。というのも、神々は大胆な挑戦をする者には味方してくれるものだから。

ヒッポメネスがこんなことを思いめぐらしていると、目のまえをアタランタが矢のように駆け抜けていった。彼は彼女の容姿にますます夢中になった。後ろになびく髪が象牙色の肩を美しくみせ、左右の胸は波打ち、短い衣の裾からあらわになった両脚は輝いていた。競走が終わったとき、彼は見たものすべてをごくりと飲み干した。予想どおり競走を制したのはアタランタだった。負けた若者たちはうめきながらいつもの方法で処刑された。

この一部始終を目の当たりにしてさえ、ヒッポメネスはすこしも怖じ気づかなかった。あんなのろくさい連中を負かして自分の勝ちだと言おうってのか、あんたは？ おれが相手になってやるよ。たとえ運命がおれに味方しても、あんたはおれを恨むまい。なにしろおれにはちゃんとした家柄があるんだから。父はメガレウス、その父はオンケストスにして祖父はネプトゥーヌス。だからおれは海の王者の曾孫なんだ。それに、おれは家柄に負けない高潔な男だから、もしあんたがおれをうち負かせばあんたの評判はいっそう上がるだろう。

このことばを聞いたアタランタはみるみる困った顔になって、こう言った。わたしのために命を賭けさせるとは、いったいどの神様がこの若者を滅ぼそうとしているのかしら？　わたしにはそれほど値打ちがあるの？　このひとが美形だからわたしの心がざわめくのではないわ。でも、もしかするとそうかもしれないけれど。いいえ、やっぱり違う。このひとがまだ少年だから、あわれだと思っているだけ。それにしても、勇敢な男。それにネプトゥーヌスの一門だってところは見過ごせない。とはいっても、もうすでにたくさんの男たちがわたしのために死んだというのに、なんでこのひとのことだけ気にかけなけりゃならないの？　と内心では自問自答しながら、彼女は若者に、すぐに立ち去りなさい、と警告した。ところが、ヒッポメネスとおなじように、アタランタもすでに恋の女神《クピードー》の矢で射抜かれていたのであった。

群衆はいつものように競走が始まるのを待ちかねていた。アプロディーテよ助けたまえ、とヒッポメネスが心のなかで捧げた祈りに、女神は心を動かされた。女神は彼だけに見えるよう姿をあらわすと、黄金のリンゴを三つ手渡して、その使い方を教えた。まさにそのとき、トランペットが鳴り響き、ふたりの走者は弾丸のように駆け出した。ふたりともものすごい速さだったので、たとえ海原の上を駆けたとしても足が濡れることはなかっただろうし、麦畑を走ったとすればツンツン突き立った穂先をかすめて飛んでいったことだろう。観衆はおおいに喜んだ。ヒッポメネス、がんばれ！　いけるぞ、ヒッポメネス！　あたってくだけろ！　ひとびとは口々に叫び、誰もがヒッポメネスを応援した。だがこの大歓声を聞いたふたりの走者のうち、どちらが最も喜んだかということになると定かではない。というのも、アタランタはヒッポメネスを追い越すことができた瞬間に、若者の顔を覗きこみたい一心でペースをゆるめてしまったからである。その一方で、ヒッポメネスは消耗してきたが、ゴールはまだはるか彼方《かなた》だった。そこで、彼は黄金のリンゴのうちのひとつを投げた。するとアタランタは、まるで魅惑されたかのようにコースを離れて、そのリンゴを拾いに走った。ヒッポメネスはそのすきにリードし、競技場は喝采の渦になった。だがじきに、ふたりの走者は接戦になった。そして、ヒッポメネスは二つ目のリンゴを投げた。というぐあいで、じっさいの競走よりも長引かぬよう話を急ぐならば、ようするにこの競走はヒッポメネスが勝利をおさめた。

ところが、物語にはまだ続きがある。勝利と情欲にのぼせあがったヒッポメネスは、力を貸してくれたアプロディーテにお礼をし、香《こう》を薫《た》くことをうっかり忘れていた。これでは女神が喜ぶはずがない。さて、幸せなふたりはほの暗い森を進み、地母神キュベレの神殿にさしかかったところで一休みすることにした。アプロディーテはすかさずヒッポメネスを欲情させ、どうしても今この場所でアタランタを欲しくて我慢できなくさせた。神殿のそばにはこの土地特有の軽石を掘り抜いた神祠《やしろ》があったが、これは何百年ものあいだ祭儀に使われてきた神聖な洞窟であった。ヒッポメネスはこの薄暗い洞穴に入り、アタランタとともに身を横たえて、許されざる罪を犯した。居並ぶ神像たちは目をそらした。キュベレは神聖を冒瀆するこの行為に怒り、ふたりを三途の川《ステュクス》へ投げ落とした。しかし、懲らしめはまだ足りなかった。たった今まですべすべだったふたりの首筋に黄褐色のたてがみが生えてきた。両手両足の指から鉤爪が伸びた。ふたりの両腕は二本の脚に変化し、両脚は後ろ脚になった。そして、二頭の尻尾が洞窟の砂じみた床をふわりと掃いた。彼らは語らなかった。ただ、唸り声をあげた。もはや恋人たちのための新婚の寝室はなかった。キュベレの戦車に繋がれているときを除いて、彼らはこれから永遠に、暗い森をさまようさだめとなったのだ。二頭は二度と愛の行為をすることも許されなかった。というのも、よく知られているとおり、ライオンはヒョウとだけまぐわうものだからである。

マルメロをめぐるてんまつはざっとこんなところである。プリニウスはこの果実のえもいわれぬ芳香について語り、「われわれと夜をともに過ごす彫像たちの上に」マルメロは置かれたものだと述べている。この「彫像たち」というのは、当時、寝室内に安置されていた守護神像のことだ。プリニウスによれば、マルメロの種から搾った汁は下痢、鵞口瘡、淋疾に特効があり、邪眼除けにも用いられたという。マルメロはポンペイの壁画やモザイクにもよく描かれているが、ほとんどの場合、果実は熊の手に握られている。その典拠はアポロドロスが語るアタランタの物語にあって、その話によれば、父によって荒野に遺棄された生後間もないアタランタは、雌熊の乳で育てられたといい、彼女を発見したのは数人の猟師たちだったので、アタランタは狩りを趣味とするようになったという。また、彼女はレイプしようと襲ってきたケンタウロス二頭を射殺したとも伝えられる。

他方、ギリシア・ラテンのマルメロとは異なり、北ヨーロッパのマルメロの果肉はざらざらして味気なく、渋く酸っぱい味がするが、マーマレードやゼリーにすればおいしく食べることができる。マルメロ・ゼリーをつくるには、まず熟したマルメロをいくつかとって皮をむき、芯を抜いて目方を量り、鍋で水から煮る。水の量はマルメロ一ポンドに対して一パイントの割合とし、とろ火でぐつぐつ煮詰めるが、果肉が赤くなる手前、まだ十分白っぽいうちに火を止めること。煮上がったものをゼリー漉《こ》し袋で漉してから一日置き、深鍋で十五分ほど手早く煮立てる。火から鍋を下ろし、ジュース一ポンドに対して十二オンスの砂糖をくわえてかきまぜる。ふたたび鍋を火にかけて、十五分から二十分のあいだ、たえずかきまぜ、浮き滓《かす》が浮いてきたらすくい取りながら、煮上げてできあがり。マルメロとリンゴを混ぜてもおいしいゼリーになる。

マルメロはギリシアではクレタ島の都市キュドネウムにちなんで「キュドネア」と呼ばれた。英語名はこの単語が転訛したもので、はじめ「コイン」と呼ばれていたのが「クイン」となり、その複数形の「クインス」が単数形として定着したのである。これと似た例では、単数形の「チェス」が元来「チェック」の複数形であったのをはじめとして、単数・複数が混同したおもしろいケースがたくさんあるが、多すぎてここではいちいちあげているひまがない。もう一言だけつけくわえておくと、「キュドネア」――英語読みでは「サイドニー」――は「サイダー」とは語源的に全く無関係である。

マルメロはパレスチナ地方ではとくによく見られたので、聖書注釈者の多くは、聖書に出てくる「タップアク」――かならず「リンゴ」と訳される単語である――とはマルメロのことであるとみなしている。雅歌のなかの「わたしはその木陰を慕って座り、甘い実を口にふくみました」という一節、あるいは、箴言のなかの「時宜にかなって語られる言葉は銀細工に付けられた黄金のリンゴ」という一節に登場する果実もまた、マルメロだと考えられている。

さて、この名高い果実をめぐるさらにもうひとつの物語がある。冒険王ジャックが語るお話の第五夜をわが父が物語るその語り口をわたしが翻訳したヴァージョンで、ひとつお聞きいただきたいとおもう。

むかしむかし、といってもこれから話す物語はそれほど昔の話ではありません。だって、この物語が昔の話すぎてもう誰も覚えていないくらいだとしたら、オレがここでみなさんにこの物語を語るってこともないはずですからね。さて、その、それほどでもない昔に、ひとりの伯爵がケリーの山あいに住んでいました。伯爵には息子がひとりあって、若伯爵と呼ばれていました。父伯爵はかなり裕福なひとで、死んだあとには全財産を息子に遺しました。若伯爵はとんちと冗談のセンスが抜群で、釣りや狩りの腕前も並ではありませんでしたから、この地域で狩猟の催しがあるときにはかならず姿が見られたものでした。

ある日、大々的な狩りの催しがアナグマ谷でひらかれました。上流社会のひとびとがひとりのこらず参加していました。角笛が鳴り響き、猟犬たちが吠えたてると、見事な雌鹿が森から跳び出してきます。狩り装束に身を固めた騎馬の一団が追いかけます。馬に乗ったその貴人たちはまるで楽しいダンスを続けるみたいに丘を越え、谷間を抜けて、太陽がたかだかと天のてっぺんに昇る時刻まで、一目散に逃げる雌鹿を追いかけていきました。やがて、極上の駿馬にまたがった若伯爵が肩越しに振り返ってみると、ほかの狩人たちよりだいぶ道を先んじているようでした。ついてくる騎手がひとりも見えないのです。若伯爵はなおも雌鹿の足跡を尾けていきましたが、太陽はしだいに青い山の向こうに傾いていきます。そして、ついに太陽が沈んだとき、自分がどこにいるのかわからなくなっているのに気がつきました。

さてどうやって帰ろうか、と思案する若伯爵でしたが、ふと青い山の麓《ふもと》に大きな屋敷があるのが目に入りました。一日じゅう狩りをした後で喉はからからだし、あの屋敷へ行けばなにか飲み物にありつけるかもしれないぞ。さっそく馬を走らせて、屋敷の玄関までやってきました。すると、ひとりの娘が迎えに出て、これはこれは若伯爵様、あなたさまに十万回の歓迎を！と言いました。

——こちらこそ、十万回のお礼をそなたに！　しかし、森にはさまれたこの土地でわが名が知られておろうとはついぞおもわなかったなあ。じつを申せば、ここがどこかも知らぬのだが、なにか飲み物を一杯いただけぬだろうか。喉が渇いて死にそうなのだよ。

——この地は黒魔法谷と呼ばれております。どうぞなかへ。お飲み物をさしあげましょう。

娘はそう言うと、厩番《うまやばん》を呼び寄せて、若伯爵様のお馬を馬小屋に連れていってオート麦と水をたんとやっておくれ、といいつけました。一方、若伯爵は扉のなかへ一歩足を踏み入れ、まわりを見回して、たまげました。生まれてこのかたこれほど立派な部屋は見たことがなかったからです。まんなかに金無垢のテーブルがどんとあって、そのまわりには金の椅子がずらり、天井には金のシャンデリア、卓上の食器もみな二十四金です。娘はクリスタルのゴブレットに上等の葡萄酒を満たして、さあどうぞ若様、とさしだしました。彼は葡萄酒をぐいっとひと飲みしてからこう言いました。いやあ、喉が渇いて干上がるところだったが、ようやく人心地がついた。あらためて、ありがとう。

――お掛けくださいな。長い一日の狩りのあとでは、きっとお腹もぺこぺこでしょう。

若伯爵が腰を下ろすと、三人の執事がずらりと料理の皿を持って入ってきました。目を疑うほど上等な羊肉と牛肉の盛り合わせに、鹿肉とベーコンも山盛りです。ゆでたパースニップに人参にキャベツ、それから、マッスル貝にタマキビ貝に鰊《にしん》の酢漬け。ビートの根の薄切りのサワークリーム添えが大皿に盛りつけられています。おっとうっかり忘れるところでしたが、蒸《ふか》したじゃがいもが皮を破ってほっこりした白い粉を吹いています。まだあります。甘いプディングにカスタードにゼリー各種などなど。娘は若伯爵の真正面に座って、彼が腹いっぱい食べるようすをつくづくと眺めています。若伯爵がときおりちらっと娘の顔を見上げると、娘と目が合います。この娘の半分ほども美しい女におれはまだ出会ったことがない、と彼は考えています。そんなふうになごやかに食べ、飲みながら、若伯爵が娘に目をやるたびに、彼女はいっそう美しくなっていきます。最後の一口を食べ終えた後、彼は娘にもう一度礼を言い、そなたの父上と母上はご健在かな、と尋ねました。

——おお、お父様、お母様、やすらかに。わたしの両親はしばらくまえに亡くなったので、わたしに身寄りはありません。けれども、人呼んで黒の悪太郎という巨人が居座ってわたしにしつこく求愛してくるのです。わたしのためにあいつをやっつけてくれる英雄でもあらわれないかぎり、逃れる道はありません。でも、あいつを倒すのは至難の業。だって、あいつを殺すことができるのはギリシアの王様が持っている剣のほかにないのですが、その剣は王様が鍵の掛かる箱に秘蔵していて、その箱は、王様がいくつも持っているお城のうちのひとつのなかの、いちばん奥まった部屋べやのなかのひとつにある壁龕《へきがん》におさまった、衣装簞笥の収納箱のなかにしまってあるのですもの。そのお城はもしかするとギリシアの島にあるのかも。なにしろ王様の支配はギリシアの多島海ぜんたいにおよんでいるのですから。

——で、その剣を手に入れる方法はあるのかね。そいつを手に入れられさえすれば、その黒の悪太郎とやらを一撃でしとめてやるのだが。

——ひとつだけ方法があります。でも、とても危険なのです。

——危険などかまうものか。その方法を教えておくれ。命にかけてもその剣をとってきてやるぞ。

——それでは、明日の朝、裏口から出て庭の奥まで行ってください。一本のマルメロの木があります。最初に手にふれたマルメロの実をひとつもいで、食べてください。とっても苦いけれどちゃんと飲みこんでくださいね。お口のなかに残った種はそのあたりのこやしの山めがけていったん吐き出してから、拾いあげてください。種は宝石に変わっているはず。そして、青い山のてっぺんまで行くと、岩の上に腰掛けたひとりのおじいさんに出会うでしょう。そのおじいさんに宝石をあげてください。すると、なにが望みかね、と尋ねてくるでしょう。そうしたら事情をうちあけてください。そして、彼があなたに指示することを実行すれば、まずいことにはなりません。今日は長い一日でしたから、さぞお疲れでしょう。もうお休みになられたほうがいいわ。

こう言い終わると、娘は若伯爵を屋敷の奥の寝室へと案内した。

——若様、ほら、黒の悪太郎のいびきが聞こえるでしょう。いびきの合間に胸がヒュウヒュウいう音も。あいつはこの屋敷の最上階の部屋で眠っているのですが、あすの日没まで起きてきません。

若伯爵はベッドに横になったものの、一睡もできませんでした。寝入ろうとするたびに黒の悪太郎のいびきが耳をとらえ、おっ、これは落雷か！　と飛び起きることのくり返しで、朝までまんじりともできなかったのです。結局、若伯爵はまだ暗いうちにベッドから這い出したのですが、娘はもうすでに起きていました。素晴らしい朝食が用意され、例の三人の執事が銀の盆に盛りつけた料理をきびきびと運んできました。けれども、若伯爵は少々緊張していたので食欲がなく、せっかくのごちそうもあまり食べることができませんでした。金の椅子から立ち上がった若伯爵が、それでは行ってきますと言ったとき、娘はなんだか気の毒な気持ちになりました。

彼は裏口から出て、庭の奥へ行き、マルメロの木からひとつ実をもぎとりました。苦い果肉をがぶりとかじると、種が舌を焦がすように感じられます。彼はこやしの山めがけて種を吐き出します。すると、種はこやしの山から弾《はじ》かれたように跳ね返ってきて彼の口のなかへ飛びこみました。手のひらに吐き出すと、それは宝石になっていました。さて、山を登っていくと、ほどなく岩の上に座っている老人が見つかりました。娘に言われたとおり、宝石を老人に進呈します。

――なにが望みかね。なにが必要かな。どうしたいのじゃ、と老人は尋ねます。

――わたしはギリシアの王様の剣が欲しいのです。黒の悪太郎を倒すことのできるこの世でただひとつのあの剣が、と若伯爵は答えます。

老人はちいさな鈴を手渡して、こう言います。黒魔法谷の南に広がる森へ行き、この鈴を鳴らすがよい。すると鈴の音に誘われて白馬がやってくるであろう。その白馬の教えるとおりにするがよい。

若伯爵は老人に礼を言うと、鈴を手に森へ行き、チリンチリンと鳴らしました。するとたしかに、一頭の白馬がどこからともなくあらわれて、鼻をすりつけてきました。そして、こう言いました。おまえの望みはわかっているよ。背中に乗りなさい。長旅をしなけりゃならんから。

そう言われて若伯爵が馬の背にまたがるやいなや、白馬には翼が生え、空中に舞い上がりました。やがて海岸の近くまできたところで、白馬はこう言いました。さあしっかりつかまってくれよ、これから水に入るから。こうして海に飛びこむと、波の下をほとんど永遠に続くかとおもったくらい長時間駆けた後、ようやく乾いた土の上に出ました。若伯爵はおぼれ死ぬかとおもいながら、それでも手綱だけは放さずがんばってきりぬけたのでしたが、こんどは燃え上がる山が見えてきたところで、白馬はまた言います。さあ、しっかりつかまっていてくれよ、この山を越えるから。そして、一息に山を飛び越したとき、若伯爵の足の裏がちょっと焦げましたが、そのほかはなんともありませんでした。さてついに、ギリシアの島に着きまして、城の門前に着地します。城壁は四十フィートの高さにそびえ、門の左右には一対のライオンが控え、王の許可なしになんぴとたりとも入城するべからず、と書いてあります。

——さあ、と白馬は言います。わたしの左耳に手をあてがってごらん。ちいさくて鋭いナイフがあるだろう。そのナイフでわたしを殺し、すっかり皮を剝ぎ、わたしの皮をかぶってこの門を通るんだ。そうすれば、ライオンたちにはおまえの姿は見えないから。城に入ったら広間を直進して、右手の螺旋階段を下りて階下へ行き、左へ曲がって、つぎに右折、もういちど左手に折れて進むと扉がある。鍵は石の下にあるから、その鍵で扉を開けてなかへ入るんだ。部屋の隅に衣装簞笥がある。鍵はかかっていない。王が靴をしまっている引き出しを開けて、右から三足目の靴の左足のかかとを探ると鍵が見つかる。これは、衣装簞笥の上半分の収納箱の鍵だ。収納箱を開けると、金のケースに入った剣がある。剣をとったらわたしのところまで大急ぎで引き返すこと。帰りがけに全部鍵をかけもどして、それぞれの鍵はあったところに戻しておくのを忘れてはいけない。

——よしわかった、と若伯爵は言いました。だが、おまえを殺すことはできない。おまえにはこんなに世話になったし、だいいち、おまえが死んでしまえば黒魔法谷へ帰る道もわからなくなってしまうのだから、剣をとったってしかたがないじゃないか。

——いいかね、わたしの言うとおりにするんだ、と白馬は言いました。そして信じること。ここまで戻ってきたらわたしの皮をわたしの上にかぶせて、なにが起こるか待つがいい。

気が進みませんでしたが、若伯爵は言われたとおりにしました。白馬を殺し、皮を剝ぎ、その皮を羽織りました。そして、ライオンたちのあいだを通り抜けましたが、かれらに姿は見えませんでした。若伯爵は白馬の言いつけを忠実に守って剣を手に入れ、鍵も全部かけもどしました。皮を剝がれた馬のところまでもどり、毛皮を死体の上にかけると、白馬は元気に跳ね起きました。

——さあ、早く背中に乗りなさい。出発だ、と白馬は言いました。

若伯爵を乗せた白馬は、燃え上がる山を越え、海をくぐり、丘を越え、谷間を過ぎて、ついに黒魔法谷までたどりつきました。白馬はふわりと舞い下りて着地し、若伯爵は馬から降りました。さらば、黒の悪太郎を打ち倒して世界一美しい女の手をとれるよう健闘を祈っている、と白馬が言いました。

——七千回のありがとうをおまえに！　よき友よ、さらば、と若伯爵が言いました。

そして、彼が屋敷に帰っていくと娘は大喜びで迎えて、こう言いました。十万の歓迎をあなたに！　剣は手に入りましたか。

——もちろん手に入れたとも、と若伯爵は言いました。黒の悪太郎はいまどこにいるのかね。さっそく片を付けてやろう。

——そのまえに、まず腹ごしらえと一杯召し上がってからになさいませ。まだあと一時間くらいあいつはあらわれないでしょうから。

若伯爵が食卓に並んだごちそうをみなたいらげ、たらふく飲んで、冒険のてんまつとふしぎな見聞をくまなく娘に語り聞かせ終えたころ、巨人がやってくる足音が聞こえてきました。いざ、と若伯爵は立ち上がり、道をやってくる黒の悪太郎のまえに立ちふさがりました。

——おまえが悪太郎だな、首を肩から切り離してやるぞ。

——お、なんだおまえは、冗談でもこいてるのか。アナグマ谷へ帰って牛の乳搾りでもやったらいいんでないか。

両者は戦闘態勢に入り、娘ははらはらしながら屋敷の玄関にたたずんでいます。若伯爵が黒の悪太郎に一発くらわすたびに、彼女は手をたたいて喜んでいますが、悪太郎はちっともうれしくありません。この生意気な野郎を片づけたらおめえさんを喜ばしてやるからのう、と叫びます。

——そうは問屋がおろさんぞ、と若伯爵が言ったかとおもうと、じきに巨人の首は宙を飛んでいました。首はくるっと宙返りして胴体へ飛んで帰ろうとしましたが、若伯爵の新たな一撃をくらって地面に落ちて転がりました。

——おお、さてはそいつはギリシアの王の剣だな。盗んだのか、卑怯なり！　飛んだ首はここまでは言えたのですが、勝負はこれまで。若伯爵がふた太刀目を浴びせて首を四つに割ったので、もう二の句が継げませんでした。若伯爵は巨人の胴体をひっつかむと、そこらにあった涸れ井戸に投げこんで、そのあとから石を次々に投げ入れて井戸口までいっぱいにしました。ふと気がつくと、もはや夕暮れです。

屋敷へ戻った若伯爵がどれほどの歓迎を受けたか想像できるでしょう。

——あの日アナグマ谷で雌鹿に化けたわたしをあなたが見つめたときには、ことがこれほどうまく運ぶとは思いもしませんでした。あなたが一日じゅう追いかけたのはじつは雌鹿ではなくてわたしだったのです。ゆるしてくださいね。黒の悪太郎がわたしに魔法をかけて、アナグマ谷の若伯爵が黒魔法谷へやってこないかぎり呪いは解けないぞ、と言ったのです。わたしも伯爵の娘です。母はしばらくまえに亡くなり、父は三年まえ敵方に殺されたのです。

若伯爵は彼女に口づけをして、結婚してくれないか、と言いました。わたしの恋人になっておくれ、一緒に暮らしておくれ、アナグマ谷へ来ておくれ。黒魔法谷と黒い魔法におさらばするときがきたんだよ。

——そうしましょう、と娘は言った。もう呪いは解けたのですもの。帰り道さえおわかりでしたら、馬たちと馬車はいつでも準備ができています。

——そこが問題なのだ、と若伯爵は言った。正直な話、わたしは自分が今どこにいるのかよくわかっておらぬし、どうやってここまで来たのかもよくわからないのだから。

——たぶん、わたしの召使いのうちのひとりが方角を知っているでしょう。じつはわたしも雌鹿になっていたときの方向感覚を、人間に戻ったとたんに忘れてしまったのです。そうそう、ヴァージルならきっとわかるはずだわ、と言ってその男を呼びにやると、ひとりの白髪頭の老人がやってきた。

――おまえ、アナグマ谷への行き方はご存じかしら？

――はいもちろんですとも。知らぬはずはござんせん。なにせ、百年まえにあたしはあの谷で生まれたんですから。

――よかった。わたしはあす朝、アナグマ谷へ向かいます。馬車の用意をしておいてくださいね。

明けて朝、ヴァージルは四頭立ての立派な馬車を準備して待っていました。若いふたりはさっそうと乗りこみましたが、娘は金銀、宝石のたぐいをすべて携えていました。ヴァージルがチッと舌打ちして馬に合図すると、馬車は滑るように走り出しました。馬車は走りに走り、やがて太陽も西に傾いたころ、ようやく若伯爵が見覚えのある場所にたどりつきました。ああ、ついに帰ってきたぞ、と彼は言いました。

――よかったわ、谷へ入るまえにこのあたりで一休みしましょう、と彼女が言いました。そして馬車が止まると、彼女はヴァージル老人にこう言いました。さあ、おまえは黒魔法谷へお帰り。わたしの屋敷と家財道具いっさいをおまえにあげましょう。わたしはもうあそこへ戻ることはないだろうから。

こうして老人は帰ってゆき、若伯爵は新妻となる娘をつれて帰館しました。屋敷での歓迎ぶりはたいへんなものでした。なにしろ、廷臣たちはみな、若様はもう死んだものとおもっていたのですから。

翌朝、ふたりは結婚式をあげました。祝宴は七日七晩続き、夜を追うごとに宴はますます盛り上がったのでした。彼らはアナグマ谷で幸せに暮らし、屋敷は子供たちであふれ、やがてみな大きく育ちました。ふたりは長寿をまっとうして亡くなりましたが、こんにちでもあそこにはふたりの子孫のいくにんかが暮らしています。

今夜の話はこれでおしまい。もし、お許しがいただけるなら、あすの晩ももうひとつお話しいたしましょう。

——よい話じゃった。しかも実話ときとる、と聴衆のひとりが言いました。いい話だったよ、とほかのみなも声をそろえて言った。彼らは立ち上がり、壁の扉が開き、来たときとおなじように帰っていった。女主人がジャックにさよならを告げ、帰っていった。そして、例によって門番が入ってきた。やがてジャックは寝室へひきとった。翌日一日を、ジャックはほかの日とおなじように過ごした。夜がきて、彼はふたたび部屋に通され、女主人がこう尋ねる。お話の準備はよろしいかしら。はい、いつでも、とジャックは答える。女主人がちいさな金の笛を吹き鳴らすと、十二人の男たちが十二人の女たちを肩に乗せて入ってきた。一同がみな席に着くと、女主人は言った。さあ、お話を始めてくださいな。

R

Ramification

派生効果《ラミフィケーション》

目が覚めたら日光が燦々とふりそそいでいて、自分がどこにいるのかわからなかった。開いた窓の外からパシャパシャという波の音が聞こえてきた。それでふと思い出した。そうだ、オランダ人のヤン・ボス氏とネイ湖のほとりのクランフィールド・インにいたのだった。夜更かししたあげくにうたたねしていたところへ、居合わせた誰かがメタル製のちいさなパイプとオクスリ《ドープ》を一塊《かたまり》とりだしたものだから、にわかにとっておきの話大会が始まったのだが、わたしももちろん嫌いなほうではないから、ついつい話しはじめたらきりがなくなってしまったのだ。誰かがわたしをベッドまで運んでくれたにちがいない。いやまてよ、もしかすると自分自身でこの二階の寝室までたどりついたのかもしれない。人事不省になった状態でも身体というやつはおどろくほどしゃんと役目をこなせるものだから。

ベーコンが焼ける匂いが漂ってきた。わたしはひどく空腹であることに気がつき、ゆっくり起き上がった。服を着るまでもなかった。着るべきものはすでに全部身につけている。階段を下りていく。すると、階下で朝食のテーブルを囲んでいるのは誰あろう、ボス氏と見慣れないポーランド人の船乗りではないか。

――やあ、掛けたまえ、わが友よ、と彼は言った。ベーコンと目玉焼きが絶品ですぞ。一緒にひとついかがです。ちょうど今、このひとが「琥珀の間の謎」と題されたとてつもない物語を始めたところでしてな。紹介いたしましょう、こちらはヤルニエヴィッチ君。おたくのためにもう一度はじめから話してもらうことにしましょう。

　わたしが腰掛けると、ヤルニエヴィッチ氏はこんなふうに語りはじめた。


――ごらんのとおり、わたくしはポーランド人の船乗りでございます。こやつ、どういうわけでこんなところへ湧いて出たかとおもわれるかもしれませぬが、そのようなちっぽけな問題はお忘れくださいませ。と、申しますのも、わたくしたちがこれから覗いてまいる世界は今をさかのぼること数百万年、バルト海沿岸をピヌス・スッキニフェラ種の松の森が覆っておった時代のことでございますから。さて、松の木々は樹脂をさかんに分泌いたしまして、昆虫たちや松葉を覆い、粘菌やバクテリアや寄生菌類を覆い、食用キノコのような高等菌類、地衣、苔、各種のシダ、ほぼ百種におよぶ花々を覆い、数百種類の節足動物をも覆っていきました。これがそもそものはじまりでございまして、松の樹脂が琥珀へと変容するところをたどろうといたしますと、更新世初期に優勢だった気象条件について、また、バルト海を潜ること幾尋《ひろ》の海底の青土の地層深くに琥珀色の松の化石が埋もれているようすについて、あますところなく解明しなければなりませぬが、その話はまたの機会にいたしましょう。とにかく、琥珀というものはいつの時代にも尊ばれてきたのでありまして、ローマのヘリオガバルス皇帝というお方は宮殿の一角の床を琥珀の粉末で敷き詰めましたし、アントニウスはクレオパトラに琥珀の腕輪を捧げました。琥珀の小彫像ひとつが奴隷五人よりも値打ちがあるとされた時代のことです。プリニウスは、琥珀が大山猫の尿から形成されるのだとまことしやかに主張したデモンストラトスを嘲笑いたしました。琥珀の起源説にはもっとへんてこなものもたくさんあるのですが、なにはともあれ、琥珀は世々続く黄金の宝玉として誉れ高い、とだけ申しておけば十分でございましょう。

　琥珀玉のなかを覗きこんでごらんなさい。昆虫が封じこめられた稀少な玉ではなく、松の葉のかけらがいくつか入った比較的ありふれた玉だとしましょうか。ありふれた玉とはいえ、琥珀の内部には虹色に輝く円盤がいくつも見えて、泡立つような光のスパンコールをつくりだしているのをごらんになれば驚嘆なさるはず。ご参考までに申し上げれば、この煌めく星座は琥珀玉に注意深く熱をくわえていって特定の温度に達したときはじめてその姿をあらわすのです。これらの円盤群は、光が拡散・屈折してさまざまな波長を見せているところがちょうど暗《カメラ・オブ》箱《スクラ》を覗いたときに生じる「錯乱円」にそっくりですが、これらの円盤群の正体はもとをただせば琥珀中に閉じこめられたちいさな水滴や気泡に過ぎないのでして、それらが加圧され、揮発した結果、華麗なスパンコールに変容したというわけなのでございます。この煌めきにはつい魅惑されそうになりますから、水晶玉の代わりに琥珀玉を好んで使う占い師がいるのも、なるほどとおもわせられます。それにくわえて、色もいい。レモン色、と申しますか淡黄色からタフィーそっくりのほぼ不透明な黒にいたるまで、琥珀のさまざまな色合いも美しいじゃございませんか。いやいや、しかし、今は先を急ぎましょう。色合いの研究を始めてしまうとお話の本筋からはずれてしまいますから。

さて、時は西暦一三一二年、わが故郷グダンスクの町でのこと。この時代、周辺の海岸で琥珀捕りをする権利はグダンスクの漁師たちに与えられておりました。同様の権利は一三四〇年にオリヴィアの修道院にも賦与されておりますが、こうした琥珀捕りの「漁業権」はチュートン騎士団の総帥を通してのみ賦与されたものでございました。ところが、琥珀の値打ちがはねあがり、琥珀の投機で一儲けたくらむひとびとがポーランドへ何千人も押し寄せた結果、騎士団はこれらの権利契約を次々に解除いたしまして、十五世紀のなかばまでには琥珀の収穫と売却権を騎士団が独占するにいたりました。こうしたチュートン騎士たちは「琥珀王」の名で知られておりますが、統制の実態はたいへん厳しいものでございました。琥珀がいっそうの高値を呼んだ理由というのがそもそもひとつの教訓話でございまして、その背景にはこの時代にヨーロッパの多くの地域で麦角中毒がひんぱんに猛威をふるったという事実がございます。この中毒はまたの名を聖アントニウスの火とも申しまして、ごくちっぽけですが強力な菌類に冒されたライ麦でつくられたパンを食べることによって発症する病気です。症状は、手足が欠損したり、宗教的な妄想を見るなど、さまざまございました。琥珀には多くの疾患に効く効能が立証されておりましたから、麦角中毒にも効くであろうと考えられたのでございまして、琥珀でロザリオをつくり、そのロザリオで祈りを捧げると効能がいっそう増すといわれました。そういうわけで、琥珀製のロザリオは大流行いたしました。これを受けて一三九四年、交易を独占したいと考えた琥珀王の総帥はすかさず、お上からの認可を受けぬ者は未加工の琥珀所持することまかりならぬ、というお触れを出しました。これ以後、琥珀採集はかならず「御浜親方」の監視のもとでおこなわれることとなり、収穫はすべて琥珀王のもとへ直送されることとあいなりました。ご禁制の縛りは容赦なく実行され、許可なく琥珀捕りをおこなった者は即刻縛り首の刑に処せられました。

思い描いてごらんなさい。琥珀が捕れるのはバルト海を見渡す海岸です。その浜辺にずらりと等間隔に絞首台が立てられており、それぞれの絞首台にぶらさがっておりますのは、土地のひとびとへの見せしめとして処刑された人間のさまざまな腐敗段階にある死体の群れでございます。鳥についばまれているのもあれば、白骨化しているものもございましょう。浜を見渡すと目に入るもので、もうひとつ忘れてならないのは、絞首台に似たしつらえで、篝火《かがりび》を焚く火籠がぶらさがっております。琥珀収穫の最盛期は、暴風雨が荒海の海底を掻き回して、バルト海深くの青土層の奥に眠っている化石から琥珀の小塊を吐き出させる真冬でございます。かの地の真冬は厳寒です。これらの篝火は暖をとるために琥珀捕りの漁師たちが焚いているのです。琥珀捕り専用の皮衣に身を包み、網と三叉の槍を携えた漁師が浜沿いに浅瀬を歩き回るようすは、たくさんの小ネプトゥーヌスのようです。一方、彼らの妻や子供たちは御浜親方にむち打たれながら、ヒバマタのような海草のかたまりやそのほかの漂着物を浜にひきずりあげようとしていいます。周囲では親方の手下たちが目を光らせていて、そうしたがらくたにときおりからまっている小さな琥珀塊を見逃さずにひっつかむのです。一日の終わりに琥珀奴隷たちは労賃を受け取ります。労賃は拾った琥珀の目方に応じた塩で支払われました。

琥珀が捕れる浜を通行するだけでも許可が必要でした。三年ごとに漁師たちは「琥珀誓約」をしなければならず、その内容は、琥珀を隠し持つ者や密輸人を発見したときには、たとえそれが血のつながった親戚といえども密告するというものでした。このために、民衆のこころは猜疑心に満たされてすっかり堕落し、はずれ者とみなされた人間は琥珀魔女として告発されたのでございます。「琥珀裁判所」には、琥珀所持者を裁く聖職者が宣誓する特別な「琥珀誓約」がございました。暴風雨の後の浜には「御浜騎馬隊」と称する武装騎馬軍団が出動して、住民がものを拾えぬよう威嚇いたしました。こんにちでも、残酷な「御浜騎馬隊」や「御浜親方」の亡霊たちが、みずからが犯した罪の現場をさまよっているという話が語り継がれております。悪辣なことで有名だった親方のひとり、ローゼンシュテインのアンセルマスは、嵐の夜「おおなんたること、琥珀が捕り放題、琥珀が捕り放題ではないか！」と叫びながら、バルト海を見渡す浜を永遠にさまようよう天罰を下された、とのことでございます。

さて、十五世紀のなかばになりますと、チュートン騎士団は琥珀交易とその相場のすべてを手中におさめております。産地での勝手な加工は禁止し、収穫された琥珀はまるごと武装番人どもによってブルージュとリューベックの倉庫へ運ばれ、そこからさらに厳重な監視のもと、「ロザリオ工人」と呼ばれたお上ご指定の職人集団のもとへと運ばれました。この時代、「ロザリオ工人」の最初のギルドはブルージュで結成されました。工人たちには専用の教会が与えられ、守護聖人はプラハの聖アダルベルトと制定されました。いつかもっと時間の余裕のあるときに一声かけていただければ、この聖人の物語もいたしたく存じます。これはこれで興味深い教訓とこまごました歴史の醍醐味に満ちあふれた物語でございます。今日のところは大急ぎで、聖アダルベルト様は琥珀捕りに用いるのと同様な三叉の槍により殉教されましたので、御像はいつもこの三叉槍をお持ちになった姿で表されますということを、一言つけくわえておきましょう。

この時分にはもう、ブルージュとリューベックのギルドがキリスト教世界全体にゆきわたるロザリオの珠を生産するようになりまして、ロザリオのデザインもますます精巧で手の込んだものになってまいりました。ご承知のとおり、くり返しや決まった数のある祈りの回数を間違いなく唱えるために指でまさぐることができるよう、紐または鎖で珠をつないだ数珠は、キリスト教だけにあるのではございません。ヒンドゥー教、仏教、イスラム教の信徒がたも用いておられます。ですけれども、お話を近代ヨーロッパに限るとなれば、数珠はローマ・カトリック信徒特有の携帯品とみなされておるわけでございます。ロザリオのビーズの配列法には、ふつうの聖ドミニクスのロザリオのほか、聖ブリギットのロザリオ、七つの悲しみのロザリオ、キリストの五つの傷のロザリオ、無原罪の懐胎のロザリオ、カルマドリ会特有のわれらが主のロザリオ、フランシスコ会の聖母の王冠のロザリオ、もっぱら修道士たちが用いるビザンチウムのロザリオなどさまざまあるのですが、こうしたことはおそらくあまり知られていないともいます。ここで、「珠《ビーズ》」の語源に思いをはせるのもよろしいかと存じます。「ビーズ」は古英語で「祈り」を意味する「ビーデ」からきたものですが、この語義変化は、本来意図であったものが具体的な物体へと変容し、固定化したものだと申せましょう。あるいはまた、思いの内容を神様へお伝えしようとする精神がおこなう翻訳の働きが、いつのまにか具体的なかたちをとるようになったとでも申したほうがよろしいでしょうか。

それはそれとして、ふつうのロザリオにお話を戻すことにいたしましょう。このロザリオは、聖母が出現して聖ドミニクスにお授けになったと伝えられるもので、以後、ドミニクスがこれを広めたのでございます。ロザリオとは、ラテン語で薔薇園を意味する「ロザリウム」からきておりまして、これが薔薇の花冠、花輪へと派生いたしました。ロザリオは五連からなっており、おのおの「連」は小珠十個と大珠一個でできておりますが、通常はこれら五連からなる環から紐鎖が一筋伸びて、大珠二つにはさまれた小珠三つの端に十字架がついております。また、このロザリオを用いて捧げる祈りそのものもロザリオと申します。おのおのの連はこの祈りを構成いたしますロザリオの神秘と関係がございます。すなわち、「マリア、神のお告げを受ける」、「マリア、エリザベトを訪問する」、「マリア、イエスを生む」、「マリア、イエスを捧げる」、「マリア、イエスを見いだす」からなる「喜びの神秘」の五つの黙想、そして、「イエス、苦しみもだえる」、「イエス、鞭に打たれる」、「イエス、茨の冠をかぶせられる」、「イエス、十字架を担う」、「イエス、息をひきとる」からなる「苦しみの神秘」の五つの黙想、さらに、「イエス、復活する」、「イエス、天に上げられる」、「聖霊、使徒たちにくだる」、「マリア、天の栄光に上げられる」、「マリア、すべての人の母となる」からなる「栄えの神秘」の五つの黙想でございます。ご存じのように、ロザリオの祈りの捧げ方は、公の場であれ、ひとりで捧げるときであれ、ロザリオの神秘を黙想しながら「主の祈り」（大珠）一回、「天使祝詞」（小珠）十回、「栄誦」（大珠）一回を唱えるのが作法でございます。礼拝の本質は、祈りのことばの機械的な反復にではなくて、心を込めた瞑想にございます。このことは申すまでもないことですが、じっさいにおこなうことを考えれば、「言うは易く行うは難し」であるということも申すまでもないこと。今いきいきとよみがえってまいります記憶は、まだ少年のころ、いや、もう若者となっておりましたか、とにかく、背中に暖かな暖炉の火を背負い、顔をふかふかのクッションに埋めながら、ロザリオを手繰りつつ祈りをつぶやいたときのことでございます。気を逸らす考えが数珠繋ぎになってあらわれてくるために、わたくしの見せかけだけの黙想はうやむやになっておりました。学校で過ごしたその日一日のいくつかの瞬間をなんとなく思い出していたのかもしれませんし、もっとあぶない瞬間を思い出していたのかもしれません。学校からの帰り道、二階建て路面電車の二階へ上がる階段を上る女のひとのスカートの下に、靴下止めの吊りひもをちらりと見てしまったというような——。祈りのさい、集中が足りないために心が逸れて、「散心」の領域へ迷いこむのはじつにたやすいことなのでございます。これを故意におこなった場合には軽微な不敬の罪とみなされましょうが、故意でない場合にはかならずしも祈りの功徳を失わせるものではないそうですから、ほっと安堵いたします。じじつ、想像力が集中の邪魔をするという事態は功徳を増すことにつながるばあいもあるのです。とりわけ、執拗に気が散らされるようなときには、神に心を繋ごうとする本人の意志は、祈りがたやすくおこなわれるときよりもはるかに慎重に、かつしぶとく心を集中させるよう努めなければならないのでございますから。とはいえ、靴下止めの吊りひもの幻影がこのケースにあてはまるかどうかはあやしいものだとおもいますけれども。

なにはともあれ、ロザリオ工人たちの指先からあふれだす象徴のさまざまと装飾性の豊かさは賞賛に値《あたい》します。ロザリオの祈りは昔から力の強い祈りとされてきましたが、勝利の聖マリアの記念日でもある十月七日は、いと聖《きよ》きロザリオの祝日として祝われます。この祝日は、一五七一年十月七日にレパントの海戦でキリスト教諸国によるヨーロッパ同盟艦隊がトルコ艦隊を破ったのを記念するために、教皇ピウス五世が制定したものでございます。この海戦のとき、同盟艦隊の総司令官ドン・ファン・デ・アウストリアが大勝利を祈ったと伝えられるロザリオは、このときをさかのぼる二百五十年ほどまえにつくられた品でございました。その作者は「リューベックの名匠」という名で知られるロザリオ工人でございまして、わが故郷グダンスクに生まれ、後にリューベックへ出たと申します。琥珀捕りであった父親が秘密売買で手に入れたちいさな琥珀塊を素材にして、幼い時分から彫り物の腕を身につけたとのこと。お上に無断で琥珀を所持することが死罪に当たることを知っていたからこそ、少年の手仕事は細心をきわめたことでございましょう。少年はまた昆虫観察も大好きで、グダンスク郊外の野原を何時間も歩き回ったり裏庭の煉瓦の隙間を手探りして採集した昆虫を針で板に留めて、子細に眺めたり解剖したりいたしました。彼は昆虫の内臓を拡大して見ることのできる緑柱石《ベリル》を持っており、血管や細孔や腺がつくりだす微細な迷路を飽きずに研究したと伝えられております。ドイツ語で拡大鏡のことを「ブリレ」と申しますのはこの緑柱石《ベリル》からきているのだと申します。さて、このように目を酷使したために、リューベックの名匠は進行性の近視をわずらうことになりました。ところが、遠くのものが見えなくなり、大きな世界がぼやけていくにつれて、ちいさなものたちの神秘が深々と見えるようになってきたのでございます。彼の琥珀彫りは、顕微鏡によらなければ見えないほど細部まで彫りこまれた珠玉の品ぞろいです。一例をあげますと、ちっぽけなキンポウゲの花に肉眼ではほとんど見えない蜜蜂がとまっている琥珀彫りがありますが、この蜜蜂は解剖学的に見てすみずみまで申し分のない造形で、翅などかすかに震えているように見えるほどでございます。あるいは、ビーズ大のリンゴにミバエがたかっている琥珀彫りや、真珠ほどの大きさの牡蠣が口を開いていて、なかを覗くと芥子《けし》粒大の真珠があるという作品もございます。不利な条件を美徳に変えた彼こそまさに、「神はひとつの扉を閉じたらかならずべつの扉をひらきたまう」ということわざの典型です。これと似た例は、プリニウスも述べておりますように、歴史上にあまたございます。シチリアのストラボンは悪名高い遠視の男で、肘をいっぱいに伸ばした手に持った羊皮紙にふつうの三倍の大きさで書かれた文字を読むことができなかったと申します。ところが、ポエニ戦争のときにはこの遠視が役に立ちました。彼はシチリア島のリリバエウム岬に立って、百二十三マイル離れたカルタゴの港を漕ぎ出てくる船団の船の数を報告する大役をはたしたと申します。それればかりか、オールの数と配置の特徴を見極めることによって、どの船がどこにいるかいつでも言い当てたとも申します。足の長さやかたちで昆虫を見分ける要領で、オールが突き出した船を見分けることができたのです。キケロは、今では名前が失われた職人の手による『イーリアス』全巻の羊皮紙豆本が胡桃殻に納められた一揃いが存在したことを記録しております。カリクラテスは蟻、ハサミ虫、蜘蛛、蚤などのミニチュア細工をつくるのを楽しみとしておりましたが、ふつうの目をもつ人間には細部は判別できなかったと申します。ミュケニデスは蠅の翅に隠れてしまうほどちいさな四頭立ての戦車を象牙細工でこしらえて、有名になりました。彼はまたあるときには、成虫になりたての蜜蜂が翅の下に隠してしまうこともできるくらいちっぽけなのに乗組員が全員乗った五段オールのガレー船をも、象牙細工でこしらえたと申します。これらの工人はみな進行性の近視の持ち主でございました。

リューベックの名匠の手仕事の繊細さもこれらの工人たちにひけをとりません。ロザリオには、五つの連がつくる環と、モールス信号のトン・ツーさながら大珠・小珠・小珠・小珠・大珠・十字架が連なる紐鎖とが交わる大切な部分に、浮き彫りのあるメダルがついています。このメダルに聖ヴェロニカを表現したものが彼の作風を示す典型的な例です。くわしく見てまいりましょう。ちっぽけな空豆ほどの大きさしかないメダルに、ヴェロニカの物語を表す細部がところせましと刻みこまれています。エルサレムの石段、窓から乗り出して見ている観衆、十字架を背負ったキリスト、流れ出す血と涙、ローマの占領軍、そして、かすかに見える二階の室内では総督ピラトが不安げに手をもみしぼっており、主人公であるヴェロニカはナプキンを持った姿で目立たぬように表現されております。さらに、ヴェロニカはナプキンでキリストの顔を拭おうとする姿でふたたびあらわれ、三度目には、ナプキンに写し取られたキリストの姿を見せているヴェロニカが表現されております。こうした図柄はリューベックの名匠の作風を示す一例に過ぎません。というのも、彼は二度と同じ図柄をくり返すことはせず、聖書にこめられた言外の微妙な意味を彫り物で引き出していこうとする道を、つねに探究していったからでございます。

珠を制作するさいにリューベックの名匠が試みた工夫も容易に想像できましょう。ひとつひとつの珠はまさに目で見る祈りでございました。彼はロザリオの十五神秘を構成する「喜びの神秘」、「苦しみの神秘」、「栄えの神秘」に対応させるべくロザリオの雛形を三種類つくり、ロザリオの各連の珠ひとつひとつがその連にあてがわれた神秘の物語の重要なポイントを絵解きするようにしたのです。たとえば「喜びの神秘」の第三黙想「マリア、イエスを生む」は、次のような十珠で構成されます。第一珠は三人の天文学者たちが新しい星を見つけるところ、第二珠はその三人が黄金と乳香と没薬《もつやく》を駱駝《らくだ》に積んでいる場面、第三珠は戸籍調べが近づいていることをマリアとヨセフが知るところ、第四珠は三人の天文学者たちが駱駝で出発する場面、第五珠はマリアとヨセフがベツレヘムをさまよう場面と天使が羊飼いたちのまえにあらわれるところ、第六珠は幼児大虐殺の場面、第七珠はローマの兵士たちが酒場で賭事をしているところ、第八珠は梯子、第九珠はパンと魚の奇跡、第十珠は家畜たちが見守るなかでキリストが生まれた場面で、まぐさ桶の金色の麦藁のなかに横たわった幼児が放つ琥珀色の輝きがすべてを照らし、琥珀内部の「錯乱円」が天使たちの光輪になっております。ざっとこんなところがリューベックの名匠がつくりだした構想の一例ですが、おそらく新しいロザリオにとりかかるたびに異なるデザインが用いられたとおもわれます。ほかの神秘すべてにつきましても、一から新たな解釈がなされたことでございましょう。

十字架の細工はリューベックの名匠がとりわけ時間をかけて入念に仕上げたもので、通例十字架形の開閉可能な箱としてつくられました。この箱には銀製の蝶番《ちょうつがい》と複雑な雷文の透かし彫りで飾られた蓋がついておりまして、その下の不透明に近い琥珀に彫りこまれた文様をなかば隠しておりました。蓋を開けますと、ちょうど蛹《さなぎ》から蝶があらわれるように、あるいは地虫が琥珀色の卵から孵化するように、あるいはひとつの寓話を目のまえに繰り広げるかのように、キリストのお姿があらわれるのでございます。箱の内側には、オリーブの木が見事に彫りこまれているものもございましたし、十戒の字句がわざと一ヶ所だけ間違えて彫られているものもございました。そのほかには、まぎれもないノアの箱舟が彫られているものもありました。これほどの腕の冴えでございますから、このリューベックの名匠の手になる聖母マリアのロザリオに祈ったゆえにレパントの海戦の大勝利がもたらされたという逸話にも、深く納得がゆくのでございます。

さてこのようなお話を申し上げましたのはひとえに、琥珀というものがどれほど重要とされたかについて、また、琥珀が宗教的・経済的にどれほど大きな派生効果《ラミフィケーション》をもたらしたかについて、みなさまにどうしても知っておいていただきたかったからでございます。やっとこれで、「琥珀の間の謎」の物語の次の段へ入ってまいることができるのでございます。

お話かわって、時は西暦一七〇一年。プロイセンのフリードリヒ王が、ベルリンの宮殿内に総琥珀貼りの宴会用大広間をつくるよう命じました。十七世紀の終わりから十八世紀のはじめごろ、ケーニヒベルクとダンツィヒ——わたくしとしてはやはり土地言葉で「グダンスク」と呼びたいと存じますが——の貴族のあいだでは、琥珀をはめこんだ小箱や屋敷内祭壇が大流行しておりまして、なかには恐ろしく手の込んだミニチュア建築といってもよいようなものもできておりましたので、フリードリヒの思いつきも突飛なものではありませんでした。この時代には、いろいろこみ入った歴史の経路をたどりました結果、琥珀の加工は産地でおこなわれるようになりましたが、そのことはわたくし個人にとりましてもうれしいことでございます。と申しますのも、わが故郷バルト海に面したポーランド、とりわけグダンスクの琥珀細工が世界じゅうに知られるようになったのでございますから。さて、このようなしだいで、王家の琥珀の大広間は、十万個以上もの琥珀片が貼り込まれたオークのパネルで組み立てられました。琥珀片が織りなす壁面は、各種の花や海豚《いるか》や人魚やさまざまな王家の紋章や肖像をかたどった横顔のモザイクで埋め尽くされておりまして、一枚一枚のパネルにはかならず、猪の上に王冠をかぶった一対の鷲がかたどられたプロイセンの紋章がついておりました。これほどの大仕事は人間業ではとても成し遂げられないとおもわれましたが、ちょうどタイタニックを建造したひとびとがその巨大さそのものに魅惑されたように、グダンスクの職人たちも十一年の歳月をかけて契約したとおりの大作を完成させたのでございます。「琥珀の間」の完成披露は一七一二年に執りおこなわれました。この大広間を見たひとびとはみな驚嘆し、その評判は世界の隅々まで鳴り響いたと申します。ロシア皇帝ピョートル一世——ピョートル大帝という名で知られているお方です――は、完成直後にこの大広間を見て激賞したと伝えられます。一七一六年、プロイセンのフリードリヒ・ヴィルヘルム一世はスウェーデンのカール十二世と対抗するために、ピョートル大帝とのあいだにロシア・プロイセン同盟を結びましたが、その翌年、この同盟締結を記念して「琥珀の間」はロシアに贈呈されました。最初はサンクトペテルブルグの冬宮に移築されましたが、一七五五年にはツァルスコイェ・セロのエカテリンスキ宮殿に移されました。この土地で雇われました琥珀職人たちが大広間にさらに手をくわえまして、小箪笥、燭台《しょくだい》、嗅ぎタバコ入れ、昆虫形容器、カップに受け皿、ナイフにフォーク、十字架、聖櫃などの小美術品をつくりました。これにくわえて、甲冑をつけたふたりの兵士がロシア皇帝の王冠を捧げ持つデザインの琥珀製額縁で飾った鏡もつくられました。この鏡には戦争と平和の寓意像が彫りこまれた琥珀製の台座がつき、台座の下部には海を征するロシアを表したネプトゥーヌスと海豚が配され、いちばん下には陸を征するロシアの寓意として兵士たちと武具が彫刻されておりました。さらに、この地の職人たちは琥珀製の箱の内部に琥珀の小箱をつくりこみ、オウィディウスの『変身物語』からとったいくつかの情景を生き生きと浮き彫りにしてみせたのでございます。ロシアの寓意である熊たちが手に手にリンゴを持っていたことは言うまでもございますまい。と申しますのも、この大広間は改修を経ることで、あたかもはじめから地質学的に定まっていたとでもいわんばかりに、ロシア帝国の具現化の色合いをますます強めていったのですから。このことは、大広間に招かれた外国の要人たちも異口同音に認めていたところでございます。

さて、この「琥珀の間」は現在どこにあるのでございましょうか？　ポーランド人の船乗りはこう一声張り上げた後、芝居がかった小休止をおいた。

S

Submarine

潜水艦《サブマリン》

一息ついたヤルニエヴィッチ氏は、船乗りの頭部をかたどった火皿がついたミアシャム・パイプを慣れた手つきで内ポケットからとりだして、火皿の蓋をひらいた。とおもうまもなく、人差し指と親指で芳しい香りを放つ葉をひとつまみタバコ入れからとりだし、その火皿にすかさず詰めたかと見るや、もう片方の手の親指と人差し指で、どこからともなくとりだしたマッチをシュッと一擦り、火皿に点火した。そして、パイプから立ちのぼるかぐわしい煙の流れが安定したところで、彼はふたたび口をひらいた。

――とは申せども、ですね。このように問いかけること自体が間違っているのかもしれません。あるいはたぶん、妥当な質問ではあるが今はそれを尋ねるべき時ではない、と申しておくのがよかろうかと存じます。と申しますのも、「琥珀の間の謎」をめぐる物語につきましては、この大広間がいまどこにあるのかということのほかに、まだまだお聞かせしたいところがたんとあるのでございますから。たとえば、化石研究における琥珀の重要性についてわたくしはまだ十分語っておりませんし、琥珀のカプセル墓に密閉された昆虫たちを蘇生させる可能性についてもお話しすべきなのでございます。この話題は存在の神秘そのものに深く切りこんでいくことになるのでして、そう考えますともっと早くに御披露申し上げるべきだったかもしれない詩の一節が、ふと心に浮かんでくるのでございます。よい機会ですから、このさい、ここで思索の糧としてお聞きいただきましょうか。こんな一節です。

ポプラの根方に蟻ひとつ
琥珀の涙にくるまれてあり。
生けるときにはとるにたらずも、
死して琥珀に守られ、栄《は》え蟻。
パエトンの姉妹の流せし涙、
その蜜のなか、溺れおる蟻。
働き蟻の誉れの褒美、
蟻と生まれてかく死なんこそ。

この詩はマルティアリスのラテン語をある英詩人が翻訳したものでございます。いや「翻訳」というよりむしろ、「蘇生」させたと申すべきかもしれません。ちょうど諸侯が聖人たちの遺骸を埋葬地から掘り出して持ち帰り、教会の特免をいただいて新しい場所で崇敬を新たにしたのとおなじように、わたくしどもはラテン語という古代の土壌から遺物を発掘しているのでございますから。ところで、このほとんど普遍的に理解不能な言語——ラテン語——によって世界を包みこもうとしたカトリック教会の夢は、決してちっぽけなものではございませんでした。と申しますのも、教会の考えによれば、お香《こう》の芳香を耳で聞いたり、蠟燭の光を舌で味わうことができないのと同様、魂によって感得される普遍の内実を地方によってさまざまに異なる方言で表現するのは不可能である、というわけでございましたので。

じっさい、こうして今英語でお話し申し上げておりましても、英語はわたくしの舌にはたいそう塩辛く、味わい慣れぬもののように感じられます。もちろんわたくし自身、自分を英語に適応させるようずっと努めてきたつもりでございますし、英語特有の格変化の少なさや、類義語がふんだんにあることや、前置詞の用法のあいまいさに、しばしば心を奪われてきたのでございますけれども、やはり英語はわたくしの舌に違和感を残すのです。ポーランドで生まれたわたくしの母語はポーランド語でございます。歴史上わが祖国を占領したあまたの帝国がポーランド語を隷属させようとしましたが、かならず失敗しました。そうしたあまたの困難をのりこえた現在、かつてないほどたくさんのひとびとがポーランド語を話す時代になったと申しても言い過ぎではございますまい。わが母語には、「進行中でまだ完成していない行為ないし企て」を表現する時制が存在します。この時制のことを思いあわせますと、琥珀の間の行方を語るより先に、まず「緑の星の序言」の段を語っておかなくてはならないとおもうのでございます。こんな一席でございます——

時は西暦一九〇五年、ところはフランス、ブーローニュ。五月の五日、さわやかな夕刻は午後八時。ここブーローニュ大劇場は第一回万国エスペラント大会の開会を今か今かと待ちわびている場面。客席は二十ヶ国以上の国々から駆けつけた代表者の顔また顔で埋め尽くされております。熟達者もおり初心者もおりますが、ごく少数の例外を除くならばエスペラントを自国で習ったひとびとばかりでありますから、こと会話となりますと——もしかりに会話をしたことがあるにしても——仲間内でのことでございまして、大同小異の条件のもとでエスペラントを学んだ同国人同士、内輪の試みにとどまっておりました。発音の癖も異なるでありましょう他国人との相互理解がはたして可能なのかどうか、そのことが今まさに問われようとしているのでございました。

さて、この新しい言語の考案者ザメンホフ博士は眼科開業医ですが、ワルシャワの医院を臨時休診にいたしまして、みずからが生みの親の万国語——カロ・リングォ——が世に出んとするこの大会の座長を務めるためにまかりいでました。手塩にかけたカロ・リングォも娘にたとえればはや十代のお年頃、学者先生ばかりが使う狭い学界の蛹《さなぎ》から羽化して、もっと広い社会の営みのなかへ羽ばたいてもよい年頃に育ったのでございます。劇場内には、いわく言いがたい期待の気分が充満しております。たとえるならば雷雨のまえの静けさ、巨大な力が世界に放たれる直前の予感に満ちあふれて、会場内はいっぱいに充電された静寂が支配しているところ。

「えー、本日のこの万国大会開会にあたり、各委員会の皆様のご尽力に対し、ブーローニュの市長閣下には会場のご提供に対し、また、茶菓を無料でご提供くださいました関係各位に対し、椅子等を並べてくださった皆様に対し、そして、ザメンホフ博士の肖像つきのじつに素晴らしい横断幕を準備してくださったデザイナーに対して、心から感謝の意を表したいとおもいます」と始まった開会の辞はそれほど長ったらしいものではございませんでした。けれどもその短いあいだに、聴衆を支配する空気は水を打ったような静寂から、「どうだろう、はたして大丈夫なのか」というざわめきへと変化いたしました。時刻は今八時四十分、ブーローニュに夕闇がせまります。ブーローニュ大劇場の係員によって新しい電気式シャンデリアがいっせいに点灯され、観客席全体がローマの円形劇場のようにあかあかと照らし出された瞬間、はじめてお互いの姿が見えるようになったので、満堂の聴衆ははっと息を呑みました。しかし、舞台の上はまだ暗いままです。そこへ、舞台の左手にスポットライトが当てられます。二千人の聴衆が固唾を呑んで見守るなか、小柄な男性があらわれました。横断幕に描かれた抽象的な肖像画にどこかしら似た面差し。きれいに刈りこんだ山羊鬚をたくわえたその人物は四十五歳、こめかみのあたりの頭髪がだいぶ後退してきております。楕円形の分厚いレンズをワイヤーフレームにつけた眼鏡越しに聴衆を見る姿はレーニンの風貌を思い起こさせます。また、この立ち姿は彼の本当の職業——眼科医師——にふさわしくも見えます。劇場内はいまだ沈黙です。すべては夢まぼろしだったのでしょうか。妄想、それとも見込みのない空想に過ぎなかったのでしょうか。彼はひとつ咳をして、用意した演説の原稿を読み上げはじめます。

——「ゲシンヨロイ」(紳士淑女のみなさん)!——劇場内の全員が耳と目に神経を集中していっせいに身を乗り出します——「クン・グランダ・プレツロ・ミ・アクツェプティス・

ラ・プロポノン……」。聴衆はみな不安に身もだえしてはらはらしております。ところが、しだいに気がついてきます。自分たちの耳に今届いているのは、完璧な発音で伝達された非の打ちどころのない文章の明晰な流れであるということ。そして、自分たちは、国際語による正真正銘の国際的な演説を聞いており、しかもその内容を理解しているということ。さらに、この言語によって、お互い同士の完全な理解とそれを使うすべてのひとびとを平等につなぐ仲間意識が確保されるのだということ。こうした理解が劇場内にゆきわたると、不安はしりぞき、激しい熱狂が頭をもたげはじめました。男も女も、初対面のひと同士がコミュニケーションの魔法にわれ知らず興奮して握手を交わし、抱擁しあい、満堂の聴衆は幾度となく喝采を叫んだのでございます。ザメンホフは、数々の困難をくぐり抜けて到達した高らかな理想を歌い上げた「ラ・エスペロ」――エスペラント賛歌――で演説をしめくくりました。彼が最後のところで「ニ・インテル・ポピュロイ・ラ・ムロイン・デトルウス」（わたくしたちは民族のあいだにたちはだかる壁を打ち倒さなければなりません）から始まり、「アモ・カイ・ヴェロ・エクレゴス・スル・テロ」（愛と真実が地球を支配しはじめることとなりましょう）で終わる見事な大詰めの一節にさしかかると、聴衆はひとり残らず立ち上がって「ヴィヴ・ザメンホフ！」と唱和したのでございます。

――とまあ、この第一回万国大会を体験した熱狂的なエスペランティストならきっとこんなふうに報告したにちがいないとわたくしは想像するのでございます、とポーランド人の船乗りは語り、さらにこう続けた。ひとつ申し忘れたことがございます。当日、地元ブーローニュのエスペラント愛好家グループが自慢げに一振りの旗を振りかざしておりました。これは彼らが前夜祭の浮かれた気分でデザインし、明け方までかかって刺し縫いした手作りの旗で、緑地の右上を白く四角に抜いたなかに緑の星をあしらった図柄でした。緑の星はエスペラントの記章として以前から使われておりましたから、このデザインは全くのオリジナルというわけではございません。緑星は、ザメンホフがドクトロ・エスペラント――「希望博士」――という筆名を使って一八八七年にロシア語で書いた最初の小冊子『万国語』の飾り模様として早くもあらわれております。さらにその直後、サンクトペテルブルグの新しい物好きのエスペランティストが「希望博士」黙認のもと、エナメル製の緑星形ピン・バッジをつくり、これがまたたくまに世界じゅうのエスペランティストたちに広まったのでした。こうして、緑星のバッジをつけた者が出会ったときにはエスペラントで会話を始めることができるという暗黙の了解ができあがったのでございます。緑星は、ふつうならまず出会うことはなさそうなひとびと同士の出会いに一役買いました。チェコ人の醸造業者とフランス人の肌着行商人。イギリス人の文献学者とポーランド人の船乗り。スコットランドの未婚婦人とロレーヌのキッシュ・パイ職人。イタリア人のプリマドンナとリトアニア人のバレリーナ。アイルランド人の郵便配達人と中国人の洗濯屋。意外な組み合わせにはきりがありません。出会った者同士はかならずしもことばを交わすにはおよびませんでした。初対面の相手に手を差しのべて握手を交わし、互いの目を覗きこんで、共通の世界に住まう者同士の兄弟愛・姉妹愛の深さを黙って推し量りさえすればそれでよかったのです。そうして、ふたりは文通をしあう約束を交わして別れ、生涯続くような文通仲間がいたるところで生まれました。成長してゆく家族の写真が交換され、決して会うことはないであろう家族同士が親類縁者のようにお互いを思いやったのでございます。

緑星の力はこのようなものでございましたが、そもそもの発端はどこからきたのでしょうか？　まず、ビアウィストックの町から始めることにいたしましょう。当時のロシア領リトアニア、ということはロシア領ポーランドに属しておりましたこの町に、ラザロ・ルドヴィーコ・ザメンホフとして知られるようになる赤子が生を受けたのは、一八五九年十二月十五日のことでございました。凍りつくような寒い晩でしたが、この日はたまたま寒気に曝されることから人間を守って下さる聖ヴァレリアヌスの祝日に当たっておりました。赤子の父はこの時分、ビアウィストックのユダヤ系印刷所で検閲係として働いておりましたが、雇い主ともども暮らし向きはたいへんきつかったようでございます。未熟児で生まれ落ちた赤子は、産婆に尻を叩かれても産声をあげることすらできなかったとのことで、この子は長くはもつまいとおもわれておったようです。ところが、大方の不安をよそに、赤子はすくすくと育ちました。しかし、育ちはしたものの、このラザロ・ルドヴィーコはことばが遅く、四歳になるまで一言も喋りませんでした。そんなある日のこと、検閲係の父と母と息子の三人家族が夕食の食卓を囲んでおりましたとき、ラザロが突然ゆっくりした調子でこう言ったというのでございます。母ちゃん、このスープ冷めてるよ。これを聞いて大喜びした両親が、なんでまたおまえは今までことばを喋らなかったんだい？　と尋ねたところ、息子は、だって今までスープが冷えてたことがなかったからだよ、と答えたと申します。このとき以来、ラザロの言語能力は堰を切ったように進歩を重ね、九歳までには、ロシア語、ポーランド語、イディッシュ語、ドイツ語、そしてリトアニア語の順に言語を習得いたしました。これにくわえて、父は息子にヘブライ語とギリシア語を教えました。

――当時のビアウィストックにはさまざまな民族がいささか特殊なかたちで住み分けておったのでございます、とポーランド人の船乗りは続けた。ザメンホフは幼時から近視でしたので、どこへ行ってもほとんどおなじにしか見えない男女が違うことばを喋り、自分たちのことをポーランド人とか、ロシア人とか、ドイツ人とか、ユダヤ人とかいうふうに考えていることに悩んでおったのでございます。みんなおなじ人間なのにいったいどうしてこうなんだろう、と考えあぐねた少年は、大人になったら万能になれるともおもっておりましたので、そうだ、ぼくは大きくなったらこの不都合をなくすよう努めるひとになろう！　と決心したのです。ザメンホフは後年、このように語っております。ユダヤ人街に住まわされた者ほど、民族間に立てられた障壁が生み出す悲惨を身にしみて感じる人間はおりますまい。また、ユダヤ人ほど、国籍といったようなものから解放された言語の必要性を切望する人間もおりますまい。なにしろ、ユダヤ人と生まれた者は、神に祈るときにはとうの昔に死に絶えた言語を用いなければならず、自分たちを排斥するひとびとの言語によって育てられ、教育を受けねばならず、さらには、おなじ悩みをもつ同胞が世界じゅうにおるにもかかわらず、それらの同胞たちと語りあえる共通の言語がないのであるから、と。そういうわけでザメンホフ少年は、大人になったら眼科医となり世界語を発明してやろう、そして世界じゅうのひとの視力と世界の展望《ヴィジョン・オブ・ザ・ワールド》をすっかり矯正してやるんだ、と決心したのでございます。一八七九年、彼はまだ学生でしたが、世界語の最初の雛形を仕上げました。彼はその試作言語を父の手にゆだねて、医学を究めるためモスクワへ旅立ちました。検閲係がしごとの父は、貧しいユダヤ人の学生が秘密の言語で書いたこんな書類が明るみに出たらとんでもないことになるぞ、と即座に察知してその原稿をあとかたもなく廃棄してしまいました。

ところが大学生になった「ラザロ」――仲間たちはみんな彼をこう呼んでおりました――はにわかに、「ヒッバト・ツィオン」（シオンを愛す）と呼ばれるシオニズム運動の活動家となり、記憶によって世界語の構想を再構成して、新しいノートブックに書きつけていきました。そんな一八八四年のこと、彼は一学期間、授業の単位取得のためにサンクトペテルブルグ大学の臨床・法医学学部の眼科学教室へ派遣されました。この眼科学教室では学期の終わりに主任教授、講師、学生が一堂に会して無礼講の大宴会をひらくのが昔からの習わしになっておりました。たまたま眼科学教室の主任教授がこの当時ロシア帝国の当局筋に強いコネをもっておりました関係で、皇帝《ツァーリ》用の壮麗な宴会場、ツァルスコイェ・セロの「琥珀の間」をこの学期末宴会の会場として確保することができたのでございます。その場のようすは容易に想像できましょう。慣れない食前酒のグラスを手にちびちびすすりながら、緊張した面もちの学生たちがホールの隅にかたまっています。講師たちは彼らの肩越しに大声で遠くの誰彼とことばを交わしあっております。上機嫌の主任教授は琥珀のシャンデリアの真下で申し分ない孤立を楽しみながら、悠然とあたりを見回しております。やがて、きらびやかな衣装に身を包んだ宮廷執事が登場いたしまして、ではみなさま、お食事のまえにこの「琥珀の間」の由来と見どころにつきまして少々ご案内させていただきましょう、と口火を切りますと緊張した空気がおおかた和んでまいります。

――さて、みなさまの主任教授様がただいまお掛けになっておられますのがロシア皇帝陛下《ツァーリ》の御座、総琥珀造りでおじゃります。こちらが幼き皇太子殿下のためのお椅子。こちらにおじゃりますのが姫様がたのための琥珀造りのボタン箱一式、といったふうな執事の案内にぞろぞろついていく一行の最後尾に医学生ラザロはくっついておりましたが、じきに列を離れて、ひとりで見物を始めます。ふと、凝った彫刻を施した飾り戸棚が目につきましたので、こっそり扉をひらいてみます。すると、なかには人魚をかたどったちいさな琥珀像が入っておりました。おそるおそる手を伸ばして、手のひらに載せてしげしげと眺めてみます。人魚の両の目は緑の星でございまして、琥珀製の胴体には星が砕けたように見える松葉の裂片などが封じこめられているのが見えました。

やがて、一同は食前酒と華麗な室内に陶然としながら着席、晩餐が始まりました。そのなかばでザメンホフは両脇の同輩にことわって席を立ち、ロシア帝国の紋章が掲げられた両開きの大扉を背に直立不動の姿勢で立つ宮廷執事に近寄っていきまして、このように話しかけます。執事殿、僕は眼科学専攻の貧しい学生ですが、さきほどあちらの見事な飾り戸棚のなかに人魚の小像を見つけまして、その目とわたくしの目を合わせた刹那《せつな》、不思議な魅力にとらわれてしまったのです。もしかしてあの人魚像の由来について、なにかご存じでしたら教えていただけませんか？　これに応えて、宮廷執事はこう語りはじめました。

——むかしむかし、時の深い淵の奥底に沈んだ時代のこととおぼしめせ。すべての琥珀を産するところのバルト海にひとりの人魚女王がおじゃりました。わたくしどものリトアニア語ではユラテの名で知られる人魚女王。さまざまな土地ことばでさまざまに呼ばれてはおりましょうけれど、いずこもおなじ物語ゆえ、おなじお方のことでおじゃります。わたくしが聞いた言い伝えでは、あるときこのユラテ女王が、ちっぽけな手漕ぎ舟でユラテの海に出て大胆にも魚捕りをする漁師を見かけたと申します。女王の領分を侵犯するとは不届き千万、すみやかに漁をやめよ！　と命令すれど、ユラテのさかなことばは漁師には通じませなんだ。そればかりか、相手を睨みつけるうちに漁師の身体が自分とは異なっておるのに気がつきまして、こともあろうに女王はこの男に惚れてしまったのでおじゃります。女王は漁師を海の泡でぐるぐる巻きに縛りまして、繭玉のようになったその男を海底の琥珀宮の一室までひきずってまいります。そこで女王が漁師の服をはぎとりますと、地虫のように裸に剝かれた男はユラテの目を覗きこみました。こうして出会った見知らぬ同士はお互いの新奇な身体をとっくりと何時間も見つめあったと申します。ふたりがたたずむ琥珀造りの寝室の窓から斜めに射しこんでまいります緑の薄暗い光線のなかには、埃のような浮遊生物が無数に漂っているのが見えたとのこと。ところが、この一部始終を雷神ペルクーンが盗み見ておりました。ペルクーンはユラテ女王にかねてから懸想しておりましたのに手ひどくはねつけられるばかりでしたから、女王がよりによって人間ふぜいと恋に落ちたのを見て、嫉妬に狂ったのでおじゃります。ペルクーンは琥珀宮めがけて雷電を投げつけ、こっぱみじんに破壊してしまいました。漁師はたちまち感電死いたしましたが、ユラテを殺すことはできませんでした。そこで、雷神は配下のクモ蟹をそそのかして、漁師の肉をついばむことを許すのと引き換えに、クモ蟹の鎖でユラテを琥珀宮の廃墟に繫ぎ止めました。ところが女王にはまだ魔法の力が残っておりましたので、蟹たちが漁師の身体を食い荒らすまえに彼の両目を二つの緑の星に変えて、未来永劫それら二つの星が海底でユラテを見つめることができるようにしたのでおじゃります。つい先ほどあなたさまがお手にとられた人魚の小像の目が二つの緑星でありましたのは、これが理由でおじゃります。と申しますのも、わたくしどもの言い伝えでは、恋人は恋する相手の目で世界を見るものだと申しますゆえ。と、このようにリトアニア出身の宮廷執事は若い医学生に語ったのでございます。

——ポーランド人の船乗りはなおも語りつづける。ザメンホフが裕福な魚屋の娘クララ・ジルベルニックと出会ったのは一八八六年、眼科医の開業資格を得たのとおなじ年のことで、翌年にはワルシャワで医院を開業いたしました。その一八八七年は彼が考案した国際語についての最初の小冊子を刊行した年でもあり、クララ・ジルベルニックと結婚した年でもございます。結婚の記念にザメンホフが新妻に贈ったのは、一対の緑の星のかたちをしたイヤリングでございました。ザメンホフは、このイヤリングに込めた意味を言葉で語り尽くすことはできないんだ、と新妻に語ったと申します。

——ポーランド人の船乗りによれば、ザメンホフはブーローニュの万国エスペラント大会での演説のなかで次のように述べました。ひとつの鋳型でつくられた兄弟・姉妹たち、お互いに助けあいながら人間家族の幸福と誉れのために働いてしかるべき兄弟・姉妹たちが、互いに見知らぬ同士となり、永久に歩み寄る余地もないかに見える敵同士に分裂し、いつ終わるとも知れない戦争が始まってしまったのがわたしたちの世界であります、と。

——ラザロ・ルドヴィーコ・ザメンホフはみずからの世界平和の理想が崩壊したことに深く落胆して、一九一七年四月十四日に死去いたしましたが、エスペラント語で書き記された最後のメモにはこんなことばがございました——「近頃おもうようになったのは、死とは消え去ることにあらず、……自然界にはある種の法則があり、……わたしをもっと高次元の目的へと導いてくれるなにかがある、ということ」。

ポーランド人の船乗りヤルニエヴィッチ氏はここまで語って沈黙した。

そこでこんどはわたしが口をひらいた。いやあ、お話たいへん印象深く拝聴しました。信じてもらえないかもしれませんが、わたしの父はザメンホフの命日のきっかり一年前の一九一六年四月十四日生まれでして、郵便配達人をしながらエスペラントに凝っていたんです。父に連れられて、ベルファストのどこか裏町の二階の一室へ行ったのを覚えていますよ。部屋のなかにはカトリックもプロテスタントも、それから地位も職業もさまざまなひとたちが集まっていて、思慮深そうに語りあっていました。そうそう、集まったエスペランティストの誰かの奥さんがみんなにお茶を淹れていましたっけ。お話のなかでも言われていましたが、うちの父もエスペラントのおかげでたくさんのひとびとと出会ってましたね。エスペラント語の『毛沢東語録』が中国人の船員のひとから送られてきたとき、父はお礼にエスペラント語版の福音書を送りました。郵便配達担当区域の路上で父がロシア人の船長にエスペラント語で話しかけたのがきっかけで、その船長の船に父が招待されて、乗組員一同の歓迎を受けたなんてこともありました。また、イギリス人の女優と行き会ったときには、アルスター・ダイニング・ルームズで紅茶と丸パンをごちそうしてさしあげたと聞いています。エスペランティストのモルモン教徒がふたり連れで家へやってきたときには大喜びでそのふたりを招き入れて、表の間《フロントルーム》で聖書の細部の解釈について話しこんでいましたよ。父は、自分は億万長者だと名乗る人物と出会ったこともありました。また、父は長年にわたってオランダのタバコ商と文通していたんです。

オランダ人のボス氏が、ここで口をはさんだ。うむうむ、ご両人の会話はわが耳には心地よいですな。なにしろわがオランダは、希望博士《ドクター・エスペラント》が発明した言語が最も普及しておる国のひとつですから。わがオランダの黄金時代には、普遍言語という観念は不可能ではないと考えられておったわけで。ファン・レーウェンフックは自作の顕微鏡で、わたしどももみんなの体内で繁殖する微細な線虫を観察しました。ファブリッツィウスはデルフトの光のなかを浮遊する埃の微片を描きました。スワンメルダムは芋虫を解剖してその体内にすでに蝶の身体が折り畳まれて入っているのを発見しました。スピノザは『エチカ』を書きました。ホイヘンスは振り子時計を発明したばかりか、はじめて光の屈折を測定しました。フェルメールは光の効果で窪みや凹凸がつけられた壁を描きました。その一方で、オランダの鰊《にしん》漁業はヨーロッパ全土の需要に応え、さらにくわえて、オランダといえば畜牛、キャベツ、養豚、花卉《かき》園芸にかけては世界にひびきわたる名声を確立しておったのですから。

　この黄金時代の飽くなきエネルギーと好奇心を比類なく体現しておるのが、コルネリアス・ドレベルという人物です。ドレベルといえば、わたし自身は疑いをもっているものの、多くのひとが認めるところによれば複合顕微鏡の発明者ということになっております。ファン・レーウェンフックが用いた単レンズの簡単な器具とは異なる複合顕微鏡を、ドレベルが早くも一六一九年に製造していたことを示す文書があるのですわ。ドレベルはチーズ市場の町として知られるアルクマールで一五七二年に生まれ、十三歳のとき、有名な彫版家で錬金術士だったヘンドリク・グロールツィウスのもとに弟子入りしました。一五八九年、弱冠十七歳にしてゼーラントのミッデルブルフの町のひとびとのために見事なからくり噴水をつくっておりましてな、その噴水には、手足が動く男女の人魚を模した自動人形と、時報ごとにチャイムを鳴らし、さまざまな天使童子がずらりと並んだ水盤におしっこをする仕掛けのついた水時計が付属していました。また彼は、永久運動の機械も考案しておりますが、これは気圧の変化を利用して動く手の込んだ玩具でしてな。彼がつくった独創的なサーモスタットはデルフト焼きの陶器窯の温度管理に重宝がられたものですが、これも気圧の変化を利用したおなじ原理の器械でした。温度が上昇すると空気が膨張して水銀柱を押し上げ、しまいにはその柱がダンパー弁を閉じさせるというこの原理は、鶏や家鴨《あひる》の卵を人工孵化させるための装置にも応用されました。彼が考案したさまざまな機械の評判はついにイングランド王ジェイムズ一世の耳まで届き、その皇《プリン》太子《ス・オブ・ウエールズ》のヘンリーに仕えるようお呼びが掛かりました。ヘンリーの家庭教師として、エルサムの城で物理学、ラテン語、占星学、さらには立ち居振る舞いまで教えるよう申しつけられたのですわ。彼が神聖ローマ皇帝ルドルフ二世とヴュルテンベルク公爵の訪問を受けたのも、この城でのことでした。彼はひきつづきルドルフの居城を訪れるよう招待を受け、一六一〇年にはには皇帝の家族が住むプラハに移住しました。この地で、彼は永久運動機械《パペチュウム・モビーレ》を展示し、錬金術の実験をおこなったのですわ。ルドルフの弟のマティーアスがプラハを掌握し、ルドルフを退位させたときには、ドレベルも投獄されました。しかし、ヘンリー皇太子のとりなしによってドレベルは釈放され、一六一三年、エルサムへ逆戻りしたわけで。彼が世界ではじめて使い物になる潜水艦を設計し、建造したのは、こうしてふたたび英国王室の庇護を受けるようになった時期のことですわ。一六二〇年、彼はこの潜水艦でテムズ川の水面下を航行することに成功しました。一説には、艦内にジェイムズ王とヘンリー皇太子が乗船していたとも言われております。

T

Tachygraphy

速記法《タキグラフィー》

この話を聞いて、わたしはジョン・ウィルキンズの生涯と業績を連想せずにはいられなかった。このウィルキンズなる人物のことは、ホルヘ・ルイス・ボルヘスがある短いエッセイのなかで主題にしているのだが、そのエッセイは『異端審問』というタイトルの作品集に収められており、スペイン語初版が一九五二年、ルース・L・シムズによる英訳がテキサス大学出版局から一九六四年に出版された。ボルヘスによれば、ウィルキンズは「愉快な好奇心に満ちあふれて」おり、その興味は暗号作成法、神学、さらには月世界旅行や世界語考案の可能性にまでおよんでいた。この最後にあげた問題を論じた彼の著作が『実在の文字と哲学的言語のための試論』であって、ボルヘスのエッセイもそのような言語の可能性の一端を探るものである。だが、ウィルキンズの興味の幅広さはこれにとどまるものではなかった。コルネリアス・ドレベルがテムズ川で潜水艦の試験航行をおこなったさいの目撃者による報告に感銘を受けた彼は、『数学的魔術――あるいは機械論的幾何学によりてなしとげられるやもしれぬ数々の驚異』と題した著書のなかで、水面下を航行する乗り物がもつ潜在的可能性を検証している。この点についてはあとでまたふれることにしよう。

ジョン・ウィルキンズの『数学および哲学に関する著作集』につけられた略伝にはこんな記述がある。

オックスフォードの市民にして金細工師ウォルター・ウィルキンズの息子として誕生したジョンは、「機械ものにきわめて堪能な頭脳をもつきわめて創見に富む人物にして、数々の実験を好み、永久機関に没頭せり」と寸評されている。ジョン・オーブリー著『簡略伝記集』の一節である。幼時よりラテン語とギリシア語にすぐれていたため、弱冠十三歳にして一六二七年度復活祭学期よりニュウ・イン学舎に入学を許可された。その後ほどなくマグダレン・ホールに転学、ジョン・トゥームズ師の指導を受け、学芸諸学位取得。この後、聖職の道に進み、プファルツ選帝侯チャールズ宮中伯の礼拝堂付き牧師となった。

イングランドに内乱勃発するやウィルキンズは議会派に加担した。ピューリタン派のイングランド議会はスコットランド反乱軍と「神聖なる同盟と盟約」を結んだ。後、一六四八年、議会の指名を受けて大学改革のためウォダム・カレッジの校長に就任、同年に『数学的魔術』出版。一六五六年、元クライストチャーチ聖堂参事会員ピーター・フレンチの未亡人にして護国卿オリバー・クロムウェルの女きょうだいであるロビーナと結婚。一六五九年にはクロムウェルの息子にして二代目護国卿リチャードに指名されて、ケンブリッジ大学トリニティ・カレッジの学長に就任した。この学長職はケンブリッジにおける最高位の役職である。

チャールズ二世による王政復古の後、学長職を解任されたウィルキンズは栄誉あるグレイズイン法学院付き説教師とセントローレンス陪審付き牧師に転じた。この時期に王立協会に加入、同協会の最も高名な会員かつ重要な後援者のひとりとなった。ひきつづき、リポンの地方執事を経た後バッキンガム公の厚い信用を得て、一六六八年十一月十五日にはホルボーンのイーリー・ハウス・チャペルにて、チェスターの主教に任ぜられた。同年、『実在の文字のための試論』出版。

ある伝記作家によれば、豊かな天賦の才に恵まれていたうえに飽くなき研究の成果も手伝って、ウィルキンズは普遍的洞察力を獲得していた。その洞察は万物――否すくなくとも有益な学問のほとんどの分野――におよんでおり、天文学の研究をおおいに前進させ、機械学と実験的哲学においても同時代に並ぶ者がなく、本来の職務である神学でも卓越していた。しばしば専門外の事象を扱う場合でも、ウィルキンズの意図はつねに人間を善と賢明さにより近づけようとすることにあり、普遍的な知識の普及を促そうとする彼の主目的はまさにこの点に立脚していた。決して栄達を望まなかったが、輝き出す美点がおのずから高い地位を呼びこんだ。世間のひとびとが賞賛する富を軽蔑した彼は、聖職報酬を教会へ返納した。口をひらけばおもしろく有益なことばを語り、友人たちの評判にはとくに心を配った。王政復古後英国国教会に帰順してからはその統御と典礼の整備に尽力したが、些末偏重主義には嫌悪感をあらわにし、相手がどの陣営であろうと「狂信的行為」と呼んで躊躇なく非難した。

ジョン・ウィルキンズは一六七二年十一月十九日、有痛排尿困難あるいは排尿抑止が原因で死去した。このような症状には琥珀が薬効ありとするカリストラトスの説をプリニウスの『自然誌』で読んでいたので、ウィルキンズは主治医にその処方を求め、琥珀が投与されたが薬効空しかったという。遺骸はセントローレンス陪審の教会北壁の下に埋葬されている。

さて、海中旅行と普遍言語にかんするウィルキンズの考えを紹介するまえに、一六四一年にロンドンで出版された彼の著書『メルクリウス——あるいは口が堅く足の速い使者——ひとがいかにして内密かつ迅速に遠隔地の友人に所信を伝えるかを明らかにする』にざっと目を通しておくのが有益かもしれない。

ウィルキンズはこう言う。天使たちはおのが全存在によって語りあうゆえ、口頭伝達にたよる言語は必要ない。しかし自然は、有機体の肉体をもつ人間が知識をやりとりできるように、さまざまな道具をあてがってくれている。すなわち、舌や耳がそれであり、これらの道具のあいだで行われる交渉が話し言葉ないし言語と呼ばれるものである。人間たるもの、おのおのの教育が導く度合いに従って、誰しもこの交渉の手だてを身につけたいと願うのが必定。自然言語なるものが存在すると主張するあさはかな論者もあるが、そんなものは存在しないのである。

言語が人工的であるのと同様、書くことも人工的である。語られ消えてゆくことばを永遠にとどめる技術をはじめて考案したのは、エジプトのメルクリウスであった。それゆえ、彼は神の使者と呼ばれる。迅速なる使者としての目的を達成させるため、詩人たちはメルクリウスにすばやき翼を与えた。そして、たとえ話が暗号の基本になる。寓話は意味をくらますと同時に開示もする。神々の本意を理解するのは困難だからである。われわれ人間としては、説教や呪言を用いるときのように、新しい秘密言語を創案することで前進をはかるのがよかろう。あるいは、既存の言語を倒置、変形、削減、拡大することによってつくりかえる道もあろう。具体例は後に述べる。

伝達内容をなにに書き記すか、これにはさまざまな方法がある。野兎の腹部からとった皮が一案。木の札に文字を記した上に蠟を引いて保護するのが二案。有痛にして悪臭を放つ潰瘍を治療する湿布に用いられた葉の表面に記す手もあった。人体に記すこともできた。従者をひとり連れてきて頭髪を剃った後、本人には知らせずに頭皮に伝言を書き記す。そのうえでふたたび頭髪を伸ばすよう命令し、使者として先方に遣わし、到着したら頭髪を剃ってもらうという方法である。エルサレム攻囲戦のとき、ユダヤ人たちは、いったん融かして弾丸大に丸めた金塊を呑みこんで安全な土地まで退去した後、排泄するというやり方で金を安全に運搬した。もし縮減法を用いてホメロスの『イーリアス』全巻を胡桃の殻に入るほどちいさな書物に記すことができる速記者がいたならば、重要な手紙の束を安全に運搬するなど朝飯前であっただろう。

次に各種の見えないインクについていえば、ミルク、尿、生卵、あるいは闇のなかでのみ可視となるツチボタル抽出液もある。そのほかには、獣の内臓の膠質《にかわ》粘液や蝸牛《かたつむり》エキスも有効である。

次はヒエログリフについて一言。プルタルコスの記述によれば、エジプトにあるミネルウァ神殿の正面には幼児、老人、鷹のヒエログリフがあり、最後の鷹は「神」を意味していた。また、「憎悪」を意味する魚と、一般に「不敬」を意味する馬頭魚尾の海馬も描かれていた。これらすべてを合わせた意味は、「なんじら死すべくして生まれた者どもよ、神は不敬を憎むと知るがよい」となる。

伝達の迅速さにかんして言えば、天使たちにまさるものはない。彼らの天性には縦横無尽の飛行を妨げるものはなにもないからである。もし、人間の身で天使と昵懇《じっこん》になることができれば、天使に使者を頼むのが最も手っ取り早い。海豚《いるか》たちも熟練の走者ゆえかなりの速度があり、馬も速さではひけをとらないが、これらに頼るのは原始的な方法といわざるをえない。というのも、伝言は音や光の速度で伝えることも可能だからである。松明《たいまつ》や旗、煙などを用いて手旗信号式に伝達するさまざまな方法があり、また、戦時下のオランダでは、単純な内容なら風車の翼で表示して、迅速にリレー伝達した事例もある。さらにいえば、明瞭な音節に区切られた音ではなく、音楽的な旋律ないし調べのみで成り立つ言語を構想することは容易である。一マイルていどの間隔で櫓《やぐら》を設置しておのおのにラッパ手を配置すれば、王国じゅうに情報をリレー伝達することができる。

以上、『口が堅く足の速い使者』でとりあげられている考案のごく一部を紹介してみたが、この本は全編こんな調子で、十七世紀人に知られていた暗号化・コード化のあらゆる方法の梗概が詰めこまれている。ウィルキンズが提案した音楽言語は、一八一七年、フランスの音楽教師フランソワ・シュドルによってあますところなく実現された。シュドルはあるとき、一音階を構成する音が万国共通に「ド」「レ」「ミ」「ファ」「ソ」「ラ」「シ」という決まった音節で知られているという事実にはたと気がついた。そして、分類・配列の原則にもとづき、これら七つの音節だけを用いて独自の語彙を構築することを思いついた。最初にくる「ド」は「人間」とか「徳義」とか「物質」とかの部類ないし調《キー》を示し、「ド・ド」は第二の下位区分を示し、「ド・ド・ド」は第三の下位区分を示すというシステムである。このやり方でいけば、五音節またはそれ以下の音節からなる単語を満載した立派な辞書ができあがるはずであった。単純計算で、単音節の単語を七つ、二音節の単語を四十九、三音節の単語を三百三十六、それぞれつくることができた。もっと音節数の多い単語にかんしては、二千二百六十八個の四音節単語、九千七十二個の五音節単語をつくることができたので、シュドルは満足した。ひとつの概念を示す語幹が与えられれば、その語幹を構成するひとつの音節からべつの音節へアクセントを移すことによって、「動詞」、「ものを示す名詞」、「人を示す名詞」、「形容詞」、「副詞」を派生させることができた。シュドルはこの言語をソルレゾルと呼んだ。こうした言語が記号的・音声的・視覚的表現のあらゆる形式に応用できる可能性を考えれば、シュドルの言語にははてしない潜在力があった。一音階を構成する七音節をふつうに発音するだけで、ほかのどんな言語にもひけをとらないことばが喋れるのだ。たとえば、「ドレ・ド・ミラシ」は「私は愛さない」とおなじように通じる。しかもそればかりでなく、その気にさえなれば「ドレ・ド・ミラシ」は歌うこともできるし、楽器で演奏することもできる。鐘や警笛を使って、遭難した船に連絡をとることもできる。七つの音を虹の七色に置き換えれば、たちどころに旗やカンテラや狼煙《のろし》で「語る」ことのできる視覚言語となる。史跡などで夜おこなわれる照明と音楽の催し――ソンエリュミエール――の壮観さを思い浮かべてもらえばよいだろう。また、この言語システムは味覚に変換することも容易に可能だから、招待客たちが「スピーチ」を食べたり、ときによっては吐きもどしたりすることのできる宴会を企画できることはいうまでもない。卓上の盛り花に香りと色で「スピーチ」を語らせることだってできるのだ。まだある。ソルレゾルの七つの音節の表記をさらに縮小して「d」、「r」、「m」、「f」、「so」、「l」、「s」とすれば、速記法ないし早書き法にもおどろくべき有用性を発揮する。つまり、この言語はその応用性において真の普遍性を有しているのであって、十九世紀にはフランス学士院の委員会で好意的に論評され、国際博覧会では褒賞を受け、ヴィクトル・ユーゴー、ケルビーニ、ジュール・ヴェルヌ、エミール・ビュルヌフといった高名な作家や芸術家や科学者たちによって支持された。

シュドルがウィルキンズ主教の著作を読んでいたかどうかは明らかでない。演繹的《アプリオリ》な言語を構築しようとする試みはほかにもなされたが、そのすべてが、宇宙とその内容をカタログ化しようとする企てだった。そして、時代や国が変わっても人間の思いつきはさほど変わり映えするものではないとするならば、似たような言語が考案されたからといって一概に盗作だと決めつけるのは的はずれというものだろう。ウィルキンズが『口が堅く足の速い使者』で着想をほのめかした言語の構想はやがて十分に発展して、一六六八年に出版された『実在の文字のための試論』によって世に問われることとなった。この書物のなかで、スコットランド人にして紳士階級に属する学者ジョージ・ダルガーノの『記号学術論《アルス・シグノールム》』が提示したシステムに準拠しながら、ウィルキンズは宇宙を四十の「カテゴリー」ないし「部類」に分類し、それらに従属する下位区分の「種」を多数設定した。おのおのの「部類」には二文字の単音節語があてがわれ、その下の「差」の位の区分にはおのおの子音ひとつ、最下位の「種」にはおのおの母音ひとつがあてがわれた。こうして、たとえば、「de」は「四大元素」を示し、「deb」は四大元素の第一である「火」を、「deba」は火の一部をなす「炎」を示すことになった。

ボルヘスは、宇宙を分類しようとするあらゆる企ては恣意的であり、確定的なものなどありはしないと述べたあとで、イギリス人のローマ・カトリック信徒G・K・チェスタトンの文章を引用して、ウィルキンズ主教をめぐる論考をしめくくっている。

　魂のなかにある色の数は、秋の森で見ることができるよりも数が多く、おどろくべきもので、その無数の色合いひとつひとつは名づけられてさえいないということを、人間は心得ている。……ところが人間は、これらひとつひとつの色合いやら翳り具合やら、色の混ざり具合や結合の効果にいたるまで全部を、「ぶうぶう」とか「きいきい」とかいう声を組みあわせた恣意的なシステムを使って正確に表現できる、とまじめに信じているのだ。ふつうの教養をもった株式仲買人が自分の内面から声を発しさえすれば、その音が記憶の神秘や欲望の苦悶すべてをあますところなく表示することができる、と人間は信じているのである。

しかし、ウィルキンズ主教の夢は論理的なものだった。彼が書いた書物のなかの一章にノアの箱舟にかんする脱線があるが、その一節においてウィルキンズは、箱舟が聖書に記述された寸法だったならば膨大な数の動物たちとそれらすべてを一年間生かすための食糧を載せることはできなかったはずだ、と主張する無神論者や異教徒に対して、聖書の真実性と権威を盾に論駁している。人間がこしらえた舟がそれほど過剰な貨物をささえることができた以上、人間が考案した言語ははるかにたくさんのものを包含できるにきまっている、という論法である。ウィルキンズ主教が『ダイダロス——または機械的運動論』と題する『数学的魔術』の第二部に着手したのは、聖書におけるこの先例に倣おうとしたからであった。この本の第五章には、「水中航行のための箱舟を建造する可能性について、さらにそうした装置にともなう困難と便益について」という副題がつけられている。

ジュール・ヴェルヌがソルレゾルを支持していたことはすでに述べた。ソルレゾルと、気球や潜水艦に乗った探検家たちが分類学を実践してみせるヴェルヌの百科全書的な世界観とは、相性が良かったのである。ヴェルヌがウィルキンズを読んでいたかどうかは明らかでないが、コルネリアス・ドレベルの著作には親しんでいた。ドレベルの死後、彼の名声はイングランドよりもヨーロッパ大陸においてはるかに高かった。学者であり、科学者であり、技術者であり、彫版師であり、錬金術士であり、発明家であったドレベルは奇行の持ち主として有名で、十一枚のチョッキを重ね着して真夏のロンドンの街路をうろついているのがよく目撃された。チョッキについているたくさんのポケットには、科学的な好奇心をそそる代物《しろもの》やなにやらの製法を書いたメモのたぐいがあちこちに入っていた。ドレベルは、ヴェルヌをはじめとする多くのひとびとの目から見れば、あらゆるものを既知のカテゴリーの枠内に整頓しようとして落ち着くひまのない、ヴィクトリア朝時代精神の権化であった。そして、もしかりにヴェルヌがウィルキンズを読んでいなかったとしても、次に引用するウィルキンズの、水中航行装置の利点と便利さを列挙したリストは、ジュール・ヴェルヌの『海底二万里』のネモ船長が実行した内容を先取りしていて興味深い。

一、水中航行装置は人目につかない。ゆえに、姿を見られたり航行をさまたげられたりすることなく、秘密裏に世界じゅうの海岸へ到達できる。
二、水中航行装置は安全である。五、六歩《ペース》海中に潜ってしまえば変わりやすい潮の流れや嵐の猛威の影響はなく、海賊の来襲を心配することもなく、極地海域への航海を脅かす氷層や氷山に神経をすりへらすこともない。
三、水中航行装置は敵海軍との対戦において圧倒的に有利である。敵艦は海中からの奇襲によって撃破されるであろう。
四、水中航行装置は水により隔てられた場所へ秘密裏に兵站を供給するのに役立つ。また、水中より到達できる場所に対して奇襲をかけることもできる。
五、水中航行装置は海中におけるさまざまな実験・発見にかかわる作業において筆舌に尽くせぬ便宜をもたらすであろう。

ウィルキンズの著作にはこの種の考察がほかにもたくさん見受けられる。たとえば、空を飛ぶ方法について書かれた一編のエッセイには、かつて試みられたり、将来試みられるかもしれない四種の方法が解説されている。すなわち、霊魂ないし天使による飛行、鳥の助けによる飛行、人体に直接取りつけた翼による飛行、飛行車《フライング・チャリオット》による飛行の四種である。もっと実用的なところでは、彼は、海を航行する帆船の原理を応用して、馬なしで風力によって陸上を移動できる帆走車《セーリング・チャリオット》を考案している。これと同様な乗り物はオランダですでにステフィヌスなる人物の指図によってつくられており、たくさんの著名な作家たちによって賞賛されたものであった。この車輪つきの走車《チャリオット》は、じつはオランダでは何百年もまえから知られていた乗り物が発展したかたちなのであった。ウィルキンズはこう書いている。「オランダではほかにもしばしばちいさな乗り物を目にすることがある。一人または二人乗りで氷上を行くために車輪の代わりにソリをつけ、帆に受けた風を動力とする。本体は小舟に似ているので、万一氷が破れても乗っている者に危険はおよばず、水上を安全に帆走することができる」。

ステフィヌスが考案した乗り物は、その大きさと速さにおいて目を見張るべきものがあった。この乗り物は十二人の乗客と一人の操縦士をらくらく乗せることができた。そして、高名な哲学者ペイレスキーウスはスヘーフェリングへ出向いてこの帆走車《セーリング・チャリオット》に体験乗車してからというもの、その乗り心地と独特の性能をしばしば語り草にした。なにしろすごい風速で、風圧も強かったんだが、乗っているわたしらには風はすこしも感じられなかった。それもそのはずで、われらが帆走車《セーリング・チャリオット》は風とおなじ速さで帆走していたのだよ。先を走っていたひとびとが後ろに向かって走っているように見え、遠くに見えたものがまたたくまに迫ってきて、追い越され、後ろへ飛んでいった、と語る哲学者を乗せた車は、スヘーフェリングからプッテンにいたる四十二マイルほどの道のりを二時間で帆走した。ところで、この乗り物の改良案をジョン・ウィルキンズが提起して、卓抜な思いつきをこう語っている——かねがね考えていたのだが、例の帆走車《セーリング・チャリオット》に可動式の帆をつけたらもっと便利になるのではなかろうか。実験してみる価値があるとおもう。可動式にすれば風車の翼と同じ原理で風力を受けやすくなって、どの方角から風が吹いてきても帆に受けて、方向転換できるようになる。帆の向きを変えれば車輪の向きも変えることになり、したがって帆走車《セーリング・チャリオット》は(風と正反対の向きであっても)思いどおりの方向へ走ることが可能になるはずだ。

さて、ウィルキンズが論じるさまざまな装置のなかでもいちばん風変わりな代物は、『口が堅く足の速い使者』の第十九章の末尾に出てくる短い挿話のなかに登場する。

隠秘の学芸百般に通じていると自称する人物があるとき、わたくしは今でもいついかなるときでも、世界じゅうありとあらゆる場所において生起する森羅万象をガラス玉に映しまして貴殿にごらんにいれることができるのでありまする、と自信たっぷりに言い張ったのを覚えている。地中海をどんな船が航行中であるか、スペインのどこやらの町を誰が歩いているか、というたぐいの映像がすべて手にとるように見えるのだということを、もってまわった言い回しを駆使してくどくどと主張したのである。その人物はイタリア人で、職業は医師、深遠な諸学に通暁していることはよく知られていたが、非合法な魔法のたぐいとは無縁な男であった。

このガラス玉は、この章の冒頭に登場したホルヘ・ルイス・ボルヘスが書いた短編小説「アレフ」の中心をなす奇妙な球体と同類の一変種にほかならない。と言って、ここで「アレフ」のこまごましたストーリーを知っていただく必要はない。ただ一点、この物語の主人公は、一人称の語り手「ボルヘス」ではなく、「ボルヘス」が恋に落ちた女性で一九二九年二月に死去するベアトリス・ビテルボでもなく、彼女のいとこで二流詩人のカルロス・アルヘンティノ・ダネリ——彼の家の地下室へ下りる階段の十九段目のところでアレフは発見されるのだが——でもなく、地球上の植物相、動物相、堤防建造術を含む水路学、山岳学、軍用・修道院用建築術、そのほか考え得るありとあらゆるカテゴリーを盛りこんだ『地球』という長詩を執筆中だったダネリの家のとなりの酒場の持ち主で、店舗拡張のためにダネリ家を取り壊しにかかろうとしているスンノとスングリという二人組がいるのだが、万一家を壊されようものならカルロスの詩的霊感の源は失われてしまうことになるので彼が怒っている当の相手、そのスンノとスングリがこの物語の主人公でもない、と言っておけば十分だろう。ああ、やれやれ。この物語の主人公はほかでもない、アレフそのものなのである。というのも、アレフのなかにはその鏡のなかに自分自身を見あぐねる「ボルヘス」を含む地球上の万物が包含されているのだから。

アレフとは、空間内にあるほかのすべての地点を包含する一地点のことである。アレフとは、おのおの互いに独立したあらゆる角度から見られたすべての場所が、混乱することなくそれぞれの場所を得て存在することのできる、地球上唯一の場所である。ダネリは子供のころ、暗闇のなかで地下室に下りる階段で転んで段を踏みはずしたときに、このアレフを発見したのだった。

「ボルヘス」はわが目でついにアレフを見る。アレフのなかに見えたのは、お互い同士の記憶はおどろくほど強靭で細部までゆきわたっているのに、その記憶のなかで互いにまるで顧みられていない「もの」たちの数々だった。また、過去の事件や物語を暗示する数々の「もの」もあった。それから、べつの時代の香りを心に呼び起こす「もの」の数々。小さすぎるため、あるいは大きすぎるために、その実体を理解されず、したがって名前も与えられなかった「もの」の数々。こうしたおびただしいものたちのなかに、アンドロゲにある一軒の別荘とプリニウスの最初の英訳本、フィレモン・ホランド訳が見えた。そしてこの人物の名前が、次に紹介する略伝の主人公の登場を促すことになる。

U

Undine

水《ウンディーネ》の精

ジョン・フィリップ・ホランドは一八四〇年二月二十九日、クレア州リスカナー村の裕福な農場主の息子として生まれた。うるう日の生まれだったため、幼少時、家族や友達のあいだでは「ジョニー・ジャンプ」と呼ばれた。四年に一度しか誕生日がこないジョニーは成長していく過程でさまざまな冗談の種にされたが、田舎の年寄りたちはうるう日生まれを吉兆とみなしていたので、この子はきっと大物になるよ、と言い交わして見守った。少年は早くから末頼もしさを発揮し、小学校の課程をすみやかに修了した。十歳にしてギリシア語とラテン語に堪能となり、この年齢で近くの市場町エニスタイモンのクリスチャン・ブラザーズ中等学校へ進学すると、教師たちの指導を得て生来そなわっていた哲学的な探求心がますます強くなった。少年は目立って信心深く、人目につかぬ場所で書物を読みながらロザリオを手繰っている姿がしばしば見られたという。彼はとりわけ聖ブリギッドに信心を捧げていた。ブリギッドといえば、リスカナーにあるブリギッドの泉は村いちばんの自慢の種であるばかりか、アイルランド各地に散在するブリギッドに捧げられた聖泉のなかでも最も名高い泉である。ロングフォード州アーダー、コーク州ブッテヴァント、おなじくコーク州キャッスルマグナ、スライゴー州クリフォニー、ラウズ州ダンリア、リートリム州イニシュマグラース、カーロウ州キルラネラー、ラウズ州マーラースタウン、ウエストミーズ州マリンガー、リートリム州ウテラー、キルデア州トゥリーと、ブリギッドの聖泉が数あるなかで、リスカナーに比肩しうるライバルとしては、わずかにラウズ州ファハートのブリギッドの泉に指を折ることができるていどである。というのも、リスカナー村のブリギッドの聖泉には、「頭石」、「膝石」、そして最も重要な「目石」など、珍しい特徴がたくさんあるからである。言い伝えによれば、ブリギッドは近くに住むひとりの族長からしつこく求婚されていた。あるとき執拗に関係を求めた族長に対して、あなたはわたしの顔のなかでどこがいちばんお好きなのですか、と彼女が尋ねたところ、男は、あなたの目がたまらない、と答えた。これを聞いた彼女は自分の両目をえぐり取って石の上に投げ出し、そんなに好きならさあお取りなさい！　と言った。族長はたまげて退散した。その後、ブリギッドが空ろになった眼窩をこの泉から流れ出す水で洗ったところ、もとどおりの視力をふたたび得たという話である。

さて、この聖ブリギッドの熱烈な信奉者ジョン・フィリップ・ホランドにとって、彼女に捧げられたリスカナーの荘厳な霊場は、この聖人が施してくれる数々の恩恵・利益について思いめぐらすのにちょうどよい場所であった。装飾写本ケルズの書の完成に手を貸したといわれる聖ブリギッドは、一般に書き物と発明の守護聖人だと考えられている。ホランドは幼いころから野原に生えている緑の藺草《いらくさ》を摘んで「聖ブリギッドの十字」を編む方法を知っていたし、八月の第一日曜の前夜に村人や近在のひとびとが集まっておこなう聖ブリギッド祭にも毎年欠かさず参列した。祭りの夜、ひとびとは祈りと賛美の聖句を大声で唱えながら泉の周囲を巡り、密造麦焼酎《ポチーン》をたらふく飲んだ勢いを借りて踊り、夜が明けるまでブリギッドとうちとけた親交を交わしたのだった。そして彼らは、朝の最初の日光が山の稜線から射してくる瞬間に合わせて長い柄のついた網を泉に差し入れ、泉の底に眠っている琥珀玉をすくい取った。この泉では、琥珀玉をどんなにたくさん捕っても水底にはいつもおなじ数の玉があった。つまり、無尽蔵に琥珀を捕ることができたのである。

若きジョン・フィリップ・ホランドがその後の人生に決定的な意味をもつことになる幻視を見たのは、この聖ブリギッド祭においてであった。年寄りたちが語る水のなかの世界の物語を幼いころから聞いて育った彼は、なんとかして水中を航行できる乗り物をつくって古老の物語に出てくる不思議なできごとを体験できないものだろうか、という思いを胸に温めていた。また、どうか潜水器械を実現するアイデアを授けてくれますように、とブリギッドにしばしば祈りもした。十四歳になった年――うるう年だけを数えるならまだたった三歳だったのだが――、一八五四年八月の第一日曜前夜、彼は自分で編んだ聖ブリギッドの十字を泉の水に投げ入れ、どうか今回は特別のお恵みを、と願を掛けた。祈り終えて目を開けてみると、自分の身体が泉の上を浮遊しているのに気がつき、見下ろした透明な泉水の深みに一匹の黄金鱒が泳いでいるのが見えた。不思議だなとおもってその鱒を見つめているうちに、魚のすがたが変容した。一枚一枚の鱗が透き通ったちいさな琥珀板に変わり、その琥珀の鱗を通して内部の機関室がありありと見え、豆粒大の潜水艦機関士の操作で極小のバルブやタペットが律動するのがかいま見えたのだ。また、矢筈模様のように魚骨で分けられた水密区画室も見ることができた。次に彼はこの潜水艦の船長になり、魚眼レンズの窓から外の異界を眺めた。すると、この深海魚のなかに乗り組んでいる自分を覗きこんでいる巨大なもうひとりの自分が見えたのだった。

さて、クリスチャン・ブラザーズに見込まれた彼は一八五八年、十八歳のとき、系列校のなかでも最も重要なリメリック・クリスチャン・ブラザーズ中等学校で教鞭をとるよう任命された。彼はそこで数年間教えた後、願い出てアイルランド西部の他の学校へと転出した。この間、彼はむさぼるように書物を読みつづけ、田舎町エニスやゴールウェイ市にあった書店では本を買い求める彼のすがたがしばしば目撃された。こうして彼は二、三年のうちに、ウィルキンズ主教の著作をはじめボーンやブッシュネルといった先駆者たちの著作にいたるまで、水中航行にかんする文献をしらみつぶしに——じっさいこの分野の文献は多くはなかったのだが——読破した。彼はとりわけ、ペンシルバニア州のリトル・ブリテンという町（いまではフルトンと改名した）でアイルランド人の両親から生まれたロバート・フルトンの生涯と業績をくわしく調べた。フルトンは熱心に戦争反対を貫き、侵略攻撃の手段となる武器を世界じゅうに運搬することができる軍艦の廃止を強く主張し、大英帝国海軍は撲滅されるべきであると堅く信じていた。フルトンは十代のときすでに熟練した鉄砲鍛冶だったが、その後短期間静物画家として名をあげ、製図工としても修練を積んだ。一七九四年、工学技術習得のためイングランドへ移住し、折からの運河建設ブームのなかで力仕事をして食いつないだ。一七九七年にはフランスでナポレオン・ボナパルトの下で技師として働いた。翌一七九八年はアイルランドで反乱が起きた年だが、この年に彼は〈ノーチラス〉号を設計している。これは流体力学的によくできた潜水可能な船で、巨大なナメクジ形をしており、手動のプロペラを推進力とし、「魚雷」を装備していた。この船には大胆にも司令塔があり、現代の潜水艦の潜水舵を先取りした水平舵がつき、バラスト・タンクがつき、さらに船内の空気を消耗させる蠟燭の消費を避けるための明かり取りとして、船体にガラスの小窓がついていた。〈ノーチラス〉号がセーヌ川で試験航行をおこなったとき、三人の乗組員たちは周囲を泳いでゆく風変わりな魚たちのすがたに何度も見とれたという。残念ながらフルトンのその後の試行錯誤を追いかけている余裕がないが、これだけは触れておきたい。彼は、一八一五年に死去するまでに、合衆国海軍のために蒸気機関で海上を航行する世界最初の軍艦〈フルトン〉号を完成させている。

ここでホランドに話を戻すことにしよう。一八六九年、普仏戦争勃発直前にジュール・ヴェルヌが『海底二万里』を出版したが、この本は彼の著作のなかで最も広く読まれ、後世に影響を残す書物となった。ホランドは間違いなく、一八七〇年に出たこの本の英訳をアイルランドではじめて読んだ人間である。彼は生涯、こよなく愛する海についてネモ船長が熱弁をふるう次の一節を暗唱することができた。

海こそはすべてじゃ。海の息吹きは純粋で健康じゃ。海ははてしない砂漠じゃが、ひとりぼっちでもちっとも孤独じゃあない。そこらじゅうに生命の鼓動を感じることができるからの。海は独裁者の持ち物ではない。海面では人間同士が戦ったり、滅ぼしあったりして、陸上の恐怖が持ちこまれ、不法行為をおこなう余地がたしかにある。だがな、海面下三十フィートともなれば、人間どもの世俗の権勢やら権力やらは雲散霧消じゃよ。それじゃから、のう、海中に抱かれて暮らしたまえ！　海中にこそ独立は存す！　海中には主君なし！　そこでこそわしは自由を得るのじゃよ！

この場では当時の政治的風潮を吟味するのが目的ではないが、多くのアイルランド人にとってと同様、ホランドにとってのアイルランドは、耐えがたい現在の上に理想郷的な未来が掲げられた場所であるばかりではなかった。彼らにとってアイルランドとは、その骨組みが侵略者の略奪行為によってほとんど取り返しがつかないくらいに損なわれた、神話的な規模をもつ物語だったのである。フルトンとおなじように、ホランドも海戦の場を海中へと転ずることによって、世界一の大英帝国海軍がその威力を失ってしまうようもくろんだのだ。一八七一年までにホランドは潜水艦の設計図をあれこれ描いてみた。しかし、作業をその先へ進める手だてがなかった。彼は長年にわたって、自分の野心的な事業を賛助してくれそうな聖職者や修道会に対して慎重で地道な働きかけをおこなってきたが、失望はつのるばかりだった。彼は自分が実務に疎い理想家だと評価されていることに意気消沈し、教会が彼の革命的な変革を援助するどころか、時の政権とのあいだで暗黙の妥協をはかることで満足しているのを知って幻滅した。こんなふうに延々とらちのあかない繰り延べを経験するうちに、ホランドの宗教観は内省と異端の度を増していき、アイルランド的キリスト教がもつ原始的な要素にますます縋《すが》りつくようになった。彼の瞑想の中心はあいかわらずブリギッドが占めていたが、四匹の川獺《かわうそ》に車を曳かせてネイ湖の湖底を駆けたコーワルや、幼いころ一日一晩をブルスナ川に潜って、水に棲む生き物たちとふざけ遊んだコルマーン・マック・ルアハーンのような、水にまつわる聖人たちの偉業にもしばしば思いをめぐらした。こうした興味が高じるにつれて、古代の英知をたくわえているると評判の高い古老を訪れるために、アイルランド西部の道々を歩くホランドのすがたが、よく目撃されるようになった。あるとき、古老訪問行脚の途上、ブリキ製の容器にリベットを打って修理する手際がじつに見事な旅職人と知り合いになった。名前をフランク・オコーナーといった。ふたりは都合七回会見したが、会うたびに、この抜け目のないよろず修繕屋は、潜水艦建造に応用が利くかもしれない板金技術のこまごました急所になると話題をそらし、ある卓抜な話上手が七晩かけて語った七話連続の物語を語ってみせて、ホランドを煙に巻いてしまうのだった。はじめのうち、ホランドはこれを手の込んだジョークだと思い、オコーナーに調子を合わせてふむふむと聞いていた。だが六晩目に会見し、話上手が六日目の晩に語ったという物語をオコーナーが語りはじめたとき、ホランドはもううんざりして、いいかげんな理由でもつけて帰ろうとおもった。ところが、彼がまさに中座を口にしようとしたその瞬間、オコーナーの声の調子のちょっとした細部にハッとした。まるで話し手の魂が羽を生やして時間の彼方《かなた》へ飛び去り、過去そのものに介入したあと戻ってきて、その魂が唇を通して語ってでもいるかのように、オコーナーはひどく低い調子の声に乗せてことばを語りはじめたのだ。燃えさしの残る暖炉を脇にしたホランドはひと膝乗り出した。その白熱した晩に聞いた物語を何年も経ってから思い出してまとめたというのが、こんな話である。

――むかしむかしのこと、アルスターの地にひとりの老いた王がおり、王には一人息子がおった。王妃はこの息子の出産がもとで死んだんじゃが。王はこの若い跡取りをたいそうかわいがっており、十代になったころにはなんでもさせ放題じゃった。甘やかされのどら息子なんぞと陰口を叩いた者があったかもしれん。悪いいたずらが得意での。家来どもにたちの悪いわるさをいつもしかけておった。だが、王に若様の苦情を言っても無駄なこと。聞く耳なしじゃ。

王子の名前はトマスといった。十五のころには釣りに夢中でな、近くの湖や川で釣り三昧をやり尽くしたら、こんどは海釣りがしてみたくなった。それで王は、帆とオールのついた小舟《カラツハ》をつくらせてトマスに与えたところ、王子はその舟がたいそう気に入ったんだと。

さてある日のこと、トマスは王にも誰にも気づかれないくらい早起きした。そして、ひとり小舟《カラツハ》に乗りこみ、帆を揚げて、イニッシュオーエン半島のマリン岬沖までやってきたんじゃが、突然の海風に翻弄されて大きな岩の陰に吹き寄せられた。で、ふと見上げると岩の上に美しい娘が腰掛けておった。片手に黄金の鏡、もう片方の手には黄金の櫛を持って、琥珀色の長い髪を梳《す》いておるところじゃ。こんな美しい女人は見たことがない、とおもったトマスはこう話しかけた。おまえは美の女神《ウエヌス》か、それとも明けの明星か？　さもなくば、なぜこんなに朝早くから起き出して裸岩に腰掛けているんだ？

——わたしは美の女神《ウェヌス》でも明けの明星でもないわ。父もなく母もなく天涯孤独な娘なの。

——そんならうちの親父の城へ来ればいいさ。一生楽しく、満足な暮らしができるぜ。

これを聞いた女はなにも言わずに小舟《カラツハ》にひらりと乗りこんできた。トマスは帆を揚げ、もと来た船路をもどりにかかったが、それもつかのま、いくらも進まぬうちにどこからともなく疾風が襲いかかった。ちっぽけな小舟《カラツハ》は藁束みたいに波に揉まれたんじゃ。

——ごめんよ。おまえまで巻き添えにして。この高波とこの強風じゃあとても生きてかえれそうにないや、とトマスは言った。

——大丈夫。わたしたち溺れる心配はないわ、と娘は答えた。わたし人魚だから。この青い海の深いところにわたしのお城があるの。あなたのお父さんのお城へ行く海路は閉じられてるみたいだからうちへいきましょ。

こう言うが早いか、小舟《カラツハ》は高波にもちあげられたが、波頭のてっぺんで舟がぐらりとした刹《せつ》那《な》、娘は胸元からしなやかな細い杖をとりだしてトマスをぴしっと打った。するとトマスは魚になった。自分の身体が波のあいだを泳いでいるのを実感していながら、人間としての心も持ちつづけておった。小舟《カラツハ》は転覆。トマスは人魚が自分と並んで泳いでいるのに気がついた。ほっとする間もあらばこそ、こんどは鯨の化け物が大口開けてあらわれて、ふたりを呑みこもうとせまってくる。が、人魚は例の杖をたくみにふるって難を逃れた。そして、何リーグも泳いで泳いで泳いだすえに、ふたりはようやく海の底の別世界にたどりついたんじゃ。人魚が杖で魚をぴしっと打つと、トマスは人間のかたちに戻った。あたりにはすべて明るい緑色の風景が広がっておった。わしらの世界とおなじように、太陽も月も星々も見えたんじゃよ。

娘はトマスを城のなかへ案内した。トマスはぐるりを見渡して、しつらえの豪華さに度肝を抜かれた。これに比べたらうちの親父の城なんか牛小屋だぜ。家具調度のほとんどが琥珀をはめこんだ黄金造りじゃないか。こりゃあ、アイルランド全部の財宝をつぎこんだって買えない代物《しろもの》だぞ、と。

――楽にしてね、と人魚が言った。あなたのしたい放題を止めるひとはここには誰もいないんだから。やりたいことはなんでもやっていいのよ。ここには七年間いてもらうことになってます。七年たったら、あなたのお父さんが死ぬまえにあなたをおうちに送り届けてあげますからね。

彼女がひゅーっと笛を吹くと、召使いの群れが手に手に金銀の大皿をかかげてあらわれた。大皿がずらりと食卓に並べられ、一枚一枚の上にはありとあらゆるごちそうが盛りつけてあった。さて、娘がもう一度ひゅーっと笛を吹くと、こんどは七人の戦士たちがあらわれて、一言も喋らずに食卓についた。そして、彼らは飲んだり食べたりしはじめたんじゃ。さあ、このひとたちと席に着いてね、みんな高貴な生まれのひとたちですから、と彼女はトマスに言った。言われてトマスも席に着いたが、あまりの驚きに飲み食いどころではなかった。戦士たちが心ゆくまで飲み、食べ終わったところで、彼女はこう口をひらいた。こちらはアイルランドの北のさる王家の嫡男、トマス様とおっしゃいます。

——ようういらっしゃいました、と戦士たちは応え、それを合図に一同立ち上がって退出した。
——さてっと、と人魚は言った。いろんなものを見てあなたきっとおどろいたとおもうけど、こんなもんじゃないわ。まだ半分、いいえ、四分の一も見てないわ。まだまだたくさんあなたに見てもらいたい不思議があるの。わたしについてきて。わたしの戦士たちの技を見せてあげる。男子、女子とも精鋭の軍団なんだから。

彼女がトマスを城の中央にある大きな中庭へ連れていくと、そこには七人の男たちと七人の女たちが待ちかまえておった。そこへ人魚がこう号令を掛けた。さあ、わが精鋭の戦士たち、王子様に日頃の鍛錬の成果を御披露して！

すると、男たちのひとりが城のなかへ消え、先の尖った巨大な槍を持って戻ってきた。そして、石突きを地面に突き刺し、後ずさりして距離をとってから、えいやっと二十フィートばかり空中に跳び上がり、槍の先端に胸から舞い下りたんじゃ。戦士は槍の先端を支点にして腹這いになった姿勢のままひとふんばりとどまった後、けがもせずに地面に飛び下りた。続いてもうひとりの男が登場、ひらりと跳躍して、こんどは顎から舞い下りた。槍先は唇を貫通して、首のつけ根から飛び出した。彼もまたその状態でフィニッシュを決めてから、地面に飛び下りた。またもや無傷じゃった。三人目の戦士が跳躍し、今回は槍先が尻を貫いて脳天から突き出した。またまた戦士はその状態で見得を切ってのう、それから地面へ飛び下りた。無傷。次の男もさっきとおなじく顎から舞い下りたが、この戦士は舞い下りざまに歯で槍先をとらえ、もともと槍が刺さっておった場所から二十歩《ペース》ばかり離れた地面へはね飛ばして、地面に突き立てた。まだあるぞ。こんどの男は女軍団のなかのひとりにすくいあげてもらうようにして高々と飛び上がったかとおもうと、槍先につまさきから舞い下りて、その場でくるくるとつまさき旋回をやってみせた後に、やはり無傷でひらりと着地したんじゃが。さてお次は、地面に刺さった一本目の槍のすぐ脇に二本目の槍が突き立てられた。それから、ふたりの戦士が跳躍し、槍のてっぺんでバランスをとる演技。かとおもうや、ふたりは互いに剣を抜いて対戦、しまいには交えた剣から火花が散るほどじゃった。しばらくしてふたりの剣士は地上に舞い下りたが、かすり傷ひとつなかった。引きつづいて女性陣の登場。女戦士たちも男たちがやった演技をすべてこなした。トマスは一部始終を観戦して、心底ぶったまげた。

——どうかしら、うちの戦士たちの技のできばえは？　と人魚が尋ねた。

——いやあ、フィアナ戦士団の武術がすごいって話はいろいろ聞いているけど、今見せてもらった武芸には遠くおよばないよ。おまけに、女軍団が男軍団にぜんぜんひけをとってないんだからなあ、とトマスは答えた。

このあと人魚はトマスを城内のちいさな客間に通し、あれやこれやのお宝を見せたが、これがまた、あとになればなるほど、次々にいっそう美しいものが出てくるんじゃ。それがすむと、彼女はトマスに、あなたは音楽なんかお好きかしら？　と尋ねた。

——うん、好きだよ。うちにはいいハープがあってね、と彼は答えた。

——あらそうなの。もし今、弾いてみたい気分ならハープを出してくるわよ。それとも、あなたのハープを取りに遣らせたほうがいい？

――そうだね、やっぱり自分のハープのほうがいいな。慣れてない楽器だとうまく扱えるかどうか自信ないから。でもいったいどうやって、おれのハープを取ってくるんだい？

――ちょっと待ってね、と言って、彼女がちりんちりんと鈴を鳴らすと、ひとりの小男があらわれた。おまえひとっ走りいって、アルスター王のお城の王子の部屋にあるハープを取ってきなさい、と彼女は命じた。

で、彼女が窓をひらくと、その小男は空気の精《エーリエル》のようにすばやく飛び去り、一時間半ほど後、ハープを抱えて戻ってきたんじゃ。

――こいつあ、おどろいた。こんなに早く取ってこれるなんて！　とトマスは叫んだ。

――さてっと、愛用のハープも届いたことだし、音楽室へ移りましょ、と人魚は言った。

彼女は出てゆき、トマスもあとに従った。着いたのはたいそう見事な部屋で、すくなくとも四十人の楽士たちが待ちかまえておった。彼らはおよそ想像できるかぎりのさまざまな楽器を手にしておった。トロンボーン、バラライカ、ケルトの小型ハープ《クラーシャッハ》、疑問符形木製ホルン《クルムホルン》、バスーン、古体ファゴット《ラケット》、オカリナ、ウクレレ、蛇状木製笛《セルパン》、ダルシマー、ユーフォニューム、ヴィオル、流れ者のダルシマー《シンバローン》、古体ギター《プサルテリウム》。これらにくわえて、シンバル、コンガ、ケルト《バウ》太鼓《ロン》、鉄　琴《グロッケンシュピール》、骨カスタネット《ボーンズ》はいうにおよばず、じゃ。楽士長がすいっと帽子をとって、人魚にあいさつした。

――こちらはアルスター王の嫡男、音楽に造詣の深いお方よ、なにか演奏してあげて、と人魚は言った。

楽士長が自分のヴィオラ・ダモーレをとりあげ、三拍足拍子を踏んだ。すると楽団がいっせいに鳴り出した。なんという音楽！　人間の耳ですべてを聞きとどめることはとうていかなわなかったじゃろう。装飾音がつくりだす迷路と、互いに織りあわさったパート同士のからみあい、さらには、音階を使ってできることのあれこれをやってみせる弾き比べ。これらすべてのなかで勝利と悲劇が競いあい、幸福と悲嘆がせめぎあって、しまいには、ものがなしく鳴り響く和音が中空にいつまでも余韻を残したんじゃ。

――わたしの楽士たちの演奏、どうだった？　と人魚が言った。

――きっと世界一なんじゃないかとおもうよ、とトマスが答えた。

――あなたもなにか演奏してみてよ。

――うーん、このあとに演《や》るのは気が引けるな。でも、せっかくハープを取ってきてもらったことだし、きみのリクエストでもあるし、ベストを尽くすよ。

　こうして彼は、いちばん得意な曲を演奏したが、宮廷楽士たちの黄金のハーモニーと比べたら、彼が奏でた音楽は、ブリキ箱のなかに迷いこんだ蜜蜂がたてる羽音みたいなものじゃった。演奏が終わったところで人魚はこう言った。うん、悪くない、悪くない。悲観することないわよ。だって、おうちへ帰るまでに練習する時間はたっぷりあるんだから。さて、次に彼女はトマスを美しい庭園に案内した。木々の枝はたわわに実った見慣れない果実の重みで地面に口づけし、誰も見たことのない花々が一面に咲き乱れていた。トマスはこの光景を見た驚きをことばにしようとしたが、ついに絶句したままじゃった。

その日の夕方、例の戦士たちが揃って食卓につき、人魚が琥珀の王座についているとき、黒ずくめの装束に身を固めた見知らぬ戦士がどこからともなくあらわれて、こう口上を述べた。このたびはご当家のご令嬢様に申し上げます。わたくしめ、バルト海の人魚様の使いにて、ご当家に悪い知らせを持って参上つかまつりました。ご当家の軍勢はいつ、どこの場所におきまして、わが主君の軍勢と戦《いくさ》を交えるお心づもりか、とのお尋ねにございます！

──わかったわ。わがほうの戦士は七名、対戦場所はアイルランド北方のティローン州リフォードにて、時はあすの夜と定めたく候。そちらの人魚女王様にちゃんと伝えてね、と人魚は答えた。

黒ずくめの使者のまえでは毅然とした態度を見せた人魚だったが、使者が帰ってしまうと表情がにわかに曇った。バルト海の黒騎士軍団をうち破った者はいまだかつて誰もいないの、と人魚はつぶやいた。わたしも、わたしの戦士たちもあすの戦で倒されることになりそうね。でも、それが運命なら、それはそれでよしっ、と。

──おれは戦の場所をよく知ってる、とトマスは言った。もしよかったらおれも現場で戦のゆくえを見届けたいよ。神様がこっちの味方になってくれますように！

──そうね、戦場に来て。そしてわたしが倒れたら、あなたの小舟《カラッハ》はあなたがわたしを最初に見かけたあの岩の陰にあるから、と人魚は言った。

戦士たちはその晩の最初の三分の一をうたを歌って過ごし、その次の三分の一はフィアナ戦士団の物語を語って過ごし、残りの三分の一は深くやすらかな眠りに落ちて過ごし、やがて翌朝の太陽が顔を出したのじゃった。起き出した戦士たちは日中のあいだ、砥石で剣を研ぎ、鎧の手入れなどして、戦にそなえた。そして、一同は出発。トマスもついていった。いったいどのような方法で進軍していったのかは誰も知らないが、ともかく真夜中の一分前に一同はリフォードに到着したんじゃ。

バルト海の女王と彼女の七人の黒騎士たちはすでに到着して、戦闘隊形をとっておった。ことばは一言も発せられず、あいさつの口上もなかった。両陣営はやにわに剣を抜き、三時間にわたる壮絶な戦いが始まった。ぶつかりあう刃から飛び散ったジグザグの稲妻が周囲何マイルもの夜空を煌々と照らし、盾同士が当たる衝突音は山々に鳴り響き、狼たちは荒れ野に空腹の吠え声をあげた。さて、戦況はじりじりとバルト海の黒騎士軍団が有利になった。命乞いをする戦士はおらず、一撃を猶予する戦士もおらんかった。結果、アイルランドの人魚とその七人の戦士たちはみな落命したのじゃった。黒騎士たちは、敵方全員の死を確認すると死体をリフォード川に投げこんだ。そして、来たときとおなじように帰っていった。ひとりぼっちで残されて、仲間たちの死に泣きはらしたのはトマスじゃ。

だがやがて、トマスも正気づき、歩き出し、人魚と最初に出会ったところへたどりつくまで足を止めなかった。人魚が教えてくれたとおり、小舟《カラツハ》は岩陰にあった。彼はその小舟《カラツハ》に帆を揚げて家路についた。

息子の顔を見た王は大喜びした。なにしろ、息子はてっきり溺れ死んだとばかりおもっていたのでな。生きて帰った息子のために大宴会が催され、七日七晩も続いたそうじゃ。

それからというもの、トマスは決して海には近づかんようになった。こんにちでも、漁師や船乗りたちはマリンヘッド岬沖の人魚岩周辺は迂回して通る。金子《きんす》を積もうが泣いて頼もうが、海を知ってる者たちは決して人魚岩には近づかんよ。

これがわしの話じゃ。

V

Veronica

ヴェロニカ

ジョン・フィリップ・ホランドがフランク・オコーナーを七度目に訪問したのは、一八七三年七月三日のことである。この日は盲人と船大工の守護聖人使徒トマスの祝日であった。彼は連続物語の最後の挿話を語るオコーナーに終始礼儀正しく耳を傾け、すべての物語が終わったときには、長時間気前よくお話を聞かせてくださってありがとうございました、と礼を述べた。そして、別れ際の贈り物として、ブリキでこしらえた潜水艦形のウイスキー携帯用酒瓶《フラスク》をばつが悪そうにブリキ細工の名工に手渡しながら、こう言った。この酒瓶の細工はへたくそですがどうかご容赦を。この自作の潜水艦こそわれらが仇敵黒騎士軍団に挑む闘いの第一段階なのですから。敵の正体が聖職者集団であるにせよ、英国であるにせよ、です！　この口上の後、ふたりは顔を見合わせて大笑いし、握手を交わして永久に別れたのだった。

八月最初の日曜日の前夜、ホランドはリスカナーの聖ブリギッドの霊場を参詣し、聖泉から琥珀塊をひとつ汲み上げることを許された。彼はその後そそくさと身辺を整理してコウヴの港へ行き、同月二十五日（この日はフランス軍兵士とボタン製造者の守護聖人フランスの聖ルイの祝日だった）、郵便船に便乗してアメリカへ向けて船出した。例の琥珀塊はチョッキのポケットにひそませていた。琥珀は火難水難を除ける強力な護符とされていたからである。大西洋の反対側に着くとまもなく、ニュージャージー州パターソンの聖ヨハネ教区学校に数学教師の口を見つけた。パターソンという町は、一七九一年、必需品産業振興協会による工業指定都市として創建されたところである。ある年の元日（この日は近視眼者の守護聖人大修道院長クラルスの祝日だった）、彼は氷結したパセーイク川の上を歩いているときに転倒して、脚を骨折した。そのため彼は三ヶ月間安静にして暮らさなければならなくなったが、この期間を利用して潜水艦の設計案を練り直し、完成させた。一八七五年、彼は友人たちに説得されて、手元の設計案を合衆国海軍省長官あてに送り、審査してもらうことにしたが、結果は、民間人による狂気じみた妄想という判定つきの「却下」であった。こうなったら、私的な後援者を探すしかない。だがこんどは話が早かった。「却下」の数日後、アイルランド共和主義者兄弟団の幹部が遣わした密使がやってきて、有益な会見をなさるおつもりはござらぬか？　という申し出を伝えた。なにしろこの結社は、アイルランドにおける英国支配に執念深く反抗することにかけては、ホランド自身よりはるかに筋金入りだった。この結社の前身であるフィニアン団はしだいに足並みが揃わなくなり、南北戦争後の一八六六年にカナダに侵入しては敗走するなど失策が重なって組織が瓦解してしまった。その後態勢を立て直して結成されたのがこの兄弟団で、構成員のなかには、高い地位と自由に使える資金を持つ人物たちもいた。一般には彼らはまだフィニアン団の名で通っており、その名は彼らが掲げる〈解放〉という大義にとっては好都合だった。

　全長三十インチのゼンマイ仕掛けの模型による見事な実演を見た後、フィニアン団は運動資金のなかから六千ドルを前払いでホランドに渡した。一八七八年七月十一日（この日は洞窟探検家の守護聖人大修道院長ベネディクトゥスの祝日だった）、〈ホランド一世〉号は進水した。が、見る間に沈没してしまった。ホランドは当初、自分が乗りこんで舵を握るつもりでいたが、土壇場になって無人で進水させることに変更した。というのも、最終準備をする直前にチョッキのポケットの琥珀玉を撫でてみたところ、ぴりっと静電気が走ったので、計画を変更したほうがよいと直感的に悟ったからである。〈ホランド一世〉号を引き揚げて調査した結果、ちいさな船底栓が二本抜けていたことが判明した。折しも英国側の諜報員が造船所の近辺で嗅ぎまわっているのが目撃されていたので、この事故はその男のしわざであるという噂が囁かれた。フィニアン団は敵方がこの実験に注目しているのを知っておおいに勢いづき、ホランドにさらなる援助を与えた。彼らの計画は第二段階に入っており、そのもくろみは、ホランドに武装潜水艦を多数建造させ、防水船倉をつけた商船にそれらの潜水艦をひそかに積みこんで搬出するというものだった。こうして「母」船が大西洋を渡ってヨーロッパの港にいたり、高鼾《いびき》をかいている敵どものねぐらにまんまと侵入したところで、「子供」たち――潜水艦――を出動させて敵を一気に撃破する計画であった。

　ホランドがこの戦略を聞いてどう反応したかはわかっていない。しかし、〈ホランド一世〉の設計上の欠点を徹底的に調査した後、彼は既存の長所を最大限に生かす方針のもとに船体をいったん廃棄し、伝説的な傑作として結実することになる〈フィニアンの破城槌《ラム》〉号の建造にとりかかった。この新型は一八八一年五月三日、デラミター造船所からハドソン川に進水した。この日はウルグアイの守護聖人使徒ヤコブとフィリポの祝日であった。〈フィニアンの破城槌《ラム》〉号は全長三十一フィート、船幅六フィート、排水量十九トン、単気筒内燃機関による推進力は十五馬力。武器は、砲身十一フィート口径九インチの空気式により水中発射される、全長六フィートの魚雷を装備していた。じつを言えば、この魚雷は発射されると上向きになって水面から飛び出していく癖があり、一度などは居眠りしている釣り人にあやうく命中しかけたことがあった。とはいうものの、この〈フィニアンの破城槌《ラム》〉号は水中航行可能な乗り物と武器を結合させたという点において、潜水艦の歴史に最も栄えある一頁を残した。

この後二年間にわたって、〈フィニアンの破城槌《ラム》〉号がハドソン川を航行するのがしばしば目撃された。潜水艦としての完成度を追求したホランドが、骨身を惜しまずさまざまな試験をくり返していたのである。ところが、フィニアン団はだんだんしびれを切らしてきた。彼らには、ホランドが自分自身のこだわりに気を取られるあまり、究極の目的を忘れてしまったように見えたのだ。一八八三年十二月四日（この日は、砲兵、工兵、機関兵、イタリア海兵隊の守護聖人でもある聖バルバラの祝日だった）、フィニアン団はついにホランドの潜水艦を召し上げ、コネチカット州ニューヘーヴンへ曳航していった。彼らは、そこの海で複雑な操縦技術を習得するための試験航行を何回かおこなったが、じきに〈破城槌《ラム》〉号を座礁させてしまった。怒り心頭に発したホランドは、以後フィニアン団との交渉をいっさい断絶した。

ふたたび孤立無援となり、資金も後ろ盾も失ったホランドは、しかたなくニューヨークの空気銃会社に製図工として就職した。しばらくして、彼は数人の同僚を説得してあらたな潜水艦事業を興すことに同意させ、彼らの援助を受けてノーチラス潜水ボート会社を設立した。この会社時代にも、彼は多くの難局や試練を耐え抜かねばならなかった。彼の設計案は合衆国海軍のしかるべき委員会に何度も提出され、何度も受理されたにもかかわらず、関係者のなかに彼の進出を快くおもわない勢力があったらしく、事業ははかどらなかった。貴殿の計画書は最も特色あるものなれど当局としては貴殿のご希望に添えずはなはだ残念なることとご理解たまわりたく云々、と資金供与の中止を通達する手紙が幾度も届いたのである。時は移って一八九八年二月五日（この日は釣鐘鋳造師の守護聖人であり、火山の噴火からひとを守ってくれる聖人でもあるアガタの祝日であった）、彼はそっけなく〈ホランド〉号と名づけた新しい潜水艦を披露した。全長五十三フィート十インチ、直径十フィート、排水量七十五トン、武器は魚雷発射管二本と艦首に空気銃を装備し、ホワイトヘッド式魚雷を数本積んでいた。推進力は、水上ではガソリンエンジンを用い、水中では蓄電池でモーターを駆動した。これらすべての仕様は当時の潜水艦として最先端であったが、さらに過酷なテストが続けられた。そして、一九〇〇年四月二十三日（この日は琥珀細工職人の守護聖人プラハのアダルベルトゥスの祝日であった）、アメリカ合衆国政府によるこの潜水艦の買い上げが承認された。ホランドは代金十五万ドルを受け取るとともに、潜水艦一艦隊の建造を受注した。苦労はようやくむくわれたのだ。そして、彼の名前は「近代潜水艦の父」としてあまねく知れ渡るようになり、日露戦争のさいには日本軍のために潜水艦二隻を設計した功により天皇《ミカド》から旭日章《ザ・ライジング・サン》も授与されている。
ところが、彼にふりかかる試練の種はまだまだ尽きなかった。またもや経済的理由により、せっかく得た利益を新しく興した電気船会社につぎこまなければならないはめに陥ったのである。彼の晩年は権利所有をめぐる破滅的な訴訟と航空術の実験のために費やされた。そして、ジョン・フィリップ・ホランドは一九一四年八月十二日、速記者の守護聖人イモラのカッシアヌスの祝日の前夜に、一文無しでこの世を去った。ホランドがつくった潜水艦模型はすべて競売に掛けられた。衣服は地元の慈善団体に寄付されたが、一説によれば、チョッキをもらった流れ者がポケットに手を入れたところ、琥珀玉がひとつ入っていたという。

八月十三日はまた、刑務所職員と馬の守護聖人聖ヒッポリトゥスの祝日でもある。民謡収集家にして賛美歌作曲家であり聖人伝学者でもあるベアリング゠グールド師は、聖ヒッポリトゥスにかんしてはおおいに議論すべき問題点があると言う。ヒッポリトゥスが殉教したとされる二五八年（べつの資料では二三五年とされる）から百年以上経過した後に、詩人のプルデンティウスが断定的に書いているところによれば、聖ヒッポリトゥスが野生馬数頭の尻尾に身体を縛りつけられ、八つ裂きにされて殺されたのは八月十三日であった。しかし、おなじく野生馬数頭の尻尾にくくりつけられて殉教したポルトゥスの司教、聖ヒッポリトゥスの祝日は八月二十二日である。さらに、テセウスの息子のヒッポリトゥスもよく似た死に方をしている。これらにくわえて、オスティアの聖職者ヒッポリトゥスと、三世紀の傑出した教会著述家ポルトゥスの司教ヒッポリトゥスの存在も考えに入れなければならない。プルデンティウスが詩を書いたとき、創作上の破格によってすくなくとも三人のヒッポリトゥスを混同したのだと説明する学者もいる。

ここでごく簡単にギリシアのヒッポリトゥスの物語を紹介しておこう。妻アンティオペの死後、テセウスはパイドラと再婚した。パイドラは、ミノタウロスが閉じこめられていた迷《ラビュリン》宮《トス》の所有者にしてクレタの王であるミノスの娘で、テセウスによって島に置き去りにされたアリアドネの姉妹でもあった。このパイドラが、テセウスと先妻のあいだの息子で、父に生き写しだがはるかに若々しいヒッポリトゥスに欲情したのである。ある晩、テセウスの留守中に、パイドラは若きヒッポリトゥスを父テセウスの寝台に誘いこもうとした。ところが、若者は継母の誘惑を拒絶した。さて、テセウスが帰宅してみると置き手紙があり、その内容は妻パイドラを強姦しようとした息子を糾弾するものだった。さっそくパイドラを呼んで問いただしてみると、彼女はうわべだけ赤面して言いよどむふりを見せながら、それはまことでございます、と言った。そのため若い息子は追放された。怒りに駆られたヒッポリトゥスが波打ち際で戦車を乗り回していたところへ、テセウスが父ポセイドンに呼びかけ、復讐を依頼した。大海神の一声で、波間から突然巨大な牡牛が出現した。馬たちはうろたえ、抑えが利かなくなって、岩場に向かって戦車を突進させた。車軸は音をたてて砕け、ヒッポリトゥスは戦車から落ちざまに両脚が手綱にからまり、胴が折れた輻《スポーク》に貫かれ、ひきずられた肉がばらばらに飛び散って、無惨な最期をとげた。この知らせを聞いたパイドラはみずから首をくくって息絶えた。後悔してももう遅かったのだ。この物語の一部始終は、アポロの息子で医術の神であるアスクレピオスの力で蘇生したヒッポリトゥス本人の口から語られたものである。『使徒行伝と殉教者列伝』によれば、聖ヒッポリトゥスは、やがて鉄格子の上で火焙りにされる聖ラウレンティウスが投獄されていたとき看守役を担当した兵士だった。ラウレンティウスは死の拷問を受けている最中、「こちら側はもう焼けたから」ひっくり返してくれ、と命じたと伝えられる。ヒッポリトゥスはラウレンティウスの態度に心打たれて改心し、彼の遺骸を埋葬するのを手伝ったという。皇帝デキウスのまえに連れ出されたとき、ヒッポリトゥスは剛胆にも信仰を明言した。すると皇帝が、おまえは自分の軍服の面目を汚して恥ずかしくはないのかと尋ねたので、彼は、わたくしは今やもっと高きところにいますお方にお仕えしております、と答えた。皇帝は、「よくある話だな」とうんざりしたように肩をすくめて、ヒッポリトゥスに、神話のなかのおなじ名前の登場人物とおなじ死に方であの世へいくように、と命じた。彼は馬たちの尻尾に縛りつけられ、馬たちは岩がごつごつした道やイバラの藪を突進したので、彼の身体はばらばらに砕けて、聖人となったのである。キリスト教徒たちは馬たちが疾走したあとをたどり、ヒッポリトゥスのむくろを拾い集めた。現在、彼の遺骨はキリスト教世界のさまざまな地域に散在している。

カッシアヌスについてはもっとすこしのことしか知られていない。生没年さえ明らかでないが、どうやら彼は能書家で、イタリアのラヴェンナ近郊イモラの町の市民階級の子弟に手習いを教えていたらしいことだけはわかっている。折から大規模なキリスト教徒迫害がおこなわれた時期にカッシアヌスは逮捕され尋問に掛けられたが、彼は指示された神々に礼をすることを拒んだ。そこで、皮肉好きな裁き人は彼の職業を尋ね、その職業にふさわしい処刑方法を選択した。カッシアヌスの若い生徒たち——その数は二百人ほどだったという——が集められ、おのおのにペンで先生を突かせて死にいたらしめるという処刑である。その当時、学校では堅材の板に蠟を塗り、その表面に鉄筆で文字を刻みこむのがふつうであった。鉄筆は片方の先が鋭く尖らせてあり、もう片方は書き損じを削り落とせるようヘラ状になっていた。『殉教者列伝』にいわく、「彼は教え子たちに嫌われていたので」、生徒たちはここぞとばかりに書字板やペンを先生の頭めがけて投げつけた。なかには先生の皮膚に深く切り込みをいれる教え子もいたし、皮膚を引き裂き、切り破る者もあり、もっと凝り性な生徒たちは先生の身体に落書きを刻みつけた。

聖カッシアヌスは生前、地下組織のキリスト教徒たちのあいだで流布させるために聖ヴェロニカ伝と称する秘密文書を書き残したことが知られている。この文書は、流産した子牛の皮をなめした羊皮紙の上にカラスの羽根でこしらえた極細字ペンの極小文字で記されており、ヴェロニカの一代記が綴られたその一枚の紙はちいさく折り畳めば堅果の殻にすっぽり納まるほどちいさかった。そんな離れ業は眉唾ではないかと疑うのであれば、英国首相ディズレーリの父アイザック・ディズレーリの証言に耳を傾けるとよい。いわく、あの時分には誰の目にも見えぬほど細密な文字で書くことが流行《はや》っておったが、ピーター・ベイルズはその筋の名人で、ホリンシェッドの年代記を書写したのじゃ。ベイルズは、クリスタルで覆った金の指輪に手書き写本を納めて、エリザベス女王陛下に献上しておる。ベイルズはまた、強力な拡大鏡も考案した。女王様はこの拡大鏡のおかげで親指の爪に載せた年代記一巻を通読なさり、喜びと驚きのあまり、側近の諸卿がたにもお薦めになったとのことじゃ。ベイルズは鶏卵大の英国胡桃に納めた聖書の写本もつくっておる。そういえば、アエリアヌスが引用するひとりの名工は、金文字で書いた二行対句を麦粒の外皮のなかに隠したということじゃ。カッシアヌスが極小文字で書いたヴェロニカ伝が失われて久しい年月が経つ以上、われわれとしては現代の視点から聖ヴェロニカ伝説を再構成することを試みるほかないだろう。

『ピラトの死』に説かれているところによれば、ヴェロニカという名の婦人がイエスの思い出とするために絵を描いてもらおうとして、麻布を画家の工房へ持っていく途中の道で、たまたまイエスに出会った。イエスは女のもとめに応じて布を手に取ったところ、顔立ちが布に写ったという。時代が下ると、この話は、イエスがその布を顔に押し当てたということになっていく。さらに、このできごとはゲッセマネの園でイエスが血のような苦悶の汗をかいたときに起きたのに相違ない、と考えられるようになった。やがて十四世紀になると、情け深い女がカルヴァリの丘へ向かうキリストの顔を布で拭ったという挿話が流布するようになり、この女がそれ以前の伝説にあらわれたヴェロニカと同一視されてくる。彼女は聖人として各地で崇敬されており、名前もベレニケ、ベルニス、ヴェニス、ヴェニッセ、ヴェルニス、ヴェロンス、ヴェローネなど、さまざまな異形がある。ところが、どの殉教者列伝をひっくり返しても、彼女のことは書かれていないのだ。

ヴェロニカ伝説は東方起源であるという説があり、美術に表されるときには、彼女はターバンを巻いている。彼女は両手を胸のまえにかかげ、救世主の顔が浮き出した半透明な垂れ布を見せている。浮き出した顔は、時代経過と灯明の煤で黒ずんだビザンツの聖画像《イコン》をおもわせる茶色をしているのがふつうである。彫刻の場合には、中世の浴槽に裸で座っているヴェロニカが表現されることもあるが、裸体描写に憤慨した聖職衆によって乳房が削り取られてしまった作品もある。

ヴェロニカは十五世紀にはフランスの聖史劇において最も好まれる登場人物となる。手に持った垂れ布に真実味をもたせるため、反物商を生業にしていたという話になる。彼女は目が不自由だが、聖顔に両目をふれるとたちまち視力を回復するというエピソードがあり、後に彼女はこの奇跡の聖顔布で皇帝ティベリウスの顔面の癌腫を癒す。また、彼女はキリストの屍衣のために麻布を寄付したことになっている。

ガスコーニュのひとびとは、プロヴァンスにおける聖マドレーヌ伝説にならってヴェロニカ伝説を創出した。この伝説はジロンド川河口に建つひとつの教会に結びつけられ、ヴェロニカはメドック地域の守護聖人となった。物語はこうである。キリストが十字架に掛けられた後ヴェロニカは、ザアカイと同一人物とされる聖アマチュールに付き従っていき、ふたりは結婚した。彼女はメドック半島の突端にあるスーラック・シュル・メールの砂丘に庵を建てた。彼女の聖遺物は、かたちを変えつつある砂丘につねにおびやかされる陸地の果ての聖母教会《ノートルダム・ド・ラ・ファンデテール》に安置されている。彼女はバザの町に洗礼者ヨハネの血がついた聖杯布巾（聖体器《ホスチア》にかぶせる麻布）を寄付し、聖母の髪の房をクレルモンのひとびとに配布し、聖母の靴をロデーズとピュイのふたつの町に寄贈した。こうして彼女の手元に残ったのは「聖母の唯一正真正銘の乳」だけとなった。ラテン語の「唯一正真正銘《ソールム・ラック》」がスーラックという地名の起源である。

聖顔を拝観した者は誰でも、旅行中の不慮の死を免れることが保証される。ヴェロニカはこの点で、琥珀の美髪と引き換えに夫である王を無事帰還させたベレニケに似ている。そしてこの話は、水死と焼死を除ける護符となるアイルランドの琥珀塊のことを思い出させる。祈禱書や時禱書には、聖顔布を掲げたヴェロニカの絵をあしらった間紙《あいし》が挿入されている。また、聖クリストフォロスとおなじように、彼女は不慮の死をとげようとする者の最後の懺悔を聞き届ける力をもっている。

ノルマンディでは、女たちは聖ヴェニスを頼りにする。彼女は、マタイによる福音書第九章第二十から二十一節に「すると、見よ、十二年間出血が止まらぬ病気を患っているひとりの女が彼の後ろからやってきて、彼の衣の裾にふれた……すると女はそのとき癒された」と描かれた、長血を患う女と同一人物だと考えられている。生理不順に悩む女性たちは聖ヴェニスに敬意を表して白か赤のリボンを首に巻いて、快癒を祈る。聖ヴェニスはまた不妊を治すともいわれ、リネン商人の守護聖人でもある。近頃では、彼女は写真家の守護聖人にもなっている。写真の試し焼きを聖顔の浮き出しになぞらえたのが起源であろう。秀逸な連想である。

諸説あるなかで、ギラルドゥス・カンブレンシスは、ヴェロニカという名前が「真の像《ヴェラ・イコン》」

に由来すると断言している。だが、ヴェロニカは「勝利を与える者《べ レ ニ ケ》」という意味だと主張する者たちもいる。一方、「ヴェロニカ」といえば、闘牛の技のひとつの呼び名でもあって、主役《マタ》闘牛士《ドール》が両脚を踏ん張って立ち、背を反らせ、ケープを牛の血塗《ちまみ》れな鼻先すれすれで振ってみせるのがその技である。ヴェロニカの垂れ布、あるいは彼女の麻布の小片は、ミラノ大聖堂、ローマの聖シルヴェステル教会、ジェノヴァの聖バルトロマイ教会の三ヶ所に無傷のまま残されている。聖遺物がこのように複数存在するのはよくあることなので、べつにおどろくには当たらない。聖バルトロマイ自身の運命がそのことを典型的に物語っている。

トルマイの息子すなわちバルトロマイは、マタイ、マルコ、ルカによる各福音書において、主イエス・キリストの使徒のひとりに数えられている。ヨハネによる福音書ではバルトロマイについての記述がなく、代わりにナタナエルが登場する。バルトロマイが登場する福音書にはナタナエルは出てこない。このことと、そのほかの内在的な証拠を合わせてみると、このふたりはどうやら同一人物であるという結論に達する。ナタナエルというのがこの人物の本名で、バルトロマイというのは、シモンがペテロと呼ばれたのとおなじような父称であったらしい。聖エピファニオスによれば、ナタナエルは夫に死に別れた女の息子で、ナインの町でイエスが生き返らせた若者のことであるというが、この突飛な憶測を支持する者はほかにいない。バルトロマイはインド、恵まれたアラビア《アラビア・フェリックス》、ビザンチウムに赴いて宣教したと考えられる。そして、アルメニア王子ポリミウスまたはポリミウスの兄弟アステュアゲスの命令により、生きながら生皮を剝がされたと伝えられる。あるいは、アルメニアの歴史家が唱える説によれば、生皮剝ぎの刑を命じたのは、娘がバルトロマイによって改宗させられたサナトラグであったともいう。生皮を剝がされたバルトロマイは十字架に掛けられ、蠅たちに肉を曝した状態で落命するまで放置された。彼の遺体は五〇八年、ビザンツ皇帝アナスタシオスが建てたメソポタミアの城塞都市ダラスへ、皇帝自身の手によって遷された。遺体がダラスへたどりつくまでの経緯を語れば長い話になってしまう。

しかし、その後、この遺体がリパリの町にあらわれ、八三九年にこの町からベネウェントゥムへ遷され、その地で教皇ヨハネ十三世によって認証されるにいたる経緯を語ろうとすればもっと長い話になるだろう。さらにもっと奇妙なのは、一五六〇年、聖バルトロマイに捧げられたローマの教会で、教皇パウロ四世がバルトロマイの遺体をもう一体発見した経緯である。この遺体は現在、主祭壇のなかに安置されている。さらに、聖バルトロマイの遺体の一部はリヨンやリエージュでも公開され、崇敬の対象になっている。また、聖アンセルムスがバルトロマイの片腕をカンタベリーにもたらしたことも知られている。

バルトロマイの聖骨はこれだけではない。ベルガモの聖バルトロマイ教会にあり、ローマのいくつかの教会——十二使徒教会、聖エウセビオス教会、城壁外の聖ラウレンティウス教会、天使の聖マリア教会、エルサレムの聖十字教会、聖サビナ教会、聖プラクセディス教会、聖プルデンティアナ教会——にもある。さらにくわえて、モンテカッシーノにも聖骨があり、ナポリには頭部が、アマルフィには片腕が、アッシジ近くのリオトルトにある聖バルトロマイ教会には生皮の大部分が残されている。ジェノヴァには干からびた肉と皮がついた片足がある。おなじジェノヴァの聖マリア・リベラティクス教会には歯が一本、ヴェニスの聖ブラース・デ・カタルド教会にも大きな生皮がある。ランスの聖シムフォリアン教会には「聖バルトロマイ様御遺体乃一部」が残る。ソーヴマジュールの教会の鉛の風見鶏には落雷除けのために大昔から聖骨が納めてあったが、あるときその一部を聖歌隊席内に安置しなおした。ところが、その直後に修道士がひとり落雷に当たって死んだので、聖骨はもとどおり教会のてっぺんの風見鶏のなかに戻された。飛んできた羽蟻たちはこの風見鶏に近づくとなぜか麻痺して死に、屋根の上にばらばら落ちたものであった。トゥールーズの聖バルトロマイ教会には頭があり、一本の腕と手首から先がパリ近郊のジェルシャックにあり、干からびた肉のついたもう一本の腕がベテュヌにあり、「気高い釣り合い」をみせるさらにもう一本の腕の一部がフォッペンにある。サヴェ川沿いのオニャックにも聖骨があり、ムーズ川沿いのルティーユには指関節がひとつある。ブリュッセルの王宮小礼拝堂には腕の一部がある。ブルージュの大聖堂には何本かの骨が安置され、ルヴェン近郊のパルク、トングル、ユトレヒトにも骨が残されている。マーストリヒトには肩胛骨があり、聖セルヴェ教会には指が一本、聖マリア教会には頭蓋骨の一部がある。アントワープの聖シャルル教会には顎の一部、モセイックには生皮がすこし、ケルンの聖セヴェリヌス教会にも生皮少々、おなじケルンの十二使徒教会には八重歯、ローマはカピトリウムの丘の聖マリア教会には片腕、聖パンタレオン教会にも片腕、アウグスティノ修道会の教会には顎、イエズス会の教会にも顎がある。エーベルスに片腕、ステインフェルトに上顎、マインツの聖ステパノ教会には生皮剝ぎに使ったナイフのうちの一本がある。アンデッフスにも片腕、プラハの聖ファイト教会に頭頂部と顎の一部と脚か腕の大骨が三本、フランクフルトにもうひとつの頭頂部があり、ムルバッハには下顎。エクス・ラ・シャペルの聖バルトロマイ教会には頭髪。トレドにほど近い聖ドミニキ・デ・シロスに骨が数本と生皮、聖マリア・デ・マクサーラにはあばら骨ひとつ。マドリード近郊のエスコリアル大建築には、腕の骨ひとつ、生皮少し、あばら骨ひとつが安置されている。

美術に目を転じると、聖バルトロマイは、ギリシア式のメダル意匠では生え始めの顎鬚をたくわえた男として表現される。他方、西欧の伝統では、精力的な黒髪と白髪交じりの顎鬚をもつ壮年の男として表される。決め手になる象徴は肉屋が使う皮剝ぎ用ナイフで、彼はこれを手に持っている。ときには顔がついた人間の生皮を肩に掛けていることもある。ミケランジェロは《最後の審判》の壁画のなかにこの姿のバルトロマイを描いているが、生皮にはミケランジェロ自身の顔がついている。

W

Whereabouts

行方《ホエアラバウツ》

——ほほう、じつに魅力的な話ですな、とボス氏は言った。真実かもしれないものがわらわら増殖していくのを聞きながら、人間のだまされやすさを物語る話をいまひとつ思い出しましたよ。とはいえ、ですな、おたくの思考の流れがわれらがよき友ヤルニエヴィッチ君の語りをさえぎるまえには、彼は「琥珀の間の謎」の物語を語ってくれておったでしょう。あの話がどんな結末になるのか、聞いてみたいものですなあ。

——さようでございますか、とポーランド人の船長は言った。申し訳ないことながら、もはやお話し申し上げる中味もあまりないのでございます。あの物語はあれでほとんど謎の核心に到達してしまっていたのでして——。その謎と申しますのは、第二次世界大戦時にナチスが琥珀の間を持ち去って以来、今日まで行方知れずということなのでございます。琥珀の間の行方をめぐって諸説ふんぷんでありますことはわたくしも承知しておりまして、資料をすべてひもとくことさえできるなら、その謎を解明いたしたいのはやまやまでございます。ところが、あいにくそれはかなわぬこと！　わたくしはこんな経験をしたのでございますよ。つい去年のこと、わたくしどもの〈ウーチの勇気〉号がニューヨーク港に入りまして、三日間上陸いたしました。ジャズが聞けるクラブを覗いてみるか、数知れぬレストランのさまざまなメニューを実地研究してみるか、それとも自由の女神に上ってみようかと考えましたが、せっかくの機会なので、むかし父が琥珀の間について語ってくれた話にもっと情報を付け足して、一繋ぎにできるようやってみよう、と心を決めました。それにしても、かつて琥珀細工職人だった父の話しぶりといったら！　父の記憶は鐘の音のように澄み渡っていて、脱線するときの話の細部はまるで美しく刺繍を施したようでございました！　頓知は冴え渡り、目はぱっと輝き、髪はふっさりとなびき――ああ、神様、父の魂を安らかに眠らせてくださいまし！

あのような話術がわたくしにもあったなら！　でもとにかく先へ進みましょう。ポーランド大使館のお薦めをいただきまして、五番街四十丁目から四十二丁目にまたがるあの知識の殿堂、ニューヨーク公立図書館へまいりました。みごとに釣り合いのとれた古典装飾様式の正面にまかりいでまして、三角破風頂部《ペディメント》の意味を解読したり、とてつもなく幅広い大階段の段数を数えながら上ったりするうちに、自分がこの文明の殿堂の陰の下でだんだん縮んでいくように感じました。わくわくしながら、空気式で音もなく動く回転扉を押して、靴音がひびく大理石の世界へ足を踏み入れますと、考古学的といわんばかりにうずたかく折り重なった書物の匂いにぼろぼろ崩れてゆく葉緑素《クロロフィル》が合わさって、もう窒息せんばかり。書物という松の森から琥珀の樹脂が滲み出し、このはてしない森の大聖堂《カテドラル》の、ステンドグラスをはめた窓という窓から、太陽の光が斜めに射しこんでまいります。学問の場にいかにもふさわしい受付で、どこか祖母をおもわせる親切な白髪のご婦人の案内を受けたわたくしは、デューイ式十進分類法とアルファベットが表示され、通し番号が振られたカタログ・キャビネットが居並ぶなか、求めている分野のカタログ・カードがある一角に陣取りました。オーク材でできた昔の薬簞笥そっくりの取っ手をつかんでぐいっと引き出しますと、奥行きの深い引き出しは鰯《サーディン》の幼魚よりもぎっしり詰めこまれた無数のカードでずっしり重く、すべてのカードに開けた丸穴をメタル棒が貫いておりました。わたくしは慣れない手つきで、海面にさざ波を立てるように一枚一枚カードをめくりながら、数え切れない先人たちがつけた親指の指紋の上に、自分の親指の幻を捺印していったのでございます。何時間もこの作業を続けました。それで、参考になりそうな本が見つかりますと、図書館員の方々の行き届いた配慮でボール紙の箱にたくさん入れてございますちびた鉛筆を一本拝借いたしまして、その本の詳細を、ピンクの図書請求票――これはカーボンで二枚目の黄色い紙に複写できるようになっております――に書き取ったのでございます。この請求票をば、大閲覧室の出納係へ持参いたしますと、広々としたマホガニーのデスクの向こう側にいる職員がたが笑顔で応対してくれるのです。わたくしは興味津々で、ピンクの請求票がくるりと丸められて円筒形の容器に差しこまれ、圧搾空気式のチューブの穴口に装塡されて、図書館の内臓めがけて魚雷のように発射されるのを見守りました。これはわたくしの想像ですが、その魚雷はらせん滑り台を走り抜けた弾丸みたいに内臓の奥までたどりついて、位《くらい》の低い職員の手に渡るのでしょう。受付でもらった案内図によりますと、この図書館は表の大建築のみならず、地表以下なんと八層におよぶ知識の深みを隠しているのでございます。そこでは下役衆が休むことなく迷路のような書棚のあいだをせかせかと行き交い、狭い通路の手すりを貫く長い梯子を上り、煉瓦箱のように肩に書物を積み上げて梯子を下りなどして、それまでは知るべくもなかった知識を得たいと欲するわたくしどものために働いていたのでございましょう。

この図書館では何事も整然確実におこなわれるということにつきまして、縷々《るる》申すべき事柄もございます。けれども今は、必要な書物が魔法のように目のまえに出現するのです、とだけ申しておけば十分でございましょう。なかには、あまりにも古く崩壊しかかっているため、紐でくくった特別な保護箱に入れられて出てくる書物もございました。書物をそれ以上損傷せぬようていねいに紐をほどいてとりだしますと、過ぎ去った時代のかび臭い匂いがぱっと広がります——絶滅した種類のインクや活字、手縫いのリネンと膠《にかわ》による造本、裂いた垂れ布や洗浄した包帯や擦り切れたシャツで抄造した最高級紙、模造皮革《レキシン》の絆創膏のような匂い、そして、紙魚《しみ》が混じった埃が発散する嗅ぎタバコそっくりの刺激臭。わたくしなどは、書物をひらくまえにわざわざ深呼吸したほどでございます。そうして、ひらいた書物の間近に鼻先を突き出すのでございますが、目のあたりにするページの紙は黄ばんでいるのもあり、また、積もる星霜ゆえに真っ白に脱色されているばあいもございました。

第一日目にわたくしは、ヴィクトール・クロレフスキなる著者による『琥珀の間の謎』という書物が存在することを示すカタログ・カードを発見しまして、やや、これこそわが夢に答えを与えてくれるであろう、とおもいました。出版社はもはや記憶にございませんが、たぶんモスクワで印刷されたものではなかったか、とおぼろげに思い出します。つつしんで図書請求票に必要な項目を書きこみまして、司書の方に手渡しました。ほどなくして、その書物は図書館網のなかでも遠く離れた部署に所属する別館に所蔵されており、取り寄せてこのカウンターに届くまでには二日間かかるということが判明いたしました。なんともはや出鼻をくじかれたかたちでがっかりいたしましたが、待つよりほかどうしようもございません。その間、調べものを続けまして、これまでにみなさまのお耳にも入れましたような、琥珀についてのこまごましたことがわかってまいったのでございます。いよいよ約束の日――三日間のニューヨーク休暇の最終日でございました――がまいりまして、カーボン複写の請求票を握りしめたわたくしはもう期待にはちきれんばかりで、出納カウンターへ出頭いたしました。司書の方は、手元にあるどれもおなじようにしか見えない請求票の柵に「さざ波を立てて」、わたくしが持ってきた控えに対応する一枚を探しました。ところが、請求された形跡が見つかりません。理由はわかりませんが、とにかくかんじんの書物は姿をあらわしませんでした。わたくしは、三日まえに請求票を手渡しした司書に直接確かめてみるよう、助言をいただきました。後にわかったのですが、その司書の名前はダンテ・ジョイスと申しました。この名前がわかりましたのは、彼女がわたくしにごていねいな説明とおわびをしてくださったあとに名前を名乗られたからでございます。ジョイスさんによりますと、彼女が通常の手順で請求票を魚雷発射した後、別館の司書の方からお電話があり、念には念を入れて探したのだけれども例の書物は書棚の定位置に見つからなかった、との報告であったそうでございます。もう一日か二日、お待ちいただくことはできませんか？　その間にあたくしの権限でできるかぎりの手を尽くしてみましょう。お目当ての本、おそらく出てくるんじゃないかとおもいますわ、と言われたら、もうこっちも根比べでございます。

わたくしは最初で最後の「手」を使いました。見え透いた口実でしたが、突然インフルエンザに罹ってしまったという言い訳をして、船の出航を延期したのでございます。わたくしは〈ウーチの勇気〉号の船長でございましたから、わたくしなしでは船は動きがとれません。ダンテ・ジョイスさんは直通の電話番号まで教えてくださいまして、定期的に電話を掛けて書物捜索の進捗状況を尋ねるように、とまでおっしゃってくださいました。それでわたくしはその指示どおりにいたしましたが、尋ねるたびにまだ書物の影は見えてこないとのことで――。滞在を延長して六日目にわたくしは彼女に会いに行きました。彼女は見事なくらい言い訳をしませんでした。例の書物は行方不明で、その理由は彼女にも全く説明ができなかったのでございます。わたくしは彼女にていねいにお礼を申しました。さらにあと数日ニューヨークにご滞在になることはできませんか、とのお尋ねでしたが、まことに残念至極ではございますがもはやこれにて出航せずばなりませぬ、とお答え申しました。わたくしはその晩と翌日一日かけてニューヨークじゅうの酒場と売春宿をしらみつぶしにいたしまして船員たちを探し出し、翌日グダンスクに向けて錨を上げたのでございます。

さて、琥珀の間の運命につきましてわたくしが存じておりますのは、次の事柄がすべてでございます。一九四一年、ナチスがレニングラード――当時のサンクトペテルブルグでございます――に侵入したとき、ロシア人たちは琥珀の間にあった器物のうち、収納箱、燭台《しょくだい》、骨董品を並べた飾り箪笥など、移動できるものはみな秘密の場所へ移動させました。そして、琥珀のパネルにはすべて壁紙を貼って覆い隠したのでございます。ですから、ナチスの親衛隊の酔っぱらった兵士たちがかつての輝きを隠蔽した琥珀の間になだれこんできましたときには、略奪に値《あたい》するような金目の品はもうなにひとつ見つかりませんでした。それで、兵士たちはこの広間を焼き払おうと決めたのでございますが、指揮官のコッホ何某――この男は美術品と高級葡萄酒とハバナ葉巻のちょっとした目利きだったそうでございます――が、よく利く鼻で壁紙用の糊の匂いを嗅ぎつけたのだそうでして。黒手袋の手で壁紙の隅を慎重に剝がしてみると、その下に琥珀の輝きがちらりとかいま見えたのでございます。コッホは前祝いのかわりに上等な《コロ》葉《ナ》巻に点火して、こう命令いたしました。広間の壁紙をすべて剝がせ！　兵士たちはいっせいに銃剣を抜いて、心なき破壊にいそしむ悪童どもの熱意をもって仕事にとりかかりました。そして数分もしないうちに、兵士たちはまるでリボンや帯で飾りたてた五月姫《メイクィーン》のように、裂けた壁紙を体じゅうにまといつかせ、なかにはからんだ壁紙に足を取られてつまずいたり、床をころげまわってミイラになったぞとはしゃぐ者まで出る始末でございます。ところが、広間の荘厳な美しさがしだいにあらわになってくるにつれて、兵士たちの大騒ぎは静まり、ついにはみなが驚きのあまり声もなくこの広間に見惚れることとあいなりました。コッホはここで部隊を一時解散し、ひとりこの広間に残りまして、数時間その途方もない美しさをためつすがめつ眺めまわしました。その晩、琥珀の間では最後の晩餐会がひらかれ、コッホと親衛隊のエリートたちは広間の豪華きわまりない内装を楽しみながら、略奪したキャビアやウォッカをむさぼったのでございます。

その翌日くらいに、コッホは守秘義務を宣誓させた特務班を編成し、パネルをすべて取り外して安全な場所へ持っていかせました。こうして琥珀の間には空っぽの骨組みだけが残りました。コッホは琥珀の間をそれがそもそも建てられたベルリンに再建して、ドイツによるロシア支配の象徴とするつもりであったという説がある一方で、琥珀の間が持ち去られたのはまず第一に財務上の獲得品としてであったと考える向きもございます。また、コッホの動機は審美的なものであったと主張する説もございますが、たしかなところは誰にもわかりません。コッホは死に、琥珀の間の行方はついに不明なまま残されました。おそらくひとまとめにされたパネルはコッホがしばしば足を運んでおりました醸造所の地下に眠る製氷室に置き去りにされているのかもしれません。あるいは、防水布で梱包されてどこかの庭園の人造湖に沈められたのか、さもなくば、迷路のような岩塩坑に掘り加えられた倉庫のなかで埋もれているのでございましょう。わが友人であるおふたりに申し上げますが、琥珀の間につきましてわたくしが存じております物語はこれがすべてでございます、とポーランド人の船長は話をしめくくった。

わたしたちはしばらくのあいだ黙ったまま、この謎めいた物語の含蓄に思いをめぐらせた。ボス氏はパイプに火を点け、満足がゆくまで火がまわったところでこう話しはじめた。

――ほほう、こんどの物語は人間の知識がおよぶ限界を認めているところが教訓的で、真実を突いてもいるお話でしたなあ。じつは君が琥珀の間の謎の大団円を語りはじめようとしたときに、わたしの頭のなかにもひとつの話が浮かんでおったのですが、君の話を聞いたあとではますます関連が出てきましたぞ。わたしの話というのは、わが同国人ハン・ファン・メーヘレンという男の物語なのですが、この男、おそらく古今最も有名な贋作者でしてな。戦後、ナチスがヨーロッパ各地に隠した無数の略奪品が連合国によって発見されたことは覚えておられるでしょう。そうした悪名高き隠し場所のひとつが、オーストリアはザルツブルク近郊のアルト・アウスゼーという塩坑です。この塩坑からは六千七百五十点の美術品が発見されましたが、そのなかにキリストと姦婦を描いた作品があり、これはデルフトの巨匠ヤン・フェルメールの作とされたのですが、この絵はそれまでは世間に知られていない作品だったのですわ。フェルメールの全作品は、どれを真作とみなすかによって多少の違いはありますが、まあ三十か四十点というきわめて少ない数ですから、フェルメールの作品が新しく発見されるというのは、太陽系内に新しい惑星が発見されるようなもので、美術界は肝をつぶすほど仰天したわけです。戦前の一時期に六点か七点のフェルメール作品が「新しく」発見されていましたが、それらは今回の新発見に世間の注目を集める露払いをしたに過ぎません。《キリストと姦婦》と一緒に売り渡し証も出てきまして、この作品が一九四二年ナチスの宣伝責任者ヘルマン・ゲーリングによって十六万ギルダーというとんでもない値段で購入されたことが判明したとき、世間の仰天は怒りに変わりました。売り主はハン・ファン・メーヘレンというひとりの中年男で、一時人気があったオランダ人の画家でした。一九四五年五月二十九日、国の宝を敵方に売ろうとする陰謀を幇助した疑いでファン・メーヘレンは取り調べを受けました。以後数週間にわたって、彼はなにを尋ねられても完全黙秘を保ったのですが、ついに七月十日、何度目だかもう数え切れないほどの尋問を受けたさい、こう叫んだのでした。「この愚か者どもが！　おまえたちはほかの連中とおなじ愚か者だ！　俺が売ったのは国宝なんかじゃありゃしない。あの絵は俺が描いたんだよ！」

ひきつづいて彼は、過去八年間に発見され、当代一流の美術史家たちによって真作であるというお墨付きがついた「新しい」フェルメールもまた、すべて自分が描いたものであると言い張りました。けれども、誰もこの男の言うことなど信じませんわ。それで、真相の究明は法廷の場に移されましたが、被告人自身が贋作のかどで有罪になることを望んでいるという前代未聞の事態ですから、過去の判例は全く役に立ちませんでした。ファン・メーヘレンは獄中でもう一点「新しい」フェルメールを描いてみせようと提案しまして、必要な道具を受け取って、高名な専門家たちの目のまえでしごとを始めたんですわ。こんなわけで彼は一夜にして有名人となりまして、描きかけの絵の進捗状況は毎日報道されました。そりゃあ世間は喜びましたよ。ひとりの小男が——ファン・メーヘレンは虚弱でかぼそい体型でした——世間の誰もがうさんくさくおもっていたことを立証しようとしているんですから。つまりですな、美術界の権威と称する連中が一般人よりも美術のことをわかっているなんぞは嘘っぱちで、王様は裸だ！　ってことですな。ファン・メーヘレンが人生でたった一度真実を語っているぞということが、にわかに明らかになってきたわけです。彼は「フェルメール」の絵を描いていく過程で、作画の手順や方法について徹底的な解説をくわえました。もはや証拠に疑いをさしはさむ余地はない。近年発見されたフェルメールの作品群はすべてファン・メーヘレンの作だったのです。永遠の美を体現した作品として賞賛されてきたものが、幾日かのうちに無価値な駄作になってしまったのですわ。いや、興味本位の好奇心に応えるだけの価値はあったのですから、「無価値」は言いすぎかもしれません。が、とにかく、今や誰の目にも明らかになったのは、描かれた人物たちの顔には生気がなく間が抜けており、彼らの手もへたくそに描かれていて、なんのことはない、全体の構図も凡庸ではないか、ということでした。ファン・メーヘレンは敵方と組んで陰謀をたくらんだどころではない。自分の国のひとびともろとも敵方をも、まんまと騙したのですわ。

人間の一生となれば誰でもそうでしょうが、ファン・メーヘレンの経歴も長くて複雑です。そして、彼を動かした動機と心理に光を当てようとするならば、何冊かの本を書かねばならないでしょう。しかも、魂には外からは見通すことのできない闇のくぼみがありますからな。わたしにできることといったら、彼の人生という大きな絵のなかでいくつか目立つ細部をスケッチしてお目に掛けるくらいが関の山ですがね――

ハン・ファン・メーヘレンは一八八九年、アイセル川右岸の古くて美しい町デーヴェンターの生まれです。その昔ハンザ同盟に加盟しておったこの町を訪れる機会があったら、ぜひ市庁舎まで足を運んでいただきたいですな。この庁舎内に、ファン・メーヘレンが賞賛してやまなかったオランダ絵画黄金時代の巨匠のひとり、ヘラルト・テル・ホルフによる傑作、デーヴェンター歴代の市長や市会議員たちを描いた群像肖像画があるのですわ。そのほかの見どころとしては後期ゴシック様式の貨物計量所とそのとなりの〈鰊《にしん》三匹の家〉、今は市営の古文物博物館になっています。外壁に銅製の大鍋が掛かっていますが、この鍋はその昔、偽金造りがその罪の重さに応じて油または水で釜ゆでの刑にされた名残ですわ。市内にはほかにおもちゃとブリキ製品の博物館もあって、一見の価値があります。

さて、ファン・メーヘレンは父親にちなんでヘンリと名づけられましたが、その父自身はじきに息子を「ちびハン」と呼ぶようになりました。発育が悪い子だったので、この呼び名には愛情よりむしろ不憫な息子をおもう父の気持ちがこめられているように思いますな。父親は厳格なカトリックで、規律に厳しいひとでした。父から話しかけぬかぎり子供たちから父に話しかけることとまかりならぬ、というしつけをしておりまして、日曜のミサはいうにおよばず、四旬節の期間に毎朝おこなわれるミサのさいにも、子供たちは一列縦隊で行進させられたものでした。彼は地元の教員養成学校で英語と歴史を教える教師で、比較的つぶしの利く数学の学位も持っておりました。息子のちびハンはとりたてて目立つ生徒ではありませんでしたが、幼いころから素描を描かせると非凡でした。自分が王様でライオンの家来たちをしたがえているというような夢の絵を描くのが、なにより好きでした。ところが、父親はこうした絵を見つけるなり破り捨てたといいます。わが息子たるものがゲイジュツなんぞを好むとはなんたることか！　と。かくして、息子のほうは床板の下や壁板の内側などに絵を隠すことをおぼえるようになりました。父をごまかすことをおぼえた少年はやがて、権威とさまざまに渡りあったときの逸話を語るのが好きな大人に成長したのですわ。あるとき、家へ帰りがけに警察本署の前を通りかかったとき、正面の扉に鍵が挿しっぱなしになっているのに気づいた彼は、即座に警官たちを署内に閉じこめ、鍵を運河に投げ捨てました。そして、安全な場所を見つけて陣取ると、警官たちが窓から脱出するてんまつを高みの見物としゃれこんだわけです。またべつのときには、父のお気に入りで将来は聖職の道に進むことになっていた兄弟のヘルマンが司祭の侍者を拝命していたのをいいことに、彼をうまく抱きこんでミサ用の葡萄酒を盗ませました。ファン・メーヘレンがこのいたずら話——ようするに酒を飲んで酔っぱらったんですな——をするときにはたいていその後に、やがて神学校へ入ったヘルマンがある日司教様に追われて家へ逃げ帰ってきた物語がくっついていました。ヘルマンは神学校を追い出された後、しばらく原因不明の慢性病を患ったすえに死んだといいます。

ファン・メーヘレンの若いころはそんなふうでしたから、当然彼は父の反対を押し切って芸術家への道を進みました。学生時代の彼は、デルフトの美術学校が過去五年間の最優秀作品に授与する栄えある金賞メダルをやすやすと獲得しました。彼は裕福なコレクターたちの庇護を受け、彼をちやほやして模倣したがる連中に囲まれていました。一九一六年と一九一八年にひらかれた個展は陶然となるほどの絶賛を受け、とくに《鹿》という作品は、オランダ国王家が飼っていたペットの子鹿に似ていたことも手伝って、こんにちまでのオランダ美術のどの作品よりも広く複製画がつくられた絵画です。早い話、彼には画家としての華々しい将来が約束されたようなものでした。ところが、これからすこしずつファン・メーヘレンの名声に翳りが生じてゆくのですわ。彼の気質にはもとから神経質で一貫性のないところがありましたが、この時期からいったん始めたことをやりとげることがますますできなくなり、アトリエは中途で放棄されたカンヴァスだらけになっていきました。収入を補うために商業美術に手を染め、ポスターやらクリスマスカードの原画を描いたりもしました。そして、ようやく完成した作品がまって個展をひらいてみると、こんどは批評家たちからこてんぱんに叩かれたのですわ。陳腐にして俗悪、十九世紀的工房制作のお上品絵画が最低まで堕落した状態を露呈している、というのがもっぱらの評価で、かつては非の打ちどころのない技術とみなされたものが、今ではうさんくさい小手先の器用さにしか見えなくなってしまったのです。ファン・メーヘレンの芸術は致命的な深傷《ふかで》を負わされ、ほとんどいたるところで軽蔑の対象になりました。ところが、こんなふうにこきおろされればされるほど、彼は自分が天才であることにますます自信を深めていったのですわ。彼はそもそも黄金時代の巨匠たちの作画技法を使いこなせることを誇りにしていました。絵の具は自分で挽いて粉にし、カンヴァスを決まったサイズに裁断して枠に張る作業も自分でおこなうなど、万事古来のやり方を忠実に守ったのです。彼は自分のことを、無知と背教の時代に聖杯を捧げ持つ人間であると信じておりました。さて、彼の姿はデルフトの酒場の薄暗くて長いバーの片隅でよく目撃されるようになりました。おなじように気むずかしい面もちをした二、三人と一緒に、美術界に復讐する宣言書を起草しておったのです。彼らは二十世紀美術のすべてを激しく非難する雑誌を立ち上げましたが、九号まで続いた後その雑誌はあとかたもなく消えました。それ以後は、この連中が顔を揃える場所には口論が絶えない始末で、殴り合いのけんかになることも珍しくありませんでした。そんなこんなで何年間かが過ぎ去りました。

ファン・メーヘレンの結婚生活について多くを語るつもりはありません。いろいろあったとだけ申しておきましょう。異性から見ると彼の小柄ですぐすねる危なっかしさが魅力だったようで、彼の天才幻想にすすんで身を任せた女性たちはたくさんいました。女性の出入りがいろいろあったなかで、二番目の妻だけはずっと彼のもとを離れませんでした。たぶん彼のことを心底信じていたのでしょう。おそらく愛してもいたのでしょうな。

専門家の意見では、ファン・メーヘレンは一九三二年までには偏執病《パラノイア》がかなり進んでいたことが証明できるそうです。この年、彼はオランダには決して戻らないと宣言して南部フランス《ミディ》に行き、その地に腰を据えました。日射しと葡萄酒で活力を得て、敵どもを出し抜く傑作を描いてやるという意気込みでした。南部フランス《ミディ》の小さな村で、ベレー帽をかぶり、絵の具の染みがついた上着をこれ見よがしに身につけたファン・メーヘレンは、おとなしい変わり者として村人たちから慕われました。彼は村人からは「先生《メートル》」と呼ばれ、渋い地物の葡萄酒を酌み交わす折などには、昔の巨匠たちの逸話を村人たちに語って聞かせたといいます。そういうわけですから、画家のちいさな所帯には不釣り合いに大きな電気オーブンを購入したことが近所に知れたときにも、郵便配達人が「先生《メートル》」のお宅に不思議な荷物をたくさん配達したんだと漏らしたときにも、村人たちはちっとも不審にはおもわなかった。ファン・メーヘレンは完璧な自己イメージをつくりあげておったわけです。

彼がいったいどの段階で贋作者になろうと決めたのかは知る由もありませんが、前半生の経歴のなかにいくつかの暗示が読みとれます。デルフトでの学生時代に、みながうらやむ金賞メダルを彼が射止めたことはおぼえておられるでしょう。その受賞作というのは十七世紀に建てられた教会内部を綿密に描いた作品で、かなりの高値で売れたのですわ。その直後に、ファン・メーヘレンは受賞作の完璧な模作を描き上げて、それをふたたびオリジナルとして売却しようとしたのです。彼がこの企てを最初の妻にほのめかしたところ、彼女は真と善と美こそ大事であるということを言い出したので、ファン・メーヘレンは少々当惑しましたがその場は引き下がり、その絵は画家本人による模作として売ることにしました。価格は最初の作品のわずか二十分の一でした。

いずれにせよ、一九三三年前後に彼は「見せかけ」芸術の探究を始めました。彼には十七世紀オランダ美術にかんする百科全書的な知識があり、どんな巨匠の様式でも自由自在に描くことができる自信がありました。彼はフェルメールを模倣することに決めました。彼の判断は正しかった。というのも、フェルメールの全作品数はたいへん少なく——三十六点といいますがそのなかには怪しいものもふくまれています——、彼の作品の多くは行方不明になっておるに違いないと考えられているからです。画商たちは忘れ去られた屋根裏部屋でフェルメールを発見するのを夢見ておりましたし、学者たちは自説を補強してくれる作品がもう一点出現すればなあ、と願っておりました。一般大衆でさえ、完璧な芸術創作の陰になぜか姿を隠してしまったデルフトの謎《スフィンクス》の人物に魅惑されておったのです。それだけではありません。フェルメールの名声は画家の死後、破滅的に凋落しました。いや、生前でさえ、彼の名前は一握りの目利き筋に知られていたに過ぎないのです。十八世紀にはフェルメールは完全に無名になってしまい、彼の作品はテル・ホルフやデ・ホーホの作として、あるいはファン・ミーリスのようなこんにちでは忘れられた画家の作として通用すれば、そのほうがずっと買い手がつきやすいという状況でした。そういうわけで、彼の作品の多くには偽のサインが書き加えられました。彼の名声がようやく復活したのは一八六〇年代になってからで、フェルメールはしだいに至高の巨匠であると認められるようになっていきました。ファン・メーヘレンにとってフェルメールの贋作をつくること自体が、審美眼の変わり易さに対するひとつの批評行為だったのですわ。

さて、次に彼が選んだ絵画の主題ですが、これもまた非の打ちどころのない選択でした。フェルメールを有名にしている室内画の構図を利用するのではなく、ファン・メーヘレンはあえて、フェルメールがまだ若かった一六五四年から一六五五年ごろに描かれたと考えられる《マリアとマルタの家のキリスト》に見られる様式にもとづいて、聖書のテーマを描くことに決めました。ファン・メーヘレンが子供時代に聖書を叩きこまれたことを思い出していただきましょう。ほとんど四十年を経たこの年になっても、彼は聖書のたくさんの部分を暗唱することができたのですわ。彼が選んだ主題、エマオにおけるキリストの出現は、じつにまったくふさわしいものだったわけです。出典はルカによる福音書の二十四章、こんな話です。

キリストが十字架に掛けられた後の月曜日、キリストについてきていた婦人たちが香料を持って墓へやってきました。見ると墓は空でした。そこへ輝く衣をつけたふたりの者たちがあらわれて、なぜ、生きておる方を死者のなかに探すのか、と尋ねました。キリストはご自分でおっしゃったとおり復活なさったのだ、と。婦人たちはこの知らせを使徒たちに持ち帰りましたが、彼らは「根拠のないたわごと」だと言ってとりあってくれませんでした。けれども、ペテロは確かめようと自分で出かけていき、キリストをくるんだ麻布だけを見つけましたが、たしかにキリストはいませんでした。彼はこの事実をどう考えたらいいのかわかりませんでした。

さて、おなじ日、どんな用事があったのかはわかりませんが、ふたりの弟子たちがエマオという村へ向かって行きました。例の不思議なできごとについて話しあいながら、ふたりが歩いておりますと、その脇へイエスが見知らぬひとの身なりを装ってあらわれました。イエスはふたりに、なぜそんなに思い悩んでいるのか尋ねました。すると彼らは、この一大事件について知らないとはあなたはいったいどこから来たのか、と問い返しました。そして、ふたりは先週起きたことの一部始終とその意味についてあらまし語って聞かせました。村に近づいてくると、イエスはふたりの信仰のなさをたしなめ、去っていこうとしましたが、ふたりは一緒の宿屋に泊まろうとイエスを誘いました。そして、イエスは彼らと食卓を囲みました。イエスはパンを取り、祝福し、裂いてお渡しになりました。するとふたりの目はひらかれ、目のまえのひとはイエスだとわかりましたが、その姿はたちまち見えなくなりました。

ざっとこんな話がファン・メーヘレンの傑作のテーマになりました――死と復活と変装と啓示、そして消失からなる物語ですわ。彼は、キリストがパンを裂き、おどろくふたりに自分自身の正体を見せる大詰めの場面を描くことに決めました。さあここまでくれば、残るは古色をどうつけるかという問題だけです。

X

Xerox

ゼロックス

というわけで、自分自身の大胆きわまる企てにすっかりのぼせあがったファン・メーヘレンはフェルメール様式で《エマオのキリスト》を描く自信がもりもり湧いてきたんですわ、とボス氏は語る。心の目のまえには絵柄がいきいきと浮かび、どんな色を使うかももうわかっていました。彼はフェルメールがやったように、絵の具の原料を入手して手仕事ですりつぶさなければなりませんでした。その手間をかければ、顕微鏡分析を受けても絵の具の粒子が不揃いになって見えるからです。いちばん重要なのは青、黄色、そして白でしたが、とくに各種の青はフェルメールのパレットでひときわ目立つ色ですな。フェルメールはときどき藍《インディゴ》を用いましたが、この絵の具はインジゴフェラという植物の葉から採れる青紫です。藍《インディゴ》の色はニュートンが一六二二年に定義したスペクトルの七色、すなわち基本色のうちのひとつでして、この色は大青《タイセイ》の葉から採られることもあります。ちなみに、この大青《タイセイ》の葉の煎じ汁はその昔聖アントニウスの火を癒すために処方された、とおたくの英国の植物学者カルペパーが記録しておりますわ。ですが、フェルメール好みの青といえば、なんといっても群青《ウルトラマリン》です。近頃ではこの色はもっぱら塩素酸ナトリウムを白土《カオリン》、木炭、硫黄と一緒に熱して合成する製法でつくっておりますが、フェルメールは天然の青金石《ラピスラズリ》を手作業ですりつぶして用いました。この青金石《ラピスラズリ》は途方もなく高価で、おたくの英国の詩人ブラウニングによれば、その青さは「聖母の胸に浮く静脈の青」ですわ。ファン・メーヘレンはいろいろ調べた後、ロンドンのウインザー・アンド・ニュートン商会から十分な分量を購入しました。このときの売り渡し証が残っておりまして、後に証拠として法廷に提出されました。

黄色はたいていカンボジア産の植物から採った藤黄《ガンボージ》ですが、黄土《イエロー・オーカー》もしばしば用いられました。白は鉛白で、朱色と鮮紅色は辰砂と赤土からつくりました。これらの原料の入手は簡単にできました。ファン・メーヘレンが次にやるべき仕事は、最も用心深い鑑定眼をもつ専門家をも納得させられる方法で絵に古色をつけることでした。カンヴァスそのものは問題ありませんでした。うっかり言い忘れておりましたが、ファン・メーヘレンは若いころに闇の骨董業者とつきあいがありましたので中古美術品市場には明るかったのですわ。このごろでは、オランダ絵画黄金時代に描かれた絵とあればどんなできそこないでもかなり値が張りますな。〈売春宿の娼婦〉を描いた平凡な作など昔はじゃがいも一袋との交換価値しかなかったものですが、今ではブルジョワの客間を飾るにふさわしいとおもわれておるのですから、世の中の変転とは予想がつかぬもの。ですが、それはそれとして、ファン・メーヘレンは時代も寸法もちょうどいい絵を一点手に入れました。たまたまそれがラザロの復活の絵だったのは、意味深いことだったと申せましょう。彼はこの絵の余分な絵の具層を削り落としたうえに自分の傑作を描くことにしました。いざ仕事にかかるとなると、キリストの目や使徒たちの愛と驚きの表情や裂いたパンを描いたり、青金石《ラピスラズリ》や藤黄《ガンボージ》を扱ったりするよりも、いちばん苦心したのは、年月を経た絵の具の硬さとひび割れを模倣する方法でした。油絵の具が完全に乾燥するにはすくなくとも五十年かかります。絵の具のなかに閉じこめられた揮発性物質がゆっくり現実の手を逃れて大気のなかへ消えていくんですな。半世紀たった後でさえ蒸発作用が完了しておらぬこともありますが、とにかく途方もない時間をかけて絵の具の体積が収縮していくにつれて、カナレットが描くヴェネツィアの運河を極小に縮めたようなひびの迷路が画面上を縦横無尽に走りはじめ、絵の表面はたくさんの島々というかさまざまな色彩の群島に分裂していくのですわ。そうしてできた蜘蛛の巣状の運河の溝のなかに、数世紀にわたる沈泥がつもっていく。タバコの煙に泥炭の煙、鰊《にしん》の匂い、チーズのもわっとした芳香、人間の皮膚の微細な薄片、ペルシアの敷物から舞い上がった毛くず、雲脂《ふけ》、煤、チョークの粉、そして目に見えない無数のダニの死骸の堆積。絵の具はこうして乾燥していくにつれて硬さをしだいに増していきます。古い絵の贋作を見破る簡単な方法のひとつは、表面に腐食剤をさっと塗りつけてみることです。絵の具層が比較的新しい場合、これで絵の具が熔解します。ところが、絵が本当に古いものならばこの程度ではびくともしません。

ファン・メーヘレンはこういうことを全部知り尽くしていました。ここでいよいよ電気オーブンの出番です。彼は何ヶ月もかけて、描き損じた絵をさまざまな温度で焦がす実験を重ねました。何度やっても満足のいく結果は得られませんでした。色彩が鮮やかさを失ってしまったり、変色したり、あるいは画面に火膨れが生じたり、絵の具層に火が燃え移ったりしたんですわ。ところがここでまこと天才的な考えがひらめいたのです。ファン・メーヘレンがバッハのカンタータを鳴らしているラジオを眺めていたときのこと、ふとそのラジオの材質が琥珀とか鼈甲《べっこう》とか古いワニスを連想させました。太陽光線がラジオのボディの表面をかすかに光らせているのをぼんやり見ているあいだに、カンタータの旋律は存在の階梯をひとつひとつ下った後、こんどは失われたものと発見されたものが織りなす寓話の世界を上りつめていきます。開け放った窓の外を夏の蜜蜂がブーンとうなりながら飛んでいきます。催眠術に掛けられたように放送局の周波数を示す赤い光の点をじいっと見つめているうちに、彼は自分自身がかつてないほどしいんと静まり返っていくのを感じたのですわ。歌手の声が彼の血管を探針で探った後、血管のなかへ入っていきました。その歌声の振動に合わせて彼の存在が動悸を打ちました。ラジオのボディは彼に向かってハミングを聞かせました。そのボディはベークライト製でした。

ファン・メーヘレンはそれまで見過ごしていたベークライトの特徴にはじめて気がつきました。ベークライトは凝固したワニスそっくりに見えるじゃないか——彼はとうとう鍵をつかんだのです。大急ぎでベークライトがフェノールとホルムアルデヒド化合物であることを確認すると、彼はさまざまな比率で両者を配合する実験にとりかかりました。そして苦心のすえ、揮発性芳香油に混ぜることが可能なフェノール・ホルムアルデヒド樹脂の製造に成功し、この樹脂を混ぜた揮発油を地塗りの絵の具に直接混入したのです。この製法のおかげで、低温で絵を焦がせば、数日間にして数百年の古色をつけることができるようになりました。欠点はただひとつ。揮発油は乾燥が早いのできわめて手早く絵の具を塗らなくてはなりません。そして、いったん筆跡をつけてしまったが最後、やりなおしはききません。けれども、こんな制約は恐れるにはおよびませんでした。目隠しされていてもフェルメールは描ける、と彼は確信していました。

残るはひびの問題ですわ。ここでもまたファン・メーヘレンは発明の才を発揮しました。へぼな贋作者なら、贋作に使う古カンヴァスを丸ごと溶剤に浸けて表面の絵の具をあとかたもなく除去してしまうのがふつうです。ところが、ファン・メーヘレンはていねいに辛抱強い手仕事で、白い下塗り層が露出するまで、絵が描かれている絵の具層を削り落としていきました。絵の表面に見えたひびはこの下塗り層にまで達しています。この下ごしらえの上に絵を描きあげた後、カンヴァスをロールに巻きつけて損傷を与えれば、下塗り層のひびがふたたびそのまま表面にあらわれてくるにちがいない、と彼は考えました。そして、結果はそのとおりになりました。ふつうの古い絵画では亀裂は表面から内部に達しておるわけですが、ファン・メーヘレンは亀裂ができる過程をそっくりあべこべにしてみせたのですわ。長年のあいだにたまった埃をそれらしく見せるために、彼は画面全体に刷毛《はけ》で墨汁をいったん塗ってから拭き取りました。こうして、亀裂の奥がちょうどいいぐあいに黒くなるようにしたんですな。最後に、全面にわたってちいさい染みをつけて仕上げとすることにしました。

さて、段取りはすべて整いました。復讐めがけまっしぐらに突き進む激情に駆り立てられ、かつてないほどの霊感の高みにまで到達したファン・メーヘレンは、ものすごい勢いで彼の最初にして最高の出来のフェルメールを描きあげたのですわ。《エマオのキリスト》、あるいはわたしはこっちの呼び方のほうが気に入っているのですが、《エマオの夕食》がその絵です。贋作者として名乗りをあげた後、彼はこの絵にまつわる話をして聞かせるのを好みました。ある晩のことだがね、あたしがアトリエを構えておった南部《ミディ》フランスの村をひとりのイタリア人の放浪者が通りかかってさ、うちの玄関の扉を叩いたんだ。ほどこしが欲しかったんだな。で、扉を開けてやったんだが、その男の目にキリストの目を見たね、あたしは。それで、この男を家へ入れて、パンを裂き、ワインを与えたというわけさ。ひとごこちついたところで、どうだ君、あたしは画家で今描きたい絵があるんだがモデルになっちゃあくれまいか、と切り出したんだ。迷信ぶかいその男はたまげたようすで、とっさに玄関から走って逃げ出そうとしたんだがね、逃すようなあたしじゃないさ。とっくりと腰をすえて、ミケランジェロからティツィアーノからの先例を語ってきかせてさ、べつにキリストのモデルをやったからって神への冒瀆になんぞなりゃあしないってことを納得させたんだよ。男はぼうっとしたような顔してあたしの条件に同意してね、そいでもって、あたしが肖像を描くあいだ三日間うちに滞在していったんだよ。というしだいで、画家はこの男の肖像を絵のなかに組みこんだのでして、絵のなかでは右手を挙げてパンを祝福するキリストをふたりの男たちとひとりの女が見つめているという構図になってますわ。完成した絵を見るとキリストの両目が重い瞼でほとんど覆われておるでしょう。そのことを考えますと、ファン・メーヘレンのこの逸話にはいっそう真実味があるんですがね。

なにはともあれ、ファン・メーヘレンは世間をあっと言わせ、敵どもをギャフンと言わせることができる傑作を描き上げました。お次はこの絵にお墨付きをもらわにゃなりません。オランダ絵画黄金時代の研究ではかれこれ五十年ものあいだ、アブラハム・ブレディウス博士のことばに絶対的な権威がありました。博士はフェルメール研究の先駆者として、この画家の周辺に新たな光を当てる資料はないかと、一八八〇年から一九二〇年代にかけてデルフトの公証人関係の古文書をほとんどしらみつぶしに渉猟したのですわ。一九三七年当時、ブレディウス博士は御年八十三歳、視力はいちじるしく衰えておりました。ファン・メーヘレンは、自分が描いた作品をこのブレディウス博士がフェルメール作だと認めさえすれば、それはもうフェルメールの真作とみなされるのだということを心得ておりました。ファン・メーヘレンが自分自身が描いた絵を「発見」したいきさつと、あわれなブレディウス博士の注意をこの絵に向けさせる手練手管の物語は波瀾万丈ですが、この話を始めると長くなりますから、今は先を急ぎましょう。とにかく博士はこの絵を一目見るや真作と確信したのですわ。なにしろ長年の夢であった「新発見のフェルメール」が目のまえに姿をあらわしたのですから。ファン・メーヘレンは後になって、フェルメールのサインはさっと一筆で書かれているので真似るのが本当にむずかしかったと言っておりますが、これは正確ではありません。というのも、フェルメールのサインはアルファベットをていねいに楷書で書いておりますから。それはともあれ、公判中にファン・メーヘレンとフェルメール——ときにはファン・デル・メールと表記されることもありました——という名前が似ていることに気がついたひとびとがおりました。そして、駄洒落好きなある新聞記者が贋作された絵を「フェルメーヘレン」と呼んだのですわ。

さて、問題の絵を一目見てとりこになったブレディウス教授は、数日のうちに鑑定書を書き上げてファン・メーヘレンに与えました。アブラハム・ブレディウスという人は温厚で人柄もよく、おおいに尊敬を集め、栄誉をきわめ、賞賛に値《あたい》する人物でしたが、いかんせん愛してやまぬオランダ美術のために人生を捧げた結果、視力がほとんど擦り切れておりました。博士がもし、分厚いレンズの眼鏡越しにその両目で最初の「フェルメーヘレン」を見なかったとしたら、博士の名前ははてしなく巨大な対象にとりくんだ堅実な学者として、歴史のなかにひっそりと残ったことでしょう。ところが実際には、ブレディウス博士の名はファン・メーヘレンにひっかかった最初の間抜けとして知れ渡ることになってしまったのですわ。

この燦然と輝くフェルメールの作品、デルフトのあの偉大なるフェルメールの作が、長年にわたり潜みおりし暗闇のなかから、あたかも画家のアトリエから抜け出したばかりのごとく清い姿にて現れ出たることのめでたさはこのうえもない！　この作の主題はフェルメール全作品においてほとんど類例なきものにして、湧き出す情趣の深きこともまさにならぶものなし。愚生、この傑作にはじめて対面したるとき、わが感情を抑えられぬ自分を見いだせり。この作を見る特権を与えられることあらば、おおかたの人は愚生に同意するであろう。構成、色彩、表現、すべてが力あわせ寄りて、至高の芸術、至高の美の統一をなしとげておるのであるから。

一九三七年九月　ブレディウス

この証言はいろんな点で興味深いですが、ひとつだけ例をあげればブレディウスが「清い」ということばを使っているところ。ファン・メーヘレンは古い絵画にはかならずいたみがあることを知っていましたから、描いた絵にわざと鉤裂きをつくっておいて、その損傷を修復家のやり方にならってつくろったのですわ。じっさい、ロッテルダムのボイマンス美術館が最終的に五十五万ギルダーという空前の価格で《エマオの夕食》を購入したとき、修復箇所を再修復する必要があるとされました。ですが、そのときでさえ、この絵が偽物であると疑う者は誰ひとりおらなかったのです。ブレディウスのかすみ目は、熱狂のあまりそうした損傷さえ見落としておったのですわ。

もちろん、まんまとひっかかったのはブレディウスだけではありませんでした。ファン・メーヘレンはさらにあと五点の「フェルメーヘレン」をでっちあげましたが、受け入れる側の熱狂は増すばかりでしたわ。五点の絵はすべてオランダ美術史の最高権威の学者たちによって真作と判定されたのですから、もうこれは集団催眠にかかっていたとしかおもえませんな。ファン・メーヘレンが最初に描いたのは子供時代の夢の絵でしたが、おそらく彼は他人の夢を描くことで画家としての生涯を閉じたといえるでしょう。とはいえ、現在の視点から過去をふりかえってせっかちな非難を浴びせるのは禁物です。わたしどもはみな時代の囚われ人で、未来が過去をどう変形させるかを夢見ることは決してできない相談なのですから。

ハン・ファン・メーヘレンは、一九四七年十二月三十日に心臓発作で死去しました。長年にわたるモルヒネ常用癖のため、身体はぼろぼろでした。晩年の彼の逸話を最後にひとつだけ紹介しておきましょうか。ボイマンス美術館が購入した《エマオのキリスト》は特別室に誇らしげに展示され、この至宝を一目見ようと行列するひとびとから防護するために、作品の正面にはロープまで張ってありました。ファン・メーヘレンは群衆に交じって行列に並び、いよいよ自分が描いた絵のまえに立ったときには、ロープ越しに身を乗り出して再修復された細部に目を走らせました。すると、警備員が彼を厳しく押し戻し、立ち止まらないでください、と警告しました。ファン・メーヘレンは相手を一瞬にらみつけたあと微笑みを浮かべて、丁重な物腰で立ち去りました。警備員には、自分の目のまえに立っている男の目が、かつてキリストの目を覗きこんだことのある目だとは、知る由もなかったのですわ。

ボス氏の話を聞いているうちに、わたしは一九四五年、ファン・メーヘレンによる贋作と一緒にアルト・アウスゼーの塩坑から発見された本物のフェルメールのことを思い出した。その《絵画芸術》は、アドルフ・ヒトラーが自分の母を記念してオーストリアのリンツの町に建設するつもりだった美術館に展示する予定で、一九四〇年に入手したものである。一九四五年四月二十日、ヒトラーの誕生日（この日は尋問者の守護聖人聖ペトルス・マルティルの祝日でもある）に刊行された小冊子にこの美術館計画の概要が載っており、口絵に《絵画芸術》のカラー版の複製が使われている。一八一三年、当時デ・ホーホの作と考えられていたこの作品は、オーストリア人の馬具屋からウィーンの貴族チャルニン伯爵へ五十フローリンという安値で売却された。一八六六年、ウィレム・ビュルガーというペンネームで書いていたフランスの批評家テオフィール・トレがフェルメールを論じた一連の記事を発表し、これがフェルメール再評価の第一歩となった。トレは急進派の民主政体論者で、政治と芸術は不可分であると考え、「すべての歴史は世界を支配する権力への絶え間なき反乱である」と言明していた。一八四八年に二月革命が勃発すると、彼は選出されて立法議会に入り、左翼クーデタにかかわったが、すべては失敗に終わり、国外追放となった。ドイツ語で「市民」を意味する偽名「ビュルガー」を名乗るようになったのは、ナポレオン三世の秘密警察が目を光らせていたベルギーに潜伏中のことである。このトレ゠ビュルガーが《絵画芸術》をフェルメールの作だと立証したのであった。こんにち、ウィーンの美術史美術館に掛かっているこの作品は、フェルメールが死亡したときの家財道具にふくまれていた。

ヤン・フェルメールはおそらく脳卒中か心臓発作のため一六七五年の聖ルチアの祝日に急死し、あとには十一人の子供たちが残された。享年四十三、破産状態であった。未亡人カタリーナ・ボルネスは、「亡夫ヨハネス・フェルメールは、長く破滅的な対フランス戦争の間じゅう、自分の絵を売ることができなかったばかりか、商っておりました他の画家たちの作品をも売りさばくことができず、莫大な損害をこうむったのでございます。その損害と、子供たちを養わねばならぬ重荷とが合わさって襲ってきましたが、衰微し滅びに向かうのを止めるすべはなにひとつなく、夫の心は悲しみに深く沈むばかりで、壮健だった夫はあたかも乱心したかのようにわずか一日のうちに命終えたのでございます」と書き残している。一六七六年二月二十九日のうるう日に作成された動産目録には、「着古した」子供用シャツ二十一枚、子供用の小襟十一枚、寝台四台、寝台架一台、揺りかご一台、絵画二十六点時価総計約五百フローリンなどがふくまれていた。しかし、この最後の項目には《絵画芸術》はふくまれていなかった。書類作成の五日前、負債償却に充てるべき遺産として召し上げられるのを防ぐために、フェルメールの未亡人が自分の母に譲渡したからである。このときからオーストリア人の馬具屋の所有物としてこの絵がふたたび浮上してくるまでのあいだに、いったいどんないきさつがあったのかはまったくわかっていない。

聖ルチアの祝日である十二月十三日は、一年じゅうで最も日が短い冬至にあたると言い伝えられている。この日、太陽は山羊座に入り、ジョン・ダンが「聖ルチアの日の夜想曲」のなかに書いたように、「世界じゅうの樹液は深く沈む」。バルト海沿岸の国々ではこの日は光の祝祭日とされているが、おそらくルチアという名前が光と明るさを暗示するからであろう。おなじような理由により、ルチアはガラス職人の守護聖人となっている。彼女はディオクレティアヌス皇帝による迫害にあって三〇四年に殉教した。彼女は純潔を神に捧げたと伝えられる。異教徒に求婚されたときには、わたしのどの部分がいちばん好きなのか言ってごらんなさいと男に尋ね、「あなたの目です」と相手が答えると、彼女は自分の両目をえぐり取って大皿に載せてさしだしたという。多くの絵において彼女は両目を載せた皿を持った姿で表されており、フィレンツェのウフィツィ美術館所蔵のドメーニコ・ヴェネツィアーノによる作品もその一例である。彼女はそれゆえ眼病に苦しむひとの守護聖人である。また、べつの伝説によれば、ふられた求婚者が腹いせに、彼女がキリスト教徒であることを帝国当局に暴露したのだという。その結果、彼女は終生売春宿で暮らすべしという刑罰を宣告されたが、不思議な力がはたらいて彼女はその場に根を下ろし、てこでも動かすことができなかった。そこで役人たちは彼女を焼き殺そうとしたが、これもうまくいかない。しまいに、彼女は喉に剣を突き刺されてこときれたという。というわけで、彼女は刃物師の守護聖人であり、喉が痛いひとを守ってくれる聖人でもある。

光の画家であるフェルメールが聖ルチアの祝日に死去したのはまことにふさわしいと言えよう。

さあ僕をよく見て学んでくれ。君たちは、次の世界、
つまりは次の春がきたら、恋人になるんだろうから。
僕はどこからどこまで死んでいるけど、愛が新しい
錬金術を作り出したのはこの死体からなんだから。
愛はその技をつかって、なにもない無からでも、
濁った喪失からでも、貧弱な空っぽの空無からでも、
至高の精髄を絞り出したんだから。
愛は僕を滅ぼした。けど、僕はよみがえったんだ——

不在から、暗闇から、死から、実体のない世界から。

天文学者ヨハネス・ケプラーが唱えた光の諸理論は黄金時代のオランダ画家たちに影響を与えたが、彼にとって目とは一個のピンホール・カメラ、あるいは暗箱《カメラ・オブスクラ》であった。ファン・エイクの目は顕微鏡と望遠鏡の役割をいっぺんに果たすことができたといわれている。これはフェルメールの場合にもそっくりあてはまるのであって、《絵画芸術》でも、穀粒やレンズ豆に似た無数の光の粒子で組み立てられたシャンデリアや、正面の壁に掛けられたオランダの精巧な地図を横切る光線の描き方に、そうした目の働きを見てとることができる。この地図は細部まであまりにも正確に描きこまれているので、ここに描かれた地図の現物が出てきたとき、この絵における描写との比較検討が真贋判定の根拠となったほどであった。鑑定のさい面白い逆説が生じたのは、フェルメールが描いた地図はそれ自体すでに骨董品で、表面のひびや膨れのみならず地図の重みによってできた斜めの起伏まで克明に描きとられているために、影になった部分では地図上の情報が不明瞭になっているということであった。

描かれた地図の現物はニコラース・フィッセル製作によるもので、まわり枠のところに測量器具を持った漁師《フィッシャーマン》が描かれ、製作者名フィッセルとの図像的語呂合わせが仕掛けられている。また、地図上では枠のなかに複数の枠が入れ子状にはめこまれている。ここで、アルベルティの古典主義的な定義を持ち出すならば、絵画とは「見る者から一定の距離のところに据えた枠で囲まれた表面のことで、見る者はその枠を通して第二の、あるいは代替の世界を見るのである」。したがって、十七世紀絵画の額縁は窓のまわり枠や姿見の鏡の縁に似たようなデザインのものがつくられた。フェルメールが描く室内の多くは見る者の視線を誘い、引き寄せたカーテン越しに舞台装置のなかへとみちびく。《絵画芸術》では、こちらに背を向けてどっしり腰掛けた男の姿が見えるが、彼はひとりの女性の姿を絵に描いているところである。この女性は〈名声〉の寓意、あるいは歴史の女神クレイオーであるとみなされ、素人劇の新人女優のような衣装をつけ、片手に真鍮のトロンボーンを持ち、もう片方の手には黄色い書物を抱えている。彼女がまとう青い衣装は青金石《ラピスラズリ》をベースに彩色され、その色は頭に載せた月桂冠の神秘的な青になり、さらにおなじ青がカーテンの豪勢な模様のなかの葉にもあしらわれている。ことによると、月桂冠の葉は当初は緑だったのだが、黄色の成分が酸化して青が残ったのだろうか？　もしそうだとしたら、その変色のためにわたしたちがこの絵を解釈するさい変化が生じるだろうか？

　月桂樹についてはこんな話がある。月桂樹はもとをただせば純潔な娘ダプネであった。彼女は、アポロの激しい求婚から解放してくれるよう神々に祈った結果、月桂樹に変身させられたのである。ところが、ダプネが樹になっても愛の炎が消えやらぬアポロが手を幹に当てると、樹皮の奥でまだ心臓がとくとく鼓動しているのが感じられた。そこで彼は、まるで女の手足を抱擁するかのように月桂樹の枝々を抱きしめたが、彼に触れられた樹はふいっと身をすくめた。アポロは叫ぶ——おまえがわたしの花嫁になってくれないのなら、せめてわたしの樹になっておくれ。わたしのいとしい月桂樹よ、これからはいつもわたしの矢筒と竪琴におまえの葉がからみつくだろう。凱旋したローマの将軍たちはおまえの葉でつくられた冠で頭上を飾り、すみれ色の勝利の陽光の下、長い行列をつくってカピトリウムの丘を登るであろう。おまえの葉の美しさは永遠に失せぬものとなるであろう。アポロがこう語ると、ダプネの真新しい葉の冠がかすかにうなずくように見えた。

月桂樹は、デルポイのアポロ神殿の神託所に仕える女予言者に献じられた樹木であり、神託を受けようとする信者たちはその葉を身につけなければならなかった。というのも、月桂樹は予言と詩の源泉だからである。それゆえ、パルナッソス山に登ろうとする者は月桂樹の葉を枕の下にひそませて霊感を待つのが慣例だった。かつて月桂樹は落雷除けになると信じられていたが、『迷信による謬見』によれば、著者のトマス・ブラウン卿はこの説をくつがえす経験をした男を知っているという。月桂樹でつくった輪はギリシアのピューティア祭の最高賞として与えられた。パルナッソス山のふもとのデルポイでは、音楽祭に付随した催しとして曲芸と徒競走がおこなわれた。音楽祭では〈法《ノモス》〉と呼ばれる古いテーマを使って新しく作曲した旋律をフルートで演奏することが競われた。音楽家たちはそれぞれの曲でもって、大蛇ピュトンと闘って勝利したアポロを讃えたのである。八月のギリシアの暑くて真っ青な午後を這い回る蛇のように奏でられる、曲がりくねり入り組んだ旋律を、日除けの陰に陣取った審査員たちが採点しているようすを想像してほしい。長い午後、耳を澄ませると、遠くの山麓に張られた葡萄酒を供するためのテントから、楽人たちがかきならす琴《キタラ》の低音に合わせてアポロ賛歌を歌う歌声がかすかに、ときには高く、風に乗って聞こえてくるだろう。

こんにちでも月桂樹はかつての力の面影を保っている。恋人の愛が真実かどうか確かめたかったら、尖ったものの先で月桂樹の葉に恋人の名を書き、その葉を心臓の近くにひそませておくとよい。しばらくして名前が赤く変色すれば恋人はあなたを愛している。黒く変色した場合にはその恋はあきらめたほうがよい。月桂樹の葉は秘密の手紙を書く便せん代わりにも使われる。月桂樹の実は流産を促進する薬として使用されてきた。月桂樹の油は耳穴に点《さ》して痛みを和らげるのに使われることがある。月桂樹による温浸法はたいていの悪寒を癒す。

《絵画芸術》には、画家がクレイオーの月桂冠を描くところから絵を描きはじめた場面が写しとられている。フェルメールがこの場面を選んだのは意味深い。というのもおおかたの批評家によれば、画家は人物の身体から描きはじめ、装飾はあとからつけくわえるのが通常であるから、この絵に描かれた画家の手順はおよそありえないものなのである。しかし、その論争の的となっている青い月桂冠は、フェルメールのカンヴァス上に描かれた画架の上に載せられたカンヴァスの表面に厳然と存在している。その一方で、第一の額縁の内側に描かれているのでわたしたちがほしいままに眺めることのできるモデルの頭部と身体は、「描かれた」画家が描きつつあるカンヴァスにはまだ描かれていない。フェルメールのアトリエがあるデルフトの町はフィッセルが製作したオランダ地図に載っており、その地図をフェルメール自身が絵に描きこんでいる。となると、フェルメールは自分自身を描いているということになるのだろうか？

わたしたちの目に見えるのはずんぐりした男の後ろ姿で、ふくらんだ黒いズボンをはき、背中から両肩にかけてのスリットから白いシャツがのぞく黒地の胴衣《ダブレット》に身を包み、ふっさりとした後ろ髪を見せ、黒い帽子をかぶり、筆を握った手の甲は奇妙な風船のように見える。そう、この手の甲、けがをしたんでだいぶ腫れちまってね、かろうじて絵筆を持っているんだよ、とでもいわんばかりである。

Y

Yarn

ヤーン

一九二一年五月二十四日、午前九時十五分。ふつうなら就寝する時間だったが、この日マルセル・プルーストはお抱え運転手のオディロン・アルバレを迎えに出して、批評家のジャン＝ルイ・ヴォドワイエを呼び寄せた。ジュードポーム美術館でひらかれているオランダ美術展を見に行くのに同伴してもらうためである。

批評家氏を乗せて戻ったオディロンがエンジンをかけたまま車を停めているところへ、黒いホンブルグ帽をかぶり、黒い一つボタンのモーニングとピンストライプのズボンに身を固め、つま先をぴんと尖らせた黒靴を履いたマルセルが、アムラン街四十四番地のパン屋の上階のアパルトマンから、アフリカ黒松に銀先をはめこんだ細身のステッキの湾曲した取っ手に優雅にすがるようにしながら、おりてきた。さて、幌をたたんだ自家用車《カブリオレ》がエンジンをぶるぶる鳴らしているのへ乗りこんで、やあ、ジャン＝ルイ君、と呼びかけた刹那、マルセルは焼きたてのパンの暖かくて香ばしい匂いのなかから濾過されてくるガソリン《レサーンス》のつんとくる匂いを嗅いで、ふと思い出した。あれはもうずっと昔の話。気の合った友と大通りをあちらこちら散策した折のこと、両目を閉じて盲人ごっこをしたものだが、チーズ屋特有の鼻を突く香りや、肉屋の血とおが屑の匂いや、薬屋の病院くさい刺激臭や、タバコ屋の鼻をくすぐる芳香や、古本屋のほろほろ崩れていく書物の匂いなど、さまざまな商店から漏れてくる匂いを嗅ぎ分けて、自分が今パリのどこにいるのか当てたものであった。香水店のホワイエのまえを通りかかると、さまざまな調香の技をカタログにしてみたい誘惑にかられたりもした。まず、第一にベースあるいは保留剤としてマッコウ鯨からとれる竜涎香《りゅうぜんこう》、オオジャコウネコからとれる心地よい刺激臭をもつ霊猫香《シベット》、ジャコウジカからとれる麝香《ムスク》があり、花の芳香としてはジャスミンや薔薇やスズランやクチナシがあり、カーネーション、クローブ、シナモン、ナツメグを中心にした香辛料ブレンドもあり、森の香りならベチベルソウ、白檀、シーダーがあって、苔の仲間ではオークに生える地衣の突起部《ノーズ》がいちばんで、芳香のある草としてはクローバー、刈りたての青草、甘い香りのドジョウツナギに指を折らなければならず、男っぽい香りが望みなら獣革、タバコ、シラカバにタールがあり、霊的に深々とした香りを求めるならバルサム、ミルラ、乳香、カンショウがあることはいまさら言うまでもない。これらの香りが複雑に組みあわさり、入念に織り上げられた芳香の絨毯をなして、あたかもおぼろげに記憶された巨大な交響曲の万華鏡めいたモチーフのように、連想と回想と追憶を呼び覚ますのだ——

　ふとこの瞬間、ひとりの女がマルセルの鼻先を横切り、彼の物思いはかき乱された。それというのも、この女の服のかすかな匂いがマルセルの伯母が着ていた部屋着を思い出させたからで——そう、あれは奇妙な匂いだった！——黒ずんでふくふくとしたそのガウンは、斑入りで、蝶々の羽を思わせる縞模様があって、両袖を身頃の後ろに折り畳むようにして伯母の閨房《けいぼう》の扉のフックに掛けられているときには、まるで勝手に息をしているようにおもわれたものだった。マルセルがふっと目をひらくと、身体は車に乗っている。疾走するその車は、四つの車輪のスポークに太陽の光を受けて明暗対照《キアロスクーロ》の回転覗き絵を映し出しながら、舗道《パーヴェ》の凸凹の耳に聞こえるブライユ点字の上をタイヤでたどっていく。路面電車ががたごと音をたててすれ違いざまに、カランカランと鐘を鳴らす。オディロンも警笛をぱあんと鳴らしてそれに応じる。

　身体を病んだ小説家が批評家氏に支えられて、腕を組んだこのふたりがジュードポーム美術館に入館したのは、かれこれ十時を過ぎた頃合いだったであろう。ヴォドワイエは『ロピニオン』誌の四月三十日号と五月十四日号にヤン・フェルメールの芸術を称揚する二編の記事を書いたばかりであった。その文章のなかで彼は、今回の展覧会に出品されている《デルフト眺望》、《少女の頭部》、《牛乳を注ぐ女》の三点をフェルメールの画業の頂点を示すものとして注目した。とりわけ、それまでは複製画しか見たことがなかった《デルフト眺望》については熱狂的な賛辞を書きつづった。一方、プルーストのほうはこの絵をおよそ二十年前、正確には一九〇二年十月十八日の午前九時十五分にハーグで見ており、そのとき彼はこの絵を「世界一美しい絵画」であると考えた。彼はその記憶をもう一度確かめたいとおもったのである。

　さてこのふたりが、《デルフト眺望》の前に釘付けになってたたずんでいる。カンヴァスの前景いっぱいに薔薇色がかった黄金の砂地が広がり、そこに立つ青の前掛けをした女がその青い色によって自分の周囲に張りつめた色の調和をつくり、もやってある何艘かの黒ずんだ荷船はきらきら輝く鰊《にしん》の鱗のような光をまとい、赤い煉瓦の家々が並び、家並みの屋根の上には広大な空があって無限とはどんなものかを眩暈《めまい》とともに物語っている。そこにある大気のそよぎは肌で感じることができる――汽車で旅をしているとき、締め切った仕切り客室の窓をぐっと下ろすとオゾンが溢れこんできて、海浜の目的地に到着したことを一気に悟るあの感覚だ。釘付けになったふたりが目のまえに描かれた場所をくわしく眺めれば眺めるほど、今まで見えなかった細部が目につくようになってくる。フェルメールの技巧には中国風の忍耐があるように思われた。極東の漆《うるし》細工や石彫でしかお目にかかれないような、作業の方法や手順をいっさい隠してしまう技量である。たとえば、画面右端の小さな長方形の黄色い壁面をとりあげてみる。じっと見つめていると、この部分は表面になにも書かれていない象牙製の名札か、陶器の破片が填めこまれているように見えてくる。あるいはまた、この黄色が放つ抽象的な輝きにはどこかあの世めいた薄気味悪さがただよっているので、この長方形は、描かれていないデルフトへ通じる橋であるかのようにも見える。こうして見ると、フェルメールの絵画技巧のありかは、ものとものとのあいだのさまざまな移動や連鎖が放つ光彩のなかに、また、今まさに変化しようとする色がほかの色が掛けた呪縛によって凍りついたときの光彩のなかに、そして、窓の向こうから黙って手紙を読む人物たちにふりそそぐ光彩のなかに、さらには、鏡に映ったかのように見える室内に掛かる絵画が放つ光彩のなかにこそあるのだ、と察しがついてくる。彼の絵はときに、板の上に絵の具を塗っては砂や揉み革で磨き上げ、また塗り重ねては磨くことをくり返して、画筆の跡を完全に払拭して艶々の画肌をつくりあげようとする馬車の塗装屋のしごとそっくりに見えることがある。そんな具合に、どうやって描いたのかという技巧が隠蔽されているのだ。

――フェルメールの絵は、とヴォドワイエが語りはじめた。わたしたちに、触れられるもののことを考えさせるわけで。エナメルとか翡翠《ひすい》とか漆とか磨いた木肌とか。で、お次は、複雑で微妙なレシピでつくられるもののことを考えさせるわけで。クリーム《クレーム》菓子や裏ごし《クーリ》の煮詰めやリキュールとか。そしてしまいには、自然界の生きているものについて思案するようしむけるわけで。花芯、果実の皮、魚の腹、ある種の動物の瑪瑙《めのう》によく似た目、とかね。わけても、存在の根源そのもの――つまり血――について熟考するよう促すんだよね。とはいえ、フェルメールはめったに赤を使わなかった。血は色合い《ニュアンス》によってではなくて、本質《エッセンス》によって喚起されるわけで。わたしたちはひとりの魔術師を相手にしているんだからね、お気に召しさえすれば、黄色い血でも青い血でも黄土の血でもありうるわけで。フェルメールの絵にあらわれた物質がもつ重たさ、濃密さ、澱んだ鈍さってのがあるでしょ。ぬめぬめした切り傷を目にしたときに感じる残酷で深い色調、ほら、傷口ってのは濃厚なニスをどろっと掛けたように見えるじゃない。あるいはまた、キッチンに吊された鳥獣の死体から床にしたたってどろりと広がっていく血溜りとかね――

フェルメールはめったに赤を使わなかった、とヴォドワイエは言ったが、これはじつは間違いである。《小路》に描かれた赤煉瓦と赤い鎧戸、《兵士と笑う女》の兵士の上着の赤、それから《一杯の葡萄酒》の女のドレスを思い出すだけで十分だろう。《信仰の寓意》に描かれた、潰れた蛇の口から流れ出して床のタイルを染める明らかに寓意的な血のことまでは言わずもがなである。いや、まだある。フェルメールの絵には赤を基調とした精巧なトルコ風毛氈《もうせん》が掛けられたテーブルがよく描かれているが、これは彼の父親がキャファと呼ばれる絹織物の職工親方であったことを思い起こさせる。フェルメール自身、織物の魅力にとりつかれていた。掛け布、カーテン、布地、生地や毛皮の質感が、とりわけひんやりしたタイルや、ガラス器や、凸凹のある皮に蠟を引いたような果実、あるいは、のっぺりした光沢の地図や絵と組みあわされるとき、にわかに魅力を放つ。こうした感触のコントラストがあまりにもリアルに描かれているため、絵を見る者はもはやそれらに触れてみたいという欲望を感じなくなってしまうが、それというのも、描かれたものたちが指先ではなく目を愉しませてくれるからである。わたしたちは、折り目や襞《ひだ》やくしゃくしゃになった皺にうっとりさせられてしまうのだ。《手紙を書く女と召使い》の女の左袖をじっくり見てみると、袖はあたかも彫り込みを入れた雪塊か、セザンヌが描いた山のような地質学的形態に見えてくる。糊のきいた袖が軋《きし》る音がほとんど聞こえてくるようだが、そんなふうに見える形態を描いた技巧を明らかにすることはできない。次に、この絵を見る者は、窓辺の、ブラシをよくかけた巨大なチョコレート色のベルベット・カーテンに目で触れることになり、ひきつづいてそのカーテンの裏張りのぺらぺらした白い木綿布が、窓から吹きこんでくる一陣の光に吹きあおられるのを目撃する。フェルメールは織物を描くのをこよなく愛したのであった。

画家の父、レイニール・ヤンスゾーン・フォス――英語風に読めばレイナード・ジョンソン・フォックスとなる――は織り屋のかたわら、デルフトのフォルテルスフラハト北岸で空飛《ディー・》ぶ狐亭《フリーガンテ・フォス》という宿屋兼居酒屋を経営していた。真の理由は本人にしかわからないが、彼はときに応じてファン・デル・メール、あるいはフェルメール――「湖の」という意味になる――という別名を用いることがあった。古文書からわかるのは、彼は悪賢い締まり屋であったが、ときおり情に駆られるとひどく寛大になることがある人物で、理解力があり、美術品の目利きで断続的に絵画を商った経験があり、気に入った作品に出会うと売らずにとっておくようなところもあった。また、フルートを上手に吹きこなし、しばしば借金を抱えこんでいたが、法に触れるような危ない橋を渡ることはなかった。小名士である彼は、息子が絵描きとして成功するのを願っていた。話し上手というよりはむしろ聞き上手だったが、気心の知れた仲間が揃うような折節には、おもしろい話をして聞かせることがあった。息子のほうのフェルメール――英訳すれば「池のジョン公《ジョン・オ・ザ・ポンド》」だ――も酒場を手伝っていたから、父の長話《ヤーン》を聞いたはずである。

「紡ぎ糸《ヤーン》」という単語は「腸《ガット》」と同じ語根であるインド＝ヨーロッパ祖語の「ゲーレ」から派生したもので、「弦《コード》」や、ラテン語で「はらわたを読む者」、すなわち占い師または語り部を意味する「ハルスペクス」もここから由来している。「紡ぎ糸《ヤーン》」とは船乗りが綯《な》い継ぎにするロープを形作る縒《よ》り糸のことであって、「長話をする《トゥ・スピン・ア・ヤーン》」といえば船乗り仲間で通用する隠語だが、この表現はそれほど昔から使われてきたものではない。老練な船乗りたちの語る長話《ヤーン》が札付《ふだつ》きであることはよく知られている。なにしろ長ったらしいうえに、その中味ときたら真実と嘘の冒険が綯い交ぜになってフリルがごてごてくっついた物語だからである。香水の調香師たちが「ヤーン」と言えば、ある香りがもっている物語的な要素の広がり――ひとびとを惹きつける潜在力の度合い――を示す隠語となる。この「ヤーン」の寸法はインチとフィートで計測される。

このあたりで、わが父の長話《ヤーン》にもどることにしたい。読者は覚えておられるだろうか。まかり出たる語り手が、謎の女主人の家の一部屋の壁に隠された扉の向こうから夜な夜なあらわれる観客たちに、毎晩物語を語って聞かせるという趣向だった。その続き話の第七話はこんなふうにはじまっていく。

冒険王ジャックはその次の一日もそれまでの日々とおなじように過ごした。そして、夜になると例の広間にまた呼び出された。女主人は金色の笛をとりだして一声吹いた。すると、壁の隠し扉が開いて、例のひとびとが入場してくる。男たちの肩にはひとりずつ女が乗り、女たちはおのおの胸に赤ん坊をひとりずつ抱いている。全員が着座すると、女主人がジャックに物語を始めるよう命じた。そして、ジャックは口をひらいた。

むかしむかし、とはいってもたぶんそんなに昔のことじゃないとおもいますけど、トバルナビーンの近所にひとりの成り上がり者が住んでおりまして、その男はたえず自分とどこそこの娘との結婚話をまとめようとするんですが、いっつもうまくまとまらなかったんです。こいつ、自分のことを女たちよりエラいとおもってたのが原因なんです。みんなはこいつのことを「立ち枯れ草《ジョン・オ・ザ・フォグ》のジョン」と呼んでいました。ある日、葬式があって、立ち枯れ草のジョンは振る舞い酒にほろ酔い気分で帰宅しました。そこへ向こうどなりの男がやってきて、ちょいと夜遊び《ケーリー》に行かないかい、と誘われたもんで、一も二もなくついていきました。夜遊び《ケーリー》をやっている家に着くと、家じゅうが若い男女でごったがえしていて、彼のいとこなんかも何人か来ていました。で、おまえさん結婚する気はないのかい、とみんなから尋ねられました。

——いやあもちろんあるさ、でもどんなかみさんがおいらにいちばんふさわしいかわかんないもんでね、とジョンは答えます。

——あたしじゃどうなの、とひとりの娘が言います。

——だめよ、あたしと結婚しなさい、とべつの娘が言います。

——あんたたちなんかより、あたしのほうがいいおかみさんになるわよ、と三人目の娘が言います。

——そうかい、おいら今日の昼間墓場へ行ったとき、黒サンザシ《ブラックソーン》の上等なステッキを持っていたんだけど、亡くなったおばあを埋葬するのを手伝うときに墓穴の近くの地面に突き刺したまま、忘れて帰ってきちまったんだ。おめえたちのなかでおいらのステッキを取ってこようっていう娘がいれば、結婚してやるぜ！

——いいかげんにしなさいよ。棒っきれ一本のために誰がわざわざ墓場へなんか行くもんですか。黒サンザシ《ブラックソーン》だかなんだか知らないけど、そんなもん知ったこっちゃないわ！　とふたりの娘たちは言いました。

——あたしはあんたのステッキを取ってきてあげるわよ、結婚するって約束をちゃんと守ってくれさえすればね、と三番目の娘が言いました。

——おいらはちゃんと約束するよ、とジョンは言いました。

この娘はサリー・ガーデンズと呼ばれていました。彼女は怖じ気づくそぶりも見せずに墓場に向かいました。墓場に着いて、暗闇のなかでステッキを探していると、ひとつの墓のなかから声がしました。

——この墓を開けろ！　とその声は呼びかけていました。

——できないわ、それにそんなことする気もないわ、とサリー・ガーデンズは答えました。

——おまえが開けなけりゃならんのだ、と声は言い募ります。

彼女は自分でも気づかないうちに墓掘り人が忘れていった鋤《すき》をとりあげて墓を掘っていました。そして、またたくまに棺の蓋を掘り当てました。蓋はひとりでに開き、なかにはひとりの男が入っていました。

——わたしをこの棺から出せ！　とその男は言いました。

——できないわ、それにそんなことする気もないわ、とサリー・ガーデンズは答えました。

——できるさ、おまえなら、と男は言いました。

そこで、彼女は男を棺から出してやらなければなりませんでした。

——こんどはわたしを背負え！　と彼は言いました。

――どこへ行こうっていうの、と彼女は尋ねました。

――行き先はこれから教える、と彼は言いました。

彼女は男を背負い、近所の一軒の家の前までやってきました。男は娘に、よしこの家だ、と言いました。娘は男を背負ってキッチンまで運びました。家族はみな寝静まっているようでした。男は火を掻き起こしました。

――なにか食べ物がないか探してこい、と男は言いました。

――食べ物って言ったって、はじめて来たこの家のどこに食べ物があるかなんてわかりゃしないわ、と娘は言いました。

――行け！　部屋のなかにオートミールがある！　取ってこい！　と男は言いました。

娘はその部屋を見つけ、なかを覗くとちゃんとオートミールがありました。

――ミルクがないか探してこい！　と男が言いました。

――聞かれるまえに言っときますけど、この家には一滴の水もないみたいよ、と娘は言いました。

――蠟燭を点けろ！　と男が言いました。

彼女は言われたとおりにしました。

――その蠟燭を手に持て！　と男が言いました。

男は急いでこの家のふたりの息子が眠っている部屋へ行きました。そして、ナイフで息子たちの喉を掻き切り、ベッドの脇にあった洗面器をとって、そのなかに血を受けました。男は血《ち》塗《まみ》れの洗面器を持ってもどってくると、その血をオートミールにかけてむしゃむしゃ食べはじめました。男はサリー・ガーデンズにも平らげるように命じましたが、彼女は食べるふりだけして、血入りのオートミールをエプロンのポケットにこっそり入れました。

——ふたりのいい息子さんがとんだことになってしまってお気の毒だわ、と娘は言いました。

——飲料水さえ常備しておけばこんなことにはならずにすんだのだ。備えなくば憂いの責任をとらねばならんということだ！　と男は言いました。

——生き返らせる方法はないの？　と娘は尋ねました。

——ないね。ふたりの骸《むくろ》に命を戻すことができたはずのものを、わたしらは平らげてしまったからな、と男は言いました。血入りのオートミールを一口、彼らの口へ入れてやればたちまちふたりは息を吹き返すことができたし、いま死にさえしなければ長生きするところだったんだがな。ときに、息子たちの親父さんが持っている畑が見えるだろ？

——見えるわ、と娘が答えました。

——ここだけの話だが、あそこの茂みのなかに黄金の入った壺があるぞ。さて、わたしをもとの場所まで運んでもらおうか、と男は言いました。

娘は男を背負って家の門のところまでやってくると、エプロンのポケットからオートミールをひとつかみとりだして、石塀の脇に落としていきました。彼女は男を背負ったまま、一休みもせずにさっきの墓まで戻りました。

——わたしを棺のなかに入れろ！　と男は言いました。

彼女は言われたとおりにしました。

——もう帰らなくちゃ、と彼女は言いました。

——まだだ！　わたしの棺に土をかぶせてからだ！　わかるだろう、と男が言いました。

娘が墓穴を土で塞ごうとしはじめると、近所の家で雄鶏が一声鳴きました。

——わたし本当に帰らなくちゃ、雄鶏が鳴いてるから、と彼女は言いました。

——あの雄鶏は無視しろ！　あいつは三月雄鶏じゃない！　やるべきことをすませるんだ！　と男は言いました。

娘は墓穴を埋めつづけなければなりませんでした。しばらくすると、こんどは別の雄鶏が時をつくりました。

——わたし本当に帰らなくちゃ、雄鶏が鳴いてるから、と娘は言いました。

——よし、行け。あれは本物の三月雄鶏だからな。わたしに力をおよぼすことができるのはあいつだけだ。もし、あいつが今鳴かなかったら、おまえは永遠に帰ることができないところだったんだぞ、と男が言いました。

娘は家に帰り、そのころには夜遊び《ケーリー》ももうお開きになっていました。彼女は寝床にもぐりこんで、お母さんに起こされるまでぐっすり朝寝しました。

——ご近所でたいへんなことがあったっていうのにおまえはいつまで寝てれば気がすむんだい、まったくもう！　という声で目が覚めました。

——いったいなにがあったっていうの？　と娘は尋ねました。

——なにもかにもないさ、今朝ご近所の家の息子さんがふたり寝床で死んでるのが見つかったんだ。しかもふたりとも、喉を搔き切られてたんだよ！

——でも、あたしがなにかできるってわけでもないでしょ？

——そりゃあわかってるよ。わかってるけど、いい子だから、服を着替えてお通夜に行ってきなさい。

というわけで、娘は通夜に行き、あの死人が彼女に語ったことを一字一句残らず思い出しました。通夜の客たちはみんな身悶えして泣いていましたが、彼女だけは泣きませんでした。

——もしわたしがお宅のふたりの息子さんの息を吹き返させることができたら、どちらかひとりをわたしのお婿さんにくださいますか、と彼女はこの家の主人に尋ねました。

さて、この通夜には立ち枯れ草のジョンも来ていましたが、娘のことばを聞いた彼はさすがにおもしろくありませんでした。

——おまえはおいらと結婚したいって言ったんじゃなかったかい、と彼は言いました。

——あんたと結婚するって？　あんたとあんたの黒サンザシ《ブラックソーン》のステッキと結婚するだって？　ゆうべあれから、あたしがどんな目にあったかわかってるの？　中国のお茶をぜーんぶくれるって言ったって、誰があんたなんかと一緒になるもんですか！　と娘は言いました。

——冗談はやめてください、とこの家の主人が口をひらいた。あんたのような小娘がいったいぜんたいどうやって息子たちを生き返らせることができるというんですか？　とりこんでいる最中に、ひとをばかにするにもほどがある！

——神様に誓って冗談なんかじゃないんです、とサリー・ガーデンズは言いました。もし息子さんのどちらかと結婚させてもらえるなら、ふたりを生き返らせてさしあげましょう、と申し上げているんです。お婿さんとともにあたしが欲しいのは、この家から登ったところのあの茂みがあるちいさな畑だけ。あそこの土地だけもらえれば、残りの畑はもうひとりの息子さんにあげてくださってもいいんです。

——よろしい。もし、あんたがうちの息子たちをもとどおりにしてくれると言うのなら、あれっぽっちの土地はよろこんで進呈しましょう、とこの家の主人は言いました。

娘は玄関から出ると、昨晩落としたオートミールを拾って戻ってきました。そして、部屋に入り、ふたりの息子たちの口にすこしずつオートミールをあてがいました。すると、たちまちふたりはぴんぴんに生き返り、寝床から飛び起きました。

しばらくして、娘はハンサムなほうの息子と結婚しました。そして彼に、死人と出会った物語を残らず話して聞かせました。彼女は夫に、あの茂みの下を掘ってみて、すてきなものが見つかるわよ、と言いました。夫が言われたとおりにすると、黄金の入った壺が出てきました。彼はその壺を家へ持ち帰って中味を空け、黄金を安全な場所にしまいました。そして、空の壺は話のたねに食器棚に飾っておきました。というのも、この壺には誰にも読めない不思議な文字でなにかが書いてあったからです。

さて、九ヶ月ほど経ったころ、旅の貧しい学者がこの家に立ち寄り、この壺に目を留めました。

——あの壺の文字はどなたがお書きになりました？　と学者が尋ねました。

——さあ、誰も知らないんです、と夫婦は答えました。

——わたしにも書いたひとはわかりませんが、文字の意味はわかりますよ、と学者は言いました。

——ほほう、で、なんと書いてあるんでしょうか？　と夫婦が尋ねました。

——反対側には三倍ある、と書いてありますよ。なんのことか要領を得ませんけれど、と貧しい学者は答えました。

夫婦はこれを聞いてはたと思い当たり、その晩、この壺を掘り出した場所の東側を掘ってみたところ、壺が三個出てきて、三つとも黄金がびっしり詰まっていました。こうして、この若夫婦は七日七晩大盤振る舞いの宴会をひらき、宴は日を追うごとにますます盛り上がりました。夫婦はじきに子宝にも恵まれ、死が訪れるまで幸せに満足な人生を送ったのでした。

——さてこれが、サリー・ガーデンズがどうやって夫を得たか、そして、〈生血掛けのオートミール〉の男のおかげでどうやって彼女が黄金を得たかの顚末《てんまつ》です、と冒険王ジャックは言いました。これはホントの話ですよ。だって、彼女自身が死ぬまえにうちのじいさんに話してくれた物語をうちの親父が引き継いで、その親父から、オレは直接聞き覚えたんだから。

さあて、御当家の女主人様、貴婦人のかたがた、紳士のかたがた、すべての栄えある聞き手のみなさまがた、オレの物語もいよいよこれにておしまいです。お別れのときがやってまいりました。オレも父母のある息子ですから、家で待つ両親がさぞかし心配していることとおもいます。長らく留守にしたわが家へそろそろ帰らなければなりません。オレが語りました物語はすべて真実です。ただひとつ心残りなのは、その真実をいちいち証拠だてることができないことで、とジャックは語った。

すると、腰掛けた聴衆のなかから黒い髭をたくわえた大男が立ち上がってこう言った。じきに証拠はあらわれるぜ。かく言うおいらこそは、おまえが墓場で出会った〈歯を治してくれよお〉さんなのだからな。おいらにかんするかぎり、おまえが語った第一夜の物語は一言残らず真実だよ。

次に、立派な身なりをした女性が立ち上がった。そのときまで、ジャックはこのひとが片目であることに気づかなかった。そうですよ、あたしがあのカエルの妖精に出会った娘なのです。今ではコネマラ地方の半分を所有しています。あなたがあたしについて語った物語はすみずみまで全部真実ですよ。

こんどは、燕尾服に蝶ネクタイの立派な紳士が前方に進み出てきた。拙者が妖精王である。娘の目をえぐり取ったのは拙者だ。おまえが語った妖精物語は掛け値なしに真実であるぞ。

それから、大柄だが身のこなしがぎごちない感じの男が立ち上がった。あたいはパットの与太郎だよ。犬でかの丘と犬ちびの丘のあいだに住むおばあさんとお喋りした間抜けの与太郎といえばあたいのことだい。あたいを嘘つき呼ばわりするやつがいたら、あたいは、そいつの顎にこのハーリング用のスティックでパックをお見舞いしてやるかんね！

そして、赤毛の大男がすっくと立った。オイラが赤毛のラリーだ。魔女の家で眠って、猫どもの談合を盗み聞きして、黄金の詰まった壺をゲット、家の庭の片隅で花を見つけて、王女様の病をお治しもうしあげて、近在に隠れもねえ大富豪になったのはオイラだぜ。大胆不敵なオイラの冒険物語を語ったあんたの話には、嘘はこれっぽっちも混じってねえよ。

お次は、ふたりの男が揃って名乗り出た。ひとりは高貴な感じの人物で、もうひとりはゲジゲジ眉毛の大男である。最初の男が言った。若伯爵と申す者です、どうぞよろしく。こちらは、わが友、黒魔法谷でわたしが仕留めた黒の悪太郎です。これによって、あなたの物語が真実であることを証明いたします。国王陛下万歳《ゴッド・セーブ・ザ・キング》！

さて、ふたりの勇敢そうに見える男たちが進み出てきて、そのうちの若いほうがこう言った。波をくぐって人魚の宮殿を訪れたのはおれだよ。君が語った物語はおれが経験したとおりだ。それから戦いのこまごました描写については、ここにいる友人――バルト海の黒騎士たちの頭目で、人魚の命を奪った張本人だよ――が証明してくれるよ。

もうひとりの女性が立ち上がってこう口をひらいた。あたしはサリー・ガーデンズです。死人をかついで運んだ娘があたしで、ふたりの兄弟を生き返らせたのもあたしです。あたしがしたことを語ったあなたのことばは、あたしが今ここにこうして立っているのとおなじくらい真実です。

ふと見ると、うなだれ気味の男が立って、こんなふうに告白を始めた。おいらは立ち枯れ草のジョンです。ガーデンズさんが墓場で経験したことや彼女が黄金の入った壺をどこで見つけたかについては、おいらは証明できません。けど、おいらに結婚の約束をさせたあとで彼女がおいらを拒み、出し抜いたことについてははっきり証言できます。近頃の娘が言うことなんぞはいかに信用できないか、ということがわかってもらえるとおもいます。もしお望みとあらば、ですね――

立ち枯れ草のジョンはまだ話し足りないようだったが、この屋敷の女主人が金の笛を口にあてて一吹きして、彼を黙らせた。

3

Zoetrope

回転のぞき絵《ゾエトロウプ》

一座をしばらく沈黙が支配した。そして次に、いままで口を噤《つぐ》んでいた三人の威風堂々たる人物たちが、重々しく立ち上がった。ジャックはもちろん毎晩物語を語っていたときから、高貴なオーラを放つこの三人の存在に気がついていた。なかでもいちばん年かさに見える人物が、ついに口をひらく。ここにおるわが友人たち、オスカルとオシーンがずっと言っておったのだが、今夜まで七晩聞かせてもらった続き話ほど見事に紡がれた語りものを耳にしたのはじつに久しぶりのことじゃ、とな。近頃では、たいていの語り手は一晩の興行でこと足れりとするのがつねじゃからのう。フィン・マックール殿は誉めるべきものに対しては決して誉めことばを惜しむことなく、ふさわしき褒美をとらすことを一度たりともお忘れになったことはないぞ、というのがわが友の感想じゃ。さて、と老人は続ける。ここに語り手への褒美として金一封を用意いたしました。これからの生涯、語り手が裕福に暮らせるだけの金子《きんす》が入っておる。よいか、と老人は冒険王ジャックの目をまっすぐ覗きこんで、こう続けた。そなたがこの煩《わずら》わしき浮き世をかなぐり捨てるとき、つまり、そなたの生涯の物語がしまいまでたどりついたときのことじゃが、そのときには、「あの世」にそそり立つわが城塞を訪ねるがよい。よろこんで歓迎いたすぞ。なにを隠そう、わが名はフィン・マックールじゃ！

ジャックはかしこまって、うやうやしく金袋を受け取った。そして、立ち去ろうとしたまさにそのとき、この屋敷の女主人が口をひらいた。

――わたくし、かつて心かよわせたひとりの騎士殿の消息を待ちこがれ、藁にもすがるような思いでこの屋敷にもうかれこれ七十年ほど住んでおります。長年月、行方知れずの騎士殿の風聞はすこしも聞こえてまいりませんでしたが、やっと、この語り手さんの口から彼の物語を聞くことができました。これでわが愛する騎士殿の今おられる場所がしっかとわかり、彼にかけられた呪いを解く方法もわかりましたので、わたくし、この屋敷を出ることにしましたわ。もう二度とここへ戻ることはないでしょう。こう言って彼女はフィン・マックールに頭を下げ、さらにこうつけくわえた。殿、もしよろしかったら、あすの夕刻、わたくしは騎士殿とふたりで「あの世」にあるあなた様の城塞をお訪ねしたく存じます。生という巨大な車輪《グレート・ホイール・オブ・ライフ》に生きるわたくしたちの時間がどうやらおしまいになったようですので。

冒険王ジャックはもう話を聞いてはいなかった。彼は深い眠りに落ち、ふたたび目を覚ましたときには屋敷はもぬけの殻だった。カーテンのない窓から朝の光が射しこんでいた。女主人、門番、それから豪華な家具もみんなはじめからなかったかのように消え失せていた。そして、彼はそれらを二度とふたたび目にすることはなかった。だが金袋だけはちゃんと手に握っており、彼は大金持ちになって帰宅したのだった。

息子が戻ってきたのを見て父と母は大喜びし、いったいどんな冒険をしてきたんだか話して聞かせておくれ、と頼んだが、冒険王ジャックは利口な男だったから決してうかつに口をひらいたりはしなかった。やがて両親は死に、ジャックは大地主の娘と結婚して、大邸宅を建てた。彼がもらった金子はじっさい一生裕福に暮らすのに十分な額があり、彼がこの世を去ったあとには息子や娘たちでにぎやかな一族が残った。ジャックは今ではフィンとともに「あの世」に住み、時の過ぎるままにみなで物語を語りあうのを楽しみとしている。ジャックの子孫の何人かはネイ湖のほとりに今も暮らしている。

と、このようにわたしの父は物語を語りおさめた。ジャックの物語の信憑性を証言するために登場人物たちが次々に名乗り出て、彼らの存在がわたしの心の目に生々しく焼き付けられていくときに思い出したのは、このくだりを語る父のことばの手品めいた早業が、昔父が子供たちに見せてくれたパラパラ動画帳《フリッカーブック》をめくってみせる手際そっくりだったということである。父はよく安いメモ帳の右ページの端にちょっとずつ姿勢が変化する人形を棒線で描いておき、一組のトランプをパラパラめくるようにページをめくって、まるでその人形がぴょこぴょこ動くかのようなイリュージョンを見せてくれた。その妙技を目の当たりにしたわたしたちは、とうちゃんってすげえマジシャンかも、と子供心に感心したものだった。当時、わたしたちはまだ商店で本式のパラパラ動画帳《フリッカーブック》を売っていることに気づいていなかったのである。さて、話をもとへ戻そう。ひとの口から発せられる調音された音声の連続は、その音声の痕跡によって人物たちの輪郭を聞き手の心のなかにつくりだすことができる、ということ。物語が進むにつれて登場人物ひとりひとりがどんな風貌なのかを聞き手が想像するわけだが、そんなふうに人物像が肉付けされればされるほど、物語を聞いてから長い年月が経った後にも登場人物たちはわたしたちの記憶の部屋のなかに住みつづけるのだ、ということ。こんなことがいったいなぜ可能なのか、ここでじっくり考えてみることにしたい。パラパラ動画帳《フリッカーブック》がつくりだすイリュージョンは、「残像」とか「ファイ現象」として知られる光学的現象のおかげで起こるものだ。「残像」とは、網膜上にふっとあらわれて消えた映像が、それが視野から消えた後に瞬時のあいだだけ脳に保存される現象のことである。したがって、この現象は一種の不随意な記憶である。もう一方の「ファイ現象」とは、静止映像がすばやく連続してあらわれるとき、それらがつながって動いているように見える現象である。これは記憶の結合作用によるもので、鉄柵の手すりに棒を当てながら歩いていったり、自転車の車輪のスポークのあいだにボール紙をつっこんで回したりしたときに、音がブルルンと連続して聞こえる現象とよく似ている。

　脳がもつ記憶力のこのような特性が、パラパラ動画帳《フリッカーブック》をもっと精巧にしたさまざまなからくりの基礎になっている。フェナキストスコープ――ギリシア語の「だます」に由来する――は、動いている物体の姿勢の変化を連続的に描いた絵を円盤の表面に放射状に並べたものである。回転のぞき絵《ソエトロウプ》――「生という車輪《ホイール・オブ・ライフ》」という意味――の場合は、回転する円筒の内側に連続する絵が並べて描かれていて、スリットから覗きこむようになっている。プラキシノスコープ――「活動」という意味――は複数の鏡を使った仕掛けである。これらはどれも速く回転させて動的な効果を生み出す装置で、映画の先駆をなすからくりである。なかでも、回転のぞき絵《ゾエトロウプ》がいちばんよく知られている。これと似たからくり装置は何世紀もまえから存在したが、一八三四年、回転のぞき絵《ゾエトロウプ》には特許が認可され、こんにちでもボール紙製の組立てキットを玩具専門店で買うことができる。キットのなかには連続する動きを描いた細長い紙片が一揃い入っている。これらの紙片を貼りあわせてリールとし、スリットが切られた円筒の内側にはめこんで、ダボに差しこんだピンを中心に回転させるのである。この仕掛けで見ることのできる「活動」画は単純なものだ。ジャンプする海豚《いるか》の動きを見せるリールがあるかとおもえば、別のリールでは男が自転車を漕いでおり、他のリールでは逆立ちしたカエルが二本の後ろ脚でボールをあやっているというようなものである。とはいえこれはこれで、愉快な驚きを与えてくれる玩具である。というのも、運動するものたちはみな逆説《パラドックス》が支配する世界で動いているように見えるからだ。

一八七七年、エドワード・マイブリッジはサクラメントの競馬場の走路沿いに十二台のカメラをずらりと据え付け、走路を横切るワイヤーを張り渡してシャッターが自動的に切れるような仕掛けをこしらえた。この実験は、走る馬の四本の足はすべて一瞬地面から離れるはずだと主張して賭けをしたカリフォルニアの富豪がスポンサーになっていた。馬が走路を駆け抜けるとき、四つの蹄が十二台のカメラのシャッターを別々に作動させ、ギャロップする馬の動きを連続写真で撮影することができるようにしたのである。撮影したフィルムを現像してみると、富豪の主張が正しかったことが判明した。後にマイブリッジがこれらのスライドを円盤に貼り付けて回転させ、幻灯機でスクリーンに映写したとき、全速力でギャロップする馬のありのままの動きをとらえた「活動写真」が出現したのだ。この実験を見た者のうちには驚きのあまり、紀元前五世紀にエレアのゼノンが提示した議論をくり返して、こんなことを言い出す者たちがいた。馬がギャロップしているのはそう「見えている」に過ぎないのであって、すべての運動はイリュージョンなのである、と。

　ゼノンが書いたものはなにひとつ残っていない。議論の引用にせよ、解説にせよ、あるいはまた十分な証拠を出さずにゼノンの所説であると主張するにせよ、彼の思想の片鱗は、ほかの著述家たちのことばを通して知ることができるのみである。にもかかわらず、バートランド・ラッセルの意見によれば、「ゼノンのさまざまな所説は、彼の時代からわれわれの時代までに構築された空間・時間・永遠にかんするほとんどすべての理論になんらかのかたちで根拠を与えている」。ゼノンは、リアリティは唯一にして不易不変であると唱えたパルメニデスの弟子であった。そして、ゼノンは師パルメニデスをあざ笑った連中の識見がいかに不合理であるかを明らかにするために一連の証明をおこなった、とプラトンが証言している。これらの証明のうちで主要なものは、ゼノンの運動にかんする四つの逆説《パラドックス》といわれるもので、二分割、アキレスと亀の逆説《パラドックス》、飛ぶ矢の逆説《パラドックス》、競走場の逆説《パラドックス》の四つである。わたしたちにはこれらすべてをていねいに検討する空間も時間もないが、映画によるイリュージョンといちばん密接に関係があるとおもわれる飛ぶ矢の逆説《パラドックス》だけは、急いで概略を紹介しておこう。フィロポヌスはゼノンの主張を次のようにまとめている。それ自身の大きさとおなじだけの空間を占めるものは、それがなんであろうと静止しているか運動状態にあるかのいずれかである。だが、ものがそれ自身とおなじだけの空間を占めているとき、そのものが運動状態にあることは不可能であるので、そのものは静止状態にある。さて、運動状態にある一本の矢を考えてみると、矢は瞬間ごとにそれ自身の大きさとおなじだけの空間を占めているので、この矢は静止しているということになる。だが、もしこの矢が運動状態にあるときのすべての瞬間に静止状態にあるとすると、瞬間の数は無限であるので、この矢はいかなる時点においても静止していることになる。ところが、この矢は運動状態にあるということになっている。となると、われわれの結論は、運動状態にある矢は静止状態にあるということに落ち着くのだ。

エピファニウスはもっと簡潔にゼノンの説をこう記録している。すなわち、動くものはそれ自体がそのなかに存在している空間内またはその外を動くのである。そして、そのおなじものが静止しているのは、それ自体がそのなかに存在している空間内またはその外においてである。したがって、動くものなどありはしないのである、と。

おなじように考えれば、ギャロップする馬はその疾走するすがたが撮影されたどの瞬間においても静止していたことは明らかである。フランスの哲学者アンリ・ベルクソンはマルセル・プルーストの義理のいとこであったが、彼は二十世紀のはじめにこの問題に取り組んだ。ベルクソンいわく、精神はうつろいゆくリアリティのスナップショットを撮り、速写した写真を数珠繋ぎにする。それゆえ、われわれの日常的な知識のメカニズムは映画的なのである、と。

この視点から見ると、伝記をふくむ物語は、わたしたちがある瞬間と次の瞬間のあいだに作為的な連関をつくりだすことによってのみ、成立可能になる。瞬きのうちに、すでに虚空に呑みこまれたものたちのゴーストが輪郭をかいま見せるのだ。たとえば、ベルクソンについて、彼はパリで一八五九年十月十八日（この日は御利益が数あるなかでもとくに画家と医者の守護聖人、聖ルカの祝日である）にポーランド系ユダヤ人の父とアイルランド人の母とのあいだに生まれ、幼いころからフランス語と英語がおなじくらい堪能であった、と言うことができる。また、二十世紀初頭、コレージュ・ド・フランスにおいて彼がおこなった講義はたいへん人気があり、哲学者や科学者や文学者や聖職者や学生やラビたちが聴講に集まったばかりでなく、上流社会の貴婦人たちまでが——召使いをやってあらかじめ席をとらせて——参集したほどであった、とも言える。あるいは、彼の声はおどろくほど朗々とした響きをもっていたので、ことばが「絹の上を滑るように流れた」、と言ってもいい。あるいはまた、反ユダヤ主義の時代風潮が高じたために自分は迫害されるひとびとの一員であると名乗り出ることになったが、それさえなければ彼はカトリック信者になっていたかもしれない、と言うこともできる。さらに、彼は一九四一年一月三日（この日はパリの守護聖人聖ジュヌヴィエーヴの祝日である）に占領下のパリで、ユダヤ人登録を待つ長蛇の列に何時間も並んだことが原因でかかった肺炎のために死んだ、と言うことも可能である。わたしたちはこのようなこまごました事柄を記憶のなかで滲ませていくことにより、妥当なモンタージュ写真《フォトフィット》をつくりあげることができる。だが、これらとは違う細部ばかりを選んでつなぎあわせれば、全く異なってはいるものの、おなじくらいもっともらしいイメージをつくることだってできるのだ。

もうひとつ例をあげてみよう。わたしたちは、イングランド王ジョージ五世は切手集めが趣味だったことを知っている。彼はとりわけ大英帝国の切手にご執心で、その図柄の多くはほかでもない彼自身の肖像を用いることで権威づけをしていたから、ジョージ王は切手収集の世界において比類のない特権的地位にまで祭り上げられていた。とはいえ、『スタンレー・ギボンズの切手カタログ』にあらわれたジョージ五世に基づいて伝記を書けば、歴史専門家のなかからは反論が出てもおかしくはないだろう。しかし、である。わたしが信じるところによれば、ジョージ王は自分の切手コレクションを拡大鏡でためつすがめつしながら時間を過ごすのをなにより愛したのであって、案外この趣味への耽溺こそが、国王陛下の人物像を飾りたてるほかのさまざまな要素よりも重みがあるかもしれないのだ。というのも、巨大な帝国が手に触れられるほど極小に縮められたのが切手だからである。各土地独特の華麗な風物を背景にして時間を超越した王座に座る王そのひとの肖像を、何百万人もの帝国臣民が目の当たりにすることができる——これが切手なのである。インドの切手には、マドラスのラーメスワラム寺院、アムリッツァーのハルマンダル寺院、カルカッタのジャイナ教寺院、アグラのタジマハール、あるいは計画都市ニューデリーの落成を誇示する総督官邸の列柱や中央政庁をみることができる。セントヘレナの切手には、総督官邸や埠頭が描かれている。ナイジェリアの切手を見ると、ココアや砂錫《すず》を採る採泥器や、森林伐採のようすや漁村やフラニ族の家畜の群れやハーベの尖塔《ミナレット》がある。ケイマン諸島の切手には、キャッチ・ボート、カツオドリ、タイマイ、法螺《ほら》貝、ココヤシ、それにケイマン諸島の地図を見ることができる。

これらのイメージがすべて一緒になってジョージ五世の肖像をかたちづくっている。今この瞬間にいるわたしにとって、彼にかんする知識の多くの部分をこれらのイメージが占めているのだ。じつはジョージ王の姿がわたし自身の意識上にはじめて映ったのは、一枚の切手の図柄としてであった。——とこう、あるていど確信をもって言うことはできるのだが、はたしてそれがいつのことであったかはさだかでない。たぶん十歳か十一歳のころ、したがって一九五八年か五九年のことだったとおもうが、郵便配達人だったわたしの父がジョージ五世時代の切手が貼られた一枚の葉書を家へ持ち帰ったのである。手紙の束を仕分けしていたらこの葉書がどこからともなく出現したのだという。父の空想科学小説への興味をわたしも受け継いでいたので、わたしたちふたりには、この発見はベルファスト中央郵便局構内でなんらかのタイムスリップが起きたことを暗示する証拠のようにおもわれた。わたしは、今でもありありとその切手を思い浮かべることができる——一九一二年発行の緑刷り半ペニー切手である。切手の上のジョージ王はトレードマークの顎鬚がまだ完全に生えそろっていないが、印象的な口髭をこれ見よがしにたくわえている。ところが、もっと細部を思い起こそうとすると、消印のあたりが記憶から脱落しており、葉書の文章は判読できないほど滲んでしまっている。わたしはたしかにこの葉書を自分の切手コレクションにくわえた覚えがあるのだが、今探してもこの葉書は見つからないし、そもそもそれがまだ存在するのかどうかさえはなはだ心もとない。おそらく〈黄金の翼もつ天の伝令者〉大天使ガブリエルがこの一件の一部始終に関与しているにちがいない。

なにを隠そう、彼は郵便事業と切手収集家の守護聖人なのである。ガブリエルが守護の範囲を拡大して遠距離通信産業をも応援するようになったのは、ローマ教皇ピウス十二世が一九五一年一月十二日付けの教皇書簡で正式に宣言して以後のことである。教皇によれば、遠距離通信産業にたずさわるひとびとは、「遠く離れたところにいるひとびとにことばをきわめて迅速に伝達し、遠隔地にいるひとと同士が語りあうことを可能にし、天空の波動に乗せて伝言を伝え、ものごとが遠い昔に起きたにもかかわらずたった今起きているごとくに目のまえに見せる」。ガブリエルの守護範囲はさらに拡大されて、フランスとコロンビアの通信連隊、スペインとアルゼンチンの外交部門、もっと厳密に言えばアルゼンチンの在外大使たちの守護などをも引き受ける聖人となっている。

聖母にキリストの受胎を告知したこの伝令役の大天使について考えていると、ヤン・フェルメールが描いた世俗的な〈告知〉の絵画が思い出される。たとえば、《手紙を読む青衣の女》に描かれた妊婦、あるいは、窓ガラスに映った顔が幽霊のように見える《窓辺で手紙を読む娘》。手紙を受け取る彼女たちの目は一心にうつむき、唇はあたかも時間と空間を隔てて生み出されたことばを沈黙のうちにかたどろうとするかのように、かすかにひらかれている。《青衣の女》の妊婦のモデルはフェルメールの妻カタリーナ・ボルネスで、制作年代は一六六三年ごろであると一般に考えられている。さて、《牛乳を注ぐ女》のモデルと見られるタンネケ・エフェルプールが一六六六年七月三日、デルフトのある公証人に対して次のような宣誓証言をおこなっている。その内容は、一六六二年、カタリーナの兄ウィレム・ボルネスがナイフを抜いて実の母マーリア・ティンスに斬りかかろうとしたというもので、「また、ボルネスは同様の暴力をくり返し、マーリア・ティンスの娘、すなわちヨハンネス・フェルメールの妻にもしかけたのでございまして、あの時分ちょうど臨月だった彼女を、棒で殴ろうとして幾度も追いかけ回したのでございます」という証言だった。フェルメールの《絵画芸術》は一六六六年に描かれたと考えられる。あの絵のなかに描かれた画家の、腕杖《モールスティック》で支えた右手の甲がやわらかいパンのように膨らんでいたのをもう一度思い出そう。あの右手は、襲われてけがをしたが、さわがず、へこたれずに絵筆を握っているのだよ、という無言の抵抗を物語るように見えないだろうか。

一九二一年五月二十四日、マルセル・プルーストはアムラン街四十四番地の家の階段でひどい眩暈《めまい》に襲われていたのだった。彼はぐらりと傾いてあやうく立ちなおり、そのまま先へ進んだ。ジュードポーム美術館でおこなわれているオランダ絵画展の会場に着いたときには足元がまだふらついていたので、ジャン゠ルイ・ヴォドワイエが彼の腕をささえて、フェルメールの《デルフト眺望》のまえまで連れていかなければならなかった。『失われた時を求めて』では、作家ベルゴットがこの絵を見たあとに死ぬ。プルースト自身は死ななかった。彼はすこし具合がよくなって、この絵を見た直後に写真を撮られている。その写真に写った、鳩胸で頭をぐっと反らせたプルーストの姿勢は、彼とベルクソンが「二羽の黒い夜の鳥のように」不眠症と睡眠薬の効用をめぐって討論するようすを思い起こさせる。時は一九二〇年、ふたりがブルメンタール賞の選考委員会に出席したさいのことであった。プルーストもベルクソンも持病とつきあうことにかけては玄人だったから、本人たちのようすを見て「あの不眠症はほとんど天の恵みというべきだ」と感じたまわりの人間も少なくなかった。ふたりの会話の内容は目も眩むようなものだった。彼らは、夜の息子にして死と双子の兄弟である眠りの神《ヒュプノス》について、また、明け方に走る路面電車のカランカラン・ヒューという音がいかに不吉に響くかについて、さらに、「虫や蜘蛛が埋葬されているので死神と墓穴の両方を兼ねており、王の墓よりも完璧に死体を腐敗から守ることのできる」琥珀の効能について、あるいは、夢遊病者の守護聖人ディンプナについて、そして、アヘンチンキと鎮静剤《ヴェロナル》について語りあった。さらに、漆黒の晩にだけ見える星々について、望遠鏡と顕微鏡について、フェルメールの《眠る娘》について、ジョン・キーツの「眠気を誘う痺れ《ドラウジー・ナムネス》」について、毒人参《ヘムロツク》とソクラテスについて、小夜啼鳥《ナイチンゲール》と夜走り抜ける馬について、夢の変容について、桃源郷《ザナドゥ》とフビライ汗《クブラカーン》について、ヘルメスと彼が持つ眠りの杖について、薬剤師が〈微量《スクループル》〉、〈少々《ペニウエート》〉、〈少量《ドラクマ》〉といった単位で計量する、蛇に咬まれた傷に効能のある各種植物の根と神経鎮静剤《カノコソウ》について、脳の極小構造について、自分が死ぬかもしれないと考えたときにわきおこる恐怖について、夜が明けはじめるまえの微光について、映画のフィルム・リールに似た記憶の作用について、アルファベットに秘められた神秘《カバラ》主義的含意について、そして、ふたりが七晩以上もかけて披露しあった数々の物語について、とっくりと語りあったのだった。プルーストは一九二二年十一月十八日、音楽の守護聖人クリュニーの聖オドの祝日に、急性気管支炎で死去した。最後のことばは、「おかあさん」だった。

眠れない夜、ビスケー湾でのこと、船長と船乗りたちが火を囲んで座っていた。突然、ひとりの船乗りが、船長、お話をしてくださいよ、と言った。そこで船長がこんなふうに語りはじめた。眠れない夜、ビスケー湾でのこと、船長と船乗りたちが火を囲んで座っていた。突然、ひとりの船乗りが、船長、お話をしてくださいよ、と言った。そこで船長はこんなふうに口をひらいた。わたしの名前はヤルニエヴィッチ船長、ここにいるのはわが友人のボス船長。物語の大海原に乗り出すまえに、わたしらふたりでデュエットを披露いたしましょう。ふたりがベルファストの港ではじめて出会ったときに聞き覚えたうたでして、こんなふうな文句で始まるのですが――

九月のある晩のことだった
あれは七月なかばのことで
じゃんじゃん降りの雨降りで
通りはどこも乾き切ってた
おいらはニューサウスウェールズ
行きの路面電車に飛び乗ったんだが
百マイルまでも行かないうちに

ボートは線路を脱線し
アイルランド娘と恋に落ちたが
その娘はアイリッシュ・ダンスを歌い
バリーハッカモアの住人で
そこはフランスから数マイル
あいつの父ちゃんはゴミ集めが仕事
あいつはバンゴー・ボートで仕事
マギンティの山羊に食わせるために
石炭の塊《かたまり》を盗んだもんだが
その山羊ったら土曜に寝込み
そのまえの晩に死んじまった
おいらの話はこれでおしまい
だから嘘もこれっきりさ。

出典について

「書くこと」についてとおなじくらい「読むこと」についての本である。この本を書くうえで、後の出典書目リストに掲げたすべての書物がなんらかのインスピレーションを与えてくれた。言い回しひとつとか、情報の断片をもらった場合もあるし、重要な思考のひとつながりとか物語全体を頂戴したケースもある。ほとんどの場合、前後関係に応じて原典は多少なりとも改変されている。だからといって、謝辞を述べずにすませるわけにはいかない。まず、ギラルドゥス・カンブレンシスのわたしの訳文（三七—三九、二五二—二五三ページ）はジョン・オマーラの翻訳（*The History and Topography of Ireland*, Penguin Books, 1982）に多くを負っている。六一—六二ページの羽根ペンのつくりかたにかんする記述は、おおむねドナルド・ジャクソンの *The Story of Writing*（Cassell, 1981）からの逐語的な引き写しである。オランダ人の詩人で翻訳家のペーター・ネイメールはわたしに、二二八—二三一ページに出てくる「水平線・地平線」を意味するオランダ語の四つの単語に関する要点を教えてくれた。しかし、それらの単語の可能な意味をめぐって詳述したところの文責はわたし自身にある。ファン・メーヘレンの経歴（三七〇―三九〇ページ）をめぐる物語についてはキルブラッケン卿(Nelson, 1967) に多くを負っている。植物の特性についての情報の多くはM・グリーヴ女史の素晴らしい百科事典 *A Modern Herbal* (Jonathan Cape, London, 1973 and 1994) の記述をもとに書き換えたものである。三九一、四二九ページに出てくるフェルメールの家庭事情にかんする詳細なことがらは、ジョン・モンティアスの賞賛すべき研究書 *Vermeer and his Milieu: a Web of Social History* (Princeton University Press, 1989) から拾い集めたものである。大事なことをひとつ言い残したが、わが妻デアドラのことである。彼女の励ましがなかったら、そもそもこの本は書かれなかったであろう。

Alpers, Svetlana, *The Art of Describing: Dutch Art in the Seventeenth Century,* University of Chicago Press, 1983.

An Craoibhín (Douglas Hyde), *Sgeulaidhe Fíor na Seachtmhaine,* Oifig an tSoláthair, Dublin, 1947.

Antoni van Leeuwenhoek 1632–1723 (edited by L. C. Palm and H. A. M. Snelders), Editions Rodopi, Amsterdam, 1982.

Arasse, Daniel, *Vermeer: Faith in Painting,* Princeton University Press, 1994.

Aubrey, John, *Miscellanies upon Various Subjects,* Reeves and Turner, London, 1890.

Bachrach, Fred G. H., *Turner's Holland,* Hacker Arts Books, New York, 1983.

Baedeker Netherlands, Automobile Association, 1996.

Bailey, Martin, *Vermeer,* Phaidon, London, 1995.

Barbree, J. and Caidin, M. A., *Journey Through Time: Exploring the Universe with the Hubble Telescope,* Penguin, 1995.

Baring-Gould, Revd S., *The Lives of the Saints,* John Grant, Edinburgh, 1914.

Bergson, Henri, 'The Cinematographic View of Becoming' in Wesley C. Salmon (ed.), *Zero's Paradoxes,* The Bobbs-Merrill Co. Inc., Indianapolis and New York, 1970.

Bergström, Ingvar, *Dutch Still-life Painting in the Seventeenth Century,* Hacker Art Books, New York, 1983.

Blankert, Albert, *Vermeer of Delft,* Phaidon, Oxford, 1970.

Borges, Luis, *Other Inquisitions* (translated by Ruth L. C. Simms), University of Texas Press, 1964.

——, *The Aleph and Other Stories* (edited and translated by Thomas di Giovanni, in collaboration with the author), Jonathan Cape, London, 1971.

Bracegirdle, Brian (ed.), *Beads of Glass: Leeuwenhoek and the early microscope: Catalogue of an Exhibition in the Museum Boerhaave and in the Science Museum,* London, 1983.

Branch, Edward, *Tea and Coffee,* Hutchinson, London, 1972.

Brennan, Walter L. and Mary G., *Crossing the Circle at the Holy Wells of Ireland,* University of Virginia, 1995.

Brooke, Iris, *Dress and Undress: the Restoration and the Eighteenth Century, Methuen,* London, 1958.

Brown, Christopher, *Carel Fabritius, Phaidon,* Oxford, 1981.

——, *Scenes of Everyday Life: Dutch Genre Painting of the Seventeenth Century,* Faber, London, 1984.

Browning, Gareth C., *The Book of Wild Flowers and the Story of their Names,* W. & R. Chambers, London and Edinburgh, 1927.

Butler's Lives of Patron Saints (edited, with additional material, by Michael Walsh), Burns and Oates, London, 1987.

Butler's Lives of the Saints (edited, revised, and supplemented by Herbert Thurston and Donald Attwater), Burns and Oates, London, 1956.

Chambers's Miscellany of Useful and Entertaining Tracts, Vols V, VI, IX, X, XVII, XVIII, W. & R. Chambers, Edinburgh, 1845, 1846, 1847.

Clark, Kenneth, *Looking at Pictures,* John Murray, London, 1960.

Clark, W. J., *International Language Past, Present and Future,* J. M. Dent, London, 1907.

Clay, Reginald S. and Court, Thomas H., *The History of the Microscope,* Longwood Press, Boston, 1978.

Coremans, P. B., *Van Meegeren's Faked Vermeers and de Hooghs,* Cassell, London, 1949.

Dam, Raymond van, *Saints and their Miracles in Late Antique Gaul,* Princeton University Press, 1993.

De Amicis, Edmondo, *Holland and its People,* Putnam's Sons, New York, 1881.

Dictionary of American Biography (edited by Dumas Malone), Charles Scribner's Sons, New York, 1932.

Dictionary of National Biography (edited by Sidney Lee), Smith, Elder, and Co., London, 1900.

Dictionary of Scientific Biography (edited by Charles Coulson), Charles D. Scribner's Sons, New York, 1981.

Disraeli, Issac, *A Second Series of Curiosities of Literature,* John Murray, London, 1823.

——, *Curiosities of Literature,* Frederick Warne & Co, London, 1881.

Dobell, Clifford, *Antony van Leeuwenhoek and his 'Little Animals',* John Bale, Sons, and Danielsson Ltd, London, 1932.

Drake, Stillman, *Galileo at Work: his Scientific Biography,* University of Chicago Press, 1978.

Dunhill, Alfred H., *The Gentle Art of Smoking,* Max Reinhardt, London, 1954.

Edwards, George Wharton, *Holland of Today,* Penn Publishing Co., Philadelphia, 1919.

Encyclopaedia of Religion and Ethics (edited by James Hastings and T. T. Clark), Edinburgh, 1909.

Farr, Carol, *The Book of Kells: its Function and its Audience,* The British Library and the University of Toronto Press, 1997.

Flemish-Netherlands Foundation, *The Low Countries: Arts and Society in Flanders and the Netherlands: a Yearbook: 1995–96*, Stichting Ons Erfdeel, Rekkem, 1996.

Ford, Brian J., *Single Lens: the Story of the Simple Microscope,* Heinemann, London, 1985.

Franits, Wayne, *Paragons of Virtue: Women and Domesticity in Seventeenth Century Dutch Art,* Cambridge University Press, 1993.

Gayley, Charles Mills, *The Classic Myths in English Literature and in Art,* Ginn & Co., Boston, 1911.

Genders, Roy, *The Rose: a Complete Handbook,* Robert Hale, London, 1965.

Gerald of Wales, *The History and Topography of Ireland* (translated with an introduction by John J. O'Meara), Penguin, 1982.
Geyl, Pieter, *The Netherlands in the Seventeenth Century,* Ernest Benn, London, 1961.
Gibson, John, *Chips from the Earth's Crust: Short Studies in Natural Science,* T. Nelson & Sons, London, 1887.
Goldscheider, Ludwig, *Jan Vermeer,* Phaidon Press, London, 1958.
Gowing, Lawrence, *Vermeer,* Faber, London, 1952.
Grieve, M., *A Modern Herbal,* Jonathan Cape, London, 1931.
Grimaldi, David A., *Amber: Window to the Past,* Harry N. Abrams, in association with the American Museum of Natural History, 1996.
Grünbaum, Adolf, *Modern Science and Zeno's Paradoxes,* George Allen & Unwin Ltd, London, 1968.
Guéard, Albert Léon, *A Short History of the International Language Movement,* T. Fisher Unwin, London, 1932.
Handbook for Travellers on the Continent, John Murray, London, 1858.
Hanna, Thomas, *The Bergsonian Heritage,* Columbia University Press, 1962.
Hare, Augustus J. C., *Sketches in Holland and Scandinavia,* Elder & Co., London, 1885.
Herbert, Zbigniew, *Still Life with a Bridle,* Jonathan Cape, London, 1993.

Herodotus, *The Histories,* Everyman's Library, London, 1997.

Hertel, Christiane, *Vermeer: Reception and Interpretation,* Cambridge University Press, New York, 1996.

Horton, Edward, *The Illustrated History of the Submarine,* Sidgwick & Jackson, London, 1974.

Jackson, Donald, *The Story of Writing,* Cassell, London, 1981.

Jan Steen: Painter and Storyteller (edited by Guido M. C. Jansen), National Gallery of Art, Washington, and the Rijksmuseum, Amsterdam, 1996.

Janton, Pierre, *Esperanto: Language, Literature and Community,* State University of New York, Albany, 1993.

Joyce, P. W., *Old Celtic Romances,* Talbot Press, Dublin, 1961.

Kahr, Madlyn Miller, *Dutch Painting in the Seventeenth Century,* HarperCollins, New York, 1993.

Keats, John, *The Complete Works* (edtied by H. Buxton Forman), Gowers & Gray, Glasgow, 1901.

Keightley, Thomas, *The Mythology of Ancient Greece and Italy,* Whittaker, Treacher, and Co., London, 1831.

Kerényi, Carl, *The Gods of the Greeks,* Penguin, 1958.

Kilbracken, Lord, *Van Meegeren,* Nelson, London, 1967.
Kirrschenbaum, Baruch D., *The Religious and Historical Paintings of Jan Steen,* Phaidon, Oxford, 1977.
Kolakowski, Leszek, *Bergson,* Oxford University Press, 1985.
Langer, Herbert, *The Thirty Years' War,* Hippocrene Books, New York, 1980.
Laufer, Berthold, Hambly, Wilfred, and Linto, Ralph, *Tabacco and its Use in Africa,* Field Museum of Natural History, Chicago, 1930.
Lee, H. D. P., *Zeno of Elea: a text, with translation and notes,* Adolf M. Hakkert, Amsterdam, 1967.
Livingstone, A. D. and Helen, *Edible Plants and Animals,* Facts on File, Inc., New York, 1993.
Logan, Patrick, *The Holy Wells of Ireland,* Colin Smythe Ltd, Buckinghamshire, 1980.
Lucas, E. V., *A Wanderer in Holland,* Methuen & Co., London, 1905.
MacCulloch, J. A., *Medieval Faith and Fable,* George G. Harrap & Co., London, 1932.
Mackay, Charles, *Extraordinary Popular Delusions and the Madness of Crowds,* Office of the National Illustrated Library, London, 1852.
Masters of Seventeenth Century Dutch Genre Painting, Philadelphia Museum of Art, 1984.

Meldrum, David S., *Holland and the Hollanders,* Mead & Co., New York, 1898.

Miall, L. C., *The Early Naturalists: their Lives and Work,* Macmillan & Co., London, 1912.

Montias, John Michael, *Vermeer and his Milieu: a Web of Social History,* Princeton University Press, 1989.

New Catholic Encyclopaedia, McGraw-Hill, New York, 1966.

Norris, Ruth and Frank, *Scottish Healing Wells,* Athea Press, Bedfordshire, n.d.

North, Michael, *Art and Commerce in the Dutch Golden Age,* Yale University Press, New Haven and London, 1997.

Ordnance Survey Memoirs of Ireland, Vol. 19 (edited by Angélique Day and Patrick McWilliams), Institute of Irish Studies, Queen's University, Belfast, 1993.

Ó Ríordáin, *Seán, Eireaball Spideoige,* Sáirséal agus Dill, Baile Átha Cliath, 1952.

O'Sullivan, Sean, *The Folklore of Ireland,* Batsford Ltd, London, 1974.

Ovid, *Metamorphoses* (literally translated into English prose by Henry T. Riley), George Bell & Sons, London, 1893.

—— (with an English translation by Frank Justus Miller), Harvard University Press, 1916.

—— (the Arthur Golding translation, edited by John Frederick Nims), Macmillan,

New York, 1965.

Painter, George D., *Marcel Proust: A Biography,* Chatto & Windus, London, 1989.

Pliny, *Natural History,* Harvard University Press, 1962.

Plummer, Charles (ed.), *Vitae Sanctorum Hiberniae,* Oxford University Press, 1910.

——, *Bethada Náem nÉrenn: Lives of Irish Saints,* Oxford University Press, 1922.

Proust, Marcel, *Remembrance of Things Past* (translated by C. K. Scott Moncrieff and Terence Gilmartin; and by Andreas Mayor), Chatto & Windus, London, 1981.

Rean, Louis, *Iconographie de l'Art Chrétien,* Presses Universitairies de France, Paris, 1959.

Rice, Patty C., *Amber: the Golden Gem of the Ages,* the Kosciuszka Foundation, Inc., New York, 1980.

Ridpath, Alan, *Star Tales,* Lutterworth Press, Cambridge, 1998.

Rosebury, Theodor, *Life on Man,* Secker & Warburg, London, 1969.

Rudgley, Richard, *The Alchemy of Culture: Intoxicants in Society,* British Museum Press, London, 1993.

——, *The Encyclopaedia of Psychoactive Substances,* Little, Brown & Co., London, 1998.

Ruestow, Edward G., 'Piety and the Defence of the Natural Order: Swammerdam on Generation', in *Religion, Science and Worldview* (edited by Margaret J. Oster and

Lawrence Farber), Cambridge University Press, 1985.

Rükl, A., *The Encyclopaedia of Stars and Planets,* Ivy Leaf Press, London, 1991.

Schama, Simon, *The Embarrassment of Riches: an Interpretation of Dutch Culture in the Golden Age,* Collins, London, 1987.

Schierbeek, A., *Measuring the Invisible World: the Life and Works of Antoni van Leeuwenhoek FRS,* Abelard-Schuman, London and New York, 1959.

Seyffert, Oskar, *A Dictionary of Classical Antiquities* (revised and edited, with additions, by Henry Nettleship and J. E. Sandys), Macmillan, New York, 1902.

Shaw, Eva, *Divining the Future,* Facts on File, Inc., New York, 1995.

Smith, W. S., *Gossip About Lough Neagh,* Mayne & Boyd, Belfast, 1885.

Smoke Rings and Roundelays (edited by W. Partington), John Castle, London, 1924.

Snow, Edward A., *A Study of Vermeer,* University of California Press, London, 1979.

Sutton, Peter C., *Pieter de Hooch,* Phaidon, Oxford, 1980.

Thompson, C. J. S., *Mysteries and Secrets of Magic,* John Lane, London, 1927.

Turner, George L'Estrange, *Essays on the History of the Microscope,* John Lane, London, 1980.

Vat, Dan van der, *Stealth at Sea: the History of the Submarine,* Weidenfeld & Nicolson, London, 1994.

Verne, Jules, *20,000 Leagues under the Sea,* Collins, Glasgow, 1970.

Vickery, Roy, *A Dictionary of Plant-lore,* Oxford University Press, 1995.

Viller, Marcel, *Dictionnaire de Spiritualité,* Gabriel Beauchesnes et ses fils, Paris, 1936.

Ward, R. H., *A Drugtaker's Notes,* Gollancz, London, 1957.

Wheelock, Arthur K. Jnr, *Jan Vermeer,* Thames & Hudson, London, 1981.

——, *Perspective, Optics, and Delft Artists around 1650,* Garland Publishing, Inc., New York and London, 1977.

Wigglesworth, Sir Vincent B., *Insects and the Life of Man,* Chapman & Hall, London, 1976.

Wilkins, Right Revd John, *Mathematical and Philosophical Works,* Frank Cass & Co. Ltd, London, 1970.

Wilson, Catherine, *The Invisible World: Early Modern Philosophy and the Invention of the Microscope,* Princeton University Press, 1995.

Zumthor, Paul, *Daily Life in Rembrandt's Holland,* Weidenfeld & Nicolson, London, 1962.

訳者あとがき

カモノハシの文学——または物語の尻取りゲームについて

こいつはいったい何の本だろう?

ページをぱらぱらめくってみると、アルファベット順に並んではいるものの、お互いに関係なさそうな単語が各章のタイトルになっている。フェルメールの絵に関する蘊蓄《うんちく》があり、薔薇の品種名が夜会の賓客リストのように延々と読み上げられたかと思うと、いつのまにかアイルランドの怪談がはじまっているというぐあいだから、『琥珀捕り』をはじめて手に取ったあなたが戸惑っておられるのも無理はない。愛嬌だけはありそうだが、このへんてこな本をなんと呼び、どう分類したらいいのだろうか?

原書が出たとき、書評家たちもどうやら困り果てたらしい。しかし、そのなかのひとりがうまいたとえを思いつき、キアラン・カーソンの『琥珀捕り』は「文学においてカモノハシに相当するもの——分類不可能にして興味をひきつけずにおかない驚異——の卵を孵化させた」、と書いている。カモノハシは、獣なのに卵を産み、鴨に似た嘴《くちばし》をもち、趾《あしゆび》には蹼《みずかき》がある原始的な哺乳類とされ、一属一種、独自の進化の道をたどったといわれる動物である。異質なものがさまざまはぎあわされた結果、個々の部分には見覚えがあるけれど全体としては途方もない合成物になっているという点で、この本はカモノハシそっくりである。まず、この愛すべき「驚異」が生み出されるにいたった「独自の進化」の道筋をたどってみたい。

著者キアラン・カーソンは、一九四八年北アイルランドのベルファストに生まれ、現在も同市に住む。地元のクイーンズ大学でシェイマス・ヒーニー（当時は若手教員だったが今やノーベル賞詩人である）の周囲に集まっていたポール・マルドゥーンやメーヴ・マガキアン（当時は学生だったがどちらも今や大詩人になった）と交遊し、七六年に第一詩集を出したが、その後十年間ほど詩から遠ざかる。北アイルランド・アーツカウンシルの伝統芸術部門に職を得たのを幸いに、伝統音楽の実態調査にかこつけて、夜な夜なパブでおこなわれるセッションで痛飲しながらフルートを吹くのに熱中していたのだ。しかし、この期間にカーソンは斬新な詩的ヴォイスをちゃっかり準備していた。八〇年代後半に『アイルランド語のノー』、『ベルファストの紙吹雪』の二詩集を発表した新生カーソンは、普通に印刷すると二行にまたがってしまうほど息継ぎが長い詩行を考案して、北アイルランド紛争とともに生きてきたひとびとの物語を語り、こじれた多義性を抱え込んだまま市民の深層心理に焼き付いたベルファストの記憶と現在の地図を描いてみせた。これらの作品は、彼が同年代のマルドゥーンやマガキアンと肩を並べて、ヒーニーの世代を継ぐ詩人のひとりであることを読書界に印象づけた。以後、カーソンは旺盛な詩作を再開し、押しも押されもせぬ大詩人へと成長した。

ところが案の定、このひとの雑食で大食な想像力は、行分けの詩という禁欲的な形式の壁をじきに食い破ってしまう。カモノハシへと進化するミュータントの片鱗は、すでにのらりくらりと長い詩行で語るスタイルに発現していたのだが、決定的な突然変異は九〇年代後半、連鎖的に起きた。九六年に出た『昨日の晩楽しかったこと――アイルランド伝統音楽についての本』は伝統曲のタイトルを各章に掲げ、ライブ・セッションから生まれる音楽の生態を生け捕りにしようとする言語実験と、楽曲に関する蘊蓄を詰め込んだ散文が混在する書物であった。翌年に出た『スター・ファクトリー』はベルファストのストリート名やランドマークを各章のタイトルに掲げ、この都市にまつわる個人的・集合的記憶の断片をつぎつぎに発掘し、はぎあわせ、陳列してみせた。かつて詩でやったことをべつの視点から散文でやりなおしたのである。カーソンはこれら二冊を書くことで、話題やイメージを尻取りするかのように次々にずらし、変容させてゆく語りのテクニックをわがものとした。

そして、いよいよ三冊目の『琥珀捕り』が九九年に出現する。アルファベット順に章のタイトルをつけるという趣向は、じつは詩集『オペラ・エトセトラ』（九六年刊）に収めた連作詩群でおこなったゲームの再演である。この詩集にはAからZまでをタイトルにした詩群と「アルファ」から「ズールー」にいたる無線コードをタイトルとする詩群からなる二揃いのアルファベット連作がおさめられていた。個々の詩は各行末尾のアクロバティックな押韻による音合わせを梃子《てこ》にして、ことばの意味を奔放に飛躍させる遊びをおこなっている。『琥珀捕り』では、脚韻の代わりに、いままさに語りつつある物語に登場する単語やイメージを梃子につかって、次の物語へと高飛びしていく。この書物を形作るたくさんの逸話や民話や伝説や解説は、ひとつひとつがカモノハシの身体部分に似て、興味をそそる魅力を放っているが、読み進んでいく読者をもっと驚かせるのは、嘴や手足のつながり具合、あるいは「高飛び」をするさいのあざやかな手際――ようするに尻取りのセンスの見事さ――である。このセンスは、口承的な言語の運動神経と関係が深い。カーソンは即興的な演奏と小咄がやりとりされる伝統音楽のセッションの場に身を置くことで、語りの言語の敏捷《びんしょう》さに磨きをかけたのだ。

だがそれだけではない。この尻取りにはれっきとした文学的先例がある。オウィディウスの『変身物語』（岩波文庫）がそれである。オウィディウスは、ギリシア・ローマ世界において人口に膾炙《かいしゃ》した奇譚――なにしろすべての物語の最後で登場人物が必ず動物やら植物やらに変身するのだ――を蒐集し、話の繋ぎを工夫しながらたくみに配列して、天地開闢《かいびゃく》以来の擬似歴史を語る「ひとつの長い物語」に仕立て上げた。他方、巻末の出典書目リストをみれば一目瞭然なように、『琥珀捕り』もすでに語られたことのあるさまざまな物語――オランダの黄金時代とチューリップ狂い、アイルランド民話、中世の聖人伝、ナチスが隠した「琥珀の間」の謎、望遠鏡や潜水艦の発明、エスペラント、ボルヘス、フローベールの逸話などなど――を語りなおして繋ぎ合わせたものだ。じっさい、『琥珀捕り』には『変身物語』からもたくさんの話のネタが採られているが、カーソンのストーリーテラーとしての職人芸は、語り古された物語を現代の声で語りなおす声色の冴えと、話の前後の「繋ぎ」の妙にある。彼はローマ時代の物語を畏怖すべき古典としてではなく、演奏しなおすべき譜面のように扱うことで、オウィディウスを新たに生きなおしている。
カーソンは、この本を書いたプロセスを冗談めかして、「リサーチと執筆は併行してやった。先がどうなるのかわたしにもわからなかった。何かを探しているんだが、それが何かわからないような時、『図書館の天使』が現れるんだ」と語り、その天使に導かれて先へ進んだと言ってわたしたちを煙にまく。それでいて、物語の尻取りゲームはしばしば狂気に近い過剰と逸脱を演じながら、ちゃんと終点にたどりつく。しまいまで通読した読者には、『琥珀捕り』という「ひとつの長い物語」がジョイスの『フィネガンズ・ウェイク』(河出書房新社)をもじったウロボロス構造をもっていることに得心がいくよう仕組まれているのだ。

この本の最初のページから旅立ってここまで来られた方には言わずもがなの話だが、最初にこの解説からお読みになって、「ひとつ物語の尻取りゲームに参加してみようか」という気になられた方のために、『琥珀捕り』のなかに点在する物語の道標案内をしておきたい。この本にはいたるところに琥珀にまつわる歴史や蘊蓄やイメージや比喩がちりばめてある。めくるめくような情報の洪水をかきわけて読み進む読者は、ページを繰りながらときおり琥珀の小片を拾うことになるだろう。道中で拾われる琥珀片は敏捷な旅の神ヘルメスからの贈り物であって、物語どうしを繋ぎ、変容させるエンブレムである。琥珀をポケットに入れていけば、道に迷いがちな読者を導く道中守りとなる。

あるいは、同じことをこんなふうに言い換えることもできるだろう。この本を愛読する詩人四元康祐によれば、琥珀とは散文の海に網を投じて拾い上げられる詩のメタファーである。四元の詩「薄情」のなかで、二百年まえの英国詩人ジョン・キーツはこうつぶやく――

ただその現実の凍てつく浜辺に
琥珀のようにきらきらと
詩が打ち上げられているのが視えただけです

一見、たいそう現実ばなれしているようにみえた物語の尻取りゲームは、現実そのものを生きることとよく似ている。そう考えれば、道中で拾ってポケットにひそませるお守りの琥珀は詩の別名だと言うことができそうだ。思えば、そうした詩をところどころにかいま見せる現実そっくりのことばによる構築物を、わたしたちは小説と呼んでいるのではなかったか。何のことはない。今、わたしたちの両手にずしりと重いカモノハシの正体はまぎれもない小説だったのだ。

この訳書が出版されるまでの経緯は筆者にとってひとつづきの幸運な尻取りだった。柴田元幸氏による第一章「対蹠地」の翻訳が『ユリイカ』の編集人須川善行氏の肝いりで二〇〇〇年二月号に掲載されたのがそもそもの発端だった。この翻訳に注目した東京創元社の山村朋子氏が翻訳家の大島豊氏に連絡をとり、大島氏の紹介によって筆者が本書を翻訳する機会をあたえられたのである。この尻取りにかかわられた各氏に心からお礼を申し上げたい。ところで、さきほど一節を引用した詩の書き手でわが親友でもある四元の近作詩集『噤《つぐ》みの午後』（思潮社）とこの『琥珀捕り』は、出版社は異なるが、同一の印刷会社で印刷された。はたしてこれは偶然なのだろうか。ここまでくると、もうヘルメスは遍在しているとしかおもわれない。

右の「訳者あとがき」を書いたのは二〇〇四年の話である。

著作のキアラン・カーソン氏は惜しくも二〇一九年に死去したが、彼が生み出した「カモノハシ」は十七年の時を経て、〈創元ライブラリ〉版として生まれ変わることになった。翻訳者としてこれにまさる喜びはない。東京創元社編集部の小林甘奈さんの尽力に感謝申し上げます。

この機会に、本作を構成するさまざまな声が奏でる音楽性をいっそうよく味わっていただけるよう、訳文に少しだけ手を入れた。

二〇二一年三月、聖パトリックの日に

解　説

琥珀がつなぐ物語

柴田元幸

アイルランドのどこかで、嵐の晩に、子供たちが暖炉を囲み、父親におはなしをせがんでいる。ねえ、おはなしをしてよ、父さん。根負けしたように、父親は語り出す。

嵐の夜、ビスケー湾でのこと、船長と船乗りたちが火を囲んで座っていた。突然、ひとりの船乗りが、船長、お話をしてくださいよ、と言った。そこで船長がこんなふうに語りはじめた。嵐の夜、ビスケー湾でのこと、船長と船乗りたちが火を囲んで座っていた。突然、ひとりの船乗りが、船長、お話をしてくださいよ、と言った。そこで船長がこんなふうに語りはじめた。嵐の夜、ビスケー湾でのこと、船長と船乗りたちが火を囲んで座っていた。突然、ひとりの船乗りが、船長、お話をしてくださいよ、と言った……。

おはなしのなかにはまたおはなしがあり、そのなかにもまたおはなしがあって……そんなふうにこの『琥珀捕り』ははじまる。単純な入れ子構造の物語ながら、それが物語外の嵐と物語内の嵐の対応とも相まって、さまざまな物語がじわじわと世界を覆っていくかのような、この本全体の印象をさりげなく予告している。

アイルランドのどこかで、子供たちは遠い地の物語を聞き、遠い昔の物語を聞いている。「冒険王ジャック」を語り手とする一連の不思議な物語。ギリシア神話に登場する神々の物語。中世の聖者たちの物語。そして何より、オランダに関するさまざまな話。いつしか大人になっている語り手は、その博識を駆使して、フェルメールをはじめとするオランダ絵画をめぐる史実や伝聞を語り、チューリップ熱や煙草についてのどこか幻想譚めいていたりホラ話っぽかったりする逸話を披露する（一見現実のホテルの外の風景を描いているようでも、それもまた、フェルメールの絵画から抜け出てきた情景だったりする）。その博覧強記ぶりは見事だが、それより素晴らしいのは、莫大な知識を吸収したあとも、この語り手が――ひとまず作者カーソン本人と考えていいだろう――子供のころ感じていた、遠い地、遠い時代への驚異と憧れの感覚を失っていないことだ。高いところから読者に知識や物語を授けるのではなく、語り手は読者とともに、それら知識や物語にいまだ魅入られている。だからこそ、あたかも暖炉の前で物語を聞いているような暖かさが、この本には一貫して感じられるのだろう。

どのあたりから、語り手がそうやって魅入られていること、驚異と憧れの念を保っていることが伝わってくるのか。それは何より、それこそオランダ絵画の緻密さをもって細部を思い描こうとする意志に顕われていると思う。この本で語られる無数の物語は、たしかにストーリーとしてもみな本当に面白い。が、それ以上に我々を魅了するのは、その豊かな細部である。

ミッデルブルフ、わが生まれ故郷！　少年時代、わたくしは氷結したザイデルゼー、すなわち南海の氷上でおこなわれた伝統的な婚礼にときどき招かれました。そして、女たちが円舞を踊るのをなかばはじらいながら見つめたものでしたが、踊り手たちは紺色か刺繍つきのレイグリフという伝統的なボディスをつけておりまして、わざと一部分を見せるようにしていました。さて、自分もやがて結婚したらどんなに楽しい生活が待っているだろうかと、想像をめぐらせたものでございます。わたくしが心に思い描いたのは日当たりのよい一階の寝室で、きちんとプレスされたリネンのいい匂いがただよい、裏庭の乳製品小屋からは新鮮なバターミルクの香りがただよってまいります。その小屋は妻か、あるいは家の食糧全般をまかされているメイドが妻の指図を受けてしたものか、とにかくていねいなこすり洗いを終えたばかりで、その妻は毎朝、両腕にいっぱいパンの塊《かたまり》を抱えて、あるいは芥子《けし》粒の雀斑《そばかす》がついたまだあたたかいロールパンや、水晶のような白砂糖粒をつけた円錐形のパンをいくつも抱えて入ってきます。わたくしは、アイロンがシューシューいう音やフライパンがたてるジュージューという音、それから暖炉の脇の棚で深鍋が知らないうちに煮えあがる音も聞くことができました。天井から吊り下がったゼーラント・ハム。ひんやりした食料品室で熟成しているアルクマール産の各種チーズ。ミッデルブルフ周辺の納屋やら池やら風車やらのある田園風景が、各部屋の真新しい壁に泥えのぐ《デトランプ》でずらりと美しく描かれていました。キッチンだけは白壁でしたが、四十八の引き出しがついたアルブッス材の香辛料キャビネットがでんと構えていて、ひとつひとつの引き出しにはカルダモン、黒コショウ、クミン、コリアンダー、ナツメグ、キツネノテブクロ、麦角、マンドレーク、キャラウェイ、オールスパイスといった名前を書いたラベルが貼ってあり、引き出しについた象牙のノブにはひとつひとつ神話上の動物の頭が彫ってあり……。

これは「自分もやがて結婚したらどんなに楽しい生活が待っているだろうかと、想像をめぐらせ」た一節だが、それがあたかも事実のようにありありと思い描かれ、語られているのがいかにもこの本らしい。この本にあっては、何かが在ることは、想像されること、物語られることに等しいのである。だから、細かいところまでじつに生き生きと描かれている反面、一瞬にしてすべてが消えてなくなりそうな危うさがつねに漂っている。その両面性が素晴らしい。

むろん、驚異と憧れの対象となるのは、遠い地、遠い時代の物語だけではない。「オランダは不思議な土地、お伽噺《ときばなし》の国だった」と語り手は言うが、じつは彼が住むアイルランドもまた、不思議な土地であり、お伽噺の国である。神話のギリシアも、黄金時代のオランダも、そして古今のアイルランドも、すべてみな、物語の宝庫なのだ。

さて、リーバンの消息やいかに。みなと一緒に波にさらわれたが溺れなかった。一年のあいだ、波の下の自分の部屋で抱き犬と暮らした。神様が水から守ってくれた。だが、一年が過ぎたころどうしてもひと恋しくなった。ひらひらと泳ぎまわる鮭を見たリーバンが神様に祈りていわく、おお神よ、わが身もし鮭ならば、みどりに澄んだ大海原を仲間とともに行かましものを！

これらさまざまな物語が、ただ雑然と並べられるのではなく、水、煙草といったアイテムを通して、そして何より、琥珀を通してしなやかに結びつく。

前六〇〇年ごろ、コハクの電気を帯びやすい特性を発見したのはタレスであった。コハクをギリシア語でエレクトロン ēlektron というが、これが電気の語源であることはいうまでもない。古代の中国人は、虎が死ぬと精魄が地に入り、化してコハクになると考えた。大プリニウスの意見（《博物誌》第37巻）では、排出されたオオヤマネコの尿が凝固し結晶して、リュンクリウム lyncurium あるいは黄コハクと呼ばれる石になるという。もっとも、このリュンクリウムは黄コハクとは関係がなく、青や緑や赤の燃えるような色を呈するケイ酸塩鉱物の一種、トルマリン（電気石）だという説もある。

ギリシア神話では、太陽の黄金の二輪車を走らせているうち、誤って軌道を踏みはずし、転落して死んだファエトンの姉妹たち（太陽神ヘリオスの娘たち）が、ファエトンの死を嘆き悲しんでポプラの樹と化し、彼女たちの涙が太陽の光で乾かされ、河底に沈んでコハクになったという。ギリシア人がコハクをエレクトロン（〈太陽の石〉の意）と呼んだのは、この神話と関係があるかもしれない。同じような神話には、メレアグロスの死を嘆いて、アルテミスにホロホロチョウに変えられた彼の姉妹たちの涙が、やはりコハクになったというのがある。また別の伝承では、アポロンがオリュンポス山を追放されてヒュペルボレオイの地へ行ったとき、コハクの涙をこぼしたともいう。さらに北欧神話を見ると、女神フレイヤが英雄スウィプダグを探しているとき、女神の涙がコハクに変わったというエピソードがある。

いずれにせよコハクが涙として表現されているところを見ると、古代人はこれが樹脂だということを早くから知っていたにちがいあるまい。その点では中国人も同様で、〈樹脂だ土中に千年を経てコハクとなる〉などといわれているくらいである。大プリニウスによれば、〈黄コハクが最初は液体状の浸出物だったことは明らかだ。というのは、それが透き通っていて、その中にある種の生きもの、たとえばアリとかハムシとかトカゲとかいった生きものの見えることがあるからだ。これらの生きものが、ねばねばした物質にとらえられ、物質が凝固するとともに、その内部に閉じこめられたのであることは申すまでもない〉といっている。木内石亭の《雲根志》には、〈蟻、蜂多し。蛙等の大虫のものまれなり〉などとある。

――この『琥珀捕り』の一節であっても少しも不思議はない文章だが、じつはこれは、平凡社の『世界大百科事典』の記述である。ほかの百科事典が琥珀の物理的特性の記述に終始しているなかで、さすがはかの名事典である。執筆者は、ほかならぬ澁澤龍彥。だがキアラン・カーソンも、少しも負けていない。琥珀にまつわる古今の伝承、奇譚、迷信等々を次々にくり出し、物語同士の理想的な接合剤として使っている。澁澤龍彥が『世界大百科事典』において一段落の規模で成し遂げたことを、カーソンはまるごと一冊の規模で、しかも強度を少しも減じることなく、成し遂げているのである。

日本の読者にとって幸運なことに、そうした物語の宝庫たるこの本は、素晴らしい訳者に恵まれた。古風な文体からきわめて現代的な口調まで、訳者は多種多様なスタイルを駆使し、あまたの語り手の語り口の違いをくっきり浮かび上がらせる。読みながら、時おり原文を参照するたびに、その縦横無尽さに唸らされた。簡単な例を挙げれば、同じ so much for . . . というフレーズでも、“So much for amber, says Pliny”は「琥珀の蘊蓄《うんちく》はざっとこんなところであろうか、とプリニウスは結ぶ」、“So much for the war”は「戦争のことはまあいいじゃありませんか、という気分」といった具合にしなやかに訳し分けている。「また、尿閉、痙《けい》攣《れん》性尿道狭窄、ヒステリー発作、寄生虫病、鉛中毒に起因する痙攣、偽膜性咽頭炎、腹膜炎、さらには、宿便排泄を促進し、反応を和らげ、鼓室炎を快癒させ、破傷風による硬直痙攣にも薬効あるなり」といった単なる医学的記述すら楽しく読めるのも、訳文の絶妙な練り方の賜物《たまもの》にほかならない。全二十六章、一晩一章くらいのペースでじっくり味わいたい訳書である。名著にして名訳、長きにわたって多くの読者に愛されてほしい。

本書は、二〇〇四年に小社から刊行された作品の文庫化である。

創元ライブラリ

琥珀捕り

二〇二一年五月十四日　初版

著　者◆キアラン・カーソン
訳　者◆栩木伸明
発行所◆㈱東京創元社
代表者　渋谷健太郎

郵便番号　一六二―〇八一四
東京都新宿区新小川町一ノ五
電話　〇三・三二六八・八二三一　営業部
〇三・三二六八・八二〇四　編集部

URL http://www.tsogen.co.jp

印刷・モリモト印刷　製本・本間製本

ISBN978-4-488-07082-3　C0197

「アンドロイド」という言葉を生んだ不滅の古典

L'ÈVE FUTURE◆Villiers de l'Isle-Adam

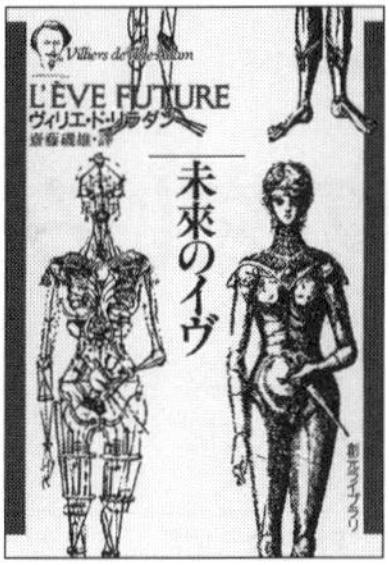

未來のイヴ

ヴィリエ・ド・リラダン
齋藤磯雄 訳
創元ライブラリ

◆

輝くばかりに美しく、
ヴィナスのような肉体をもつ美貌のアリシヤ。
しかし彼女の魂はあまりに卑俗で、
恋人である青年貴族エワルドは苦悩し、絶望していた。
自殺まで考える彼のために、
科学者エディソンは人造人間ハダリーを創造したが……。
人造人間を初めて「アンドロイド」と呼んだ作品。
ヴィリエ・ド・リラダンの文学世界を
鏤骨の名訳で贈る。
正漢字・歴史的仮名遣い。
解説＝窪田般彌